자서전, 내 삶을 위한 읽기와 쓰기

– 자전적 텍스트 교육 연구 –

자서전,
내 삶을 위한
읽기와 쓰기

- 자전적 텍스트 교육 연구 -

이은미

보고사

자기 자신을 바라볼 수 있는 가장 쉬운 방법은 거울을 들여다보는 것이다. 그 모습을 더 오래 지켜보고 싶다면 자화상을 그리거나 사진을 찍어두면 된다. 그런데 자화상을 그리거나 사진으로 남기는 순간부터 '나'는 철저하게 과거의 모습으로만 남아있게 된다. 그리고 자화상이나 사진을 들여다보면서 끊임없이 자기를 기억하고 살피고 돌아보게 된다.

그림 1-1 윤두서의 자화상

특히 자화상은 작가 스스로가 자신의 모습을 그려내는 것이기 때문에 작가의 고유한 생각과 느낌이 잘 묻어 있다. 그래서 자화상을 그리는 사람들은 자화상에 자신이 표현하고자 하는 자신의 삶의 흔적을 그대로 담아내곤 한다. 한편 자화상을 감상하는 사람들은 그림 속에서 각각의 인물들이 드러내는 특징들을 통해 인물의 삶을 해석하게 된다.

조선시대 초상화 중에서 최고의 걸작으로 꼽히는 윤두서(尹斗緖)의 자화상[1]을 예로 들어 조

---

1) 우리나라 초상화 가운데 최고의 걸작으로 일컬어지며 1987년 12월 26일 국보 제240호로 지정되었다. 지본담채(紙本淡彩)이며, 가로 20.5cm, 세로 38.5cm이다. 1710년(숙

금 더 자세히 이야기해 보자. 윤두서의 자화상은 마치 증명사진을 찍듯 이 정면을 뚫어지게 응시하고 있다. 이는 측면구도를 택하여 미적 효과 를 의도하는 일반적인 화풍과는 확실히 다르다. 화폭 밖의 사람들의 시 선을 정면으로 응시함으로써 보다 반항적이고 도전적인 인상을 주게 된 다. 당시 정치권력에서 소외된 계층이었던 윤두서가 자화상을 통해 세 상에 외치는 불만의 표현이라는 해석에 고개를 끄덕이게 된다. 어쨌든 윤두서는 자화상을 그리면서 스스로를 객관화하는 작업을 계속하였을 것이고, 그러한 본인의 모습 안에 세상에 대한 자신의 목소리를 담아내 고자 하였을 것이다. 여기서 윤두서가 보여주는 다른 사람들(세상)과의 관계, 즉 사회성을 엿볼 수 있다.[2]

더욱이 사진처럼 세세하게 그려낸 윤두서의 수염 한 올 한 올을 바라 보고 있노라면 그림 속에서 인물이 튀어나올 것 같은 느낌마저 든다. 이는 사실주의 화풍이 유행하던 당시의 흐름을 좇아 대상을 있는 그대 로 그려내고자 한 것이지만, 단순히 '사실주의'라는 서구적 화풍을 답습 했다고 단언하기에는 무언가 아쉬움이 남는다. 오히려 사진보다 더 강 렬한 사실감과 입체감은 윤두서 자신이 세상에 드러내고 싶었던 '자아' 를 표현하는 방법인 것처럼 보인다. 그리고 이런 효과를 통해 윤두서는

종 36) 제작되었고, 전라남도 해남군 해남읍 연동리(蓮洞里)에 거주하는 후손 윤형식
이 소유·관리하고 있다. 겸재(謙齋) 정선(鄭敾), 현재(玄齋) 심사정(沈師正)과 더불어
조선의 3재로 불리던 윤두서가 그린 자화상으로, 생동감 넘치는 필력을 보여주는 명품
이다. 조선시대에는 자화상이 거의 없으며, 지금까지 알려진 것으로는 이 윤두서의
자화상 외에 강세황(姜世晃)의 자화상 소품이 있으나, 세밀한 묘사력이나 깊이 면에서
이 작품에 미치지 못한다.[네이버 지식백과](두산백과)
2) 임경순(2003: 36)에서 "내가 나를 거울에 비추어 보는 반성은 자기의식의 핵심으로서
자기 분열을 전제로 한다. 보는 나와 보여지는 나 즉, 주체아와 객체아로의 분열은
자기의식의 형성 과정에서 보편적인 현상으로 이야기하는 자아와 이야기되는 자아로
분화된다."고 언급한 바 있다. 이때 주체아와 객체아가 상호 연관 되는 양상을 통해
개인이 가진 사회성의 실마리를 찾을 수 있을 것이다.

시간을 초월하여 세상 사람들에게 더 현저하게 강한 인상으로 남게 된다. 윤두서의 자화상이 과거와 현재가 조우하는 초월적 공간을 만들어 내고, 우리는 그를 자화상이라는 생생한 공간 안에서 만나게 된다.

그런데 윤두서의 자화상에는 숨겨진 공공연한 비밀이 하나 있다. 얼굴만 덩그러니 그려져 있는 자화상에는 현재 육안으로는 볼 수 없는 배경이 숨겨져 있다는 사실이다. 적외선을 통해서만 흐릿하게 윤곽을 볼 수 있다는 자화상의 배경은 세월이 흐르면서 지워진 것이다. 그렇다면 지금에 보는 윤두서의 자화상과 당시 윤두서가 그린 자화상의 모습에는 분명 차이가 있을 것이다. 이것을 시간에서 비롯된 '체험적 차이'라는 개념으로 설명할 수도 있을 것 같다. 윤두서가 체험했던 자화상 속의 시간과 현재의 사람들이 자화상을 체험하는 시간은 모두 각자에게 보이는 만큼의 주관적인 시간 개념이다. 객관적인 불변의 시간이 아니다. 따라서 자화상에서 지워진 흔적들은 세월에 의해 흐려지거나 지워져간 작가의 시간이고 기억이 된다. 바꾸어 말하자면 과거에 자화상을 제작했던 작가의 시간과 이를 해석하는 현재 감상자의 시간이 다를 수밖에 없는 것은 그 대상에 차이가 있음을 의미한다.

이렇게 개인과 세상과의 관계를 사회성, 공간성, 시간성의 개념을 통해 이해하고자 하는 방식은 단지 자화상의 해석이라는 부문에 한정되지 않는다. '자기'를 생생하게 표현하는 다른 방법으로 '자기에 대한 글쓰기'[3]가 있다. 원래 글쓰기란 생각한 것을 종이 위에 옮겨 담는 작업이다. 그럼으로써 사물이나 현상에 대하여 본인이 가지고 있는 의미를 밖으로 표출하는 것이라고 볼 수 있다. 이러한 성격의 글쓰기는 우리가 사는 삶 속에 내재된 시간과 공간, 그리고 체험들을 한 걸음 물러서서 바라볼

---

3) 연구자에 따라서 '자아성찰적 쓰기', '자기서사적 쓰기', '자전적 서사' 등 다양한 용어를 사용한다.

수 있게 한다. 그리고 그 글들을 다시 읽고 있노라면 글쓰기가 마치 한 폭의 자화상처럼 우리 자신을 응시하고 있음을 느끼게 된다. '자기에 대한 글쓰기'는 일기나 자기소개서, 자신에 관한 수필이나 자서전에 이르기까지 넓은 범위의 쓰기를 포괄한다. 이때 자서전은 자기를 표현하는 자전적 쓰기 유형 중에서 가장 자기몰입도가 높은 장르로 볼 수 있을 것이다. 동시에 이러한 자전적 쓰기 유형들을 포괄적으로 지칭하는 거대한 이름이 되기도 한다는 점을 미리 언급해 두고자 한다. 자화상이 순간적이고 직관적으로 독자에게 의미를 전달하는 방식이라면, 자서전은 지속적[4]이고 이성적인 방식으로 자기를 표현한다. 물론 이때 자서전의 작가와 독자에게 사회성과 공간성, 시간성은 필수적인 요건이 되고, 이는 자화상에서 보다 훨씬 구체적인 양상을 띤다. 이러한 쓰기에서는 필자의 연령과 수준이 높아지면서 자신에 대한 정보와 표현 기법이 다양해질 뿐만 아니라, 시대의 변화에 따라 자신을 둘러싼 환경이나 맥락을 바라보는 관점과 안목도 함께 변화한다.

　그러다 보니 실제 글쓰기 교육 현장에서 완성도 있는 자서전 쓰기를 수행하기에는 여러 가지 여건에서 무리가 있는 것도 사실이다. 다만 자서전 쓰기가 교육학적으로 자아성찰의 방법[5]인 동시에 쓰기를 통한 자기표현의 방식이라는 점에 착안하면,[6] 국어 교육에서 '자서전 쓰기'에

---

4) 넬 나딩스(1992: 113)은 교육적 경험의 한 영역으로 존 듀이(1963)의 '연속성' 개념을 제시하고 있다. 듀이에게 있어서 교육적 경험은 학생들의 과거의 개인적인 경험과 반드시 연결되어야만 하고, 또한 미래의 경험을 확대, 심화시켜야 한다는 것이다. 이는 자서전 안에서 과거와 현재를 통해 온 체험들이 지속적이거나 연속적인 맥락으로 표현되고 이해되는 것과 같다.

5) 자서전 쓰기를 비롯하여 '자기에 대한 글쓰기' 관련한 연구물에서 주로 언급하고 있는 용어들이 바로 '자아성찰', '자아발견', '자기정체성', '자기반성'과 같은 것들이다. 이들은 세부적인 사용 환경에 따라 각기 다른 의미로 쓰이는 것 같지만, 사실은 '쓰기'의 반성적·도야적 성격을 드러내는 일관된 맥락으로 보인다.

대하여 보다 발전적 가능성을 기대해 볼 수 있다. 이는 자아성찰적 '사고'의 영역과 자서전 '쓰기'의 기능적 영역이 통합되는 양상으로 드러나게 될 것이다. 또 자아성찰 방법으로 활용되는 다양한 장치들을 활용하여 자서전 쓰기로 의미 있게 실천될 수 있는 방안을 모색해 볼 수 있다.

이 연구는 국어교육에서 학습자가 자서전을 포함한 자전적 텍스트를 효과적으로 수용·생산할 수 있도록 교육 내용을 구성하고 제안하는 데 목적이 있다. 이때 자서전은 내 삶을 위해 읽고 쓰는 유익한 텍스트가 되며, 궁극적으로 삶에 관한 성찰과 소통을 주제로 한다. 자전적 텍스트 활동은 이를 활용하여 학습자의 기능적, 정서적 발달을 도모하는 활동이다. 이를 위해 자전적 텍스트와 관련된 국어교육 내용의 틀을 짜고 각 영역별로 포함하는 세부적 기능과 요소들을 학습자의 발달 단계에 근거하여 체계적인 원리에 따라 구안하였다. 이 작업이 진행되기 위해서는 자전적 텍스트에 관한 연구를 기본으로 하고 학습의 체계와 학습자 발달에 관련된 선행 연구 검토가 필요했다.

이러한 앞선 연구들을 바탕으로 하여 제2장에서는 먼저 '자전적 텍스트'가 지니고 있는 일반적인 특성에서 비롯하여 자전적 텍스트 활동의 유형을 설정하였다. 자전적 텍스트 활동의 유형은 '일상적 자전 활동', '자서전 활동', '확장적 자전 활동'의 세 가지로 분류하였다. 이를 통하여 자전적 텍스트 교수─학습의 범위와 각 텍스트의 유형별로 추구하는 교육적 의미와 효과에 대해 전체적인 윤곽을 그려 보았다.

제3장에서는 학습자의 삶의 맥락과 국어교육의 기능과 목표가 자전적 텍스트 교육의 차원에서 긴밀하게 만나는 지점이 어딘지에 대한 해

---

6) 밴 매넌(2000: 105)는 "얼굴을 마주 한 대화와는 대조적으로, 글쓰기는 반성적인 태도를 갖게 만든다. 이와 같은 반성적 태도는 글쓰기 과정이 갖고 있는 언어적인 요구와 더불어 체험 기술을 자유롭게 얻는 데 제한을 가한다."고 밝히고 있다.

결점을 모색하고자 하였다. 따라서 자전적 텍스트 교육의 실제를 가늠하기 위하여 국내·외의 국어과 교육과정과 교과서를 검토하였다.

그 첫 번째 작업으로 우리나라와 미국의 현행 교육과정에 나타난 자전적 텍스트 관련 진술들을 통하여 특징적인 사항들을 점검하였다. 이를 통하여 국내·외의 국어 교육과정에서 자전적 텍스트를 다루고 있는 원리를 비판적으로 검토하고 교육과정 차원에서 자전적 텍스트 교육을 위한 내용 구성의 근거와 원리를 마련하였다.

두 번째로 우리나라와 미국의 국어 교과서에 드러난 자전적 텍스트의 내용과 체계를 살펴보았다. 특히 우리나라와 미국의 초등·중등 교과서의 체제와 내용을 검토하였다. 먼저 우리나라의 현행 교육과정을 반영한 국어과 검정 교과서를 검토하고, 자전적 텍스트를 중심으로 하는 교재를 구성할 때 생각해야 할 개선점과 방향성에 대해 논의하였다. 다음은 미국의 자국어 교육과정을 반영한 초등·중등 교과서의 내용 구성과 체제를 검토하고 우리나라의 교과서 구성에 주는 시사점을 찾아보았다.

이렇게 자전적 텍스트에 대하여 기존 교재에 구안된 내용들을 비판적 근거로 삼아, 자전적 텍스트가 지닌 인지적·정의적 목표를 고려하여 교과서에서 구안될 수 있는 교수–학습의 내용 체계를 새로이 마련하고자 하였다.

제4장에서는 자전적 텍스트에 대한 교육 내용이 실제 교수–학습 현장에서 어떻게 구체화될 수 있는가를 논의하였다. 자전적 텍스트 교육의 구체적 내용을 분류, 구성하기 위해서는 자전적 텍스트 내용 구성을 위한 학습자의 분야별 발달 기준을 마련하는 것이 필요하다. 분류의 기준은 다분히 포괄적이며, 세부적인 기준을 해석하기에 유동적인 성격이지만 학습자의 발달 수준과 학습 단계에 적절한 자전적 텍스트의 교육 내용을 선정하는 과정에서 고려할 수 있는 가장 기초적인 기준으로 삼

았다. 이러한 기준을 반영하여 다시 교육과정과 교과서 차원에서 교육
방안의 제안이 가능하였다.

먼저 자전적 텍스트 교육을 위한 교육과정의 내용 체계를 구성하고
성취 기준과 국어 자료의 예를 제시하였다. 이러한 원리에 입각하여 자
전적 텍스트를 중심한 교재의 내용을 구성하고, 학년군별로 '일상적 자
전 활동'부터 '자서전 활동', '확장적 자전 활동'에 이르기까지 다양한 자
전적 텍스트 유형을 포함시켰다.

그리고 지금까지 검토한 교육과정과 교과서 차원에서 자전적 텍스트
교육의 원리에 준하여 구체적 단원의 예를 제시하였다. 이 연구에서는
자전적 텍스트 구조에 대한 인지적·정의적 발달 능력이 안정기에 접어
들고 가장 향상된 인지적 능력을 갖추기 시작한다고 볼 수 있는 중학교
급 학습자 중 특히 8학년을 염두에 두고 자전적 텍스트 단원의 예시를
보이고자 하였다.

이 연구는 국어교육에서 자전적 텍스트 교육이 지닌 중요한 개념과
역할을 인식하고, 실제 교육 현장에서 찾아가야 할 개선점과 지향점을
제안할 수 있다는 데에 의미를 둘 수 있다. 아울러 자전적 텍스트를 위
시하여 텍스트 중심, 주제 중심의 국어교육 활동이 교육과정과 교과서,
그리고 실제 교수-학습 차원에서 고려하고 수용해야 할 방향을 제시해
줄 수 있다고 전망한다.

이 책은 이러한 의미를 담아 만들어졌으며, 각 장 말미에는 필자의
서평을 실어 학술적인 담론의 지루함을 다소 덜어 내고자 하였다. 다양
한 자서전을 비롯한 자전적 텍스트를 읽고 흔적으로 남겨 두었던 조촐
한 서평 원고들이 딱딱한 논의에 가려 못다 한 이야기들을 대신해 줄
수 있으리라 기대해 본다. 끝으로 부족한 글을 마지막까지 함께 다듬어
준 보고사 임직원 여러분께 심심한 감사를 전한다.

차례

제1장

왜 자전적 텍스트인가?

1. 연구 목적과 필요성

국어교육에서 학습자의 자아성찰[1]과 사회적 상호 소통에 대한 주제
는 쉼 없이 강조되어 왔다. 이는 이러한 성찰과 소통에 관한 주제가 국
어교육의 교수-학습 내용 안에서 맥락적으로 부합할 수 있다는 신뢰에
기인한다. 이 연구에서는 국어교육에서 다루고 있는 다양한 텍스트의
주제 중에서 '성찰'과 '소통'에 주목하고, 이를 통합적으로 구현할 수 있
는 중요한 매개체로 '자전적 텍스트'를 선택하였다. 따라서 이 연구를
진행하기 위해서는 먼저 '자전적 텍스트란 무엇인가?'와 '왜 자전적 텍
스트 교육이 필요한가?'라는 물음에 대한 대답이 필요할 것이다.

일반적으로 '자전적 텍스트'라고 하면 '자서전'을 쉽게 떠올리게 된다.

---

1) 자서전을 비롯하여 자전적 텍스트에 관련한 연구물에서 주로 언급하고 있는 용어들이
   바로 '자아성찰', '자아발견', '자기정체성', '자기반성'과 같은 것들이다. 이들은 세부적
   인 사용 환경에 따라 각기 다른 의미로 쓰이는 것 같지만, 사실은 자전적 텍스트가
   지닌 반성적·도야적 성격을 드러내는 일관된 맥락으로, 자서전을 쓸 때 필자의 사고나
   태도 측면을 반영하는 대표적인 용어들이다.

그러나 이 연구에서는 자서전을 포함하여, 기존의 연구에서 '자전적'이라는 수식어를 사용함으로써 자서전의 본질적 측면을 비껴가면서도 자서전의 부분적 성질을 인정하는 다양한 장르[2]들을 '**자전적 텍스트**'라는 용어로 아우르고자 한다. 또한 '자전적'이라는 개념에 부합하여 수용하거나 생산할 수 있는 더 넓은 텍스트의 범위까지 그 의미 영역을 확대하고자 한다. 그러나 이를 통하여 국어교육에서 다룰 수 있는 모든 텍스트를 '자전적 텍스트'로 확장하고자 함을 의미하는 것은 아니다. '자전적'이라는 정해진 개념 범위 안에서 파악할 수 있는 텍스트만을 '자전적 텍스트'로 규정하고자 한다.

그렇다면 이러한 자전적 텍스트에 대한 교육이 왜 필요한가의 문제로 넘어와 보자. 자전적 텍스트에는 '자(自)'에 대한, '전(傳)'에 대한, 그리고 '자(自)'이면서 '전(傳)'인 것에 대한, '타(他)'이면서 '전(傳)'인 것에 대한 합집합적 개념이 내재되어 있다. 따라서 자전적 텍스트 교육은 인간의 삶과 역사에 대한 성찰과 반성을 토대로 이루어진다. 현재를 기준으로 과거를 성찰하는 시간의 흐름을 기초로 한다. 그런데 신체적, 인지적, 정서적 발달이 급격하게 이루어지는 초등·중등 시기에 접하는 자전적 텍스트는 현재를 기준으로 과거를 성찰하면서 미래를 지향하는 특성까지 갖게 된다. 즉 학습자들을 대상으로 하는 이러한 삶에 관한 주제, 자기 내부의 소통이나 타인과의 소통을 주제로 하는 자전적 텍스트 교육에 개인의 미래를 계획하는 생산적 의미를 추가하게 된다.

---

2) Miller는 장르를 사회 문화적 맥락 내에서 일어나는 사회적 행위로 파악한다(박태호, 2000에서 재인용). 즉 장르의 사회적 속성을 유사하게 반복되는 상황에 대한 수사학적 반응의 개념으로 설명한다. 이는 장르를 고정적이고 폐쇄적인 관점에서 바라보았던 전통적인 장르관을 개방적이고 역동적인 장르관으로 변화시킬 수 있다는 기반을 제공함과 동시에 현대 장르 이론의 시발점이 된다. 박영민(2003)에서는 '텍스트 유형'이라는 용어를 사용하기도 한다.

특히 '자아성찰'과 같은 주제는 설명적 텍스트나 논증적 텍스트, 기타 실용적 텍스트들이 표방하기 힘든 학습자의 개별적 '삶'의 문제에 다양한 시각에서 접근할 수 있다는 장점이 있다. 더욱이 '자전적 텍스트'는 상상하여 쓴 글이 아니라는 점에서 문학 활동과 구분되기도 하지만, 자전적 텍스트가 지닌 미적·유희적 기능은 문학 교육에서 언급하는 정서와 심미 의식을 함양[3]하는 역할까지 담당할 수 있다. 한 편의 좋은 자서전을 읽으면서 학습자가 체감할 수 있는 아름다움이나 감동의 가치가 바로 그 좋은 사례가 될 것이다.

자전적 텍스트 교육에서 고려해야 할 중요한 관점 중 하나는 '소통'의 맥락이다. Dominique Wolton은 현대 사회를 '불통(不通)'의 시대로 규정하고 우리는 결국 '상호작용 속의 고독'으로 접어들게 될 것이라고 경고한다.[4] 현대 문명의 기술적 발전으로 텍스트에 의한 소통은 그 내용이 확대되고[5], 처리 속도가 가속화되고 있다. 그럼에도 불구하고 현대 사회, 사람들의 삶에서 소통의 문제가 부각되는 것은 우리가 텍스트에 의한 소통을 제대로 풀어내지 못하고 있다는 증거가 된다.

국어교육의 범주에서 도모하는 소통은 대부분 텍스트를 근간으로 하여 이루어진다. 물론 이때의 소통은 텍스트 내의 단어와 문장, 단락 간

---

3) 2009, 2015 개정 교육과정 '문학' 영역의 목표에서 문학 작품의 수용·생산 활동을 통하여 학습자의 창의적·심미적·성찰적 사고와 소통능력을 기른다는 공통적인 진술을 찾아볼 수 있다.

4) Dominique Wolton(채종대 외 역, 2011)은 지난날 우리의 목적은 소통을 구축하는 데 있었지만 오늘날은 비소통을 관리하는 데 있다고 지적한다. 또 소통의 범주로 '공유', '유혹', '신념'의 세 가지를 들고, 소통에 있어 목소리와 텍스트, 이미지의 사용에 중점을 두었다.

5) 박인기(2014)는 소통이 싣고 있는 콘텐츠를 '무엇인가에 대한 해석'으로 본다. 이때 해석은 '삶에 대한 해석'을 포함하여 가장 자유롭게 확장되는 인간 사유의 한 양태라고 하였다.

의 이해와 해석만으로 이루어진다고 볼 수 없다. 또한 텍스트는 '나'와 '타인'을 이어주는 소통의 매개체가 된다. 그런데 자전적 텍스트에서는 그 양상이 조금 다르다. '나'와 '타인'을 매개하기 이전에 자기 내면의 '소통'[6]이 우선한다. 이때 내면에서 자신과 소통하는 '나'는 복잡한 역할을 내포한다. 자전적 텍스트를 생산하는 상황에서 보면, 일인칭의 필자가 그대로 옮겨간 대상이기도 하고, 필자가 기대하는 예상 독자가 되기도 한다. 물론 필자 자신을 제외한 타인과 사회가 그 대상이 될 수도 있다. 한편 타인의 자전적 텍스트를 수용하는 경우에는 그 양상이 조금 달라진다. 필자는 자신과의 내면적 소통을 목적으로 자전적 텍스트를 생산하지만, 독자는 필자의 그러한 내면적 소통 양상을 들여다보면서 이를 다시 독자 스스로의 성찰로 끌어오게 된다.[7]

그래서 자전적 텍스트는 '자기'의 모습을 들여다보면서 스스로를 가두는 것이 아니라, 삶에서 보다 넓게 소통하기 위한 확장의 도구가 될 수 있다. 이는 '자아'와 '타인' 사이에 관습적인 소통의 반복으로 호전되지 않는 문제가 자신과의 내면적 소통에서부터 해결될 수 있는 실마리를 보여 준다. 그래서 자전적 텍스트는 자신과의 내면적 소통을 풀어갈 수 있는 하나의 방법론이 된다. 자신과의 소통은 물론, 자신을 둘러싼

---

6) 한경혜·주지현(2008)에서는 자서전 쓰기를 통해 '자신에 대한 이해'를 얻을 수 있다고 말한다. 이는 "내가 '나'와 제대로 된 의사소통을 할 수 있는 통로"이며 자기 내면의 소통 양상과 같이 볼 수 있다.

7) 이와 유사한 맥락으로 정대영(2012: 30)은 자전적 서사에서 읽기와 쓰기의 소통이라는 차원에서 두 가지 해석을 보이고 있다. "하나는 필자 자신이 자기의 체험을 재현하고 기록하면서 글을 쓰는 작가가 되면서 동시에 읽으면서 깨닫고 조정해가는 독자의 동시성을 띠고 있다는 점이다. 한편 나머지 하나는 타인과의 소통의 차원으로서 자전적 서사의 필자가 글을 쓴 것을 타인이 읽고 응답하면서 필자의 정체성에 대하여 상호적으로 발견해나가는 차원이다. 전자의 소통은 자기지향적인 것이 되고 후자의 경우 상호주관적인 것이 된다."

타인과 사회와의 소통을 동시에 시도하는 과정이 자전적 텍스트 활동을 통해 구현될 수 있다.

그렇다면 자전적 텍스트는 텍스트를 활용한 교육이 시작되는 시기부터 학습자의 삶의 단계, 학습의 단계에 맞추어 꾸준히 훈련되어야 하는 국어교육에서의 중요한 소통의 도구가 되어야 할 것이다. 한 편의 의미 있는 자전적 텍스트를 완성하는 일이 어느 한 시기에 갑자기 가능하지는 않지만, 학습자가 성장함에 따라 나이와 수준에 맞게 자전적 사고와 표현을 한 단계씩 발전시켜 나가는 과정에서 개인의 삶에서 유의미한 단서들을 추출해 갈 수 있기 때문이다. 이렇게 학습자가 자신의 과거-현재-미래를 유기적으로 재구성하는 과정에서 학습자는 자아성찰과 더불어 '삶'과의 소통에 이를 수 있게 될 것이다. 이는 자전적 텍스트 수용과 생산 활동 자체가 소통의 방법이 된다는 것이 아니라 소통을 시도하는 필요조건이 됨을 의미한다.

특히 청소년기는 인지적·정의적 영역에서 학습의 양이 급격히 증가하고 학습자의 외부적 환경뿐만 아니라 내면적 자아와의 소통이 활발히 이루어지는 시기이다. 이 시기의 학습자들에게 자전적 텍스트에 대한 교육적 경험의 기회를 열어 줌으로써 정체성의 혼란을 겪는 청소년들이 삶에 바람직한 정서를 함양하고, 실제적 도움을 받을 수 있는 보다 발전적 가능성을 기대해 볼 수 있다.

자전적 텍스트 교육에서 고려해야 할 또 하나의 중요한 관점은 '통합'에 관한 내용이다. 학습자의 삶 속에서 유도되는 역동적이고 다양한 자아성찰에 관한 '사고'의 통합, 자전적 텍스트 교수-학습을 위한 '국어 활동' 영역의 통합, 그리고 이러한 '사고'와 '국어 활동'의 통합 측면까지 동시에 고려해야 한다.[8]

우선 사고의 통합이란 Paul Ricoeur가 말하는 자기동일성의 개념으

로 이해할 수 있다. 자기동일성은 '약속을 지키는 변화하는 자기'의 개념
인 '자기성'과 '성격같이 변하지 않는 존재의 자기'를 나타내는 '자체성'
의 두 축으로 이루어져 있다. 이 두 축이 자연스럽게 통합되면서 '자아
성찰'이라는 본연의 목표에 다가갈 수 있게 된다. 따라서 이때의 "'나'는
이야기의 다양성, 가변성, 불연속성, 불안정성을 통합(Paul Ricoeur, 김웅
권 역, 2006: 192)"할 수 있다. 이로써 과거의 '나'와 현재의 '나'가 통합된
사고를 형성하면서 시간을 초월한 '자아의 만남'이 형성된다.

둘째로, 자전적 텍스트 교수-학습을 위한 '국어 활동' 영역의 통합이
다. 자전적 텍스트를 수용하거나 생산하는 과정에서 다양한 국어 활동
이 필요하다. 이는 자전적 텍스트 활동을 위하여 의식적으로 배분된 영
역별 국어 활동이 아니라, 개별적 자전적 텍스트의 주제나 성격에 따라
그에 부합하여 유도되는 필연적인 국어 활동을 말한다.

셋째, '사고'와 '국어 활동'의 통합이다. 자전적 텍스트가 듣기·말하
기, 읽기, 쓰기를 위한 기능 교육의 종속 요소만으로 남는다면 이는 자
전적 텍스트의 본질과는 거리가 먼 교육이 되고 말 것이다. 자전적 텍스
트는 학습자의 자아성찰에 관한 '사고'와 언어 사용 기능에 관한 '활동'
을 통합적 목표로 학습자의 발달을 추구해야 한다.

지금까지의 텍스트 교육은 주로 상대방에게 정보를 설명하고 설득하
는 데 주력해 왔다. 이는 교육의 내용이 직업이나 학업에 필요한 지적
능력의 신장에만 관심이 집중되어 왔음을 의미한다. 상대적으로 학습자
내면의 성찰과 소통에 대한 텍스트의 수용과 생산 활동은 부족했다. 따

---

8) 손승남(2005)는 이러한 맥락에서 교육과정보다 넓은 의미로, 인간의 삶과 관련된
형식적, 비형식적 교육과정을 총칭하여 '도야과정 교수법'이라 칭하고 있다. 이는 교육
적 경험이라는 객관적 측면과 학습자 발달이라는 주관적 측면의 두 가지를 학습자의
삶의 과정에서 조화시키고자 하는 교수법인데, 자전적 텍스트 교육에서 의도하는 교육
적 본질 측면에서 부합하는 것으로 보인다.

라서 자전적 텍스트 교육은 앞서 언급한 학습자의 기능적·정서적 측면
에서의 필요와 사회적 요구에 잘 부합하는 접근 방법이 될 것이라 생각
한다.

2. 선행 연구 검토

최근 몇 년 동안 교육학 분야를 비롯하여 다양한 교과교육 분야에서
자전적 텍스트를 중심으로 담론을 새로이 제시하고 적용하려는 논의들
이 활발하게 이루어져 왔다. 이 연구에서는 자전적 텍스트 교육을 위한
체계적 논의에 앞서 기존의 자전적 텍스트와 관련한 연구의 흐름과 결
과를 점검하고, 이 연구가 지향하는 논의가 어느 지점에 어떻게 놓일
수 있을 지에 대해 생각해 보고자 한다.

이 연구의 주제를 고려하여 선행 연구에 대한 검토는 크게 다음의 두
차원에서 이루어졌다. 첫째는 자전적 텍스트와 관련된 연구이고, 둘째
는 국어과 교육과정 및 학습자 발달에 관한 연구이다. 전자는 다시 자서
전과 자전적 소설에 관한 연구, 자서전적 방법을 활용한 연구, 교육과
정·교과서 관련 자전적 텍스트에 관한 연구로 나누었다. 후자는 다시
수준별 교육과 위계화에 대한 연구, 학습자 발달에 대한 연구, 교육학적
발달 원리를 국어교육에 적용한 연구로 나누어 살펴보았다.

자전적 텍스트 교육에 관한 연구를 진행하기 위해서는 자전적 텍스트
자체에 대한 연구뿐만 아니라 텍스트를 교육적으로 적용할 수 있는 학
습자의 상황에 대한 이해가 서로 영향을 주고받게 되므로 이 두 가지
차원에 대한 검토는 반드시 필요하다고 판단하였다.

2.1. 자전적 텍스트 연구

자전적 텍스트에 관련한 연구는 다시 자서전과 자전적 소설에 관한 연구, 자서전적 방법을 활용한 연구, 교육과정·교과서 관련 자전적 텍스트에 관한 연구의 세 분야로 나누어 점검해 보았다.

2.1.1. 자서전과 자전적 소설에 관한 연구

자전적 텍스트의 장르적 특성에 대한 연구의 대표적인 예는 자서전 연구이다. 따라서 자전적 텍스트에 관한 논의를 시작하기 위해서는 자서전에 관한 연구를 검토하는 것이 가장 주요한 접근이 될 수 있을 것이다. 이 연구에서 자서전은 '자(自)'이면서 '전(傳)'의 성격을 동시에 충족하는 자서전과 자전 소설의 범위로 한정하였다.

Lejeune은 자서전 장르에 대한 체계적인 연구자로 고전적 입지를 굳히고 있으며, 그의 저서 『자서전의 규약*Le Pacte autobiobraphique*』은 자서전 관련 연구자라면 누구라도 피해갈 수 없는 이론적 관문이 되고 있다. 일반적으로 서구에서 최초의 자서전을 Rousseau의 『고백록』으로 보아 왔고, 이러한 견해는 이후로도 오랫동안 『고백록』에 관련한 연구들을 자서전에 대한 연구로서 풍성하게 만들어 왔다. 국내의 연구에서도 예외는 아니다. 박종탁(1992)과 문경자(1998)은 루소의 『고백록*Les Confessions*』, 『대화, 루소가 장자크를 판단한다*Les Dialogues, Rousseau juge de Jean-Jaques*』, 『고독한 산책자의 몽상*Les Rêveries du promeneur solitaire*』을 연구 대상으로 자서전 삼부작에서 끊임없이 제기되고 있는 자아탐색의 실체를 규명하고자 하였다. 특히 문경자(1998)은 루소의 자서전 기획이 글쓰기 형식의 분명한 차이를 통해 단계별로 실현되는 양상을 보여주었다. 이 두 논문이 루소의 자서전이라는 텍스트를 구체적 분석 대상으로 하고 있는데 반하여, 류은희(2001)의 경우는 조금 다르다. 류은희(2001)은 자서전의 기본 개념인 '자기 자신의 삶을 직접 서술한 이야기'라는 원칙에 근거하면서 역사 기술과 시의 요소에 주력하여 자서전 장르에 대한 이해를 구하고자 하였다.

자서전이 지닌 문학 작품으로서의 가치에 집중한 연구는 매우 다양하게 나타난다. 특히 자전적 소설에 대한 논의가 가장 활발하게 이루어지고 있는데, 주로 박완서나 신경숙처럼 세간에 알려진 작가가 쓴 자전적 소설에 대해 작가론이나 표현 기법 분석을 중심으로 한 논의가 활발하다.[9] 박영혜, 이봉지(1999)는 Lejeune의 동일성 개념을 지향하거나 거기에 가까이 가 닿은 여성 소설을 '자서전적 소설'로 규정하고, 한국 여성 소설을 통하여 자서전적 글쓰기의 유형과 양상을 살피고자 하였다. 이는 소설을 매개로 하여 자전적 쓰기의 개념과 성격을 이해할 수 있는 지표를 제공해 준다. 하지만 한국 여성 소설과 자서전적 소설, 자서전적 글쓰기, 자서전 쓰기 등의 개념이 명확하게 차별화되어 보이지 못하고 서술 전략상으로 통합되고 있는 양상을 보인다.

이정화(2003)은 넓은 의미의 자기에 대한 글쓰기로 가족 소설에 주목하고 자기정체성이 '가족'이라는 사회[10]와 경계를 맺어가면서 확립되어 감을 유르스나르의 가족 소설을 분석하면서 보이고자 하였다. 이는 자

9) 이 연구에서 언급하는 자전적 소설은 자전적 텍스트 활동 중 '자서전 활동'의 영역에서 파악하고자 하였다. 따라서 자전적 소설에 관련한 작품이나 이론의 언급은 '자서전 활동'을 염두에 두고 이루어진 것이다. 또 자전적 소설에 대하여 본격적인 문학적 접근을 보이는 연구는 논의의 성격상 검토 대상에서 제외하였다. 다만 자전적 텍스트의 교수-학습에 이론적, 철학적 근간을 제공할 수 있다고 판단되는 경우, 자전적 소설의 주변 자료나 본문 텍스트를 차용하였다.
10) 장유정(2013)은 한 개인의 인생에서 가족의 역할은 절대적이고, 자신의 내면을 객관적으로 들여다보는 것 못지않게 중요한 것은 내 주변의 사람들에 대한 객관적 거리 유지를 통한 비판적 인식이라고 한다.

서전을 생산하는 과정에서 자서전의 필자가 자신과 가장 가까운 타자에
접근함으로써 보다 자기 스스로를 더 잘 알아갈 수 있는, 우회적이지만
효과적인 방법론을 제시하였다고 볼 수 있다. 한편 이형빈(1999)의 경우
는 한국 현대 소설에 나타난 고백적 글쓰기를 통하여 국어교육적으로
유용화할 수 있는 자기표현 방식을 추출하고자 하였다. 이 때 고백적
글쓰기는 자서전, 일기, 에세이, 생애구술담 등을 통하여 드러나게 된
다. 이렇게 국어교육적 원리와 다양한 자전적 텍스트 유형을 손잡게 함
으로써 기존에 자전적 소설 자체만을 분석하는 시각과는 달리 열린 접
근을 시도하는 양상을 보인다.

2.1.2. 자서전적 방법을 활용한 연구

자서전적[11] 방법을 활용한 연구로는 교육학의 견지에서 자서전에 접
근하거나 자서전이 지닌 장르적 특성을 교육에 활용한 논의들, 그리고
자서전 쓰기에 관한 논의들을 주로 살펴볼 수 있다.

한혜정(1999)는 자서전적 방법을 통해, 개인으로 하여금 자신의 과거
의 경험을 돌아보도록 하여 현재 가지고 있는 생각과 성향이 과거의 어
떤 교육적 경험을 통하여 형성된 것인지를 알게 하는 데 목표를 두었다.
그러나 외국 학자들의 교육 방법을 그대로 대입하고 있다는 점에서 한
계를 보인다. 또 한혜정(2005)에서는 자서전적 방법에서 시사하는 바를
찾아 우리나라 대학의 교육과정 강의 방식의 변화 속에서 파악하고자
하는 확대된 논의를 보이기도 하였다. 손승남(2002)는 자서전의 개념과
가치를 정신과학적 지적 전통에서 해석학적으로 고찰한 후 그것의 교육

---

11) '자서전적'과 '자전적'의 의미는 다르다. '자서전적'이라는 용어를 사용하고 있는 연구
들은 자서전이라는 특정한 장르의 성격을 인식하고 논의를 진행하고 있다. 따라서
이 연구에서 말하고 있는 '자전적'의 의미와 달리 제한적인 의미로 해석할 수 있다.

적 시사점을 탐색하고자 하였다.

한편 정성아(2006)은 쿠레레(Currere) 방법을 초등학교 도덕과 수업에 적용하고자 하였다. 최유영(2008) 역시 초등학교 5학년 도덕 시간을 이용하여 자아 관련 수업의 일환으로 자서전 쓰기를 유도하였다. 그러나 자서전의 장르적 특성을 적용하는 적극적인 전략은 드러나지 않고, 일반적인 글쓰기 전략 안에서 수월하고 보편적인 접근에 그치고 있다. 김병수(2008)은 국어과 박사 논문 쓰기 체험의 과정을 자전적 문화 기술을 바탕으로 검토하였다. 박사 논문 쓰기 체험에서 논문 주제가 어떻게 명료화되는지 연구자가 겪는 신념의 변화 과정을 서술한 점이 특이하다. 특히 소논문 자체를 자서전과 유사한 방식으로 진술하고 있어 새로운 논문 서술 방식에 주목할 만하다. 정호진·박성실(2010)은 '지식'과 '삶'을 연계하는 쿠레레(Currere)[12) 방법에 주목하고, Currere 방법은 학습자의 경험이 주가 되므로 학습자 중심의 교육이 가능하고, 실생활 문화에 대해 습득한 지식을 학습자의 삶과 연계시킬 수 있다는 장점을 부각하였다. 이 논문은 결과적으로 생활 문화 교육 방안에 대한 연구이다. 그러나 Currere 방법이 개인의 교육적 경험이 바탕이 된 자서전을 활용한다는 것에 착안할 때, 자서전 쓰기의 외연을 확장할 수 있는 아이디어를 제시하고 있다. 최연주(2011)은 자서전적 방법을 활용하여, 예비 교사들을 대상으로 자서전적 글쓰기를 진행하고, 예비 교사들과 교사 교육자가 무엇을 경험하는지에 대해 탐구하고자 하였다. 학위 논문 안에서

---

12) Pinar(김영천 역, 2005)에 의하면, 필자는 교육과정에서 자기반성을 통한 체계적 연구를 뒷받침하기 위해 Currere의 방법을 개발하였다. Currere를 통한 교육과정의 방법에는 ① 회귀(regressive) ② 전진(progressive) ③ 분석(analytical) ④ 종합(synthesis)의 4가지 단계가 있다. 이와 같은 단계들은 교육을 받는 동안 진행되는 학습자의 경험을 자신의 '존재'라는 관점에서 구조화하고, 이를 특징지을 수 있도록 시간적, 인지적 양상으로 전개시킨다.

보이는 연구자의 일기 같은 논문 진술 방식이 특징적이다.

자서전의 '쓰기' 활동 측면에 집중한 연구들은 그 논의가 상당히 다양하다. 먼저 단행본으로 이원구(1997)의 『잃어버린 나를 찾아서』는 자서전 쓰기를 자아발견이라는 관점에서 시, 그림, 소설 쓰기 등 다양한 방식을 통해 다양한 접근을 시도하였다. 이남희(2000)은 『자기발견을 위한 자서전 쓰기』에서 성인 자서전 쓰기 과정 12주 과정을 제안하고 있으며, 『마음알기, 자기알기』,에서도 청소년 대상의 자서전 쓰기의 모델과 예문을 수록하고 있어 현장 지도에 유용한 지침이 될 만하다. 또 한정란·조혜경·이이정(2004)는 노인 자서전 쓰기에 대한 방법을 제시하고 있는데 일반적인 자서전 쓰기에 활용하기에도 좋을 만큼 비교적 풍부한 아이디어를 정리해 놓고 있다. 특히 '그룹 자서전 쓰기'[13]를 제안하고 있는 점을 눈여겨볼 만하다. 집단 대화가 서로의 대화를 통해 자신을 타인과 구별하게 하고 정체감의 세부적인 것들까지 더 상세하게 이해할 수 있게 되며, 이를 통해 자아정체감을 형성해가게 되고 이를 바탕으로 자서전 쓰기가 이루어진다는 논리를 보인다. 지행중(2008)은 노인 자서전 쓰기 교육 프로그램에 대한 실제 사례 연구를 통해 후속 연구에 대한 가능성을 더 열어 보이고 있다. 유호식(2000)은 자기에 대한 글쓰기 연구에서 자서전 작가들이 자기에 대한 글쓰기를 하는 이유에 대한 고민을 보여준다.

또 자전적 글쓰기가 학생들의 정서적인 측면에 긍정적인 영향을 끼친다는 논의들도 이어지고 있다. 상담심리학의 견지에서 접근하고 있는

---

13) 박영목(2008: 153)에서는 "지식의 단순한 변형이나 재생산 위주의 작문 교육에서 벗어나 사회·문화적 맥락에 바탕을 둔 실제적 작문 교육을 실시하기 위한 하나의 방안"으로 의미 구성 과정에서의 협상 과정을 중시하는 협동 학습을 중시하고 있다. 여기서는 지극히 개인적인 활동이라고 볼 수 있는 자서전 쓰기의 과정에서도 협동 학습의 맥락을 가져올 수 있다는 점에 주목할 수 있다.

조명숙(2010)의 논의와 초·중등학생들의 자아개념 형성에 집중한 신지수(2005), 배점희(2009) 등의 논문에서 찾아볼 수 있다. 특히 최인자와 임경순은 자서전을 서사표현교육의 견지에서 바라보았다. 최인자(2001)을 비롯한 그 외의 다양한 논의에서 글쓰기 자체가 글쓰기 주체를 변화시키는 사건이 된다는 점에 주목하고, 자전적 서사 쓰기의 과정이 자기이해와 성숙의 과정임을 강조하고 있다. 또 최인자의 서사에 관련한 논의는 여러 편의 논문을 통해 자전적 서사, 성장 소설, 뉴스, 영화 등 서사 전반으로 확장되는 특성을 보인다.[14)]

사실 자서전을 서사 장르로 보는 관점은 자서전을 통해 수용할 수 있는 국어 활동의 영역을 확장할 수 있다는 장점이 있다. 그러한 점에서 장유정(2013)은 박완서의 자전적 소설『그 많던 싱아는 누가 다 먹었을까』에서 경험적 서사 원리들을 분석하고 이를 통하여 학생들이 실제 자서전 쓰기에 적용할 수 있도록 하였다. 그러나 자전적 소설을 자서전과 동일시하게 되면 자전적 텍스트를 자칫 문학 교육의 영역에서만 제한적으로 다루게 될 수 있다는 우려가 있다. 자전적 텍스트 내부에 지닌 문학적 요인을 배제할 수는 없지만 그 부분을 강조하게 되면 자칫 자전적 텍스트 교육이 지향하는 총체적인 국어교육적 능력과 사회적·정서적 소통 능력과는 소원해질 수 있기 때문이다. 정기철(2010)은 학생들이 자신의 내면세계를 진술하고 구체적으로 표현하는 글쓰기를 위해서는 자신이 숨기고 싶은 것, 자신조차도 인식하지 못하고 있는 슬픔에 대해 글로 표현해야 한다는 전제하에서 논의를 시작한다. 그런데 이 논문에

---

14) 최인자(2007)은 서사 표현 교육의 장르와 매체의 폭이 더 광범위해져야 한다고 말한다. 즉 경험에 기반한 서사 장르(전기문, 자서전, 기행문, 일기, 뉴스, 다큐멘터리), 허구에 기반한 서사 장르(소설, 민담, 전설, 애니메이션, 영화, 디지털서사), 그리고 음성 매체, 문자 매체, 디지털 매체 등을 모두 포괄해야 한다고 주장한다.

서 제시하고 있는 수업 방안은 '치유'를 중점에 둔 심리학 이론에 기대고 있으면서 학습자의 슬픔과 부정적 기억이 전제되어야 가능하다는 점에서 실제 교수-학습 현장에서 적용시 재고해 볼 여지가 있다.

2.1.3. 교육과정·교과서 관련 자전적 텍스트에 관한 연구

한편 교육과정이나 교과서와 연계하여 '자전적 텍스트'에 관련한 연구는 아직까지 크게 활성화되어 있지 않은 상황이다. 반숙희·박안수(2000)는 중학교 국어 교과 단원과 관련된 전기문 쓰기 지도 단원의 하위 영역에서 자서전 쓰기를 제시하였다. 김명순·박동진(2011)은 8학년 자서전 읽기와 쓰기 단원을 중심으로 2007 개정 교육과정에 따른 교과서를 분석하여 학습 활동의 양상을 살피고 향후 장르 중심의 단원 구성을 할 때 개선할 방안을 고민하고 있다. 정대영(2012)은 전문 작가들의 자전적 소설과 고등학교 학습자들의 자전적 서사 텍스트를 연구 자료로 하여 자전적 서사에서 반성적 쓰기의 중요성을 역설하였다. 그러나 반성적 문제의식의 탐색을 교사의 피드백에 의존할 수밖에 없다는 점에서 한계를 보인다.

그리고 그 밖에 자서전 쓰기 교육의 실제에 대한 연구는 천정은(2004), 정혜진(2007), 김재은(2007), 김혜정(2009) 등에서 학교 현장에서 적용할 수 있는 자서전 쓰기의 원리와 방법들이 제시되면서 다양한 논의가 이루어졌다.

한편 대학생들의 자전적 글쓰기에 관한 연구에서 자전적 쓰기 교육에 대한 보다 활발한 논의를 찾아볼 수 있다. 하지만 대학생들의 글쓰기 지도 현장에서는 자서전과 같은 특정한 텍스트 쓰기 활동을 의도하기보다는 '자기를 소개하는 글쓰기'나 '자기서사', 혹은 실용적 쓰임을 목적으로 하는 '자기소개서 쓰기'와 같이 폭 넓은 자전적 쓰기의 양상으로

드러나는 것이 대부분이다. 더구나 이러한 연구들은 교육과정상의 연장
선상에서 위계를 가지고 함께 논의할 수 없으며, 대학의 교양 과목으로
서의 글쓰기[15]라는 별개의 위상을 갖는 것으로 보인다.

　이양숙(2011)은 자기소개서 쓰기의 일반 원칙을 소개하고, 유연하게
적용할 수 있는 수업의 큰 방향을 제시하고자 하였다. 특히 Pinar의 후
향, 전향, 분석, 종합의 자서전적 방법을 적용하여 과거의 사실을 통해
'현재의 자아상'을 살펴볼 수 있다고 주장하였다. 하지만 Pinar의 자서전
적 방법에 대한 심도 있는 이해가 이루어지지 못하고, 실제 수업 적용에
대한 설명도 누락되어 있다. 최규수(2005)는 대학 작문에서 자기를 소개
하는 글쓰기의 현실적 위상과 전망을 보여주었고, 박현이(2006)은 대학
생 자전적 글쓰기 현장 사례를 통해 자아정체성과의 관계를 드러내고자
하였다. 나은미(2009)는 대학생 저학년의 자서전 쓰기가 4학년의 자기소
개서 쓰기로 이어질 것임을 연계하여 분석하였다. 그러나 대학생 저학년
글쓰기와 4학년의 글쓰기에서 구체적 수업 과정을 제시하지 못하였고,
분리 지점과 차이점에 대한 상세한 내용을 다루지 못했다는 점에서 한계
를 갖는다. 손혜숙·한승우(2012)는 대학 글쓰기에서 '자기 서사 쓰기'의
교육 방법에 대한 고민을 보이고 있는데, '자서전'이라는 용어 대신 자서
전과 수필, 일기, 편지 등을 포함하는 의미로 '자기서사'라는 용어를 사용
해야 한다고 주장한다. 최연주(2011)은 대학생 중에서도 특히 교직 과목
을 이수하는 예비교사들을 대상으로 자서전적 방법을 통하여 실험한 연
구이다. 예비교사와 교사 교육자의 상호작용을 통해 생산되는 자서전의

---

15) 정희모(2002: 191)은 대학 글쓰기 교육의 목표가 논리력과 창의력, 상상력을 길러
　　성숙된 사유를 지닌 지성인을 만들고자 하는 교양적 목표와 지식 행위의 기초가 되는
　　바른 글쓰기를 유도하고자 하는 도구적 목표의 두 가지가 결합된 것임을 언급하고
　　있다.

측면에 주목하였으며, 교사의 전문성 신장 프로그램을 염두에 두고 시의성 있는 실험 대상을 선정했다는 점에서 긍정적으로 평가할 만하다.

이상에서 자전적 텍스트와 관련된 연구 동향을 살펴보면 몇 가지 특징을 정리할 수 있다.

첫째, 자서전과 자전적 소설에 관한 연구가 많은 비중을 차지하고 있다. 특히 특정한 자서전 작품에 대한 연구는 Rousseau를 비롯하여 외국의 자서전을 대상으로 한 논의가 많고, 자전적 소설에 관한 연구는 국내 작가들의 자전적 소설을 대상으로 하는 경우가 많다.

둘째, 자서전을 하나의 교육 방법론적으로 해석하려는 시도는 보이지만, 결국 '자서전적 방법'을 통해 보이는 것은 자서전이 지니는 장르적 특성에서 크게 벗어나지 않는다.

셋째, 현행 교육과정이나 교과서와 관련하여 자전적 텍스트에 대한 논의는 드물게 나타나며, 이 역시 자서전이라는 특정한 장르 쓰기 활동에 초점이 맞추고 있는 경우가 대부분이다.

그러나 이러한 연구들은 단순히 자서전이라는 특정한 장르에 집중하고 있는 논의라고 해석할 수 없으며, 자서전이 지닌 교육적 측면을 확대하고 유용하게 사용하려는 이면의 의도를 찾을 수 있어야 할 것이다. 따라서 이 연구에서는 선행 연구의 이러한 점을 보완하여 자서전이 지닌 교육적 의미를 자전적 텍스트의 맥락에서 찾아가고자 한다.

2.2. 국어과 교육과정 및 학습자 발달 연구

자전적 텍스트 교육 내용이 교육과정과 교과서, 교수-학습 현장으로 옮겨오는 동안 체계적인 교육 내용을 마련하기 위해서는 국어교육에서

학습의 체계에 관한 논의와 그 외에 국어교육에서 유의미한 학습자 발달
에 관한 논의를 수렴하는 과정이 필요하다. 여기서는 수준별 교육과 위계
화에 대한 연구, 학습자 발달에 대한 연구, 교육학적 발달 원리를 국어교
육에 적용한 연구의 세 가지 영역으로 다시 나누어 보았다.

2.2.1. 수준별 교육과 위계화에 대한 연구

국어교육에서 위계화에 관한 논의를 정리하기 위해서는 '수준별 교
육'16)에 대한 이해를 포함해야 한다. 수준별 교육은 교육 내용 적정화17)
를 위해 가장 쟁점이 되는 부분이기도 하다. 국어과의 각 영역별 수준별
학습에 관련된 선행 연구를 검토하는 과정에서 위계성에 대한 부분이
교육과정이나 교과서를 통해 어떤 방식으로 형상화되어 왔는지 가늠할
수 있다. 김대행(1996)은 국어 활동을 '규범성 → 문화성 → 창의성'으로
위계화하는 것을 고려하고 있는데, 이는 구체화를 위한 제안이라기보다
는 논의의 활성화를 위한 방편이라 강조한다. 또 나선형 교육과정이 학
습 단계에 따른 지식-활동-경험의 위계를 도외시해버리고는 성립되기
어려움을 언급하면서, 제7차 교육과정이 '수준별'을 지향한다면 학습의

---

16) 한편 '수준별 수업'은 '수준별 교육'이나 '수준별 학습'과는 그 의미를 달리한다. '수준
별 수업'은 "학생의 흥미·능력 등을 고려하여, 몇 개의 수준별 집단으로 나누고, 각
집단의 수준에 적합한 다양한 교수·학습 방법을 제공하는 수업(2009 개정 교육과정)"
으로 학습자의 수준을 배려한 수업 행위(방식) 자체에 초점을 맞추고 있다. 반면 '수준
별 교육'이나 '수준별 학습'은 학습의 내용에 초점을 맞추게 되는 경향이 있다.
17) 송현정 외(2004: 20)에서 "학자들의 교육 내용 적정화에 대한 의견을 종합해 보면,
개념적인 차원에서는 '교과 특성에 따라 교육 내용을 양적, 혹은 질적으로 조정하는
것'이며, 현실적인 차원에서는 '교육 내용을 학습자에 맞게, 교사에 맞게, 교육 여건에
맞게 조정하는 것'이라고 할 수 있다. 교육 내용 적정화의 준거로는 '내용의 타당성',
'내용의 양', '내용의 수준', '내용의 연계·계열', '적정성의 환경 요인' 등을 들 수 있다."
라고 한다.

위계를 명확하게 하는 일은 꼭 필요하다고 강조한다. 그러나 수준별 교육과정의 가능성과 실효성에 의문을 가진 채 교육과정 각론의 예시로 이어지지 못하였다. 김대행(2007)도 초등학교 1학년부터 고등학교 선택 과목에 이르기까지 심화의 방향이 모호한 것은 현실교육에서 위계가 부족한 것이라 지적하면서 교육과정 체계화에 대한 큰 그림을 꾸준히 제시해 왔다. 천경록(1998)과 이주섭(1999)는 7차 초등학교 국어과 교육과 정을 점검하면서 국어과 수준별 수업의 운영 방안에 대해 살피고 있다. 특히 천경록(1998)은 '상황에 맞게 말하기'를 예로 들어 언어 사용 기능의 성취 기준을 체계화하였다. 이주섭(1999)는 학습자에게 제공되는 학습 자료의 수준에 따른 준거를 통하여 위계성의 맥락을 보여 주었다. 전은주(2003)은 국어과 수준별 학습에 대한 현장 조사를 통해 실태를 보고하면서 새로운 교과서의 효율적 사용법에 대한 교사의 이해 부족과 교과서에 대한 잘못된 운용관, 다인수 학급 상황이라는 교육 환경의 문제 등을 지적하고 있다. 서혁(2005)는 7차 국어과 수준별 교육과정의 주요 문제점을 지적하고 결국 학년별 내용 수준의 위계화 문제는 학년 수준의 단계화를 통해서 상당 부분 쉽게 해결될 수 있다고 말한다. 그래서 수준별 교육 실천의 핵심적 조건으로 다양한 수준과 유형의 교재 개발이 필수적이라고 하면서 교과서 검인정 제도의 도입을 역설하였다.

그러나 정작 2007 개정 교육과정부터 검인정 교과서 제도가 본격적으로 도입되어 현재까지 시행되어 오고 있지만 텍스트의 수준에 따라 위계를 확보하는 방안에 대한 윤곽은 좀처럼 드러나지 않고 있다. 이도영(2006)은 텍스트를 주된 준거로, 상황과 인지를 통합하고, 말하기에 관여하는 모든 구성 요소를 반영하여 말하기 교육 내용 요소를 선정하였다. 이 논의에서는 지금까지 교육 내용을 하나의 방식으로 제시하던 것에서 벗어나 텍스트의 특성에 따라 다양한 내용 요소의 결합을 강조하고 있는

데, 말하기 영역에 한정하지 않더라도 텍스트 중심 교육에서 교육 내용 위계화를 위한 유용한 자료가 된다. 최숙기(2011)에서 제시하고 있는 미국의 공통핵심교육과정CCSS(The Common Core State Standards)의 읽기 교육과정상의 위계도 참고할 만하다. 이 논의에서는 읽기 교육에서 학습자의 수준별 읽기 텍스트를 명시하고자 하였는데 우리나라의 2007년 개정 교육과정에서 표방하는 '수준별 교육과정'에도 시사한 바가 크다.

쓰기 발달의 위계적 단계를 보이는 대표적인 논의로 Bereiter(1980)를 들 수 있다. Bereiter(1980)의 쓰기 발달 단계는 학습자의 연령이나 수준, 단계가 높아짐에 따라 어떤 수준의 쓰기가 이루어질 수 있는지에 대해 쓰기 교육 내용의 위계를 잘 보여준다. 여기서 제시하는 여섯 단계는 쓰기의 위계에 관련하여 언급하고자 하는 이후 연구들에 융통성 있게 적용할 수 있는 틀을 제공해 주고 있다. 이성영(2000)은 Bereiter(1980)의 발달 단계에 대한 관점을 비교 준거로 하여 우리나라 초등학생의 글쓰기 능력 발달 단계를 설정하고자 하였다. 여기서 글쓰기 능력의 발달이 '선적 발달'과 '동시적 발달'의 결합으로 이루어지고 있다고 판단하였다. 이 과정에서 문종별로 작성한 체크리스트 목록은 쓰기 발달 단계의 준거로 삼을 만한 자료로서 가치를 보인다. 쓰기 교육 내용의 위계화에 대한 필요성은 박영민·최숙기(2009)의 쓰기 효능감에 대한 연구에서 드러난다. 한편 서영진(2011)은 2007 국어과 교육과정 쓰기 영역의 '성취 기준'을 분석 대상으로, 문제 해결 방안을 제안하는 글쓰기와 평가하는 글쓰기를 대상으로 학습자의 발달 특성과 교과의 논리성에 따라 쓰기 내용 조직의 위계를 밝히고자 하였다. 이후 2009 개정 교육과정 쓰기 영역에서 내용 조직의 위계적 원리를 찾고자 한 논의는 이은미(2011), 박동진(2012) 등에서 찾아볼 수 있다.

자전적 텍스트를 서사문학의 시각에서 해석할 수 있는 범위까지 눈을

돌리면 서사문학 교육의 위계화 개념을 설명하고 있는 연구들도 주목할
만하다. 김중신(2003)은 주체적 위계화와 해석적 위계화[18]라는 용어를
통해 문학 제재의 위계화 논의를 보인다. 이는 텍스트의 내용과 주제를
학습자의 인지적·상황적 성숙 단계와 부합할 수 있도록 위계화를 시도
했다는 점에서 의미가 있다. 김상욱(2004)는 소설에서 가르쳐야 할 구성
요소로 사건, 인물, 배경을 차례로 들고, 마지막에 요소들을 통합하여
가르쳐야 한다고 역설한다. 또 에릭슨의 발달 이론을 원용하여 5학년에
서 10학년까지 위계화된 학습 목표를 제시하고 있다. 이종섭·민병욱
(2008)은 서사문학의 구성요소를 스토리 층위, 플롯 층위, 서술 층위의
세 층위로 나누고 학습 내용으로 스토리, 인물, 사건, 공간, 서술 등을
추출하였다. 그러나 여기서 Piaget와 Bruner의 보편적 이론을 적용하
고 통합성의 원리와 반복적 심화의 원리에 따라 위계적 교육 내용 배열
을 유도하고 있는 점은 지금까지 서사교육에서의 보편적 논의들을 절충
하고 있는 인상이 짙다.

2.2.2. 학습자 발달에 대한 연구

지금까지 국어 교육에서 논의된 위계화의 문제에서 해결해야 할 점은
서구 이론가들의 전통적인 논의나 국어과 교육 내용의 일반적 위계 논
의에서 벗어나 구체적 텍스트 교육 내부에서 자체의 원리를 세워야 한
다는 것이다. 국어교육에서 학습자 발달과 연관 지어 참고할만한 논의
는 교육학 이론을 먼저 바탕을 두고 언급하는 것이 순조로운 접근법이

---

18) 김중신(2003: 191-192)에 따르면 주체적 위계화란 학습자의 인지적 발달 수준에
    따라 작품의 내용을 고려하여 제재를 선정·배열함을 의미한다. 해석적 위계화는 하나
    의 작품이 다양하게 해석될 때 그 해석되는 양상을 학습자의 발달 단계에 따라 체계화
    하는 것을 의미한다.

될 것이다.

먼저 김명희·김영천(1998)의 다중지능이론에 대한 접근부터 살펴보는 것이 큰 그림을 보는 순서가 될 듯싶다. 이 논의는 Howard Gardner의 다중지능이론(Multiple Intelligence Theory)[19]에 대한 전반적인 소개로 시작하여 우리나라의 열린 교육, 교육개혁과 관련되어 도출될 수 있는 시사점을 제시하고 있다. 결국 다중지능이론에 의한 학습자 평가 내용과 평가 방법의 변환이 성적과 교과 성취 중심에 근거한 교실의 이미지를 새로운 방향으로 변화시킬 수 있다고 전망한다. 손승남(2005)는 교육과정보다 넓은 의미에서 인간의 삶과 관련된 형식적·비형식적 교육과정의 총칭으로 '도야과정 교수법'이라는 개념을 사용하였다. 또 발달과업의 연장선상에서 Vigotsky가 말한 '실제적 성취 영역'과 '근접발달영역'간의 균형과 조화가 도야과정에서 실현되어야 한다고 강조한다. 이러한 도야적 교수법이 갖는 장점은 이전의 교수법 모델이나 경향성과는 달리 배우는 학습자가 당당한 주체로서 교육 받을 내용의 선정과 조직 과정에 참여할 수 있고, 실제 수업에서도 능동적 참여자로서의 역할을 수행하게 허용한다는 점이다. 이러한 관점은 도야적 교수법에서 말하는 발달 과업을 통한 능력 개발과 자아정체성의 고양이 학습자의 실제 삶과 교육 현장에서 성공적인 조화를 추구할 수 있도록 전반적인 독려를 보내고 있다는 점에서 눈여겨볼 만하다.

김성일(2008)은 학습자 중심의 학제 개편을 위해서 아동 및 청소년 발달과정에서의 주요 심리적 특성에 근거하여 학제 개편에서 고려해야 할 학습자의 심리적 특성 및 발달 단계, 환경 불일치로 인한 문제점 등을

---

19) 김명희·김영천(1998)에 의하면, Gardner가 이론화시킨 인간에 보편적으로 내재해 있는 여덟 가지 능력은 '언어적 지능, 논리-수학적 지능, 공간 지능, 음악 지능, 신체운 동 지능, 대인관계 지능, 개인이해 지능, 자연현상분석 지능'이다.

살펴보았다. 제언으로 유아교육의 강화, 청소년의 자아존중감 유지, 진학(transition) 시기에 발생하는 부작용 최소화, 학습동기 증진을 위한 학습 환경 설계, 자아정체감 확립과 진로탐색 위한 기회 확대, 발달의 개인차를 고려한 유연한 학제 등의 여섯 가지를 제안하고 있다. 이 논의에 기초하면 청소년기의 심리적, 발달적 특성을 반영하는 유연한 교육 프로그램의 개발을 위하여 다양한 교과 영역에서의 적용이 시급한 현안으로 드러난다. 김정환(2010)은 초등학교 5,6학년과 중학교 1,2학년 학생들을 대상으로 가치관, 각 가치관 하위요소 및 실제기능은 학년과 학교급의 진급에 따라 부정적 또는 소극적으로 변화하는 경향을 확인하였다. 따라서 청소년기에 해당하는 발달단계에서 바람직한 가치관이 형성될 수 있도록 성인의 특별한 관심과 이해, 안내 및 지도가 요구된다고 하였다. 이는 청소년 초기 단계에 있는 초등학교 고학년과 중학생의 인지적 능력과 정의적 특성의 발달이 조화롭게 이루어질 수 있도록 학교교육의 방향과 체제에 변화의 필요성을 시사하고 있다.

2.2.3. 교육학적 발달 원리를 국어교육에 적용한 연구

이상에서 살펴본 교육학적 발달 원리를 국어교육의 구체적인 영역에 적용한 연구는 극히 한정된 분야에서만 나타난다. 주로 서사교육이나 문학교육 분야에서 논의를 찾아볼 수 있다. 염은열(2003b)는 초등학교 단계에서 경험한 것을 표현하는 쓰기 교육은 매우 강조되고 있는 반면 문학적 글쓰기와 관련된 내용은 거의 다뤄지지 않고 있다는 점을 지적하고, 아동 발달 특성을 고려하여 서사적 글쓰기의 체계를 밝히고자 하였다. 특히 학습자들의 서사 표현 교육에서 설화, 전, 소설로 나아가는 과정을 통해 그 필요성을 강조하고자 하였다. 이는 발달이라는 개념이

지나치게 포괄적이고 여러 국면의 변화를 포괄하는 개념이기 때문에, 문학교육과 관련하여 발달의 어느 국면을 다룰 것인지 구체화할 때, 지식은 물론이고 경험이나 수행, 태도의 목록이 구체화될 수 있다는 생각에 기인한다.

최인자(2007)은 청소년 학습자를 중심으로 한 학습자의 발달 특성을 기반으로 서사 텍스트 선정에서 논의될 수 있는 기본 범주를 마련하고자 하였다. 여기서 학습자가 텍스트를 이해하고 받아들일 수 있느냐의 '수용적 적합성'보다 학습자의 발달 기제에 대한 이해를 바탕으로 발달을 도모하는 '발달 적합성'에 주목하였다. 이 때 청소년 대상의 서사 텍스트 선정의 원리로 1) 자아 형성의 관심과 수준에의 적합성, 2) 인지 발달의 수준과 관심에의 적합성, 3) 도덕성 발달에의 적합성, 4) 역할 발달에의 적합성 등을 제시하였다. 이러한 내용은 굳이 서사 텍스트 선정에 국한하지 않더라도 청소년기의 학습자에게 필요한 교과별 텍스트를 선정하는 데에도 참고할 수 있는 기준점 역할을 할 수 있을 것으로 보인다.

그 외에도 문학교육 현장에서 학습자들에게 제시되는 교육 내용에서 학습자들의 발달을 반영하는 방안에 관련하여 류미수(1997)이나 강민곤(2006) 등의 논의를 참고할 만하다. 한편 김봉순(2000)은 초·중·고 11개 학년을 대상으로 설명적 텍스트의 이해와 표현에 필수적인 '텍스트 구조(text structure)'를 대상으로 이해력과 표현력의 발달 과정을 밝혀보고자 하였다. 이는 설명적 텍스트에 한정하지 않고 학습자의 일반적인 텍스트 구조 발달 양상을 파악하는 데 도움을 받을 수 있다.

이상에서 국어교육에서 학습의 체계와 학습자 발달에 관한 연구를 검토하면서, 자전적 텍스트 교육 내용을 구성하는 데 기초로 삼을 만한 근거를 고민해 보았다. 학습의 체계나 학습자 발달에 관한 이론들은 특정한 텍스트 교육을 위하여 정확하게 맞추어 재단하기 힘들다. 자전적 텍스트 교육에서도 예외는 아니다. 그러나 어떠한 텍스트 교육을 목표로 하더라도 이러한 보편적 논의들은 학습자에 대한 기초적 배려로 작용할 수밖에 없다. 특히 학습자 개인의 삶을 둘러싼 소통과 통합을 주제로 삼는 자전적 텍스트의 경우, 다양한 개인의 삶을 배려하는 다양한 차원의 교육적 기준이 적용될 수 있기 때문이다. 이 연구에서는 앞에서 살펴본 학습의 위계나 발달 이론에 대한 일반적인 개념들을 자전적 텍스트 교육을 위한 구체적인 기준점으로 들여 와 논의를 진행하고자 한다.

3. 연구 방법

이 연구는 학습자들이 국어교육을 통해 자전적 텍스트를 효과적으로 수용하고 자신의 삶과 관련하여 의미 있는 자전적 텍스트 생산을 할 수 있도록 돕는 데 궁극적인 목적이 있다. 이를 위하여, 관련된 교육 내용의 틀을 짜고 각 영역별 세부 학습 요소들을 학습자의 발달 단계와 체계적인 교육과정 설계 원리[20]에 따라 구안하고자 한다.

자전적 텍스트 교육이라 함은 '자전적 텍스트에 대한 교육', '자전적 텍스트를 통한 교육', '자전적 텍스트의 수용과 생산을 위한 교육'의 세 가지 차원을 모두 포괄한다고 볼 수 있다.

---

20) 2007 개정 교육과정의 중점 내용에는 '5. 교육 내용의 타당성, 적정성, 연계성 강화'라는 조항이 들어있다. 여기서 연계성 안에는 '교육 내용의 학년 간, 학교급 간의 수직적 위계성'의 개념이 포함되어 있다. 그러나 교육 체계와 현상을 바라보는 큰 안목으로 볼 때 이는 결국 '체계화'의 개념으로 아우를 수 있을 것 같다. 김중신(1997)은 학습자의 성장 단계에 따라 교육 내용을 체계화하는 '종적 체계화'와 학습자의 개인별 수준차에 따라 교육 내용을 체계화하는 '횡적 체계화'의 개념으로 설명한다.

'**자전적 텍스트에 대한 교육**'이란 다양한 자전적 장르에 대한 유형과 특성을 이해하는 목적으로 하는 지식 교육의 측면을 말한다. 이 연구에서는 일상적 자전, 자서전, 확장적 자전 안에 포함되는 다양한 장르에 대한 교육을 포괄한다. '일상적 자전'에는 일기, 편지, 자기소개서, 회고록 등이, '자서전'에는 자서전과 자전 소설이, '확장적 자전'에는 전기와 자전적 시, 자전적 수필 등이 해당된다.

'**자전적 텍스트를 통한 교육**'이란 국어과 내에서는 다양한 자전적 텍스트를 활용하여 구체적 학습에서 의도하는 국어교육의 기능적·정서적 목표에 도달할 수 있는 교육을 의미한다. 범교과적인 측면에서는 자전적 텍스트를 사회, 미술, 도덕과 등의 학습에도 적극적으로 활용할 수 있는 교육을 말한다. 따라서 자전적 텍스트 교수-학습의 내용 체계는 듣기·말하기, 읽기, 쓰기 능력을 포함하여 궁극적으로 학습자의 기능적·정서적 측면을 고려하여 전반적인 국어 능력과 학습 발달을 유도할 수 있는 체계로 조직되어야 할 것이다.

'**자전적 텍스트의 수용과 생산을 위한 교육**'은 학습자가 자전적 텍스트를 능동적으로 수용하고 생산할 수 있도록 하기 위한 교육을 가리킨다. 이 때 자전적 텍스트의 교수-학습 과정에서 단순히 학습자의 언어 사용 기능 발달을 도모하는 차원에 머무르지 않고, 관련된 선행 학습 요인이나 학습자의 인지적·정의적 발달 수준까지 반드시 함께 고려하여 진행해야 한다. 특히 주목되는 부분은 읽기 교육과 쓰기 교육 분야이다. 읽기 교육에서는 폭 넓고 다양한 자전적 텍스트를 학습 자료로 확보하고 학습자에게 유용한 부분이 선별, 제시되어야 한다. 또 쓰기 교육에서는 학습자가 다양한 삶의 맥락과 부합하는 다양한 자전적 텍스트를 생산할 수 있도록 지원하는 부분이 강화되어야 할 것이다.

이러한 논의를 이어가는 과정에서 현행 국어과 교육과정과 교과서에

대한 해당 부분의 검토를 진행하고자 한다. 아울러 외국의 자국어 교육
과정과 교과서의 관련 부분을 함께 검토하면서 '자전적 텍스트'를 큰 줄
기로 하는 텍스트 중심, 주제 중심의 영역 통합적 체계와 내용 구성 작
업에 실제적 토대로 삼고자 한다.

그러므로 자전적 텍스트 교육과 관련하여 교육과정에서 드러나고 있
는 내용의 체계는 현재 우리가 의도하는 '소통'을 위한 최소한의 방법론
적 근거가 된다. 그것을 비판적으로 검토함으로써 얻게 되는 결과들은
앞으로 교육과정과 교과서, 교수-학습의 실제에 반영되어야 할 자전적
텍스트 교육의 기초적 구성 원리와 요소가 될 것이다.

먼저 자전적 텍스트가 지니고 있는 일반적인 특성을 비롯하여 자전적
텍스트 교수-학습을 통하여 얻을 수 있는 특별한 교육적 의미[21]와 효과
에 대해 짚어볼 것이다. 이를 통하여 학습자 삶의 맥락과 국어교육의
기능과 목표 차원이 자전적 텍스트 교수-학습을 통하여 긴밀하게 만나
는 지점에 대해 생각해 보고자 한다. 그리고 기존의 교육학이나 국어교
육적 현상에서 드러나는 체계화된 논리를 근간으로 효율적인 자전적 텍
스트 교육의 실제를 가늠하고자 한다. 이를 위하여 국내·외의 교육과정
이나 교과서에서 보이고 있는 자전적 텍스트에 관련된 진술이나 활동에
대한 언어 사용 기능의 성격을 점검하고 비판적으로 바라봄으로써 자전
적 텍스트 교육에 대한 체계를 세우는 작업을 진행하고자 한다.

언어 사용 기능은 어느 한 영역만 단독으로 기능하기 어려우며 두 가지

---

21) 한혜정(2005: 118)에서 "교육은 각 개인으로 하여금 과거에서부터 현재에 이르기까지
자신이 처해있는 여러 가지 상황과 조건들을 하나하나 끄집어내어 그것을 스스로 대면
하게 함으로써 자신을 구속하고 있는 현상이나 거짓된 인식을 걷어내고 자신의 자아
정체성을 회복하도록 이루어져야 한다."라고 말하면서 이것이 곧 Pinar가 생각하는
'인간해방'과 같은 맥락이라고 주장하고 있다. 이는 자서전적, 전기적 관점에서 교육과
정을 이해하는 Pinar의 기본 입장과 통한다.

이상이 함께 기능하면서 의미있는 텍스트 활동을 구현할 수 있다. 학습자의 읽기 능력을 향상시키기 위해서 읽기 활동만을 통해 훈련하거나, 쓰기 능력을 키우는 과정에서 쓰기 활동만을 고집할 수는 없기 때문이다. 아울러 국어교육의 활동 중에서 '쓰기'는 학습자가 최종적으로 생산해 낼 수 있는 '결과물'의 형식이 되며, 주제나 단원별 학습 '목표'가 되기도 한다. 그러므로 자전적 텍스트 교육에서 '자서전 쓰기'라는 학습 목표를 달성하기 위해서는 쓰기 기능은 물론이고 듣기 · 말하기, 읽기 기능이 자서전이라는 텍스트를 생산하기 위해 상호협력적인 관계를 유지해야 한다.

이를 위해서 교육과정 안에서 극히 추상적이고 소극적으로 다루어져 온 자전적 텍스트 관련 진술들이 실제 교과서 안에서 어떻게 학습 활동으로 구현되고 있는지 검토하는 작업도 필요하다. 이 때 자전적 텍스트와 관련하여 교육과정상의 진술이나 교과서에서 제시되는 학습 활동에 대하여 학습 목표와의 부합성이나 학습자의 발달 수준과의 적합성 등의 문제가 비판적으로 제기될 수 있다. 학습자에게 제시되는 자전적 텍스트는 교육과정에 의거하여 교과서를 통해 구현되며, 또 학습자의 인지적 · 정의적 발달 단계에 따라 텍스트에 대한 수용과 생산의 체계와 내용이 달라질 수 있기 때문이다. 이 부분에서는 7차 교육과정 이후 작문교육의 방향을 끌어온 수준별 교육과정 이론을 비롯하여 다양한 학습자발달에 관한 이론을 기초로 구체화하고자 한다. 이는 기능 중심의 국어과 교육에서 탈피하여 자전적 텍스트 교수-학습을 중심으로 국어 활동의 효율성 있는 인지적 통합은 물론 정의적 영역에서도 국어교육의 목표를 구현하고자 함이다.[22]

---

22) 2007 국어과 개정 교육과정에서 세부 목표는 세 개의 항으로 구성되어 있다. 첫 번째는 자신의 언어를 창조적으로 사용하는 국어 능력의 신장이고, 두 번째는 국어 능력 신장을 위한 지식과 기능의 학습, 세 번째는 정의적 교육 내용과 관련된 목표이다.

이러한 일련의 과정들을 통하여 국어교육에서 자전적 텍스트 교육이 지닌 중요한 역할을 인식하고, 실제 교육 현장에서 찾아가야 할 개선점과 지향점을 제안할 수 있다. 아울러 자전적 텍스트를 위시하여 텍스트 중심, 주제 중심의 국어교육 활동이 교육과정과 교과서, 그리고 실제 교수–학습에서 고려하고 수용해야 할 방향을 제시해 줄 수 있다. 이로써 자전적 텍스트의 교수–학습이 이루어지는 현장에서 교수자는 학습자의 인지적·정의적 발달 수준을 고려한 자전적 텍스트 교육의 내용을 제시하여 효과적인 자전적 텍스트의 수용과 생산을 유도할 수 있다. 또 학습자는 자신의 삶의 체험 내용과 개인적 발달 수준에 맞는 자전적 텍스트를 이해하고 표현하는 방법을 체계적으로 익혀서 국어교육의 기능적 목표와 함께 실제 삶과 연계된 국어교육의 공통된 가치를 구현하는 방법론적인 기초를 마련할 수 있다.

고백하는 삶, 고백하는 지성

『고백록』, 장 자크 루소 저, 이용철 역(나남, 2012)

다른 사람의 인생을 대신 살아볼 수는 없지만, 자서전을 읽을 수는 있다. 자서전을 읽는 동안은 의도했든 의도하지 않았든 필자의 인생에 빠른 속도로 빠져 들어갈 수 있으니까. 지극히 개인주의적이고 지나칠 정도로 주관적인, 그래서 쉽게 동감할 수 없는 루소의 인생은 자서전을 이야기할 때 피해갈 수 없는 고전 중의 고전이다. 완역본으로 성실하게 주를 달아 새로 나온 이번 고백록 안에서 루소의 오만과 치기, 독선은 한결 수위를 높이고 있지만, 자서전이라는 이유로 결국 한 번 더 용서하게 된다.

누구보다도 다른 사람과 자신은 다르다고 힘주어 반복해서 주장하고 있는 루소는 누구보다도 다른 사람들에게 인정받고 싶은 사람이었다. 그리고 그 욕망을 채우기 위해서 선택한 작업이 바로 글쓰기다.

'내 삶의 모든 상황에서 나의 내면을 정확히 알리는 것'

루소가 원한 이것이 과연 글쓰기를 통해 완벽하게 실현 가능한 일인지에 대해서는 확신할 수 없다. 결국 그것은 필자의 자기만족과 자기치

유의 양상으로 이어질 수밖에 없고, 독자에게 너그러운 독서를 요구하게 되기 때문이다. 바랑부인에게도 차마 고백하지 못한 루소의 인생 '고백'은 이 책의 독자를 대상으로 이루어진다. 그렇다면 이 책의 독자들은 루소의 인생을 통해 가장 신뢰할만한 대상이 될 수 있는 걸까?

어떤 방식으로든 이해 받기 어려운 테레즈와의 23년간의 동거, 다섯 아이에 대한 냉정한 유기(遺棄).

핑계 없는 무덤은 없다지만 어떻게 해석하더라도 핑계를 만들어주고 싶지 않은 무덤이다. 1권에서 어린 루소가 성장하듯 빠른 속도로 진행되던 글쓰기는 2권에 접어들면서 다소 독자의 인내를 요구한다. 몽테뉴의 글쓰기를 '허위적인 순진성'이라 비웃고 있는 루소를 예전에는 오만과 치기에 대한 외면으로 대했다면, 이제는 지극히 인간적일 수밖에 없는 루소를 따뜻하게 배려하는 독자의 눈이 필요한 시기이다. 그래서 『고백록』은 독자에게 다른 사람의 인생에 대한 인내와 배려를 가르쳐준다. 새로 나온 고백록을 만나는 동안 혹시 잊은 채 살고 있었는지도 모를 독자의 자만과 독선을 루소의 거울에 비추어볼 수 있었으면 좋겠다. 루소의 긴 고백이 필자와 독자 사이에 썩 호감 있는 관계를 만들어주지는 못할 수도 있다. 하지만 루소가 고백하는 치열한 삶 속에 함께 젖어가는 동안, 고백하는 지성의 향기를 맡으면서 독자의 삶 속에서 자신에게 필요한 고백들을 준비해 보았으면 좋겠다.

제2장

자전적 텍스트란 무엇인가

1. 자전적 텍스트의 개념과 성격

자전적 텍스트에 대해 이야기하기 위해서는 먼저 '자전적(自傳的)'이라는 용어의 의미를 정확히 개념화할 필요가 있다. 국립국어원 표준국어대사전[1]에 의하면, '자전적(自傳的)'이란 '자서전의 성질을 띠고 있는, 또는 그런 것'이라고 나와 있다. 하지만 더욱 명확한 설명을 위해서는 '자(自)'와 '전(傳)'이 지니고 있는 개별적 개념과 성격을 통해 이해하는 방법이 더 타당해 보인다. '자(自)'에는 자기 스스로에 의한 행위라는 성격이 들어있고, '전(傳)'에는 어떤 사람의 일대기를 기록한다는 성격이 강하다. '자전'이라고 하면 일반적으로 '자(自)'와 '전(傳)'의 성격을 동시에 충족하는 '자서전'을 먼저 떠올리게 된다. 그런데 우리가 흔히 쓰는 '자전적'이라는 말의 의미는 '자서전'이라는 특정 장르의 진술 방식에 국한되지 않고 좀더 유연한 잣대로 널리 쓰이는 경향이 있다. 예를 들면, 일기나 회고록, 자전 소설이나 전기문에 대해 이야기할 때에도 우리는 서슴

---

1) http://stdweb2.korean.go.kr/search/View.jsp

지 않고 '자전적'이라는 표현을 사용한다. 심지어는 '자전적 시', '자전적 수필', '자전적 영화'에 이르기까지 '자전적'이라는 수식어가 쉽게 붙는 현상만 보더라도 그러하다. 따라서 이 연구에서는 '자전적'이라는 용어의 개념과 성격에 대해 더 유연한 의미 기준을 적용하여 더 융통성 있고 넓게 보는 것이 옳다고 판단하였다.

그래서 '자전적'이라고 해서 반드시 '자서전'일 수만은 없다는 논리가 생성된다. '자전적(自傳的)'의 개념을 '자(自)'이거나, '전(傳)'이거나 혹은 그에 부합하는 조건을 지닌 성격으로 규정할 수 있다. 그런데 이 연구에서 다루고자 하는 자전적 텍스트의 특성이 개인의 삶에 대한 성찰과 소통을 근간으로 하는 통합적 텍스트라는 점을 의식할 필요가 있다. 여기서 개인의 삶은 '자(自)'에 관한 것뿐만 아니라 '타(他)'에 관한 부분까지 포괄할 수 있고, 따라서 '자전적'의 범주도 여기까지 확장할 수 있게 된다. 또 '자(自)'나 '타(他)'가 사람이 아닌 동물이나 사물 또는 추상물일 때에도 '자전적'이라는 개념이 적용될 수 있다.[2]

〈표 2-0〉 '자전적'의 용어상 의미 범위[3]

	'전(傳)'인 것		'전(傳)'이 아닌 것
자(自)	㉮ 자서전	㉯ 소설	㉰ 일기, 편지, 회고록, 자기소개서, 그 외 '자전적 시', '자전적 수필', 등 필자가 자신의 성찰과 소통을 목적으로 쓴 장르
타(他)	㉱ 전기, 기타 자기 이외의 대상을 소재로 일대기적 성격을 띤 장르		㉲ '자(自)'나 '전(傳)'의 성격을 지니지 않은 본래적 장르 개념에 충실한 장르. 본래적 의미의 시, 수필, 설명문, 논설문 등.

2) 조선의 가전체 문학에서부터 이미 이러한 맥락을 찾아볼 수 있다.

위의 〈표 2-1〉에서 보는 바와 같이, '자전적'의 의미 범위를 '자(自)'에 관한 것이면서 '전(傳)'인 것(㉮,㉯), '자(自)'에 관한 것이면서 '전(傳)'이 아닌 것(㉰), '타(他)'에 관한 것이면서 '전(傳)'인 것(㉯,㉱), '타(他)'에 관한 것이면서 '전(傳)'이 아닌 것의 네 영역에서 살펴볼 수 있다. '자(自)'에 관한 것이면서 '전(傳)'인 것(㉮,㉯)에는 전통적인 자서전과 자전 소설 장르가 해당된다. '자(自)'에 관한 것이면서 '전(傳)'이 아닌 것(㉰)은 일기와 회고록을 비롯하여 필자가 자기에 관해 진술한 모든 장르가 포함될 수 있다. '타(他)'에 관한 것이면서 '전(傳)'인 것(㉯,㉱)은 전기와 인물의 일대기를 소재로 한 소설에서 가능하다. 자기 스스로에 의해 진술된다는 조건을 제외하면 자서전의 성격을 가장 가까이 보여주는 장르를 바로 전기나 일대기적 소설에서 찾아볼 수 있기 때문이다. 이 때 소설 내부에는 설화(說話)나 가전(假傳) 등 일대기 형식을 띤 확장적 범위에서의 '전(傳)'을 포함할 수 있다. 우리가 '자서전'이라고 규정하는 범위는 ㉮영역의 '자서전'과 ㉯영역의 '자전적 소설'에서 그 조건을 충족할 수 있다. 그런데 일반적으로 쓰이고 있는 '자전적'의 의미는 ㉰와 ㉱영역까지 포함하는 경우가 많다. ㉱에서처럼 '전'의 형식을 띠지 않더라도 자신의 삶을 소재로 하는 일기, 편지, 회고록, 자기소개서 등의 장르가 지닌 성격을 자전적이라고 규정할 수 있다. 또 '자전적 시', '자전적 수필', '자전적 연설문' 등과 같이 '자전적'이라는 수식어를 붙임으로써 장르의 주제나 성격을 삶에 대한

---

3) ㉯의 '소설'은 '자(自)'의 영역에서 공유할 때는 자전 소설을, '타(他)'의 영역에서 공유할 때는 인물의 일대기를 중심으로 하는 소설을 지칭한다. 이 때 '전(傳)'이라는 공통 분모를 갖게 되는데 "전은 정식 역사서에서 다루지 않은 민간의 기념할 만한 인물에 대한 기록의 성격을 지니고 있으므로 영웅이나 위인 중심의 역사나 인물관에서 벗어나 다각적인 시각을 갖게 하는 중요한 제재이다. 아울러 전의 교육에서는 생활 주변에서 가치 있는 인물을 찾아내어 그 일생을 기록하는 실천의 측면을 도입할 필요가 있다.(서울대학교 국어교육연구소, 1999: 662)"라는 점에 주목할 수 있다.

성찰과 소통의 맥락으로 해석할 수 있는 경우에도 가능하다.

여기서 ㉲의 성격까지 규정해 두면 '자전적'이라는 용어의 개념이 좀 더 선명해질 수 있을 것이다. ㉲는 '타(他)'이면서 '전(傳)'이 아닌 것으로, '자(自)'에 관한 것, '전(傳)'에 관한 것, '타(他)'이면서 '전(傳)'에 관한 것을 제외한, 장르 본래의 목적에 충실한 장르를 의미한다. 본래적 의미의 설명문이나 논설문, 자전적 성격을 띠지 않은 시, 소설, 수필과 같은 다양한 장르들이 해당된다.

이 연구에서 사용하고자 하는 '자전적 텍스트'의 의미는 ㉮, ㉯, ㉰, ㉲의 영역을 포괄하는 개념이다. 국어교육에서 다루고 있는 모든 텍스트를 '자전적 텍스트'와 '비(非)자전적 텍스트'로 가를 수 있다면 ㉲의 영역은 비자전적 텍스트로 분류될 수 있을 것이다.

이러한 입장을 토대로 이 연구에서 사용하고자 하는 **'자전적 텍스트'**에 대한 성격을 먼저 정리해 보면 다음과 같다.

> 자전적 텍스트는 인간은 물론 동물이나 사물, 추상물에 이르기까지 삶에 관한 성찰과 소통을 주제로 하며, '자(自)'이면서 '전(傳)'이거나 '전(傳)'이 아닌, 혹은 '타(他)'이면서 '전(傳)'의 성격을 지닌 모든 장르를 포함한다.[4]

이와 같이 자전적 텍스트는 기존에 자서전의 범주에서 받아들이던 개

---

4) '자전적'이라는 용어의 영역(英譯)은 주로 'autobiographical'을 사용한다. 그러나 이는 결국 '자(自)'이면서 '전(傳)'의 성격을 동시에 충족하는 '자서전'의 의미로 되돌아오게 되는 측면이 있다. 따라서 이 연구에서는 〈표 2-1〉의 ㉮, ㉯, ㉰, ㉲의 의미 영역을 포괄하기 위하여 '자전적'의 영역(英譯)으로 'self-biographical'을 새로 사용하고자 한다. 영어에서 원래 'autobiography'와 'self-biography'는 동어어로 간주되지만 이 연구에서 의도하는 '자전적'이라는 특정한 의미를 부여하기 위해서이다. 이때 'self'는 '자(自, oneself)' 혹은 '타(他, others)'의 영역을, 'biographical'은 '전(傳, biography)'의 영역을 각기 나타내며, 'self-biographical'은 결국 이들의 합집합적 개념을 반영하고자 함이다.

념의 틀에서 확대되어, 삶에 대한 성찰과 소통을 주제로 하는 보다 포괄
적인 내용을 다루게 된다. 따라서 기존의 장르에 '자전적'[5]이라는 주제
나 성격을 입히게 되면 '자전적 텍스트'로 그 장르 범위를 확장할 수 있
는 특성이 있다. 이러한 특성에 더하여 이 연구에서는 교수-학습이 이
루어지는 목표와 층위에 따라 학습자에게 제시되는 텍스트의 선정과 활
동 범위에 차이가 생길 수 있다는 점에 주목하였다. 이를 체계적인 자전
적 텍스트 교육을 위한 기준점으로 반영하고자 한다.

1.1. 자서전 중심 자전적 텍스트

자전적 텍스트의 특징을 지니고 있는 가장 대표적인 장르가 바로 자
서전이다. 따라서 자서전에 대한 다양한 개념과 성격을 알아봄으로써
자전적 텍스트가 가진 주요한 개념이나 성격에 접근하는 첫 단계로 삼
을 수 있다.

자서전의 고전적인 정의로 가장 많이 인용되는 것은 Lejeune의 정의
다. Lejeune(윤진 역, 1998: 17)은 자서전을 "한 실제 인물이 자기 자신의
존재를 소재로 하여 개인적인 삶, 특히 자신의 인성(人性)의 역사를 중점
적으로 이야기한, 산문으로 쓰인 과거 회상형의 이야기"라고 정의한다.
이 때 자서전은 역사 기술에 주력한 증언 기록의 성격과 자신의 삶을
소재로 하는 문학적 성격을 겸하여 나타낸다. 또 자서전은 글쓰기 자체
가 글쓰기 주체를 변화시키는 사건(최인자, 2001)이 되기도 하고, 자체적

---

5) 이는 정대영(2012)에서 형용사적 용법으로 사용하고 있는 '자전적'이라는 용어와는
   다르다. 정대영(2012)는 자전적 서사를 문학 현상으로 보고 공통된 텍스트들의 특성으
   로 전기 형식을 띤다는 점, 서술 주체와 주인공이 작가 자신이어야 한다는 점을 들고
   있다. 하지만 이 논문에서 사용하고 있는 '자전적'이라는 용어는 학습자와 삶의 소통을
   끌어낼 수 있는, 보다 포괄적이고 광범위한 개념으로 쓰고자 한다.

으로 치유하는 힘을 가지고 있기(한정란 외, 2004)도 하며, 실용문을 쓰는
데 도움을 주기(나은미, 2009)도 한다. 따라서 자서전은 오늘날 교육학을
비롯한 다양한 학문 분야에서 폭 넓게 활용되고 있는 장르라고 할 수
있다.

이러한 자서전에 대한 관심과 연구는 무엇보다도 급변하는 현대 사회
에서 상실되기 쉬운 자아 문제와 인간의 내면성에 초점을 둔다는 점에서
주목하게 된다. 최근 들어, 교육 현장에서 학생들의 자존감 발달의 중요
성이 인식되면서 어떻게 하면 학생들의 자존감을 향상시키기 위한 학교
환경을 조성할 수 있는가에 대한 논의가 활발한 것도 이와 무관하지 않다.
자존감[6]은 정서적으로 불안정한 청소년기의 학습자가 내면적으로, 또
사회적으로 소통 능력을 키우는 기반이 되며, 국어교육에서 다양한 자전
적 텍스트 활동과 연관될 수 있는 주제적 특성을 지니고 있기 때문이다.

또 교육학의 관점에서 보면 자서전은 "개인의 발달과 자아 형성의 과
정을 담고 있는 살아 있는 자료(손승남, 2002: 110)"가 된다. 그러나 이러
한 관점을 자서전이 모든 학문 분야에서 학습자의 자존감 향상을 위해
사통팔달로 활용될 수 있다는 시각으로 이해해서는 안 된다. 자서전이
라는 텍스트를 각 학문 분야에서 다양하게 활용 가능한 유용한 방법론
으로 인정하되, 각 분야에서 가장 효율적인 활용의 짝들을 찾아 자전적
텍스트를 효율적으로 수용, 생산할 수 있도록 하는 것이 중요하다.

기존의 교육과정을 바탕으로 하는 논의에서 자전적 텍스트 교육은 주

---

6) "브룩(1994)에 의하면 자존감은 자신이 어떤 긍정적인 변화를 유발하고 값진 성취를
이루며, 자신의 인생을 자신이 통제해 나아가고, 어떤 어려움이나 도전에 직면하여
뒤로 물러서지 않고 당당히 맞서 나아가며, 자기규율(self-discipline)을 발달시키고,
성공과 실패 경험 모두에서 무언가 값진 교훈을 얻고, 그리고 자신과 타인을 모두
존중하는 마음으로 다루는 것 등이 복합적으로 포함되는 개념이다.(김계현 외, 2000:
227에서 재인용)"

로 자서전 읽기와 쓰기 활동에 제한적으로 나타나는 경향이 있다. 그럼
에도 불구하고 자서전 읽기와 쓰기에 관련된 활동 자체만으로는 독립된
수업 체계를 이루기 힘들다는 점을 알 수 있다. 그것이 가능하려면 오히
려 교육과정 체계와 무관한 성인이나 노인 대상의 재교육 프로그램 등
에 적합해 보인다. 그렇다면 정규 교육과정의 범주 안에서 자서전 관련
활동은 관련 교과의 성취도를 높이는 방법론적 비계의 일환으로 생각하
는 것이 가장 쉬울지 모른다. 그런데 이 논의에서는 자서전이 지닌 도구
적 성격에 주목하지 않는다. 한 편으로 국어과 교육에서 소용되는 언어
기능을 적극적으로 활용하면서, 다른 한 편으로는 자전적 텍스트 교수-
학습이 이루어지는 동안 학습자 자신의 삶에 대한 성찰과 소통, 발달을
도모하는 양면적인 교육적 목적에 주목하고자 한다.

다만 여기에서 말하는 장르[7]로서의 자전적 텍스트는 문학 작품을 염
두에 둔 감상과 창작 활동에 초점을 맞추지 않는다. 문학적 특성에 초점
을 두게 되면 그 내부에서 요구하는 문학적 소양과 기법을 충족하기 위
해 자전적 텍스트 자체가 지닌 기능이나 자아성찰 등의 교육적 효용보
다는 문학작품으로서의 가치나 타당도에 비중을 싣게 되어 자전적 텍스
트 교육 본연의 목표에 집중하기 힘들기 때문이다. 따라서 이 연구에서
는 자전적 소설을 언급하는 경우에도 문학 교육이나 창작 교육에 이론
적·체계적 기반을 두지는 않을 것이다. 그렇다고 해서 단순히 자전적이
라는 요건들을 갖추고 있다는 이유로 다양한 관련 활동들을 쉽게 자전
적 텍스트의 경계 안으로 들여오거나 동일시하는 태도도 또한 지양하고
자 한다. 이 장에서는 먼저 자전적 텍스트 중에서 '자서전'에 대한 논의

---

7) 박태호(2000)는 장르를 사회 문화적 상황 속에서 존재하는 개별 화자 또는 작가에
   의한 의사소통 도구로 보고 구성주의 맥락 안에서 장르를 축으로 하여 글쓰기 과정과
   결과, 맥락을 통합한 장르 중심의 작문 교수 학습 이론을 제안하고 있다.

를 중심으로 보편적 개념과 특징을 정리하고, 그 외의 '자전적 텍스트'의
개념과 특징을 알아봄으로써 자전적 텍스트 교육 내용에서 포함하게 될
전반적인 성격을 점검하고자 한다.

　자서전에 대한 정확한 정의는 현재까지도 정확히 규정되지 않는 채로
남아 있다. 하지만 자서전에 대한 논의를 역사적으로 살펴보면 보편적
인 의미는 동양과 서양에서 조금 다른 양상을 드러냄을 알 수 있다. 여
기서 대표적인 논의들을 중심으로 그 의미의 구획을 간단히 정리해 보
고자 한다. 이는 현재에 인식되고 있는 자서전과 자전 소설의 개념과
특징을 정확히 보고, 이를 통해 자전적 텍스트가 지니고 있는 주요한
성질들을 가까이 볼 수 있게 해 줄 것이다.

1.1.1. 서양의 자서전의 장르적 개념과 성격

　서양의 문헌에서 찾아볼 수 있는 자서전의 특징은 Lejeune(윤진 역,
1998)의 정의를 주축으로 다양한 논의를 통해 드러난다.[8] 다양한 형식과
내용을 지닌 자서전들이 등장하였지만 이들의 공통점은 개인을 둘러싼
역사적 기술이 이루어지고 있다는 점과 개인적인 서사가 문학의 형식을
빌리고 있다는 점이다. 특히 '주체적으로 자신의 인성의 역사를 드러낸
다'는 측면[9]은 동양적인 정의와 차이를 보이는 특징적인 부분이다. 물
론 역사적인 기록에도 여러 종류가 있을 수 있다. "어떤 사건이나 시대
에 대한 문서집도 역사라고 할 수 있고, 어떤 역사적 사건에 개입되었던

8) Dilthey(이한우 역, 2002: 32-33)는 자서전이란 "그 안에서 우리가 삶의 이해와
　마주치게 되는 최상의, 그리고 가장 유익한 형식이며, 단순한 한 인간의 개인적인
　생애를 뛰어넘어, 작가적인 표현을 동원하여 이룩한 자기성찰"이라고 말한다.
9) Jean-Jacques Rousseau(이용철 역, 2012a)의 『고백록』 서두에서도 보면, 현존하는
　어느 누구와도 같게 만들어져 있지 않다고 말하면서 다른 사람들과의 차이를 강조한다.

사람들의 진술을 기록한 것도 역사라고 할 수 있다. 일기나 서간문처럼 개인적인 의도로 씌어진 글도 그 시대를 보여주는 역사로 해석될 수 있다. 역사라는 단어는 독자가 관심을 갖는 시대, 사건과 연루된 거의 모든 기록을 일컫는 것이 될 수 있다(Motimer J. Adler, 독고앤 역, 2000: 252)." 여기서의 역사는 두 가지 측면을 함께 보아야 한다. 개인사를 둘러싼 사적인 삶의 진실과 그 해석, 그리고 역사적인 증언 기록으로서의 객관적인 가치를 모두 고려해야 한다. 서사화되는 주체들은 역사적 사건과 분리될 수 없다는 점에서 개별적이고 보편적인 성격을 지닌 존재들(임경순, 2003)이기 때문이다.

다음에 인용하는 스콧 니어링의 자서전(Scott Nearing, 김라함 역, 2000: 39-40)의 일부에서도 이러한 성격을 확인할 수 있다.

일반적으로 자서전은 살아오면서 얻은 경험과 지식을 자신을 중심으로 그려내는 보고서 같은 것이다. 그러나 자기 이야기에만 국한된다면 그것은 진정한 의미에서 자서전이라 할 수 없을 것이다. 모든 인간은 개인적 차원과 사회적 차원에서, 그리고 전체의 일부로서 느끼고, 사고하고, 행동한다. 나는 이 세 가지 차원 속에서 살고 있기 때문에 내가 쓸 이야기는 이 셋을 동시에 포괄해야 한다. 이런 의미에서 나의 자서전은 한 개인의 기록이라기보다는 그 개인이 살아온 시대의 기록이 되어야 한다.

개인적인 삶의 진실이라는 범주에서 생각해 보았을 때, 서양의 자서전 개념은 자신을 드러내는 다양한 장르까지 그 영역을 넓게 보도록 유도하는 경향이 짙다. 그래서 루소의 고백록을 최초의 자서전으로 보는[10] 것을 시작으로 몽테뉴의 수상록[11]까지 자서전의 범주에 쉽게 넣기

---

10) Jean-Jacques Rousse(이용철 역, 2012b: 609, 옮긴이 해제)에서 "루소는 『고백록』에서 어떤 초개인적 가치에 기대지 않고 자신 안에서 직접적으로 느껴지는 자연적

도 한다. 역사적인 증언 기록으로서의 측면에서 보면 1940년대까지 역
사가들에 의해 연구되어 온 관점에 기인한다. 이는 자서전 내부에서 저
자이고 화자이면서 동시에 주인공인 인물이 객관적이고 성실한 역사 서
술의 책임을 가지기도 한다는 뜻이다. 이것은 역사를 알기 위해서 자서
전을 읽는 사람은 없지만 최소한 자서전을 읽는 사람들은 텍스트 안의
역사가 진실이라고 믿기 때문이다. 그렇다면 자서전 안에서 기억되지
않는 역사는 엄격히 따지자면 버려져야 할 것이다. 하지만 다음에 언급
하게 되는 이유로 교묘하게 그에 대한 책임을 피해갈 수 있게 된다.

　여기서 연구 대상으로 삼은 자서전들이 주로 기성 작가들의 자서전을
기초로 하고 있다는 점에 주목하지 않을 수 없다.[12] "1950년대 후반 R.
Pascal에 의하면, 광의의 개념으로 볼 때 자서전 글쓰기는 역사기술도
아니고 그렇다고 소설도 아닌 '중간 형태의 형식'으로서 파악하면서 '자
전 소설'이라 이름 하기도 하였다(류은희, 2001: 327에서 재인용)." 그러한
이유에서 자서전을 서양적 개념으로 파악할 때 본격적인 자서전과 자전
적 소설, 심지어는 그런 성격을 가진 유사한 장르들까지 자서전의 분류
안에 포함하고 있는 것을 발견하게 된다.[13] 그런데 이러한 견해는 자서

　심성의 선량함을 자아의 기원으로 삼아 자신에게 유일한 삶의 목적을 창조해나가는
　자아의 모습을 그려나가는데, 이 점에서야말로 『고백록』이 최초의 현대인의 초상화
　라 말할 수 있을 것"이라고 말한다.
11) 수상록은 프랑스의 사상가 몽테뉴(Montaigne)가 쓴 전3권으로 된 에세이집이다.
　수상록에서 몽테뉴는 저자 개인의 인생과 관련된 모든 문제에 대한 성찰과 고백을
　시도하고 있다. 이는 엄밀히 말하자면 자서전의 범주에서 분류할 수 없지만 '자(自)'의
　성격을 여실히 반영하는 자전적 텍스트의 범주에서는 파악이 가능하다. 이와 같이
　수상록을 자서전의 범주로 논의할 수 있는 것은 자서전을 자전적 텍스트와 동일한
　맥락에서 해석하는 견해로 볼 수 있다.
12) 괴테(Johann Wolfgang von Goethe)가 자서전을 집필하게 된 실제 동기도 그의
　문학전집 출간과 관련이 있었다고 한다.
13) 르죈(Lejeune, 윤진 역, 1998: 33)에서 "자서전은 저자와 그 이야기의 화자, 또 그

전이라는 장르를 쉽게 '소설'과 동일시하고 있다는 인상을 준다. 류은희 (2001)에서 지적하고 있듯이, 이러한 맥락은 드브륀(Gunter de Bruyns)이 말한 자서전의 집필 동기에서 잘 드러난다. 드브륀은 자서전의 집필 동기를 내용적인 동기와 형식적인 동기로 나눈다. 내용적인 동기는 다시 "개인적인 것"과 "역사적인 것"으로 나뉘어 서술의 줄거리를 이루며, 형식적인 동기는 자서전의 문학적 형식에 연관된다. 이 때 문학적 형식을 빌린다는 대목에서 자서전은 이미 소설로, 시로, 에세이로 너그러운 영역 확장을 예고하게 된다. 즉 문학에서 허용되는 형식적 구성의 문제가 주체가 자신의 삶에 의미를 부여하는 재구성 방식으로 전환되면서 자서전이 생산된다고 보는 것이다.

이상에서 살펴본 바와 같이, 서양의 자서전을 통해 본 자전적 텍스트의 성격은 '자(自)'에 관한 다양한 장르를 의식하고 있으며, 역사적 기술을 근간으로 문학적 표현 방식을 수용하고 있다는 것을 알 수 있다.

1.1.2. 한국의 자서전의 장르적 개념과 성격

자서전에 대한 장르적 정체성은 대체로 서양에서 다져진 모형에 의지하는 경향이 있다. 따라서 동양적 의미의 자서전은 어떻게 다른 모습을 지니고 있는지, 또 그러한 영향 관계를 흡수한 한국적 의미의 자서전이 어떤 모습으로 현존하고 있는지를 알아봄으로써 앞으로 논의하고자 하는 자전적 텍스트의 성격을 다양한 각도에서 바라보는 안목을 열어놓고자 한다.

서양의 자서전과 동양의 자서전은 필자가 서술자가 되어 자신의 이야

속에 이야기되고 있는 인물의 이름이 동일하다는 것을 상정한다. 이것은 아주 간단한 기준으로, 자서전뿐 아니라 모든 내면 문학(일기, 자기 묘사 이야기, 수필)을 정의해주는 것이기도 하다."라고 밝히고 있다.

기를 술회하고 있다는 점에서는 공통적이지만 자기 자신을 바라보는 기본적인 태도에 있어 차이를 보인다. 한국의 자서전을 언급하기에 앞서 점검하고 넘어가야 할 부분이 바로 중국의 자서전이다. 아무래도 중국의 영향권을 제외하고는 한국 내의 어떤 장르에 대해서도 논의를 시작하기 어렵기 때문이다. 『가와이 코오조오』(川合康三, 심경호 역, 2002: 35)에 의하면 "중국의 자전 문학에서는 대개 자기를 말한다고 하여도 자기 자신을 벗어난 입장에서 자기를 다시 살펴본다는 시점이 결여하였다. (중략) 서구의 경우 한 인간의 역사에서 과거의 자신과는 상이한 자신을 발견하는 것이 자전 집필의 계기라고 한다면, 중국의 자전은 인간 집단 속에서 대중과 상이한 자신을 발견하는 것에 뿌리를 둘 수 있다"라고 말하고 있다.

이렇게 서구의 경우에 비해 상대적으로 통시적 자기성찰이라는 특성이 결여되어 있는 중국의 자서전은 한국의 문화에 흡수되면서 한층 소극적인 모습으로 나타나게 된다. 보수적인 유교 사상을 몸에 맞는 옷처럼 여기고 살던 한국인에게 자신이 자기 스스로의 전기를 짓는다는 것은 결코 미덕이 될 수 없었던 것이다.[14] 따라서 일찍이 '전(傳)'이라는 장르를 통해 사람의 일생을 서술하는 갈래가 있었고 그 외에도 행장(行狀)[15]이나 졸기(卒記)[16] 등 자서전과 유사한 맥락에서 다룰 만한 장르들

---

14) 조동일(2005: 117)에서 "역사서에 오르는 전으로 이승에서 후손이 받은 최후 심판의 근거로 삼는 동아시아에서는 자기 자신을 평가하는 전을 스스로 쓸 수 없다."고 하였으며 류은희(2001: 34)에서도 "전통사회에서 전은 다른 사람이 지어주는 것이지, 스스로 자기의 전을 지을 수 없다는 생각이 지배적으로 작용하였고, 글을 지으면서 자기를 드러내는 것이 금기였다."라고 언급하고 있다.

15) 조동일(2005: 109)에 의하면 "사람의 일생을 다루는 글은 전(傳)만이 아니다. 비(碑), 지(誌), 전(傳), 장(狀) 이라고 일컬어지는 여러 하위 갈래가 있다. '비'는 비문이다. 돌을 세워 사람의 생애를 새겨놓은 글이 비문이다. '지'는 묘지(墓誌)이다. 죽은 사람이 내력을 돌에다 새겨 무덤 속에 묻어두는 것이 묘지이다. '전'은 전기다. '장'은 행장(行

이 있었지만 현대적인 자서전의 개념과는 거리가 있었다. 다른 사람의 시각에서 주로 서술되었던 '전'이 전통사회에서 업적 위주의 기록물이 되었으리라는 것은 쉽게 짐작할 수 있다. 이러한 문화적 관습이 지금의 자서전 교육에 있어서도 뛰어난 업적을 지닌 위인들의 자서전이나 전기 위주로 텍스트를 선택하게 하는 관행으로 자리 잡게 된 것으로 보인다.

그렇게 본다면 자서전은 한국 내에서 정착하고 뿌리내리기에는 어려운 장르였으리라는 것을 짐작해 볼 수 있다. 한국 내에서 자서전의 연원을 찾기 위해 가전(假傳)[17]이나 탁전(托傳)[18]까지 거슬러 올라가기도 하고, 불가(佛家)의 서신(書信)과 비명(碑銘)[19]에서 자전적 텍스트의 성격을 찾아내기도 한다. 한국의 고전 작품 중에서 자서전의 개념에 가장 근접한 작품으로 혜경궁 홍씨의 '한중록(恨中錄)'[20]을 드는 경우가 많다. 원래 한중록은 역사적 사실이 구성의 중심을 이루고 있지만 사건의 전개와 인물 묘사에 있어 과장되거나 허구적인 표현이 많고 아울러 작가의 주

狀)의 준말이다. 그 둘은 인물의 행적을 종이 위에 써서 남긴 글이라는 점에서 서로 같으면서, 성격은 달라졌다. 전은 작자의 뜻을 펼쳐 보일 수 있는 작품이 되고, 행장은 정해진 순서와 격식에 따라 대상 인물을 소개하는 틀을 지켰다."라고 한다.

16) 신현규(1999)는 '졸(卒)'이란 생애가 끝났다는 데서 나온 말인데, 대부(大夫)의 죽음을 뜻하며, '기(記)'란 사실을 그대로 적은 한문 문체를 의미한다고 하며, '졸기(卒記)'란 '대부만큼 대접할 만한 사람의 졸(卒)한 기사'라고 정의한다.

17) 조동일(2005: 120)에서 "가전(假傳)은 사물을 의인화해 전으로서 격식을 갖추고 그 생애를 서술한 별난 작품"이라고 설명하고 있다.

18) 조동일(2005: 117)에서 "탁전(托傳)은 이규보의 〈백운거사전〉이나 최해의 〈예산은자전〉과 같이 작자 자신을 등장시키지 않고 어떤 가상적인 인물에다 의탁해서 쓴 전(傳)"을 말한다.

19) 김승호(2003)은 고려의 서신(書信) 및 비명(碑銘)에서 자기성찰적인 현대적 의미의 자서전의 의미를 발견할 수 있다고 보고 있다.

20) 1795년 영조가 아들 사도세자를 죽인 참혹한 일을 중심으로 혜경궁 홍씨가 쓴 자전적 회고록이다. 『한중록』은 이전 시대의 자서전 유사 장르들과 달리 한글로 표기되었다는 점에서 특별한 차이를 갖는다.

관적 개입이 뚜렷하다는 점 때문에 소설과 가깝다고 보았다. 그러나 최근에는 일기(日記), 수기(手記), 수필(隨筆), 또는 실기기록문(實記記錄文) 등으로 분류하는 학자들도 많아졌다.[21] 이는 '한중록'이 하나의 소설처럼 작품의 완결성과 통일된 구조를 갖춘 게 아니라 각각 목적을 달리하는 여러 편의 기록이 뒤섞여 있기 때문에 가능한 해석이다(설중환 편, 2004 작품 해설).

『한중록』을 한정란 외(2004: 15)에서 언급하고 있는 한국 여성 노인의 자서전의 맥락으로 본다면 "한국 여성 노인의 자서전에는 유교적 전통하에서 한국 여성이 걸어온 질곡의 삶이 들어 있다. 그 안에는 '한(恨)'이라고 하는 독특한 한국인의 정서가 녹아 있다. 따라서 우리는 그녀의 자서전을 통해 유교적·가부장적 전통과 역사적 위기를 극복해 온 한국 여인의 지혜와 인내심 있는 삶의 대응 방식을 발견할 수 있다." 즉 『한중록』은 자서전 특유의 통시적이거나 차별화된 자아성찰적인 성격을 적극적으로 반영하지는 않았으나, 역사적인 사실과 개인의 삶이 밀접한 상관성을 지니면서 민족 고유의 정서를 반영하는 개인의 산문체의 회고록으로 남아있다는 점에 주목할 수 있다. 이런 점에서 『한중록』은 이후의 한국적 자서전 장르가 자리를 잡는 데에 길을 열어놓는 역할을 하였다고 볼 수 있다.

따라서 한국의 자서전을 통해 본 자전적 텍스트의 성격은 '자(自)'에 관한 내용을 기초로 하지만 개인의 역사성이 상대적으로 결여되어 있는 소극적인 장르로 드러남을 알 수 있다. 그러나 일찍이 '전(傳)'의 개념이

---

21) 2009 개정 교과서, '고등학교 국어 I'(2013, 김중신 외, 교학사)의 1단원에 '한중록'이 실려 있다. 이때 '한중록'을 교술 문학의 개념으로 설명하고 있다. 교술 문학은 작가가 삶에서 체험한 것이나 어떤 대상을 설명·묘사하여 독자에게 알려 주는 문학 양식을 말하는데, 그 종류로 경기체가, 악장, 서발, 전기, 기록, 논설, 필기, 수필 등을 들 수 있다.

발달하였다는 사실로 미루어보면 전체적으로 자전적 텍스트가 발달할 수 있는 여건은 오히려 더 다양하게 조성되어 있다고 볼 수 있다.

1.1.3. 자전 소설의 개념과 성격

자전 소설의 사전적 의미는 '자서전 소설'과 같이 쓰이는데, "자신의 생애나 생활 체험을 소재로 하여 쓴 소설. 소재를 있는 그대로 표현하지 않고 작가의 의도대로 꾸며서 기술하며, 삼인칭을 사용하여도 무방하다는 점에서 자서전과 다르다."라고 기술되어 있다.[22] 따라서 자전 소설은 엄밀히 말하자면 자서전이 아니라 소설이라고 할 수 있다.[23] 하지만 자전 소설을 읽는 동안 독자는 의도적이든 그렇지 않든 소설의 주인공과 필자를 자꾸 동일시하게 되고, 소설이 아니라 논픽션이라고 믿게 된다. 자서전에서 사실성에 대한 조건을 느슨하게 하면 소설과 논픽션의 경계를 지을 수 없게 된다. 자서전을 읽는 독자들은 이 텍스트가 자서전이기 때문에 사실성을 전제하고 있다고 믿는다.

하지만 이러한 이유로 인해 자서전이 사실만을 진술하고 있어야 한다고 말할 수는 없다. 여기서 자서전이 가지는 '허구적 재구성'[24]이라는 쓰기 방식을 다시 떠올리게 된다. 이 때 허구적 재구성은 자전적 텍스트가 지닌 서술 방법의 하나로서 자서전의 미적 자질을 더해주거나, 진술되고 있는 삶 자체에 생기를 부여하는 방식이 될 수 있다. 물론 허구적

---

22) http://stdweb2.korean.go.kr/search/View.jsp
23) 가와이 코오조오(川合康三, 심경호 역, 2002: 17–18)은 "모든 문학작품은 모두 자전"이라는 관점, "모든 소설은 곰곰 생각하여 보면 자서전"이라는 관점, "문학작품은 모두 작가의 자서전"이라는 관점 등을 예로 들면서 동서양에서 문학을 자전으로 간주하는 현상과 허구와 사실의 친밀한 관계에 대해 이야기하고 있다.
24) 류은희(2001: 331)은 괴테가 이렇게 기억의 빈틈을 메우기 위해 상상력에 의지하며 자서전에서 재구성된 삶을 가리켜 "제2의 현실"이라고 일컬었다고 언급한다.

재구성이 자전적 텍스트 내부에서 유효한 표현 방식이 되기 위해서는
필자와 독자가 공히 인정할 수 있는 공통항이 필요하다. 이는 필자와
독자가 맺는 암묵적인 약속으로 이해할 수 있다. 다만 허구는 결국 허구
로 밝혀질 문제가 남아있고 사실은 사실로서 증명될 기회가 남아 있다.
여기서 자서전과 자전적 소설의 차이는 필자가 글을 쓰는 태도에서 비
롯하는 측면을 언급하지 않을 수 없다.[25]

> 자화상을 그리듯이 쓴 글 이런 글을 소설이라고 불러도 되는 건지 모르
> 겠다. 순전히 기억력에만 의지해서 써 보았다. (⋯) 이번에는 있는 재료만
> 가지고 거기 맞춰 집을 짓듯이 기억을 꾸미거나 다듬는 짓을 최대한으로
> 억제한 글짓기를 해 보았다. 그러나 소설이라는 집의 규모와 균형을 위해
> 선 기억의 더미로부터의 취사선택은 불가피했고, 지워진 기억과 기억 사이
> 를 자연스럽게 이어주기 위해서는 상상력으로 연결고리를 만들어 주지 않
> 으면 안되었다. (1992, 박완서, 『그 많던 싱아는 누가 다 먹었을까』, 「작가
> 의 말」 중에서)

자서전을 쓰려다 소설이 되었다는 박완서의 자전적 소설의 초입에서
보이듯이, 사실성의 영역에서 허구적 재구성의 문제는 자전적 소설뿐
아니라 자서전을 포함하여 자전적 텍스트 전반에서도 암묵적으로 용인
되고 있다.[26] 작가의 이야기는 상당 부분 허구에 기댈 수밖에 없지만,

---

25) Bill Roorbach & Kristen Keckler(홍선영 옮김, 2008: 42)는 "양심이 반 토막이라고
남은 사람이라면 어디까지가 한계인지 잘 알 것이다. 그런 사람이라면 자신의 글에
'논픽션'이라는 이름을 당당히 내걸 것이고, 미국 내러티브 논픽션의 선구자인 John
Mcphee가 '사실문학the literature of fact'이라고 명명한 이 분야에 정직하게 가담할
것이다."라고 진술한다.
26) 박영혜·이봉지(1999: 10-11)에서도 "작가가 자서전을 쓰고 있는 것인가 아니면 자서
전적 경험에 약간의 소설적 상상을 개입하고 있는가의 여부는 작가의 명시적인 규정에
의존할 수밖에 없다. 사실 기억과 상상의 문제는 사실과 허구의 경계를 애매하게 하는

이렇게 기억을 이어주는 장치로 '허구적 재구성'의 방법을 사용함으로써 오히려 독자들에게 더 설득력 있는 자전적 텍스트로 다가갈 수 있도록 장치를 만들어주기도 한다. 이러한 문제는 박완서의 다른 글―전기를 쓰려다 소설을 쓴 경우―에서도 나타난다.

> 그(박수근 화백)의 전기를 쓰는 데는 거짓말과의 싸움 말고도 또 난관이 있었다. 자꾸만 내 얘기가 하고 싶은 거였다. 도처에 투사된 내 모습도 그의 전기를 순수치 못하게 했다. 자꾸만 끼어들려는 자신의 모습과 거짓말을 배제하기란 쉬운 노릇이 아니었다. 그걸 완전히 배제하면 도무지 쓰고 싶은 신명이 나지 않았다.
> 쾌감이든 고통이든 신명 없이 글을 쓸 수는 없는 일이었다. 나는 전기 쓰기를 단념했다. 그러나 섣불리 전기를 쓴답시고 고전하면서 덤으로 맛본 거짓말시키는―약간 고상한 말로 바꾸면 상상력을 마음껏 구사하는―쾌감과 자기 표현 욕구까지 단념할 수는 없었다. 특히 그때까지 내 속에 짓눌려있던 나의 이야기들은 돌파구를 만난 것처럼 아우성치기 시작했다. 나는 논픽션을 단념하는 대신 픽션을 쓰기로 작정했다. 그렇게 해서 나온게 나의 처녀작 『나목』이다. (1992: 138, 박완서, 『문학앨범』)

이번에는 전기를 쓰려다 소설을 선택하게 되었다는 필자의 진술에서도 보이듯, 자전적 소설이 되거나 자서전이 되는 문제는 이렇게 필자의 의도에서 먼저 드러나고 독자의 이해를 구하는 것이 '자서전' 텍스트에서 흔한 구도로 나타난다.[27]

자전적 소설은 자서전과 그 시작이 다른 경우를 쉽게 찾을 수 있다. 자서전의 가장 큰 특징은 현재에 뿌리를 두고 과거의 자신을 성찰하는

측면이 없지 않다. 또한 사실에 대한 기억조차 그것이 편집되는 과정에서 일정한 왜곡이 일어나는 것은 인지상정이다."라고 하였다.
27) 이런 경우 주로 자전적 소설의 '작가의 말' 부분에서 언급되는 경향이 있다.

과정이 필수적이라는 점이다. 이는 자서전의 필자가 제3자가 아닌 자기 자신일 때만이 가능한 방법과 과정을 내포하고 있다.[28] 하지만 어떤 사적인 경험도 온전히 주관적일 수만은 없으며 삶의 연속선상에서 끊임없이 변화하는 특성을 지닌다. 그래서 자전적 소설들은 거의 자서전에 가까운 서술 방법을 자주 택함으로써 독자로 하여금 논픽션[29]이라는 여지를 남겨두곤 한다. 그런 이유로 수많은 자서전 작품들은 문학적 텍스트로 읽히거나 문학 창작의 영역에서 그 가치를 논하는 경우가 많다. 이런 현상들은 자서전과 소설 사이에서 치열하게 고민했던 작가들의 선택을 무색하게 한다. 여기서 주목해야 할 점은 자전적 텍스트가 갖는 역동성과 다양성이다. 자서전을 쓰든 자전적 소설을 쓰든 필자가 자신의 삶을 진술할 때에는 있는 그대로의 모습대로 재현하는 것이 아니라 사후적 재해석 과정에 따라 역동적으로 재구성된다는 점이다. 이러한 성격을 이해하고 수용하고 재생산하는 과정을 통해서 자전적 텍스트 교육이 궁극적으로 추구하는 자기성찰이나 삶과의 다양한 소통이 가능해진다.[30]

---

28) 최인자(2001: 370)에서 "자전적 서사 쓰기의 과정을 통해 자신의 역사를 구축, 구성하고 이를 통해서 자기 이해와 성숙에 도달하는 것이다. 과거를 향한 기억이 현재를 다시 읽고 미래의 비전을 제시하는 이러한 과정에서 자전적 글쓰기는 자기 자신에 대한 진술, 기록이라기보다 자기 이해와 성숙의 과정임을 확인할 수 있다."라고 말한다.

29) Bill Roorbach & Kristen Keckler(홍선영 옮김, 2008: 183)에서 "논픽션이라는 말은 회고록과 수필, 문학적 저널리즘을 아우르는 상위 용어이다. 소설에서도 등장인물은 대부분 실제 인물을 바탕으로 하지만, 소설에는 그들을 보호할 가림막이나 안전망, 합법적으로 빠져나갈 구멍이 있다. 소설에서 인물은 '만들어진' 것이기 때문에 실제 인물과는 관련이 없다."라고 밝히면서 반면에 논픽션의 경우에는 그렇지 않다고 말한다.

30) 임지연(2013: 147)은 이를 서술적 정체성의 개념으로 설명한다. "서술적 정체성은 이야기가 역동적으로 변화하면서 생성되기 때문에 구성적이며, 균열과 불협화음을 고려하지 않을 때 이야기되는 '나'의 서술적 정체성은 자기 회로에 갇혀 온전한 의미의 정체성을 구성할 수 없다"라고 한다.

[그림 2-1] 자전적 소설과 자서전에서 허구와 사실의 경계

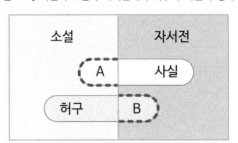

지금까지 자서전과 자전적 소설에 대하여 논의한 맥락을 간단히 나타내 보면 위의 [그림 2-1]과 같다. 그림에서 볼 수 있듯이, 자서전은 소설이 가진 허구적 공간보다 사실적 공간을 넓게 차지한다. 자전적 소설은 자서전이 가진 사실적 공간보다 허구적 공간을 충분히 확보한다. 이때 원래 자서전의 공간에 있던 사실의 일부가 소설의 공간으로 들어가면서 '허구적 재구성의 공간'(A)이 된다. 따라서 자서전의 공간은 사실의 공간에 A영역을 추가한 공간이 된다. 한편 소설의 공간에 자리 잡고 있던 허구의 일부가 자서전의 공간으로 들어가면서 '사실적 구성의 공간'(B)이 된다. 이 때 자전 소설의 공간은 소설의 공간에 B영역까지 포함된 공간이 된다. 자전적 소설과 자서전은 점선으로 표시한 허구와 사실의 경계를 보이지 않게 오가면서 각기 영역의 정체성을 지키고자 한다. 그러므로 자서전을 바르게 수용하고 생산하기 위해서는 자서전과 자전적 소설의 장르적 교합점을 자전적 서술 상황에 따라 유연하게 이해하고 적용하는 태도가 필요하다.

1.1.4. 현재적 의미의 자서전

'자서전'에 대한 의미 범위를 까다롭게 하면, 정확히 '자(自)'와 '전(傳)'

의 의미를 동시에 충족시키는 자서전과 자전 소설만이 그 대상이 될 수 있을 것이다. 여기서 자서전과 자전 소설을 중심으로 그 실제적 의미를 점검하고자 한다.

자서전은 쓰는 과정을 통하여 필자가 내면세계로부터 자신을 분리시키는 체험이 될 수도 있지만, 그러한 결과물을 빌려 바로 우리의 과거와 현재, 또는 미래를 가까이 볼 수 있게 해 주기도 한다. 그래서 자서전은 동서양을 불문하고, 필자와 독자를 가리지 않고 인간의 삶에 의미를 부여하는 텍스트라는 가치를 갖는다. 물론 이때 '의미'란 역사적 증언이 될 수도 있고 필자의 개인적인 변명이 될 수도 있다. 소설을 지탱해 주는 저력이 될 수도 있고 스스로를 돌아보는 담담한 술회가 될 수도 있다.

현재 국어과 교육에서 다루어질 수 있는 자서전은 어떤 의미로 정리할 수 있을까? 여기서 서구 중심적인 자서전의 장르 규정이 한국으로 수용되는 과정에서 문화적인 차이를 먼저 인정하고 들어가지 않을 수 없으며, 필자 자신에 대한 표현 방법들이 각기 다른 상황 요소에 근거하고 있음을 인지하여야 한다.

영국의 문예학자 로이파스칼은 "한 개인의 정신적 동질성 찾기를 특징으로 하는" 자서전이 "동양에서는 거의 정착될 수 없는" 장르라고 한 바 있다. 이런 인식에 대하여 류은희(2001)는 한국의 자서전과 관련하여 두 가지 견해를 내놓고 있다. 첫 번째는 한국 문학에서 자서전이 희소하다는 점이고, 두 번째는 사람의 생애를 묘사한 글은 '문학의 역사에서 자연스럽고 매우 인간적인 현상'인데 한국 문학에서도 이런 현상은 예외가 될 수 없을 것이라는 점이다. 이러한 내외적 인식에 기인하여 '지금 여기' 한국의 자서전 교육은 그 의미 범위가 다분히 유동적이다. 가전이나 탁전까지 그 연원을 거슬러 올라가는 연구 태도가 그러하고, 자전적 소설이 자서전과 같은 맥락으로 다루어지는 현재의 장르적 접근법이 또한 그러하다.

자서전은 허구에 바탕을 둔 소설과는 궁극적으로 다르지만, 필자 스스로가 자전적 소설을 자서전의 반열에 올리기도 하고 자서전 자체를 소설 작품으로 분류하기도 하는 현상에서 이미 장르적 확장 양상을 내포하고 있는 것으로 보인다. 그러나 처음부터 그렇게 모호한 의미 경계를 보이고 있었다면, Philippe Lejeune(윤진 역, 1998)에서처럼 소설은 자서전보다 진실할 수 있을 것이고 수많은 작가들이 소설을 쓰는 것만으로 만족하지 못했을 이유가 없었을 것이다. 류은희(2001: 334)도 작가들이 이미 자전적 요소가 적지 않은 소설 작품들이 있는데도 자기 자신을 드러내는 부담감을 감수하면서 자서전을 쓰는 특별한 이유에 대하여 "허구를 포기한 조건에서 산문작품을 형상화하는 도전적인 작업"이 주는 매력 때문이라는 Gunter de Bruyns의 말로 답변을 대신하고 있다. 하지만 때때로 소설을 포괄할 수 있는 자서전의 장르적 유연성 덕분에 자전적 텍스트 활동을 할 때 융통성 있게 활용할 수 있는 측면도 생긴다.

그렇다면 자전적 텍스트를 수용하고 생산하기 위해 학습자들이 인지하고 있어야 할 기본적 텍스트의 성격에는 어떤 요소들이 있을까? 자전적 텍스트 중에서 특히 자서전을 중심으로 관계성의 측면과 연속성의 측면[31]으로 나누어 연구자의 생각을 정리해 보고자 한다.

먼저 관계성[32]의 측면에서는 다시 사실과 허구의 관계, 자아와 세계

---

31) Max van Mannen(신경림 역, 2000)은 모든 인간 존재가 세계를 경험하는 실존적 문제의 기본 구조로 공간성, 신체성, 시간성, 관계성의 네 가지를 든다. 또한 이 네 개의 범주는 현상학적 물음 제기와 반성 및 글쓰기의 과정을 위한 생산적 범주라고 말한다. 이 논의에서 다루고자 하는 자서전 텍스트의 성격은 그러한 사고의 기초를 공유하고자 한다.

32) 관계성은 "우리가 타자와 공유하는 대인적 공간에서 타자들과 유지하는 체험적 관계"(Max van Mannen, 신경림 역, 2000: 161)이다.

의 관계를 생각해 볼 수 있다. 자서전을 문학의 범주에서 바라보면 사실
과 허구를 넘나드는 자유로운 창작의 장르로 수용할 수 있다. 그런데
자서전의 본래 목적이 허구를 통한 창작이 아니라 사실을 토대로 하는
성실한 자기표현이라는 측면에 주목하면, 자서전에서 때때로 허구로 드
러나는 부분들은 필자의 의도적인 진술이라고 볼 수 없다. 자서전을 쓰
던 당시 필자가 진실이라고 믿었던 사건들이 사후에 역사적 검증을 통
하여 거짓으로 드러나기도 하고, 필자가 주관적인 입장에서 판단하거나
신뢰했던 가치나 관념들이 잘못된 편견에 기초하고 있음이 사후에 밝혀
지기도 하기 때문이다. 하지만 이렇게 의도적이지 않은 오류들이 처음
부터 허용될 수 없다면 자서전은 처음부터 시작될 엄두를 내지 못할 것
이다.[33] 그래서 자서전은 사실에 대한 진술을 기초로 하지만 필자의 의
도적이지 않은 허구를 허용할 수밖에 없다.[34] 이는 필자 자신의 기억의
흔적으로 존재하는 것들이 새로운 상황에 따라 재조정, 재기록 될 수
있다는 것을 말한다. 이런 의미에서 "이야기하기는 끊임없는 자기 형성
과정, 과정 중의 주체 형성 과정이라 할 수 있다. 작가는 그가 성장하는
과정 속에서 이야기를 서술함으로써 이러한 과정을 거치게 된다(임경순,
2003: 47-48)." 이는 자서전 쓰기에서 문학적인 측면을 배제하자는 것이
아니라, 자서전이 지닌 문학적 성향을 창작의 영역이 아닌 표현의 영역
에서 보다 충분히 활용하자[35]는 측면으로 이해해야 한다. 그래서 자서

---

33) 문경자(1998)은 이를 자전적 글쓰기가 갖는 일종의 모험이라고 설명한다. 자서전의
    저자가 독자에게 자신의 삶과 자기 자신의 진정한 모습을 온전히 전달하는 것은 처음부
    터 가능한 일이 아니라는 것이다. 저자가 글쓰기를 통해 자기를 인식하는 일이 어렵고,
    그러한 시도 자체가 독자에게서 의심스럽게 받아들여진다는 것 때문에 자서전 글쓰기
    는 이중으로 실패의 위협을 받게 되기 때문이다.
34) "물질적 혹은 신체적 현존 속에서 우리들은 자신에 관한 어떤 것을 드러내고, 동시에
    어떤 것을 숨긴다. 반드시 의식적으로 혹은 고의적으로 그러는 것이 아니라 자신들도
    모르는 사이에 그러는 것이다."(Max van Mannen, 신경림 역, 100: 159)

전은 문학과 비문학의 선명한 경계를 떠올리지 않는 형식적, 내용적 특성을 먼저 인정하게 된다.

자서전에는 자아와 세계와의 끊임없는 소통과 상호작용의 과정이 나타난다. 자서전이 갖는 사회와의 관계성 측면을 말한다. 이는 이미 완성되어 있는 자아의 모습을 관찰하며 자서전을 쓰는 것이 아니라, 개인의 삶 속에서 지속적으로 변화, 성장해가는 자신의 모습을 반영하고 있다는 뜻이다. 바꾸어 말하자면 사람들은 사회에 참여하는 과정에서 자신의 정체성[36]을 형성하고 삶의 다양한 양상들과 협상하기 위해 작문을 한다.[37] 그렇다면 자서전은 삶 전체를 돌아보며 서술할 수 있는 성인이나 노인들보다는 오히려 삶에서 끊임없는 변화를 내포하는 청소년기에 수용과 생산을 통해 그 본연의 효과를 높일 수도 있다. 이때 경험은 늘 사후(事後)에 기록되는 특성[38]이 있어서 필자의 연령과 수준이 높아짐에

---

35) 문학과문학교육연구소(2001)에 의하면, 창작이라는 용어가 표현 활동에서 의미하는 다양한 활동을 포용할 수 있는 지 생각해 보아야 한다고 주장한다. 표현이 말하거나 쓰는 활동을 포함한다는 점에서도 창작이 글쓰기와 관련된 용어라는 인상을 주기 때문에 포괄적이기 때문이다. 이는 자서전 쓰기 활동 자체를 창작 영역이 아닌 표현 영역으로 확대시켜 자서전에 관련된 활동 범위를 재인식하도록 한다.

36) 이지호(2001: 48)은 글쓰기에서 문제가 되는 것이 자아의 정체성이 아니라고 말한다. "'나'가 남과 같은 존재인지 다른 존재인지 몰라도 된다는 것이다. 다만 그 '나'가 자신의 글쓰기를 하려고 하는가 아니면 하지 않으려고 하는가만 분별하면 된다. 자신의 글쓰기를 하려고 하는 '나'라면 자아의 정체성을 확인하는 것은 시간 문제이기 때문이다. 글쓰기를 주제하는 존재는 자아이다. 그런데 글쓰기의 성패를 가늠하는 것은 자아의 정체성이 아니라 자아의 의지이다." 여기서 정체성이나 의지는 자전적 쓰기를 주도하는 압도적인 힘으로 보인다.

37) 옥현진(2009)에서 글은 필자의 정체성과 밀접하게 관련된다고 말한다. 쓰기가 정체성을 표현하고 재구성하는 핵심적인 도구이며, 사람들은 사회에 참여하는 과정에서 자신의 정체성을 재구성하고 협상하기 위해 작문을 한다는 것이다.

38) 임경순(2003)에 의하면, 사후성은 어떠한 상황에서도 이미 발생한 사건이 사후적으로 문제가 됨을 암시하는 개념이다. 또 이는 기억의 흔적으로 존재하는 것들이 새로운 상황에 따라 재조정, 재기록 될 수 있다는 것을 말한다.

따라 이후에 다른 가치판단이 개입할 수 있다. 그렇다면 자서전을 포함한 자전적 텍스트는 경험과 사고의 변화에 따라 필자의 연령과 수준에 맞는 활동이 제시되고 단계가 심화되어 가야 할 것이다. 마찬가지로 학습자가 자전적 텍스트를 생산하는 과정에서 찾아가는 정체성의 문제도 평생을 통하여 재구성 될 것이다.

연속성의 측면에서는 시간적 연속성의 문제와 공간적 연속성의 문제를 고려할 수 있다. 자서전에서 경험을 시간의 순서에 따라 구성[39]하는 것은 자서전을 이해하거나 쓰는 과정에서 가장 일반적인 원칙이다. 자서전의 독자는 자서전을 읽으면서 의도적이지 않지만 주인공의 삶이 전개되는 순서를 찾아나간다. 필자는 자서전을 쓰는 과정에서 현재와 과거 사이의 끊임없는 '대화'를 순서대로 적절한 자리에 채워 넣으려 시도한다. 자서전을 읽거나 쓰는 과정에서 독자나 필자에게 충분히 자유로운 시간 여행이 허용되지만, 자서전의 독자와 자서전 내부의 세계, 또 자서전의 필자와 자서전 내부의 세계가 유의미한 관계로 맺어져야 한다. 자서전 안에서 흐르는 시간은 독자의 의식, 또는 필자의 성장과 함께 연속성을 보이게 된다.[40] 한편 자서전이 필자가 서술하고 있는 시점을 따라 시간적으로 연속성을 가지고 이어질 수도 있지만, 자서전을 쓸 때 사건의 진술이 역행적으로 진행되는 상황에서도 자신을 탐색해가는 생각의 흐름은 내용상의 연속성을 가지고 진행된다고 할 수 있다. 따라

---

39) 임경순(2003: 17)은 "자기 경험을 이야기하는 것은 단지 과거에 겪은 일을 이야기하는 자원에 머무는 것이 아니다. 그것은 현재 '나'의 관점에서 과거의 '나'를 대화적·반성적·창조적으로 돌아보는 것이다."라고 하였다.

40) 김규영(1987)에 의하면, 지나간 경험은 과거로 흘러가 버린 시간이지만 회상을 통한 현재와의 관계 속에서만 의미를 지닐 수 있다. 또한 그것은 작가의 현재의 의식과의 관계를 통해서만 의미를 지닌다는 점에서 현재의 시간 의식이 반영된 것이다. 그런데 과거와 현재의 관계 속에서 형성되는 시간의식은 아직 실현되지 않은 가능성으로서의 시간의식을 내포하고 있다는 점에서 미래와도 연관된다.

서 자서전은 현재 진행형의 언어 기능 활동을 통하여 필자에 의해 진술되면서 필자 자신을 돌아보게 하고, 독자에게 읽히면서 다시 미래에 독자의 삶에 영향을 줄 수 있게 된다.[41] 이는 읽기와 쓰기로 대표되는 지속적인 국어 활동들이 인간의 삶이 갖는 연속성과 만나고 있음을 의미하게 된다.[42] 그래서 자서전은 필자와 독자로 하여금 다양한 국어 활동을 통하여 또 다른 경험과 삶으로 이어갈 수 있게 해준다.

공간적인 측면에서도 연속성의 맥락을 떠올릴 수 있다. 자서전 안에 등장하는 다양한 공간은 필자 자신의 삶을 비추는 거울이 되고 역사를 반영하는 실증적인 기반이 된다. 필자에게는 삶의 생생한 무대가 되고 사건의 중요한 배경이 되지만, 독자에게는 자서전 속 주인공의 삶의 연속성을 증명하는 요인으로 작용할 때만이 그 의미를 갖는다. 이는 결국 글의 흐름을 유연하게 이해하는 독자의 능력과 글을 자연스럽게 구성해 갈 수 있는 필자의 능력을 동시에 강조하게 된다. 사실 글쓰기의 공간은 말하기의 공간보다 훨씬 자유롭다. 독자의 직접적이고 순간적인 반응에 부딪히지 않아도 되고, 필자의 생각을 정돈하고 성숙시킬 수 있는 열려 있는 공간이 되기 때문이다.[43] 동시에 필자의 글쓰기 공간은 독자의 체

---

41) 김명순(2004)는 비문학 담화 중심의 읽기·쓰기의 통합 지도에 대해 논의하면서 "개인 학습의 차원에서 뿐만 아니라 소통의 차원에서도, 필자의 장르 의식이 독자에게 전해지고, 이 장르 의식을 반영한 독자의 작문이 다시 애초의 필자에게 또는 다른 독자들에게 영향을 주는 방식"이라고 말한다. 이는 자서전 쓰기를 진행하는 동안 사용되는 언어 기능들이 통합적으로 작용하여 이후의 쓰기에 다시 영향을 미치게 되는 맥락과 같이 생각해 볼 수 있다.

42) 우한용 외(2001: 142)는 "서술 주체와 경험 주체 사이에 아무리 시간적 괴리가 있다 하더라도 이들이 하나의 고유명사를 지니고 있는 인물이라고 가정함으로써 이 괴리가 은폐 된다."라고 설명한다.

43) 문경자(1998: 57)은 "즉흥적인 말하기에 비해 글쓰기가 지속적인 묘사를 가능하게 한다고 한다. 글쓰기가 갖는 이러한 속성은 루소에게 있어서도 자신의 의도를 벗어나는 언어를 어느 정도 부정할 수 있게 해줄 것"이라고 한다.

험 공간과 이어지고 공유 영역을 확대해 나가게 된다.

　다음은 자서전 이외의 자전적 텍스트가 지니고 있는 개념과 성격에 대해 알아보자.

1.2. 그 외 자전적 텍스트

　자전적 텍스트의 대부분은 필자가 인간의 삶을 중심으로 성찰하거나 소통하려는 의지적 성격을 담고 있다는 특성이 있다. 이러한 텍스트를 생산하거나 수용하는 과정에서 필자는 자신의 삶 속에 들어 있는 자신만의 목소리를 다시 텍스트로 표현하고, 독자는 자전적 텍스트 안에 담긴 삶 속에 자신의 삶을 비추어 본다. 자전적 텍스트는 이러한 텍스트의 수용과 생산 과정을 통하여 주어진 환경에서 성찰하고 소통하고 발전적으로 변화해 갈 수 있다는 데에서 가치를 찾을 수 있다.[44] 현상학과 정신분석학에 기반한 자서전적 방법을 통해 인식되는 학교 교육과정의 목적은 학생들을 자기에 대해서 또는 자기가 살아가게 될 세상에 대해서 성찰하고 비판적으로 생각할 수 있는 자극적인 계기를 제공하는 데에 있다(Pinar, 김영천 역, 2005)라는 측면에서도 그 의미를 공유할 수 있다.

　이러한 교육적 가치를 잘 반영하는 자전적 텍스트가 인간의 경험과 삶을 반영하고 있는 자료라는 점에 좀더 집중해 본다면 훨씬 더 넓은 범위의 장르까지 포괄할 수 있다. 즉 자서전은 원래 필자가 자신의 경험과 삶에 대하여 글로 진술한 형태로 나타나지만, 그것을 담는 틀에 따라 다양한 텍스트를 활용한 자전적 진술이 가능해진다. "글쓰기 자체가 글

---

44) 손승남(2002: 122)는 자서전의 교육적 가치에 대해 "무엇보다도 세계 변화의 가속화에 따른 자아의 위축과 상실의 문제를 극복할 수 있는 대안을 제시해 준다는 데 있다."라고 한다.

쓰기 주체를 변화시키는 사건(최인자, 2001: 370)"이 된다는 측면에 주목해 보더라도, 자전적 텍스트는 자기표현 활동으로서 무한한 잠재성을 지닌 교육적 가치를 기대하게 된다. 또 '자서전'이라는 특정한 장르에 의존하지 않더라도 여타의 다양한 자전적인 접근법들은 자기표현 과정을 돕는 다양한 기법이 되거나, 자전적 텍스트의 세밀한 이미지를 부각시키는 효과적인 방법론이 될 수 있다. 하지만 그 '부분'이 자체로서 완성도 있는 자서전이 되거나 단순한 '부분의 합'이 자서전으로서의 가치를 지니는 것은 아니다.

이제 자서전을 제외한 그 외의 자전적 텍스트 중에서 대표적으로 일기·편지·자기소개서, 회고록, 전기에 대한 기존의 논의를 통하여 그 개념과 성격을 살펴보고자 한다. 여기서 일기·편지·자기소개서와 회고록은 '자(自)'의 성격을 갖지만 '전(傳)'의 성격은 지니지 않는 일상적 자전이고, 전기는 '타(他)'이면서 '전(傳)'의 성격을 갖는 확장적 자전의 대표적인 장르이다. 더 다양한 자전적 텍스트의 유형에 대해서는 이후 자전적 텍스트 활동 내용에서 다시 언급하고자 한다.

1.2.1. 일기·편지·자기소개서

일기[45]나 편지와 같은 장르는 자아를 성찰하고 삶과 소통하는 자전적 장르 중에서도 특히 일상적인 국어 능력의 기초적 활성화를 끌어낼 수 있는 유형으로 볼 수 있다.[46] 물론 일기나 편지 고유의 영역에서 갖는

---

45) 이태준(2010: 109-120)은 일기를 "그날 하루의 중요한 견문, 처리사항, 사색 등의 사생활을 적는 글"이라고 정의한다. 특히 "보고 들은 것 가운데, 또 생각하고 행동한 것 가운데 중요한 것을 적어두는 것은, 형태가 있는 것이나 형태가 없는 것이나 모조리 촬영한 생활 전부의 앨범"이라고 한다. 이러한 성격은 일기가 자서전이나 기타 자전적 텍스트로 확장할 수 있는 기초적 자료로서의 성격을 잘 보여준다.

46) 손승남(2002: 112)에서 "자서전 개념을 넓게 보면 자전적 자료들과 삶의 이야기를

장르적 정체성은 일단 접어둔 상태에서의 논리이다. 사실 일기[47]는 쓰기가 이루어지는 '현재'의 삶을 서술하고 있다는 점에서 자전적 텍스트의 요건 중에서 통시성의 시각이 결여되어 있다. 뿐만 아니라 진술 자체가 주관적이며 단편적이다. 하지만 자서전을 수용하고 생산하기 위한 전략적인 장르로서의 가치가 있다.

일기나 편지를 읽거나 쓰는 활동을 통해 다른 사람의 삶을 이해하거나 자신에 대한 글쓰기를 전개해 나가는 방법을 익히고, 나아가 자신의 삶에서 반성적 성찰과 소통을 유도하는 기반으로 삼을 수 있다. 특히 일기와 자서전은 공통점을 가지고 있다. 이 두 가지 자전적 텍스트 유형은 모두 필자의 경험을 계속해서 반성해 보도록 해 준다. 그럼으로써 만약 '그렇지 않았다면' 알지 못했을 관계를 발견할 수 있도록 자극을 주게 된다. 그래서 Philippe Lejeune(윤진 역, 1998: 256-257)은 '일기와 편지'를 "저자가 자신의 '나'를 맡아 책임지는 내밀한 글쓰기"로 규정한다. 즉 일기나 편지에서의 자기 고백적 화자인 '나'는 자서전 진술 속의 '나'가 갖는 단점을 갖지 않게 된다. 이는 자서전보다 단편적이고 일상적인 상황에서 진술되는 특징들 때문에 자서전 속의 '나'와 같은 무게를 갖지 않아도 된다고 할 수 있다. 그럼에도 불구하고 이것은 다시 학습자의 삶을 성찰하는 '자전적 텍스트'로 기능할 수 있게 된다.

포함시킬 수 있는데, 자전적 자료들(autobiographische Materialien)은 한 개인이 자기 자신의 삶과 학습사를 다룬 모든 형태의 표현물을 말한다(Haan: Schulze, 1983: 316)"라고 한다. 이러한 자료들에는 크게 두 종류가 있다. 그 하나는 명시화된, 문서화된 기록물로서 일기, 편지, 엽서, 비망록, 시화집 등이고, 다른 하나는 비문서화된 자료로서 사진, 기억물 등이다.

47) 최미숙 외(2012: 249)에서 "특히 일기 쓰기와 같은 표현적 쓰기 활동은 '거리 두기'를 통해 주변 상황과 자신의 내면 심리를 차분히 성찰할 수 있게 되고 이러한 성찰의 공간 속에서 혼란스러운 정서를 이해하고 조절할 수 있게 해 줌으로써 바람직한 긍정적 정서와 태도를 갖게 해 준다."라고 말한다.

몽고메리(Lucy Maud Montgomery)를 포함한 많은 자서전 작가들이 본인의 자서전에서 과거 체험에 대한 당시의 느낌과 생각을 보다 상세히 진술하기 위해 자신의 일기를 인용[48]하는 방법을 자주 사용하고 있다. 자서전 내부에서 편지를 활용하는 방법도 상당히 보편적으로 나타난다. 백범일지의 도입부에 '인·신 두 아들에게'라는 제목이 붙어 있는 편지 글은 물론이고, 여타의 자전적 텍스트에서 작가의 과거 삶을 구체적이고 객관적으로 증명해 줄 수 있는 근거로 편지글을 삽입하는 방식은 쉽게 발견할 수 있다.

한편 "자서전이 '독자'보다는 '자기 자신'을 중심에 둔 자신의 내면과의 소통이라면, 자기소개서는 독자와의 소통을 중심에 두고 독자에게 나를 알리고자 하는 글이기에 공공성의 성향이 강하다(손혜숙·한승우, 2012: 420-421)." 중·고등학교 현장에서 이루어지는 자기소개서 쓰기[49]는 주로 체계화된 수업 체계 안에서 다루지 않고 학기, 혹은 단원의 입문적 주제로 단순화되는 경향이 짙다. 특히 중·고등학교보다는 대학의 교양 강의에서 더 적극적으로 활용하고 있는 것을 알 수 있다. 그렇게 보면, '자기소개'라는 내용은 굳이 국어 수업 시간이 아니라도 학습자의 관심을 끄는 단편적 주제로 무난한 재료가 될 수 있을 것이다. 하지만 자전적 텍스트로서의 자기소개서는 보다 깊이 있는 성찰을 토대로 자기

---

48) '인용'이 텍스트 안에서 어떤 의도를 가지고 어떤 역할을 수행하는지는 선명하게 규정할 수 없다. 다만 자전적 텍스트 안에서 일기나 편지 등이 정당하게 인용되고 있는 경우 자전적 수행 기능을 인정할 수밖에 없다. 이창덕(1999: 259-275)에 의하면 "인용은 '언어 사용자가 언어 사용 맥락에서 기존의 표현된 담화 형식이나 내용을 재사용하는 것'으로, 어느 요소를 중심으로 인용하고 어느 요소를 생략하는가는 인용상황맥락에서 화자의 전달의도와 그에 따른 전달 초점을 결정하는 판단에 달려있다"라고 한다.
49) 자기소개서는 교육적, 실용적인 면에서 그 필요성이 인정되지만 실제 초, 중, 고 교육 현장에서 그 체계적인 교육 근거를 찾기 힘들다. 이에 대해서는 민경복(2008)을 참고할 만하다.

소개라는 단편적 내용 이상의 주제를 탐색할 수 있어야 한다.[50] 그래서 일기, 편지[51] 등의 자기 표현적 성향이 강한 일상적 자전 텍스트는 다시 자기소개서를 자유롭게 쓸 수 있는 다양한 쓰기의 기초 작업들이 되고, 이들은 다시 자서전을 쓰기 위한 내용적 토대의 역할을 하게 된다.

최규수(2005)는 고등학교 작문 교과서에서 제시되고 있는 자서전 쓰기의 어려움을 지적하면서, 자기를 소개하는 글쓰기가 실용문, 혹은 다양한 글쓰기의 한 부분으로 할애되는 정도일 뿐 구체적인 글쓰기의 기술 방식과는 철저히 유리되어 있다고 지적한다. 한편 나은미(2009)는 자서전과 자기소개서 쓰기의 연계 방안을 제시하면서, 대학 1학년 시기에는 자기 성찰을 목적으로 하는 자서전 쓰기가, 대학 4학년생에게는 취업이나 진학 등의 목적 달성을 위한 자기소개서 쓰기가 적절하다는 판단을 보여주고 있다. 이는 자서전이 지닌 자기성찰이라는 정의적 교육 목표가 대학 생활을 시작하는 1학년 시기에 적합하고, 자전적 표현 기능과 관련된 부분은 4학년 때 집중적으로 다루는 것이 효과적이라는 실용성 위주의 학습 단계 설정에 기인한다. 그런데 자서전 쓰기가 교육과정 체계와 무관한 성인이나 노인 대상의 재교육 프로그램 등을 통해 활성화되고 있는 시각에서 돌아보면 이러한 접근은 다소 의외의 해석이 될 수도 있다. 자서전이 연령층이 낮은 학습자들이 학습하기에 오히려 더 적절한 장르가 될 수 있기 때문이다. 그렇게 생각하면 자기소개서는 자

---

50) 최규수(2005: 575)는 "대학생이라는 세대 공통항으로서 자의식의 편린과 가치관의 면면을 확인하는 작업을 병행할 수 있다면, 자기소개서는 쓰는 이상으로 철학적, 사회학적, 심리학적, 문학적 등등의 가치를 획득한 중요한 교양수업의 일환이 될 것"으로 기대하고 있다.

51) 빌헬름 딜타이(Wilhelm Dilthey, 이한우 역, 2012: 112)에 의하면, "편지들은 순간적인 삶의 결을 보여준다. 하지만 그것들은 편지 수신인에 대해 발신인이 갖고 있는 방향의 영향을 받는다. 편지들은 삶의 환경들을 보여준다. 그러나 모든 삶의 환경들은 단지 한쪽 면에서만 보이게 된다."

서전보다 심화된 성격의 글쓰기가 되고, 자서전의 성격을 근간으로 한, 보다 성숙된 쓰기 유형이라고 해석할 수도 있다. 하지만 이는 자기소개서가 지닌 실용적인 측면을 자전적 텍스트로서 지닌 교육적 효용보다 상위의 능력이라고 평가하였을 때만이 제한적으로 수긍할 수 있다.[52] 그러므로 자기소개서는 실용성을 근간으로 하는 공식적 쓰기의 방식으로 사용할 수도 있지만, 일상적 자전으로서 자전적 텍스트의 한 장르가 되며, 자서전 쓰기를 위한 기초 작업의 단계로 활용이 가능하다고 보는 것이 더 정확할 것이다.

결국 자기소개서나 일기, 편지와 같은 장르에는 자전적 텍스트가 갖는 공통적 특성이 내재되어 있다. 또 자전적 텍스트에 대하여 넓게 이해하고 활용하기 위해서는 일기나 자기소개서와 같은 일상적인 다양한 장르를 통한 기초적이고 다양한 접근 방식이 필요하다. 이는 자전적 텍스트가 다른 자전적 텍스트들과 직·간접적으로 연관되어 있으면서 상호 의존적인 관계를 지니고 있다는 상호텍스트성[53]의 맥락에서 이해할 수 있다. 사실 자전적 텍스트만큼 상호텍스트성을 잘 보여주는 경우도 드물다. 한 편의 자전적 텍스트는 필자가 지금까지 가져왔던 개인적인 삶과 경험을 반영하는 모든 자료들과 상호텍스트적인 관계에 놓여 있기 때문이다. 필자는 이렇게 세부적인 각각의 자료들과 다양한 각도에서

---

52) 박현이(2006: 107)은 "대학의 작문교육이 담당해야 할 목표 안에 대학인들이 사회 진출 후 필요한 기초적인 글쓰기 능력을 함양하고 뒷받침해 주어야 한다는 부분도 포함되지만 문제는 이것이 작문교육의 주는 아니다."라고 지적한다.

53) 최현섭 외(2003: 25)에 의하면 "상호텍스트성은 텍스트와 특정 상황 속에 위치한 또 다른 텍스트가 서로 관계를 맺고 있는 것을 말한다. 상호텍스트성에 의하면 텍스트는 진공 상태에서 만들어진 것이 아니라 그것이 작성된 사회·문화 및 역사적 상황과 매우 밀접한 관계를 갖는다." 이러한 관점에서 보면 텍스트는 작가의 창조적인 사고 활동의 결과가 아니라 지금까지 존재하였던 다른 텍스트들 속에 들어 있는 일부 내용, 아이디어 등이 작가에 의해서 부분적으로 반영된 결과라는 관점어 가능해진다.

빈번하게 접촉하면서 자전적 텍스트 내부에 상호텍스트성을 강화하며 글을 써 나간다. 독자는 자전적 텍스트 내부에 포함되어 있는 다양한 자전적 자료들 사이에 상호텍스트성을 긴밀하게 인식하면서 글을 읽는다.[54] 결국 일기나 편지, 자기소개서와 같은 장르는 자전적 텍스트로서 상호텍스트성을 가지고 필자와 독자, 텍스트 간의 신뢰도와 텍스트의 완성도를 높이는 역할을 할 수 있게 된다.

1.2.2. 회고록

자전적 텍스트에 대해 언급할 때 자서전과 가장 유사한 특징을 지닌 것으로서 그 성격을 점검해 두어야 할 장르가 바로 회고록이다. 먼저 회고록이라는 단어의 뜻을 Bill Roorbach · Kristen Keckler(홍선영 옮김, 2008, 36-38)에서 살펴보자.

회고록은 실화다. 작가의 머릿속에서 그대로 꺼낸 기억에다가 작가의 창조적인 시선으로 바라본 조사 결과를 덧붙여 써낸 이야기체 문학이다. 회고록에서 작가는 사건의 중심에 선 주인공이거나, 적어도 주인공과 가까이 지내는 관찰자로 등장한다. 이처럼 회고록은 1인칭 단수에서 생겨나며, 1인칭 단수로서만 존재한다. 즉 회고록은 '내'가 기억하는 '나'의 기억인 것이다.(…중략) 회고록은 낯선 영역으로부터 타인에게 보내는 글이다. 작가라는 영역에서, 자아라는 영역에서, '나'라는 영역에서 보내는 글이다. 여기서 회고록이라 하면 종이 위에 '풀어놓은' 기억, 꾸밈없는 실화만

---

54) 곽춘옥(2004: 182)는 상호텍스트성을 두 가지 측면에서 바라본다. 하나는 이야기가 생산되는 과정에서 다른 텍스트의 영향으로 만들어지는 측면이고 다른 하나는 이야기가 수용되는 과정에서 다른 텍스트나 담화의 영향으로 작품의 의미 해석에 영향을 미친다는 측면이다. 자전적 텍스트에서 의식해야 할 상호텍스트성은 이렇게 양방향적인 개념에 기초한다고 할 수 있다.

을 말하는 것이다. 물론 실화라고 해도 기억은 틀릴 수도 있고, 이미지는 흐려질 수 있다. 실화 속의 '나'라는 사람도 특정한 시기에 존재하던 작가의 일부분일 뿐이므로 결국은 허구 속에 만들어진 구조물에 불과하다.

루어바흐가 자서전의 일종으로 본 회고록은 위에서 알 수 있는 바와 같이 1인칭 서술로 이루어지며 실화를 근거로 하고 있다는 점에서 자서전의 정의와 유사하다. 또 유명인사의 회고록보다는 평범한 사람들의 회고록을 그 대상으로 하고 있다는 점에서 이 연구에서 초점을 맞추고자 하는 자전적 텍스트의 보편적 양상과 더욱 닮아 있다. 하지만 회고록의 작가가 반드시 주인공과 일치하지는 않는다는 점과 '허구'를 쓰기의 정당한 구조물로 이용하고 있다는 점에서 본격적인 자서전과는 차이점을 드러낸다. 그래서 회고록에서는 '자(自)'에 관한 이야기가 진행되지만, 개인의 역사에 대해 흐름을 갖는 '전(傳)'에 대한 책임이 없다. 또 온전한 사실에만 의존하지 않고 허구를 허용하고 있을 알 수 있다.

한편 Neumann(1970: 12, 손승남, 2002: 111-112에서 재인용)에 의하면 "회고록(Memorien)은 자신의 고유한 내적 발달보다도 동시대 인물들에 초점을 둔 삶에 대한 회상과 기억을 담은 글이다. 회고록은 사회적 역할 주체와 불가분의 관계에 있으므로 회고록을 저술하는 사람은 일반적으로 시대의 역사에 더 많은 비중을 둔 나머지 자신의 개성에 대한 서술은 소홀히 하게 된다."라고 밝히고 있다. 여기서 회고록의 주인공은 필자 자신이 아닐 수도 있을 뿐 아니라 그 사실을 중요하게 여기지 않는다는 점, 또 개인의 역사가 아닌 시대의 역사를 더 중요시한다는 점은 앞에서 든 빌 루어바흐의 생각을 한 번 더 확인시켜 준다.

Andre Gide가 그의 자서전에서 "회고록이 아무리 열심히 진실을 말하려고 노력한다 해도 그것은 언제나 절반만 성실할 뿐이다. 모든 것은 사람들이 말하는 것보다 훨씬 복잡하다(Philippe Lejeune, 윤진 역, 1998: 61에서 재인용)."라고 말한 데서도 드러나듯이 자서전은 단순한 경험담이나 회고록보다 복잡하다. 그 내부에 '자기에 대한 성찰'과 '진실에 대한 책임'이라는 정의적인 요소가 강하게 자리 잡고 있기 때문이다. 그래서 회고록은 그대로 자서전이 될 수 없고 자전적 텍스트의 맥락에서 자리매김을 다시 해 볼 수밖에 없다.

1.2.3. 전기

앞서 자서전의 정의에서 '실제 인물, 역사, 산문'이라는 단어에 주목하면 먼저 떠오르는 장르가 바로 '전기'다. "일반적, 광의적 의미에서 전기의 개념은 좀 더 협의적 의미에서의 전기 개념, 생애록, 회고록, 자서전의 개념을 모두 포괄하는 개념으로 볼 수 있다(손승남, 2002: 111)." 그래서 자전적 텍스트의 개념에 대해 이야기하기 위해서는 먼저 자서전보다 큰 개념인 '전기'의 개념으로부터 관련성을 끌어오는 것이 바른 순서가 될 지도 모른다. '자서전'이라는 용어의 뜻에서 나타나듯이 자기 자신에 의해 씌어진 전기를 자서전이라고 말할 수 있기 때문이다.

Motimer J. Adler(독고앤 역, 2007)에 의하면, 전기는 실존한 어떤 사람에 대한 이야기이며 사실과 이야기가 혼합된 특성을 지니고 있다. 또한 전기는 전기를 쓸 만큼 중요한 인물의 인생에 대한 철저한 학문적인 저서이며 살아있는 사람에 대해서는 쓸 수 없다고 한다. 전기(Biographie)의 개념은 광의적 의미로는 '인간 삶에 관한 기록'으로 파악될 수 있다. 하지만 협의적 의미로는 '한 개인의 삶을 제3자가 기술한 기록'을 나타내므로 '자신이 자신의 삶을 기록'한 자서전과 차이를 보인다(손승남, 2002). 자서전과 전기가 대부분의 큰 개념 영역을 공유하고 있기는 하지만 전기가

기초적으로 담고 있는 객관성이나 사실성, 혹은 제3자의 기술이라는 측
면까지 공유할 수는 없기 때문이다.

사실 자기 자신의 인생을 돌아보면서 표현하는 것은 힘든 과정을 거
치지만, 다른 사람의 인생을 들여다보면서 표현하는 일에도 그에 못지
않게 까다로운 공정이 들어있다. 특히 전기의 경우 화자가 일인칭을 사
용한다 해도 그것이 결코 이야기의 주인공에 관해 말하려는 것이 아닌
데, 이는 주인공이 화자와 다른 사람이기 때문이다. 이러한 맥락으로
Philippe Lejeune(윤진 역, 1998: 24)은 두 개의 항으로 분리된 도표를 통
하여 그 관계 설정을 보여 준다.

[표 2-2] 자서전과 전기에 드러난 문법상 인칭과 화자-주인공의 동일성 여부

문법상의 인칭 동일성	나Je	너Tu	그Il
화자 = 주인공	고전적인 자서전 [자기 서술적]	이인칭의 자서전	삼인칭의 자서전
화자 ≠ 주인공	일인칭의 전기 (증인의 이야기) [동질 서술적]	전기의 인물이 수신 자로 씌어진 전기	고전적인 전기 [이질 서술적]

국내의 자서전이나 전기에서 이인칭의 서술이 이루어지는 경우는 찾
아볼 수 없으므로, 자전적 텍스트에서 논점이 되는 대상은 일인칭과 삼
인칭 서술일 때를 기본적으로 고려할 수 있다. 이 중에서도 특히 일인칭
을 사용하는 가장 고전적인 유형인 자서전과 삼인칭을 사용하는 대표적
인 유형인 전기가 그 전형이 될 수 있다.

또 Philippe Lejeune(윤진 역, 1998: 60)은 다음 두 가지 논리를 통해
전기와 자서전의 차이에 대해 좀 더 그 의미를 보충해 두고 있다.

전기 : A는 N일 수도 있고 아닐 수도 있다 ; P는 M과 유사하다.
자서전 : N과 P의 관계는 A와 M의 관계와 같다.

A = 저자auteur   N = 화자narrateur
P = 주인공personnage   M = 모델modele

전기가 가진 가능성과 유사성의 문제가 자서전이 가진 관계성을 포함할 수도 있지만, 전기가 가진 가능성이나 유사성이 결코 자서전의 관계성과 같아질 수는 없다는 논리가 된다.

이 연구에서 사용하는 자전적 텍스트의 맥락에서 자서전은 전기의 하위 분류로 두지 않는다. 이는 자서전과 전기라는 장르 자체의 난이도에 의해 결정되는 선후 관계의 문제가 아니다. 자전적 텍스트로서의 '전기'를 수용하거나 생산하는 과정에서 추구하는 교육적 내용과 목표가 자서전을 포함한 다른 자전적 텍스트의 수용과 생산에 필요한 내용과 크게 다르지 않다는 사실에 주목하려 한다. 전기를 이용한 텍스트 활동의 성격이 보편적 인간의 삶을 이해하고 공감하는 데 토대가 되고, 다른 사람의 삶을 통하여 다시 자신의 삶을 비추어 성찰하는 자전적 텍스트 활동으로 이어질 수 있는 것이다.

결국 전기와 자서전은 다르지만 전기적 특성이나 접근법에 대해서 자전적 텍스트의 범주에서 이해할 수 있다. "전기적 접근은 문화와 하부 문화가 개인의 삶에 어떻게 반영되어 왔는가를 서술할 수 있게 하고, 사람들이 어떻게 역사적 시대의 가능성을 확장시키고 또 어떻게 한계에 적응해 왔는가를 보여주기(한정란 외, 2004: 18)"때문이다.[55]

---

55) 따라서 전기 작가의 과제는 기록 문서들 안에서 한 개인이 자신의 주변 환경에 의해 규정되고 환경에 반응하는 작용 연관을 이해하는 것(Wilhelm Dilthey, 이한우 역, 2012)이라고 할 수 있다.

자서전과 전기의 두 가지 유형을 모두 집필한 작가의 예를 들어 보자.
헬렌 켈러(Helen Keller)는 스승인 앤 설리번(Anne Sullivan)의 생전에 자
서전『내가 살아온 이야기 The story of my life』를 썼고, 앤 설리번 사후에
그녀의 전기를 집필하였다. 앤 설리번의 전기를 보면 그녀의 자서전과
연관 지어 생각해 볼만 한 부분이 있다.

> 나는『내가 살아온 이야기』에서 아이가 교육받기 전에 어떤 상태였는
> 지, 아이가 어떤 단계를 거쳐 언어를 습득했는지, 선생님이 얼마나 자연스
> 런 방식으로 교육했는지 등을 제대로 기술하지 못했다. 또한 나는 애니
> 설리번 선생님이 볼 수도 들을 수도 없었던 한 아이를 주어진 상황에서
> 최대한 정상적인 인간으로 만들기 위해 다각도로 노력한 공로를 제대로
> 평가하는 데 꼭 필요한 세부사항을 빠트리고 말았다(Helen Keller, 김명
> 신 옮김, 2009: 48).

전기에서 이 부분은 Helen Keller의 자서전[56]에서 결핍된 특정 시기
의 내용을 보충해 주는 역할을 한다. 또 전기 안에서 일인칭으로 서술되
고 있는 곳은 기존에 Helen Keller가 써 놓은 자서전이 부분적으로 전
이되고 있는 양상으로 보이며, 다시 스스로를 헬렌이라는 3인칭으로 다
시 칭하고 있는 부분에서는 전기문의 특성을 고려하여 의도적으로 객관
성을 지키려는 필자의 의도[57]로 파악된다. Helen Keller의 자서전 안에

---

56) 헬렌 켈러의 자서전『The Story of My Life』는 헬렌 켈러가 래드클리프 대학 2학년
   시절에 썼으며 1904년에 출판되었다. 전기문『Teacher: Anne Sullivan Macy』는
   1936년에 설리번이 세상을 떠난 후 출판되었다.
57) 가와이 코오조오(川合康三, 심경호 역, 2002: 42)에 따르면, 작가가 "3인칭 호칭으로
   자기를 가리키는 경우, 그 때의 글쓴이는 작품이 성립하는 그 장에 있어서 글쓴이라고
   인정되는 사람이다. 특정한 개인이 개인의 입장에서 자기를 드러내는 것이 아니라,
   작가와 독자가 공존하는 '표현'이라는 장에서 글쓴이의 입장을 드러내는 것이다."라고
   한다. 또 김홍수(2010)에 의하면 글에서 필자가 자신을 대명사가 아닌 일반명사로

서 설리번은 헬렌이 자신의 인생을 설명하기 위하여 중요한 부분이었고, 설리번의 전기 안에서 전개되는 Helen Keller의 이야기는 자서전에서보다 더 상세화되어 자서전에 대한 독자의 이해를 돕는 역할을 하고 있다. 이러한 예를 통해 보더라도 전기는 '타(他)'에 관한 '전(傳)'을 진행하고 있지만 이러한 활동이 '자(自)'에 대한 성찰과 소통에 유관한 자전적 텍스트의 유형으로 순환되고 있음을 인지할 수 있다.

2. 자전적 텍스트 활동의 특성과 유형

이 절에서는 앞에서 살펴본 자전적 텍스트의 개념과 성격을 토대로 자전적 텍스트 활동의 특성과 유형을 알아보고 그 내용을 체계화하는 기초를 마련하고자 한다. 이를 위해서는 먼저 **'자전적 텍스트 활동'**이라는 용어가 내포하고 있는 성격을 명확하게 하는 것이 필요하다. 따라서 앞서 정리한 '자전적 텍스트'의 개념과 성격을 기초로 다음과 같이 조작적 정의를 내려 보고자 한다.

> 학습자로 하여금 자전적 텍스트를 활용한 다양한 언어활동을 통하여 자아성찰과 소통을 유도하고, 텍스트를 수용하거나 생산하는 과정에서 학습자의 기능적, 정서적 발달을 도모하는 활동

자전적 텍스트를 활용하여 다양한 언어활동을 수행한다 함은 자전적 텍스트 교수-학습의 활동 내용에 듣기·말하기, 읽기, 쓰기의 영역이 고

지칭하는 필자류 지칭에는 자신을 객관화하고 격식 있게 말하는 경우에 쓰인다고 한다.

루 포함될 수 있음을 의미한다. 자아성찰과 소통은 자전적 텍스트를 통한 교육의 가치이면서 주제적 측면을 가리킨다. 또 자전적 텍스트를 수용하거나 생산하는 과정에서 학습자가 언어 사용 영역의 기능적 측면뿐만 아니라 정서적 측면에서도 발달을 가져오는 것을 목표로 하게 된다.

이때 텍스트를 수용, 또는 생산한다는 것은 자전적 텍스트에 대한 '문식성'의 문제를 내포한다. '자전적 문식성'에 대해 명확한 의미를 규정하기는 힘들다. 다만 우한용(1997)에서 규정하고 있는 문학 능력의 개념[58]에 기대어 접근해 볼 수 있다. **자전적 문식성**의 개념에는 학습자의 국어교육적 활동과 발달에 관련하여 자전적 소통 능력, 자전적 사고력, 자전적 지식, 자전적 텍스트에 대한 내외적 경험, 자신의 삶에 대한 가치와 태도 등을 포함시킬 수 있다. 따라서 '자전적 문식성'이라 하면, 단순히 다른 사람이 쓴 자전적 텍스트를 읽거나 자신의 자전적 텍스트를 쓰는 활동에 그치지 않고, 자전적 텍스트와 관련하여 일어날 수 있는 모든 국어 활동과 변화를 고려하여 적극적으로 국어교육에 활용할 수 있는 능력의 의미로 일단 정리해 두고자 한다. 물론 이 과정에서 궁극적으로 끌어낼 수 있는 학습의 결과물은 쓰기 활동을 통해 얻게 되는 '자전적 텍스트'가 될 것이다. 이렇게 '자전적 텍스트 활동'의 개념은 언어 사용 기능 활동이 갖는 방법적이고 과정적인 특성, 학습자의 성찰과 소통이라는 교육적 주제와 가치, 그리고 이러한 과정을 통한 기능적·정서적 발달이라는 목표 등을 동시에 고려하게 된다.

그런데 자전적 텍스트 교육의 개념에서 한 가지 더 명확히 해 두어야 할 부분이 있다. 자전적 텍스트 교육이란 우리가 일반적으로 사용하는

---

58) 우한용 외(1997)에 의하면 문학능력의 개념을 인간의 행동 특성과 관련하여 문학적 소통능력, 문학적 사고력, 문학지식, 사전문학경험, 문학에 대한 가치와 태도로 범주화하고 있다.

소설 교육, 시 교육, 수필 교육 등의 용어와 동위에서 사용할 수 없다는
점이다. 자전적 텍스트 교육은 전통적인 장르를 기반으로 하는 교육이
아니라 자전적 유형의 텍스트 전반에 대한 교육으로 이해해야 한다. 또
자전적 텍스트의 수용과 생산의 두 측면을 동시에 포괄하는 개념임을
밝혀 둔다.

여기서 자전적 텍스트 활동의 유형을 크게 세 가지로 나누고 각각의
유형이 지닌 성격과 그 안에서 검토할 수 있는 세부적 텍스트 활동 유형
으로 포함할 수 있는 내용 요소들에 대해 간단히 논의하고자 한다. 이를
기초로 제3장과 제4장을 통해 구체화될 자전적 텍스트의 유형별 활동에
대한 개괄적인 모습을 먼저 보고자 한다. 이 연구에서 자전적 텍스트
활동의 유형은 텍스트가 포함하는 장르적 활용 범위에 따라 '일상적 자
전 활동', '자서전 활동', '확장적 자전 활동'의 세 가지로 전제하고 논의
를 진행하고자 한다.

'일상적 자전 활동'은 '자(自)'의 성격을 갖고 있으나 '전(傳)'의 성격을
갖지 않은 자전적 텍스트의 활동 범위 안에서 이해할 수 있다. 일기, 편지,
자기소개서나 회고록 등을 근간으로 하는 자전적 텍스트는 대부분 삶에
서 일상적인 주제나 목적을 포함하고 일상적인 장르로 수용하거나 생산
되는 경우가 많으므로 '일상적 자전 활동'이라 칭하였다. '자서전 활동'은
'자(自)'이면서 '전(傳)'의 성격을 동시에 충족하는 자서전이나 자전 소설을
읽거나 쓰는 활동이 중심을 이룬다. 그리고 '확장적 자전 활동'은 '타(他)'
이면서 '전(傳)'의 성격을 지닌 전기와 '자전적 시', '자전적 수필'과 같이
주제적인 면에서 '자전적'이라는 수식어를 붙일 수 있는 자전적 텍스트에
관련한 활동, 또 다양한 매체를 활용하여 자전적 주제를 표현할 수 있는
활동 등을 포괄한다. 그러면 이제 각 활동의 성격과 내용을 살펴보자.

2.1. 일상적 자전 활동

'일상적 자전 활동'은 우리 실제 삶 속에서 일상적인 경험을 토대로 하여 쉽게 만날 수 있는 텍스트를 대상으로 하는데, 일기나 편지, 자기소개서, 회고록과 같은 유형이 그 구체적인 대상이 된다. **'일상적 자전 활동'**이란 간단히 말하면 학습자 자신을 포함하여 인간의 일상적인 경험이나 삶을 소재로 한 자전적 텍스트를 수용하거나 생산할 수 있는 활동을 말한다. 이러한 자전적 텍스트를 수용하거나 생산할 때 자기에 대한 다양한 내용을 다양한 방식으로 표현할 수 있다. 이때 다양한 내용은 필자 '자(自)'에 관련된 것이지만 반드시 '전(傳)'의 성격으로 구속을 받지는 않는다.

여기서 잠시, Jean Picano가 말한 '자기에 대한 글쓰기'의 동기 다섯 가지를 들어보면 일상적 자전 활동이 가지고 있는 기본적인 성격을 인식하는 데에 도움이 될 듯하다. Jean Picano는 "왜 자기에 대한 글을 쓰는가?"라는 질문에 대해, 첫째, 인간 본성에 대해 인식시키고자 할 때, 둘째, 자신의 독창성에 대한 인식을 위해, 셋째, 자기에 대한 인식을 위해, 넷째, 자신이 시대의 풍습이나 사회의 증인으로 서려는 욕망에서, 다섯째, 나르시시즘적인 자기만족을 위해서라는 것이다(이정화, 2003에서 재인용). 여기서 나타나는 성격들은 '일상적 자전'이 포함할 수 있는 다양한 목표와 내용을 반영하고 있다.

자전적 텍스트 활동 중 특히 '쓰기'의 영역은 '나'를 소재로 하는 쓰기 활동이 이루어진다는 점으로 인해 자서전 쓰기 활동과 동일한 맥락에서 다루어지는 경우가 있다. 또 교과서에서 자전적 쓰기에 관련한 학습 활동들은 본격적인 자전적 텍스트 쓰기에 필요한 부분적인 쓰기 기능의 단편적인 연습으로 활용하고 있는 경우가 대부분이지만, 단순히 그 부

분의 합으로 완성도 있는 자전적 텍스트를 쓸 수 있는 것처럼 인식하게
되는 경우도 적지 않다.[59]

정리해 보면, '일상적 자전 활동'을 재료로 하여 자전적 텍스트를 완
성하도록 유도하는 방법과 자전적 텍스트를 쓰기 위해 필요한 다양한
'일상적 자전 활동'을 활용하는 방법의 두 가지 가능성을 생각해 볼 수
있겠다. 이 두 가지 모두 자전적 텍스트를 활용하여 자기성찰과 소통,
학습자의 기능적·정서적 향상을 도모하고 있다고 볼 수 있지만, 실제
텍스트 활동의 결과로 보면 차이를 드러내 보인다. 예를 들면 일기나
편지, 자기소개서, 회고록 등 개인의 삶을 소재로 하는 '일상적 자전'의
유형들은 자서전 활동을 활성화할 수 있는 근간이 되는 단계이며, 자전
적 텍스트 쓰기를 할 때 가장 기초적으로 활용할 수 있는 방법론이 된다.
물론 이러한 일상적 자전 활동이 개별적 장르 쓰기로 완성될 때에는 일
상적 장르로서 일기, 편지, 수필, 회고록과 같은 독립된 자격을 갖는다.
또 일상적 자전 활동은 자서전 내부에 삽입되어 자서전의 재료가 되거
나, 고쳐 쓰기나 재구성을 통하여 자서전으로 바꾸어 쓸 수 있게 된다.

그런데 자서전 쓰기를 위해 교과서 학습 활동으로 주로 사용되는 '연
보 쓰기'나 '인생 그래프 만들기', '일화[60]를 소개하기' 등의 단편적인 활
동들은 그 자체로 '일상적 자전'의 요건을 갖추었다고 볼 수 없다. 반드
시 부가적인 활동을 더하여 '일상적 자전'으로 구성되거나, 다시 학습의
목표와 필요에 따라 장르적 특성을 반영하는 자전적 텍스트로 재구성될

---

59) 최규수(2005)도 고등학교 작문 교과서에서 자기를 소개하는 글쓰기가 실용문, 혹은
    다양한 글쓰기의 한 부분으로 할애하는 정도일 뿐 구체적인 글쓰기의 기술 방식과는
    철저히 유리되어 있다고 지적하고 있다.

60) Joseph M Williams·Gregory G. Colomb(2001)에 의하면, 일화는 이야기 구조의
    기억을 이용한 짧은 이야기인데, 믿을 만한 일화는 자전적 텍스트의 재료로 가치를
    갖는다고 볼 수 있을 것이다.

수 있다. 그런데도 교과서 학습 활동 내에서 이러한 일상적 자전 활동의 단편을 단순히 제시하고 바로 자서전 쓰기로 이어갈 수 있도록 활용하고 있는 맥락은 자전적 텍스트에 대한 체계적 이해가 자리 잡지 못한 데서 오는 것이라고 볼 수 있다.

'일상적 자전 활동' 안에 들어있는 '쓰기' 영역의 활동이 자서전 쓰기와 다른 점을 이야기하기 위해서는 '자아성찰적 글쓰기'라는 쓰기 유형으로 접근하는 것이 유용할 수 있다. **'자아성찰적 글쓰기'**[61]는 자기 자신의 삶과 경험을 대상으로 하는데 흔히 여기에는 사적인 일기나 수필, 고백록, 회고록 그리고 자서전을 쓰는 활동 등이 포함된다. 최인자(2001: 351)은 자아성찰적 글쓰기를 심지어 "텔레비전이나 라디오 등에서 자신의 얼굴과 이름을 분명하게 밝힌 인터뷰[62]식 체험기, 영화에서의 증언식 다큐멘터리, 신문, 잡지에서 유명인의 회고담, 내면 일기나 서한집, 그리고 팜플릿, 회고록의 출간, 자전적 소설"까지 그 범위를 넓게 보고 있다. 여기서 자전적 '쓰기' 활동뿐 아니라 국어 활동 전반을 의식하고, 자전적 텍스트 활동의 범위를 보다 넓게 보는 시각을 열어둔다면 자전적 텍스트 활동은 상당히 넓은 범위까지 그 수용과 생산의 범위를 확장할 수 있을 것 같다. 이는 Bill Roorbach·Kristen Keckler(홍선영 옮김,

---

61) 이정화(2003)에서 자아성찰적 글쓰기는 자기자신을 대상으로 하는 글쓰기로 자신이나 타인의 기억, 과거에 대한 성찰과 미래에 대한 투시 등을 바탕으로 자신의 내면의 삶을 탐색해가는 하나의 과정이라고 말한다.

62) 인터뷰는 자서전 쓰기를 할 때 사건이나 일화를 수집할 때 좋은 자료 수집 방법으로 활용할 수 있다. Max van Manen(신경림 역, 2000: 109)는 해석학적 인간과학에서 인터뷰가 매우 구체적인 목적에 쓰인다고 말한다. 즉 "인터뷰는 인간적 현상을 보다 풍부하고 깊이 있게 이해할 수 있게 해주는 원천이 될 수도 있는 경험적인 이야기 자료를 조사하고 모으기 위한 수단으로 이용될 수 있다."고 한다. 그러나 구체성이 부족하고 내용이 빈약한 인터뷰 자료는 전혀 쓸모없는 것이 될 수 있다는 사실을 덧붙이고 있다.

2008: 45)가 말했던 것처럼 "자서전의 제목으로 '자서전'만 한 단어는 없지만, 주로 작가 자신과 그의 일대기를 중심으로 쓴 글이면 무엇이든 자서전이라고 부를 수 있기" 때문이다. 그리고 이때 자서전이라고 부를 수 있는 범위는 자서전보다는 훨씬 넓은 범위의, '일상적 자전'과 '확장적 자전'을 포괄하는 개념에 가깝다는 것을 짐작할 수 있다.

2.2. 자서전 활동

'**자서전 활동**'은 국어교육에서 자서전과 자전 소설이라는 특정한 장르를 대상으로 주로 읽기나 쓰기 활동을 수행하는 것을 말한다. 일상적 자전 활동과 달리 자서전과 자전 소설만을 대상으로 하므로 자서전이나 자전 소설을 읽고, 이해·감상·평가하고, 또는 스스로 자서전이나 자전 소설을 써 나가는 활동이 중심이 된다. 자서전이나 자전 소설을 수용하거나 생산하는 과정에서 국어 능력을 향상시키고, 자아를 성찰하며 삶과 소통하는 정의적 목표를 지향하게 된다.

자서전의 사전적 의미를 찾아보면 "작자 자신의 일생을 소재로 스스로 짓거나, 남에게 구술하여 쓰게 한 전기"[63]라고 나와 있다. '작자 자신의 일생을 소재'로 한다는 부분은 앞서 언급한 Lejeune의 정의를 비롯하여 기존에 알려진 자서전의 정의들과 다를 바 없다. 그런데 자서전 활동의 정확한 의미를 확보하기 위해서 방점을 두어야 할 부분은 '짓거나' '구술하여 쓰게 한'[64] 이라는 대목이다. 이 대목에서 구술 자서전을

---

63) 국립국어원, http://stdweb2.korean.go.kr/search/list_dis.jsp
64) '남에게 구술하여 쓰게 한 전기'라는 부분에서는 대필 자서전이나 구술 자서전까지 고려해야 한다. '대필'이라는 수식은 '자서전'이라는 단어 안에 들어 있는 '필자 자신의 1인칭 서술'이라는 기본 개념을 뒤집는다. 성공한 사람들의 이야기가 누구나에게 호기심과 자극을 불러일으킨다는 이유로 사회 명사나 재벌들의 이야기가 주를 이룬다.

떠올릴 수 있는데, 이때 '구술성'의 의미 안에도 이미 있는 그대로의 사실이 아닌, 사후적 재구성의 의미를 포함하게 된다. 이러한 사후적 재구성의 맥락은 일반적인 자서전을 접할 때 수월하게 찾아볼 수 있다. 다음에서 작품들로 예를 들어보자.

나는 기억을 불러일으킬 만한 증거나 자료도 없이 오직 기억에 의지해서 글을 쓰고 있다. 내가 살아오는 동안 일어난 사건들 중에는 방금 일어난 것처럼 생생하게 떠오르는 것들도 있지만, 누락된 것들과 공백들도 있다. 나는 내게 남아있던 그 기억만큼이나 불명료한 이야기들의 도움을 받지 않고서는 이것들을 메울 수 없다. 그러므로 내가 가끔 착오를 범할 수도 있었고, 또 나 자신에 대해 더욱 확실한 자료를 가질 수 있을 때까지는 사소한 사건에 대해서 잘못 쓰게 될는지도 모른다. 그러나 다루는 주제에서 정말 중요한 것에 대해서는 정확하고 충실하다고 확신한다. 그리고 마찬가지로 나는 언제나 모든 점에서 그렇게 되려고 노력할 것이다. 그 점에 대해서는 여러분이 믿어도 좋다.[65](Rousseau, 이용철 역, 2012a: 206)

내가 살아온 이야기를 시작하려고 하니 두려움 비슷한 감정이 앞선다.

여기서 성공 과정에 얽힌 감동적인 사연들에 초점을 두고 대필 작가들의 능숙한 재구성 작업이 중요한 역할을 담당하게 된다. 이런 경우 교과서에서 접하는 교훈적 전기문처럼 인물의 삶이 독자에게 구체적인 공감으로 다가오지 않을 가능성을 배제할 수 없다. 구술 자서전은 그 양상이 조금 다르다. 민중 자서전 시리즈(1992)를 대표적으로 들 수 있는데, 문맹인 주인공들의 구술을 구어체의 특성을 그대로 편집에 반영하여 민중적 삶의 모습을 보여준다. 구술 자서전은 특히 자전적 텍스트 활동 중 듣기·말하기 영역에서 심도 있게 다룰 만한 여지가 있다. 그러나 이 논문에서 대필 자서전과 구술 자서전은 검토 대상에서 제외하였으며 차후의 연구 과제로 미루어 두고자 한다.

65) Philippe Lejeune(윤진 역, 1998: 231)은 『고백록』이 루소의 최초의 '사실주의적' 텍스트임을 강조하면서 "자서전이 유년기를 '왜곡한다.'고 말하는 것은 아무 의미가 없다. 우리의 유년기 추억은 그렇게 쉽게 왜곡되지 않는다. 어쩌면 실제로 체험된 것과 일치하지 않는다는 점에서 그것이 왜곡되었다고 말할 수도 있겠지만 그 자체로서의 유년기는 왜곡될 수 없으며, 그대로 주어진다."고 말한다.

금빛 안개처럼 내 어린 시절을 드리우고 있던 베일을 걷어내려니 괜스레 망설여지는 것이다. 자서전을 쓰는 일은 어려운 작업이다. 어릴 적 기억을 정리하자니 과거와 현재를 연결하는 세월 속에서 사실과 상상이 뒤섞여 어디까지가 사실이고 어디까지가 상상인지 구분이 되지 않는다. 여자들에 겐 어린 시절의 경험에 자신만의 환상을 덧칠하는 경향이 있는지도 모르겠 다(Helen Keller, 김명신 역, 2009: 11).

서양에서 자서전의 고전[66]으로 평가 받는 Rousseau의 『고백록』이나 Helen Keller의 자서전에서 보더라도 자서전 필자의 그대로의 서술이 아닌, 허구적 재구성을 허용하는 자서전 필자의 접근 태도를 확인할 수 있다.

한편 『빨간머리 앤*Anne of green Gables*』의 저자인 루시 모드 몽고메리 (Lucy Maud Montgomery)는 본인의 자서전 안에서 자신이 쓴 소설 속 인 물에 대한 실제성 여부에 대해 다음과 같은 언급을 보이고 있다.

오랜 세월 동안 인간 본성에 대해 연구한 결과 아무런 변화 없이 있는 모습 그대로 책 속에 들어갈 수 있는 사람은 단 한 사람도 없다는 결론에 이르렀다. 어떤 화가라도, 실물과 똑같이 그리는 것이 대상에 대해 잘못된 인상을 심는 일이라는 사실을 안다. 화가는 실물을 연구해서 적절한 두상 이나 팔을 흉내 내고, 일부 특성과 개인적이거나 정신적인 성질을 소화해 야 하고, '현실을 사용해서 이상(理想)을 완전무결하게 이뤄야 한다.'

하지만 화가의 이상은 현실에서 숨겨져 있어야 할 뿐만 아니라 현실을 초월해야 한다. 작가는 자신의 등장인물을 창조해야 한다. 그렇지 않으면

---

[66] 서양에서 최초의 자서전으로 평가 받는 작품은 아우구스티누스(Aurelius Augustinus) 의 『고백록』이다. 톨스토이의 『고백록』, 루소의 『고백록』과 함께 세계 3대 자서전으로 꼽히지만, 작품에 전반을 주도하는 종교적인 색채로 말미암아 자서전의 장르적 특성을 논의하기에는 부적절하다. 따라서 이 연구에서는 본격적인 자서전으로 최초의 작품을 루소의 『고백록』으로 보고 논의를 진행하고자 한다.

살아있는 인물처럼 느껴지지 않는다.(Lucy Maud Montgomery, 안기순 옮김, 2007: 141)

　실제 모습과 변화 없는 모습으로 책 속에 들어갈 수 있는 사람은 아무도 없다는 말은 단지 소설 뿐 아니라 인물이 등장하는 모든 글쓰기에 적용된다고 볼 수 있다. 자서전 쓰기에서도 예외는 아닐 것이다. 이런 진술에 기대어 보면 자서전은 오히려 소설에 가까워질 수도 있을 것이다. 그리고 자전 소설은 자연스럽게 자서전의 범주에 스며들 수 있다. 그러나 여기서 논의의 핵심은 자서전과 소설은 인간의 삶에 대한 진술로서 공통항을 갖는다는 점이며, 자서전을 쓰는 소설 작가라도 이미 그 사실을 인정하고 있었다는 점이다.

　일반적으로 독자가 자전 소설을 읽을 때에는 아무리 사실에 근거한 소설이라도 작가가 지어낸 이야기라는 점을 의심하지 않는다. 또 작가는 자전 소설을 쓸 때에 비록 사실에 근거해서 쓰는 경우라도 의도적으로 독자의 구미에 맞도록 진실을 재구성하려고 애쓴다. 그런데 자서전의 경우에는 다르다. 자서전의 작가가 희미한 기억력을 핑계로 어느 부분엔가 허구를 끼워 넣어도 독자는 그것이 자서전이기 때문에 사실일 것이라고 믿는다. 작가는 허구에 대한 고의성을 자기 고백의 저변에 숨긴 채 스스로 거짓말을 허용하게 된다. 그래서 독자들은 소설을 읽으면서도 혹시 작가의 자서전이 아닐까 하고 의심을 품게 되고, 반면에 자서전을 읽을 때는 혹시 작가가 꾸며낸 소설이 아닐까 하고 짐작해 보는 상황이 생기게 된다.[67]

---

67) 허선애(2013)은 르죈과 드만의 이론을 이용하여 자전적 소설을 분석하고 있다. 여기서 자전적 소설은 자서전과 소설의 대립 공간이 아니라, 독자를 위하여 창조된 자서전과 소설의 공유 공간으로 해석하고 있다.

한편 서구에서 자서전의 영역을 소설의 경계까지 넓게 보는 안목에
비하면 우리나라 자서전의 경우에는 그 양상이 조금 다르게 나타난다.
앞서 한국의 자서전에 대한 특징에서 언급하였듯이 다소 소극적인 모습을
보인다. 허구적 표현 기법을 허용하면서 여유 있게 장르적 경계를 무너뜨
리기보다는, 진실이 아닐 수 있는 부분에 대하여 독자의 신뢰를 촉구하면
서 허구 자체를 차단하는 장치를 마련해 두고 있는 인상을 준다. 혜경궁
홍씨의 『한중록』 일부와 김구의 『백범일지』 초반부에서 살펴보자.

> 내 명이 조모를 모르니[68] 이 쓴 것을 가순궁(嘉順宮)께 맡겨 내 없은
> 후라도 주상께 드려 내 경력의 흉험(兇險)함과 내 집 소조(所遭)의 원통함
> 을 알아 삼십년 적원(積怨)을 풀어 주시는 날이 있으면 내 돌아간 혼백이
> 라도 지하에 가 선왕을 뵈옵고 성자신손(聖子神孫)을 두어 계지술사[69]하
> 여 모자의 평생 한을 이룬 줄 서로 위로하리니, 이만 축천축천(祝天祝天)
> 하며 이 쓴 조건에 내 일호라도 꾸민 것이 있거나 부과(浮誇)한 것이 있으
> 면 이는 위로 선왕을 무함하고, 가운데로 내 마음을 스스로 기이어, 신왕
> (新王)을 속이고 아래로 내 사친을 아호함[70]이니 내 어찌 즉지 천앙(天殃)
> 이 무섭지 아니하리오. 내 평생 경력이 무수하고 선왕과 수작이 몇 천 마
> 딘 줄 모르되 내 쇠모(衰暮)한 신사(神思)에 만에 하나를 생각지 못하고,
> 또 가국대사에(家國大事)에 계관치 아니한 것은 세쇄번설[71]하여 다 올리
> 지 아니하고 큰 조건만 기록하나 오히려 자세치 못하도다.(혜경궁 홍씨,
> 정은임 교주, 2002: 173)

> 나를 본받을 필요는 없지만, 너희들이 성장하여 아비의 일생 경력을 알
> 곳이 없기에 이 일지를 쓰는 것이다. 다만 유감스러운 것은 오래된 사실들

---

68) 내 명이 조모(朝暮)를 모르니: 내 목숨이 언제 끝날지 모르니
69) 계지술사(繼志述事): 뜻을 이어 일을 벌임
70) 사친(私親)을 아호(阿好)함: 사사로운 부모를 아첨하여 좋아함
71) 세쇄번설(細瑣繁說): 자질구레한 일을 번거롭게 말함

이라 잊어버린 것이 많다는 점이다. 그러나 일부러 지어낸 것은 전혀 없으니 믿어주기 바란다.(김구, 도진순 주해, 1997: 20)

자서전 저자들이 사용하는 이러한 기법은 자전적 소설을 쓰는 작가들이 주로 사용하는 흔한 합리화 방법과도 닮아 있다. 하지만 한중록이나 백범일지의 작가가 소설가가 아니라는 점을 고려하면 이런 진술들은 오히려 자서전의 내용이 갖는 진실성 여부에 한층 신뢰감을 높여주는 구실을 하게 된다. 따라서 자서전 활동을 하는 학습자는 자서전의 내용에 대한 단순한 이해와 감상, 혹은 전문가의 보편적 해석이나 평가에 의존하는 수동적 태도를 지양하고, 자서전이 지닌 허구적 개연성을 고려하여 유연하게 수용하고 생산에 활용하는 태도가 필요하다.

2.3. 확장적 자전 활동

이제 자전적 텍스트 활동 중 '확장적 자전 활동'에 대해 논의하고자 한다. **'확장적 자전 활동'**은 '타(他)'이면서 '전(傳)'의 성격을 지닌 전기[72] 또는 일대기 소설, 그리고 텍스트의 주제 면에서 '자전적 시', '자전적 수필', '자전적 연설문', '자전적 영상' 등으로 분류할 수 있는 확장된 장르들을 대상으로 한다.

그런데 '확장적 자전 활동'은 자전적 텍스트 활동 맥락에서 보면 '일상적 자전 활동'과 '자서전 활동'을 선행 요인으로 하는 경우가 많다. 따라서

---

72) 자서전을 전기문의 한 종류라고 보는 시각도 있다. 그러나 이 연구에서는 각각을 자전적 텍스트라는 공통항을 지닌 다른 유형을 보고자 한다. 또 자신의 삶에 대해 성찰적 태도로 쓰기를 수행할 수 있는 능력이 선행되고 나서 다른 사람에 대한 전기적 진술이 가능하다고 보았다. 즉 자전적 쓰기 능력을 확장시킬 수 있는 활동 중 하나로 전기문 쓰기를 설정하고자 한다.

이미 완성된 자전적 텍스트를 바탕으로 하여 일대일로 다른 장르로 바꾸
어 쓰는 장르 변형 활동으로 나타날 수도 있고, 처음부터 시나 수필, 연설
문 등과 같은 개별적 장르를 대상으로 자전적 주제를 의식하여 '자전적
시', '자전적 수필', '자전적 연설문' 등을 활동 내용으로 할 수도 있다.
    여기에 일상적인 경험이나 사회적 사건을 자전적 이야기로 기획해 보
게 하거나 직접 영상물을 만들어 표현하거나 수용하는 활동까지 포함하
면 확장적 자전 활동으로 가능한 범위는 훨씬 넓어지게 된다.[73] 2007
개정 교육과정에서 자서전 쓰기 활동과 관련하여 글의 수준과 범위를
찾아보면, "편지나 기행문, 일기, 시, 만화, 블로그나 개인 홈페이지에
작성할 글 등 다양한 형식으로 표현함으로써 비슷한 체험에 대해서도
다른 감동이나 가치를 발견할 수 있도록 한다."라는 진술이 들어 있다.
학년별 위계에 따른 학습의 범위를 염두에 두면, 일반적으로 학습자가
수용하거나 생산할 수 있는 텍스트도 학년이 올라가면서 그 범위가 커
진다는 것을 쉽게 짐작할 수 있다. 그렇다면 다양한 매체를 통해 활동
가능한 자전적 텍스트의 범위도 계속 확장, 심화되면서 다양한 가능성
을 염두에 둘 수밖에 없다.
    여기서는 전기나 일대기 소설, '자전적 시', '자전적 수필' 등과 같이
교과서 활동을 통하여 일반적으로 쉽게 접할 수 있는 장르 활동보다 앞
으로 더 확장될 가능성을 지닌 장르 활동을 중심으로 살펴보고자 한다.

---

73) 2007 국어과 교육과정 해설서(교육과학기술부, 2008: 68)에 드러난 자서전 쓰기
목적에 관련한 진술을 보면 "자서전을 쓰는 데 필요한 다양한 학습 경험을 하도록
하되, 특히 여러 가지 표현 방법을 활용하여 자기 자신을 잘 드러내는 글을 쓰는 데
중점을 둔다."고 진술하고 있다. 이는 쓰기의 방법적 측면이나 표현 활동 자체에 강조
점을 두어 인지적 측면에서의 자서전 활동에 집중하고 있는 인상을 줄 수도 있다.
하지만 학습자의 삶과 경험을 표현하는 자전적 텍스트 활동의 범위 확대 측면에서
생각해 볼 수 있겠다.

이때 확장적 자전 활동은 자전적 텍스트의 성격 중에서 '전(傳)'의 성격
에 집중되어 나타나는 경우가 많다. 이는 주로 '연대순 표현'[74]을 따르는
경우를 말한다. 여기서 자전적 텍스트의 성찰적 주제를 포함하지 않았
지만 자전적 텍스트의 형식을 이용하여 텍스트를 수용하거나 생산하는
활동, 또 자전적 내용이나 주제를 포함하고 있는 텍스트를 이용하여 텍
스트를 수용하거나 생산하는 활동, 그리고 광고나 매체를 통하여 자전
적 텍스트의 특징을 인지하거나 표현을 유도하는 활동으로 나누어 간단
히 살펴보고자 한다.

2.3.1. 자전적 텍스트 형식을 이용한 텍스트 활동

자전적 텍스트의 형식을 이용하여 작가가 원하는 새로운 의미 소통을
유도하는 텍스트의 예를 들어보자. 『책의 자서전』(Andrea Kerbaker, 이현
경 옮김, 2013)[75]은 어느 베스트셀러(책)가 자신의 60년 생애를 돌아보며
쓴 의인화된 자전적 소설이다. 이러한 장르는 자전적 소설의 방식을 활
용하면서 사물의 입장으로 자기를 이입하고 성찰하면서 독자와의 소통
을 의도하는 '확장적 자전 활동' 영역에서 이해할 수 있다. 필자나 다른
사람의 삶을 쓰기의 대상으로 삼지 않고 의인화나 은유 기법을 사용하
여 사물이나 추상물에 자전적 기법을 활용하는 방식은 자전적 텍스트
활동의 범위를 더 멀리 내다보게 한다. 이렇게 의인화된 자서전 텍스트
를 학습에서 활용하면 대상이 되는 사물이나 추상물에 대한 심층적 이

---

74) 한상기(2007)에 의하면 훌륭한 연대순 표현은 일어난 사건들을 보고만 하는 것이
아니라, 초점과 목적이 있고, 정돈된 구조(줄거리)를 지니고 있으며, 의미 있는 관점을
표현한다.

75) Andrea Kerbaker(이현경 옮김, 2013)은 한 권의 책이 자신의 60년 생애를 회고하며
쓰는 은유적 자서전 형식의 소설이다. 세 명의 주인을 거치며 겪게 되는 여러 가지
사건을 통해 독자에게 과연 책이란 어떤 존재인지를 생각해 보게 하는 책이다.

해를 촉진할 수 있다.

　이러한 확장적 자전 활동의 예는 비자전적 텍스트의 내용적 이해에 도움을 주기 위해 단원으로 설정되는 경향이 짙다. 2007 개정 교과서 (2010, 김상욱 외, 창비) 중학교 '국어 3-1' 3단원에 들어 있는 '언어의 자서전'을 보면 언어를 화자로 하는 자서전 형식의 설명문이 등장한다. 언어라는 추상물을 의인화하여 언어가 생성되고 소멸되기까지의 과정을 사람의 일생에 비유하여 자전적으로 써나가는 방식을 보이고 있다. 또 2009 개정 교과서(2013, 남미영 외, 교학사) 중학교 '국어⑤'의 3단원은 자서전에 대해 학습하는 단원인데, 말미에서 '한글 자서전'이라는 만화 텍스트를 제시하고 있다. 이는 '한글'이라는 캐릭터를 서술자로 등장시켜 한글의 역사에 대해 간단히 소개하는 체제를 보이고 있다.

　이러한 활용 맥락은 본래 자전적 텍스트에 대한 수용과 생산을 목표로 하는 단원은 아니지만, 자전적 텍스트에 대한 장르적 이해를 심화시키고 학습자가 확장적 자전 활동을 통해 창의적 사고를 확장시킬 수 있는 통로가 될 수 있다.

2.3.2. 자전적 내용·주제를 이용한 텍스트 활동

　다음은 원래 자전적 텍스트는 아니지만 자전적 주제나 내용을 포함하고 있는 텍스트를 이용하여 만들어낸 새로운 방식의 자전적 텍스트에 대해 알아보자. 『링컨 자서전』(차전석 옮김, 2012)을 예로 들어 보자. 옮긴이는 링컨의 경우 대표적인 저술을 따로 구할 수가 없기에 링컨의 가장 전형적인 연설과 메모들이 링컨의 사상을 파악하는 데 가장 좋은 자료로서 도움이 될 것이라고 판단하였다. 그래서 링컨이 남긴 편지와 교서, 연설문을 모아 자서전의 새로운 틀로 활용하고 있다. 이 책도 링컨이 자신의 삶에 대한 성찰을 목적으로 직접 쓴 자전적 진술이 아니라는 점에서 엄격하게 말하자면 자서전이라고 볼 수 없다. 또 편지나 교서, 연설문을 통해서 자서전의 고유한 성격을 포괄하기에도 충분치 않다. 그런데도 이 책은 자서전이라는 이름을 붙이고 분류되고 있다.[76) 그리고 독자는 이 책을 읽으면서 링컨의 삶을 들여다보게 된다. 이러한 텍스트를 잘 활용하면 자서전에 대한 고착된 선입견을 버리고 일상적인 삶 속에서 자전적 텍스트에 쉽게 접근하고 수용하는 열린 태도를 지향할 수 있다.

2009 개정 교과서(2013, 교학사, 남미영 외) 중학교 '국어⑤' 3단원에는 다른 자서전들과 함께 스티브잡스의 '자전적 연설문'인 '늘 갈망하고, 우직하게 나아가라'가 지문으로 수록되어 있다. 이는 연설문 내부에 들어 있는 자전적 요소를 자전적 텍스트로 활용하는 '확장적 자전 활동'의 맥락으로 이해할 수 있다.

2.3.3. 광고나 매체를 이용한 자전적 텍스트 활동

이번에는 광고를 포함하여 매체를 이용한 자전적 텍스트의 특징을 이해하거나 표현을 유도하는 활동에 대해 생각해 보자. 이때 매체는 자전적 텍스트를 담아낼 수 있는 다양한 틀의 역할을 담당하게 된다. 국어 활동의 표현 방식이 단지 말하기와 쓰기 영역에 국한될 수는 없다. 매체 언어 활용에 관련해서 2009 개정 교육과정 중1-3학년군 '듣기·말하기' 영역, 2015 개정 교육과정 중학교 1~3학년 쓰기 영역 성취 기준에서 다음과 같은 진술을 찾아볼 수 있다.[77)

---

76) 여기서 자서전이라는 이름을 붙인다고 해서 모두 자서전이 될 수 있는가의 문제가 제기될 수 있다. 이 연구에서는 이러한 텍스트를 자서전이 아닌 자전적 텍스트의 맥락에서 파악하고 확장적 자전 활동으로 분류하였다.

77) 현재 2009 개정 교과서에서 활용되고 있는 매체 관련 단원에는 광고보다는 영상물이

〈표 2-3〉 2009, 2015 개정 교육과정에 나타난 매체 활용 관련 진술

◎ 2009 개정 교육과정 중1-3학년군 '듣기·말하기'

(4) 담화에 나타난 설득의 전략을 파악하고 평가한다.

(전략) 광고의 목적뿐만 아니라 매체에 따라, 대상에 따라, 제작 비용과 기간 등 다양한 변인에 따라 광고가 사용하는 전략이 다름을 이해하고, 공식 광고뿐만 아니라 일상에서 자신이 다른 사람을 설득한다면 어떤 방법과 전략을 사용하는 것이 효과적일지 등을 점검하고 활용해 보도록 한다.

◎ 2015 개정 교육과정 중1-3학년군 '쓰기'

[9국03-08] 영상이나 인터넷 등의 매체 특성을 고려하여 생각이나 느낌, 경험을 표현한다.

이 성취기준은 영상 매체나 인터넷 매체의 특성에 맞게 자신의 생각이나 느낌, 경험을 표현하는 능력을 기르기 위해 설정하였다. 학습자의 수준, 관심 등을 고려하여 일상적인 경험 또는 사회적인 사건이나 쟁점에서 내용을 선정하고, 영상이나 인터넷을 활용하여 표현하도록 한다. (하략)

  2009 개정 교육과정에 따른 출판사별 검정 교과서에서 광고를 활용한 텍스트 활동은 부분적으로 이루어지고 있지만, 자전적 텍스트의 맥락에서 활용하는 사례는 아직 찾아볼 수 없다. 교육과정 진술 안에서 담화의 설득적 전략이라는 맥락 안에서 적극적으로 언급되고 있는 광고가 국어과 영역별 활동에서 구체적인 매체 활용 양상으로 드러나기에는 상대적으로 빈약한 입지를 보이고 있는 듯하다. 그런데 2015 개정 교육과정이 진술에서 보면, 매체의 특성을 고려하여 자신의 경험이나 느낌

나 인터넷 블로그 등을 이용한 지문과 활동들이 주로 제시되고 있다. 그러나 연구자는 학습자가 살아가고 있는 현재를 가장 잘 반영할 수 있다는 측면에서, 또 국어 활동에서 매체 영역의 생산적 확장을 위해서도 광고는 더 적극적으로 교수-학습에 활용될 수 있는 분야라고 판단하였다. 따라서 여기서는 그러한 전망을 가지고, 확장적 자전 활동 중 매체 관련한 활동에서 상업적 광고 매체를 활용하는 것을 대표적인 사례로 제시하고자 하였다.

을 표현한다고 하여 자전적 텍스트의 활동에 범위가 다소 확장될 여지
를 보인다.[78]

광고를 통해서도 충분히 자전적 텍스트 활동을 탐색할 수 있다. 이는
국어교육에서 미디어 교육을 수용하기 위해 도입된 '매체언어'의 맥락에
서 이해할 수 있다. 매체언어 교육은 매체언어가 지닌 사회적 힘에 대한
비판적 인식을 바탕으로 하여, 매체가 생산하는 의미를 비판적으로 수
용하고 이를 바탕으로 매체를 통한 의미 생산에 참여할 수 있는 능력을
기르는 것을 목표로 한다(최미숙 외, 2012). 또 매체의 활용 문제는 음성
언어와 문자 언어의 구분을 넘어 텍스트 자체를 넘나드는 매체 변용(媒體
變容)과 분리하여 논할 수 없다. 이러한 "텍스트의 매체 변용은 특히 교
육적으로 풍부한 효과를 지닌다. 이는 각각의 텍스트가 갖는 내적 자질
들을 확인할 수 있는 한편, 담화의 양식에 따른 효과적인 이해의 방식들
을 확인할 수 있다는 것이다(서울대학교 국어교육연구소, 1999: 231)." 여기
서 생각할 수 있는 '매체문식성(media Literacy)'[79]을 자전적 텍스트 활동
과 관련지으면 말과 글만이 아니라 텔레비전이나 영화, 영상 이미지나
광고 등이 말과 글을 통해 나타낼 수 있는 의미 전달을 대신할 수 있는
자전적 텍스트까지 그 대상이 될 수 있다.[80]

---

78) 2015 개정 교육과정의 국어 자료의 예 초등학교 5–6학년에서 '개인적인 관심사나
일상적 경험을 다룬 블로그, 영상물'이 포함되어 잇는 것을 보더라도 짐작할 수 있다.

79) 최미숙 외(2012: 360)에 의하면, "매체 문식성이란 '매체를 읽고 쓰는 능력'이라는
뜻으로, 매체를 사용하고 해석하기 위해 요구되는 지식과 기술, 그리고 능력을 가리키
는 말이다(Buckingham, 2003/2004). 그런데 본래 '매체 문식성'은 미시적 층위에서
는 기호의 의미 작용에 초점을 두는 언어 교육적 차원을 포함하지만, 매체의 사회적
기능과 역할에 대한 이해와 비판적 인식을 강조하는 거시적인 차원도 포괄하는 용어인
데 비해, '매체언어'는 언어 교육적 차원을 더 강조하는 용어"라고 구분하고 있다.

80) 최미숙 외(2012)는 변화된 미디어 환경과 이에 따른 일상적 의사소통의 변화를 고려할
때, 다양한 매체언어를 통해 의미를 적절히 사용하여 개인적·집단적·사회적 의사소
통에 참여할 수 있는 능력을 길러주는 것이 현실적이고 절박한 과제라고 말한다. 따라

여기서는 광고[81]에서 자전적 텍스트의 표현 방식을 활용하여 대상의 속성에 대해 독자로 하여금 보다 몰입하게 하는 효과를 생각해 보자. 여기서도 서술 방식은 주로 대상을 의인화시켜 시간의 흐름에 따라 표현하는 방식을 따른다. 광고는 수용자에게 특정 내용을 전달하고 설득하려는 분명한 소통의 목적이 있으며, 이것이 자전적 텍스트 양식을 빌리게 되면 하나의 정돈된 구조를 갖출 수 있다는 측면에서 효율적인 '확장적 자전 활동'의 예가 될 수 있다. 다음의 예를 통해 살펴보자.

[그림 2-13] 광고를 활용한 확장적 자전 텍스트의 예1/3

서 자전적 텍스트도 자신과의 내면의 소통, 자신과 타인을 포함한 삶과의 소통이라는 측면에서 변화된 매체 환경을 반영할 수 있다.

81) 교육과정에서 '광고'를 활용하는 내용은 초5~6학년군 '국어 자료의 예'에 나와 있다. 여기서 '다양한 매체의 광고, 일상적 경험을 다룬 영상물, 인터넷 게시물'을 제시하고 있는데, 이 시기부터 광고를 활용한 국어 활동이 가능하다고 보는 것으로 해석할 수 있다. 이후 선택 교육과정 「국어Ⅱ」, 「화법과 작문」, 「독서와 문법」, 「문학」에서도 매체 자료의 활용에 대한 언급이 이루어지고 있지만 그 구체적 활용 범위를 예측하기 어렵다. 따라서 관련 학습 활동들이 학년군별 위계를 가지고 진행될 수 있도록 해야 한다.

[그림 2-14] 광고를 활용한 확장적 자전 텍스트의 예2/3

[그림 2-14] 광고를 활용한 확장적 자전 텍스트의 예3/3

〈표 2-3〉 광고를 활용한 확장적 자전 텍스트(광고 전문)[82]

얼음다큐 -내가 걸어온 길-

여기는 깨끗한 정수기 속
나는 스테인레스에 담긴 깨끗한 물이었다.
깨끗함 그대로 얼음이 되었고 깨끗한 방으로 이동했다.
그곳에서 때를 기다리다 세상 밖으로 나왔다.
얼음에 깨끗함이 다르다. LG전자 헬스케어 얼음 정수기

---

82) www.youtube.com/results?search_query

이 광고에서 자전적 진술을 보이는 대상은 얼음이며, 물이 얼음으로 되기까지의 과정을 자전적 다큐 형식으로 표현하고 있다. 이는 자전적 텍스트가 가진 특성 중 일이 일어난 차례나 인과관계를 표현하는 방식을 활용한 TV 광고이다. 매체를 활용한 '확장적 자전 활동'의 맥락으로 연계하여 수용할 수 있을 것이다. 이렇게 자전적 텍스트의 성질을 지닌 광고뿐만 아니라 다양한 매체 자료를 이용함으로써 자전적 텍스트에 대한 이해와 활용 범위의 확장을 기대할 수 있다.[83]

---

83) 기존의 교과서 체제 안에서는 공익광고를 이용한 단원 활동의 예들을 찾아볼 수 있었지만, 일반적인 상업 광고를 사용하는 예는 찾아보기 힘들다. 이는 교과서로 구현될 때, 광고 매체에 대해 보수적인 선정 기준을 적용하고 있는 것으로 보인다. 보다 다양한 텍스트의 이해와 생산 국면에서 상업적인 광고도 적절한 맥락에서 유용하게 활용할 수 있어야 한다고 본다. 그러한 측면에서 보면 교학사의 2009 개정 교과서(2013, 남미영 외) '국어⑥'의 1-(2)단원은 다양한 상업 광고의 예시를 통해 '설득의 기술'에 대하여 확장적 사고를 제안하고 있다는 점에서 보다 발전적인 활용 가능성을 보인다.

간장 냄새 나는 이야기

『꽃들은 어디로 갔나』, 서영은(해냄, 2014)

작가 서영은이라고 하면 그녀의 소설보다 김동리를 먼저 떠올리게 되는 것은 개인적으로 참 미안한 일이다. 그래도 어쩔 수 없다. 그녀는 '먼 그대'의 주인이기도 했지만 김동리의 여자이기도 했으니까. 그래서 이 소설을 만나면서 그녀를 둘러싼 자욱한 소문들을 확인하고 싶은 마음이 무엇보다도 컸다. 20대에 만난 사랑에 40년쯤의 세월의 옷을 입히면 이 만큼 담담하게 털어놓을 수 있을까?

자서전이기보다 소설이어야 했던 이야기는 노인과의 암울한 결혼식 장면으로부터 시작된다. 그리고 나는 아주 오래 전에 신문 한 귀퉁이에서 충격적으로 만났던 김동리의 세 번째 결혼식 기사를 어렴풋이 함께 떠올리게 되었다.

그랬었구나.

그렇게 대단해 보이던 사랑도 오로지 행복한 시절만은 아니었구나.

30여 년의 나이차를 극복한, 대단한 세기의 사랑이라고 포장하기에는 여자는 다만 40대의 지쳐가는 청춘이었고, 남자는 충분히 삶에 이기적인, 그저 노인이었다.

> 시간이 흐르자 그녀는 그 사실을 더욱 명백히 깨달았다. 지금까지 그가 그녀와 온전히 하나 될 수 없었던 것은 아내 때문이었다기보다 집이 다른 곳에 있었기 때문이다. 남자에게 집이란 그 아내가 있는 곳이 아닐 수도 있다는 것이 그녀에겐 이상했다(21쪽).

여자가 결혼하고 나서 처음 깨달은 것은 이런 것이었다. 이럴 때 전해지는 작가의 냉기는 담담한듯하면서도 시퍼렇게 날이 서 있는 것 같다. 작가의 타고난 재능이 돋보이는 표현이라기보다는 사랑에 지친 뒤안길에서 독기어린 한숨이 뿜어져 나오는 것 같다.

> 그녀는 그가 살이 닿을 만큼 가까이 왔을 때 몸에서 나던 간장 냄새를 잊을 수 없었다. 그 냄새는 한 여자와 한 남자의 운명이 섞일 때만 나는 냄새였다. 그렇게 만나 사십이 넘도록 사랑해 온 그 남자는 이제 마음속에만 존재했다. 그가 과거로 줌(zoom)된 시간 속으로 사라져버리자 그녀는 그와 교신할 방도를 잃어버리고 말았다. 떨림이 아직 그녀의 가슴을 두근거리게 하지만, 응답이 오지 않았다.

여자가 남자와 함께 있을 때 난다던 '간장 냄새'는 소설의 마지막 부분까지 독자의 후각에서 좀처럼 떠나지 않는다. 그게 왜 하필 간장 냄새인지 물을 새도 없이, 간장 냄새는 남자가 등장하는 매 장면마다 느껴지고, 어두운 항아리 안에서 기약 없는 인내로 곰삭아진 인생 같은 여자의 푸념에서도 묻어난다. 그럼에도 아직 남아있던 떨림은 사랑이란 이름으로 포장된 설렘인지 미래라는 이름으로 남겨둔 두려움인지 그 정체를 분명히 드러내지 않는다. 하지만 그것이 다름 아닌 바로 여자의 지극히 개인적인 사랑이었기에 굳이 캐묻고 싶진 않다. 겹겹의 자물쇠로 굳게 닫힌 남자의 창고처럼 열어보고 싶은 마음도, 막상 열어보면 특별할 것도 없을 것이다.

그 여자가 서영은이어서만은 아닐 것이다. 그 여자가 아니더라도 40년쯤 묵은 익숙한 사랑 한 가닥을 꺼내어 보면 누구든 잊고 있던 간장 냄새, 한숨 같은 떨림이 찾아들지 모른다. 세월은 모든 자물쇠를 하나씩 풀어놓는다. 노인의 곁에 고개 숙인 젊은 여류 작가의 흑백 사진이 이젠 낯설지 않은 추억 같다. 그리 특별할 것도 없는, 다만 안쓰러운 지난 사랑 같다. 그렇게 흑백 사진 속의 젊은 여류 작가는 오랫동안 굳게 다물고 있던 입을 열었다. 그리고 그 특별할 것도 없는 사랑에 세인들의 용서를 구하고 변명을 하고, 이제는 억울함을 이야기한다.

소설의 마지막 부분은 남자의 마지막을 제대로 지킬 수 없었던 여자의 통곡 같은 편지로 되어있다. 소설의 기대를 저버리지 않기 위해서라면 이 부분은 생략되거나 다른 방식으로 쓰여졌으면 어떨까 하는 것은 이기적인 독자의 욕심일는지도 모른다. 작가의 말처럼 아주 담담하게, 불에 타는 아내의 시신을 끝까지 지켜 본 사람 같은 말투로 여자의 이야기를 풀어놓는다 한들, 40여 년의 세월이 흘러도 그 여자가 바로 작가가 아닌 듯이 풀어나가는 것은 아무래도 무리였던 것 같다.

"당신을 사랑합니다. 이 말이 마지막임을 맹세합니다." 당신은 이 말을 수도 없이 나에게 맹세시키셨죠. 이제 나를 밟고 지나가세요. 한 번으로 그 욕(慾)의 애끓음이 채워지지 않는다면 천 번 만 번이라도 밟으세요. 당신처럼 위대한 천재의, 평생토록 채워지지 않는 결핍감을 '나'라는 제물로 끝내고 싶군요. 나, 그 제물이 되려는 것은, 당신 한 사람으로부터 받은 그 사랑만으로도 세상 모든 여자들이 받아야 할 사랑을 빼앗은 죄를 지었기에.

마치 소월의 〈진달래꽃〉 같은 비장한 사랑을 고백하면서도 남자에 대한 한 깊은 절규가 묻어나는 것은 어쩔 수 없다. 여자의 꽃 같은 청춘은, 사랑은 그렇게 흔적 없이 사라졌다. 그리고 쓸쓸한 낙화 같은 소설로 남았다.

제3장

어떤 자전적 텍스트를 배우는가

지금까지 논의한 자전적 텍스트의 개념과 성격, 활동의 유형을 기초로 자전적 텍스트가 국어교육에서 갖는 의미를 가늠해 보았다. 이번 장에서는 기존의 교육과정과 교과서 체계 안에 자전적 텍스트가 어떤 모습으로 구현되어 있는지 검토하고자 한다.

먼저 교육과정 차원에서는 자전적 텍스트가 갖는 교육적 효용을 최대화하기 위해 어떤 부분을 더 고려하고 반영해야 할지 고민해 보고자 한다. 이는 "언어 사용은 결과적으로 보면 하나의 텍스트를 생산하거나 이해하는 것이므로, 텍스트를 중심으로 국어교육을 체계화할 수 있고 체계화할 필요도 있다(이도영, 2007: 250)"라는 논의에 근거한다.

다음은 자전적 텍스트 교육 내용과 관련하여 우리나라와 미국의 국어 교과서의 체계와 내용 검토를 통하여 자전적 텍스트 교육 내용이 실제로 어떤 체제로 구현되고 있는지 살펴보고자 한다.

이러한 과정을 통하여 앞으로 자전적 텍스트 교육을 위한 교육과정을 설계하고 이를 구체화한 교과서의 내용을 구성하는 데 기반으로 삼고자 한다.

1. 교육과정을 통해 본 자전적 텍스트의 내용과 체계

이 작업을 진행하기 위해서 먼저 기존의 교육과정에 대한 검토가 필요하다. 이는 기본적으로 텍스트를 중심으로 인지적 요소와 정의적 요소를 통합하여 교육 내용을 체계화하기 위한 작업의 일환이 될 것이다. 우리나라와 외국의 교육과정에 나타난 자전적 텍스트에 관한 진술을 비판적 시각으로 바라보고, 이를 토대로 자전적 텍스트 교육을 위한 교육과정 차원의 내용과 체계를 가늠하고자 한다.

1.1. 우리나라의 국어 교육과정

2009 개정 교육과정에서 '국어 자료의 예'를 통하여 자전적 텍스트 교육에 관련된 텍스트의 활용 범위를 짐작해 볼 수 있다. 자전적 텍스트에 관련된 국어 활동도 궁극적으로 의사소통의 실제 행위와 관련된 듣기·말하기, 읽기, 쓰기의 형태로 이루어진다. 그러나 자전적 텍스트 교육의 내용이 의사소통과 관련한 국어 기능적 활동만을 위한 수단이 되는 것은 아니다. 개별적 자전적 텍스트를 단위로 하여 국어교육의 인지적, 정의적 목표를 추구해 가는 도구로서의 가치를 갖는다고 할 수 있다. 따라서 '국어 자료의 예'에서 제시하고 있는 담화나 글, 문학 작품 영역에서 자전적 텍스트의 세부적 유형을 추출·분류하고 이를 통하여 국어 교육적으로 필요한 다양한 측면에 통합적으로 접근·활용할 수 있다.[1]

---

[1] 이는 이도영(2007: 252)에서 "텍스트 유형에 따른 국어교육 체계화에는 국어교육적으로 가치가 있는 텍스트 유형을 설정하고, 그러한 텍스트 유형에 속하는 다양한 텍스트 종류들을 구체적으로 말하고, 듣고, 읽고 쓰는 활동을 통해서 우리가 사용하는 언어의 구조는 물론 그러한 언어의 생산과 이해의 방식을 학습하게 된다는 가정이 전제되어 있다"라는 주장과 같은 맥락에서 생각할 수 있다.

〈표 3-1〉 자전적 텍스트와 관련된 국어 자료의 예(2009 개정 교육과정)

	담화	글	문학 작품
초1-2 학년군	일상생활을 소재로 한 간단하면서도 재미있는 이야기 자신이나 가족, 친구 등을 소개하는 말 사건의 순서가 분명하게 드러나는 이야기	주변에서 일어난 일에 대한 자신의 생각을 중심으로 쓴 글 일상생활의 경험을 담은 짧은 글이나 그림책 인상 깊었던 일이나 겪은 일 등이 나타난 그림일기, **일기**	학생의 일상을 배경으로 하는 동시나 동화
초3-4 학년군	일상생활에서 접하는 교훈적이거나 감동적인 이야기 인과관계가 분명히 드러나는 이야기	글쓴이의 인물과 마음이 잘 드러난 **생활문, 편지** 글쓴이의 생각과 느낌이 잘 나타난 여러 가지 글, **감상문, 기행문** 문자, 사진, 동영상, 그림 등이 통합된 글	일상의 고민이나 문제를 다룬 동시나 동화
초5-6 학년군	사진, 그림, 도표, 동영상 등이 효과적으로 구성되어 있는 발표 자료 인터넷 게시판, 블로그 등에서 이루어지는 친구들 간의 온라인 대화	일의 절차나 방법, 둘 이상의 대상, 사건 등에 대해 설명하는 글 사실이나 사건에 대한 글쓴이의 관점이나 의도가 분명하게 드러난 글 견문과 감상이 드러난 **기행문**, 견학보고서, **감상문** 다양한 매체의 **광고**, 일상적 경험을 다룬 **영상물**, 인터넷 게시물	성장과정의 고민과 갈등을 소재로 한 작품 다양한 가치와 문화에 대한 성찰을 담고 있는 작품
중1-3 학년군	소개할 내용이나 대상의 특성이 잘 드러난 담화 자료	시대적, 사회적 배경이 잘 드러나는 글, **전기문**이나 **평전** 생활 체험을 바탕으로 자신의 생각이나 느낌을 담은 **수필** 자심의 삶을 성찰하는 **자서전**이나 삶에 대해 계획하는 글 매체 특성이 잘 나타난 **문자 메시지, 전자 우편, 인터넷 게시판, 블로그** 등	인물의 내면 세계, 사고방식, 느낌과 정서 등이 잘 드러난 작품 보편적인 정서와 다양한 경험이 잘 드러난 한국·외국 작품 사회·문화·역사적 상황이 잘 드러난 작품 삶에 대한 고민이나 성찰을 담고 있는 다양한 매체 자료

〈표 3-2〉 자전적 텍스트와 관련된 국어자료의 예(2015 개정 교육과정)

	담화
초등학교 1-2학년군	– 주변 사람이나 흔히 접하는 사물에 관해 소개하는 말이나 글 – 재미있거나 인사 깊은 일을 쓴 **일기, 생활문** – 사건의 순서가 드러나는 간단한 이야기 – 인물의 모습과 처지, 마음이 잘 드러나는 이야기, 글
초등학교 3-4학년군	– 친구나 가족과 고마움이나 그리움 등의 감정을 나누는 대화, **편지** – 본받을 만한 인물의 이야기를 쓴 **전기문**, 이야기나 극 – 일상의 경험이나 고민, 문제를 다룬 시, 이야기, 글 – 사건의 전개 과정이나 인과 관계가 잘 드러나는 이야기, 글
초등학교 5-6학년군	– 주변 사람들과 생활 경험을 나누는 대화, **설명문** – 일상생활이나 학교생활에서의 의미 있는 체험이 잘 드러난 **감상문, 수필** – 개인적인 관심사나 일상적 경험을 다룬 **블로그, 영상물** – 현실이 사실적으로 반영되거나 환상적으로 구성된 이야기
초등학교 1-3학년군	– 독서나 일상의 경험을 바탕으로 자신의 생각이나 감정을 담은 대화, **수필** – 사회·문화·역사적 배경이 잘 드러난 글, **전기문**이나 **평전**, 문학 작품 – 바람직하고 가치 있는 삶에 대한 탐구와 성찰을 담고 있는 작품 – 성장 과정의 고민과 갈등을 소재로 한 작품 – 문학 작품을 다른 갈래나 매체로 재구성한 작품
고등학교 1학년군	– 경험, 정서, 삶의 성찰을 담은 글, **수필, 자기소개서** – 보편적인 정서와 다양한 경험이 잘 드러난 한국·외국 문학 작품

위의 〈표 3-1〉에서 보면, 자전적 텍스트 관련 '담화'의 내용은 '소개하기'를 기반으로 진행되지만, 일상생활을 소재로 한 말과 이야기에서 시작하여, 시각자료와 온라인 대화, 그리고 소개할 내용을 효과적으로 표현할 수 있는 담화 자료로 확대된다. '글'은 일상의 경험을 담은 짧은 글에서 시작하여 감상문, 기행문과 같은 장르 기반의 글과 영상 매체, 그리고 시대적, 사회적 배경을 토대로 삶의 성찰을 보여주는 확장된 글

과 매체를 다루게 된다. '문학 작품'에서는 일상의 경험을 소재로 한 동
시와 동화에서 시작하여 사회·문화·역사를 반영하며 삶의 성찰을 담
고 있는 작품을 대상으로 그 범위가 확대되고 있다. 이는 결국 듣기·말
하기, 읽기, 쓰기 영역에서 '일상적 자전 활동'과 '자서전 활동', '확장적
자전 활동' 등 모든 자전적 텍스트 활동을 포함하고 있음을 보여준다.

초1-2학년군에서 주변에서 일어난 일, 인상 깊었던 일, 겪은 일은 이
러한 내용을 담은 그림책, 그림일기, 일기와 연계되어 나타난다. 이는
자기와 자기의 주변에 관한 듣기·말하기와 읽기, 쓰기로 이어지며, 자
전적 텍스트에 대한 가장 기본적인 활동 내용을 보인다. 자신의 주변에
서 가장 일상적인 이야기를 만나는 것에서부터 자전적 텍스트 활동이
시작될 수 있기 때문이다.

초3-4학년군에서는 '자기를 표현하는 글쓰기'에 대해 소재를 확장하
고 있지는 않다. 다만 '독자를 고려하는 글쓰기'라는 서술 시점 혹은 태
도에 관한 언급이 더해진다.[2] 따라서 생활문, 편지, 감상문, 기행문[3]과
같은 글의 종류는 초1-2학년군의 주로 일기에서 다루었던 자유로운 자
기표현의 맥락과는 다르게 보아야 한다. 이는 단순히 자기표현을 위한
개별적 장르에 대한 인식을 넘어 자전적 텍스트의 맥락을 의식하고 '자
기와 주변을 표현하는 글쓰기'로 심화, 확대되는 측면을 감안해야 한다.
대부분의 자전적 텍스트가 지극히 주관적인 진술 형태로 나타나지만 학
습자의 발달 단계에 따라 타인과 삶을 의식하고 소통을 시도하는 글쓰

---

2) 이성영(2000: 35)에서도 초등학생의 텍스트 내 의미 완결성에 대한 분석을 통하여
  "저학년 아동들은 자기중심적인 글쓰기를 하며 구어와 문어의 차이를 인식하지 못하고
  있으며, 4학년 이후가 되어야 반수 이상이 독자의 눈으로 자기 글을 볼 수 있게 된다."
  라는 결과를 보이고 있다.
3) 앞에서 자전적 텍스트의 구체적 유형으로 언급하지 않았지만 생활문, 감상문, 기행문
  등도 '자(自)'에 관한 성격을 반영하는 일상적 자전 텍스트 유형이 될 수 있다.

기 방식임을 조금씩 인지하는 과정이 필요하기 때문이다.

　다양한 매체를 활용한 표현에는 문자, 사진, 동영상, 그림 등이 쓰일 수 있다. 문자, 사진, 동영상, 그림 등의 매체는 초3-4학년군에서 자기를 표현하기 위해 쓸 수 있는 표현 방식이 되는데, 이러한 요소들이 자전적 텍스트 안으로 들어가면 그 내용을 뒷받침할 수 있는 자료가 되고, 각각의 영역으로 독립되어 나오면 '쓰기'가 아닌 다른 매체를 사용하여 자기표현의 내용을 담는 그릇의 역할을 하게 된다. 지금까지 쓰기의 성격이나 기법 측면에서 진술 내용은 그다지 심화되지 않았다. 다만 매체에 관한 언급만 더해진 상태에서 자기를 표현하는 다양한 표현 방식을 확대하고 있는 것으로 해석할 수 있다. 더욱이 자전적 텍스트 교육에서 매체를 활용한다는 측면은 이미 매체의 성격과 매체를 수용할 대상을 의식하게 되는 행위가 되므로 청자나 독자를 고려하는 태도 또한 염두에 두게 된다.

　초5-6학년군에 나오는 견문과 감상을 표현하는 글쓰기는 기행문, 견학보고서, 감상문과 연계된다. 지금까지 자기와 주변에 대한 글쓰기가 지니고 있던 성격에 비해 구체적으로 글의 유형이 다양화되고 있다. 특히 견문과 감상을 표현하는 글쓰기는 필자 자신에 대한 글쓰기 중에서 비교적 상세화된 내용 요소를 포함한다. 견문은 자전적 텍스트 내부에서 사건의 요소에 해당되고, 감상은 사건에 대한 자신의 생각이나 판단 등을 의미한다. 더욱이 기행문이나 감상문은 그 내부에 지닌 자전적 요소로 인하여 자전적 텍스트 안에 그 자체로 자연스럽게 녹아들어갈 수 있는 특성이 있다. 또 다양한 매체의 광고, 일상적 경험을 다룬 영상물, 인터넷 게시물은 초3-4학년군에서 활용했던 매체보다 다양하고 확대된 성격을 보인다. 한편 중1-3학년군에서 보이는 자전적 텍스트 관련 진술은 가장 다양한 자전적 텍스트 유형을 확보하고 심화된 수준을 보여야 하는 단계이다. 그래서 전기문, 평전, 자서전과 같이 자전적 텍스트의 성격을 가장 전형적으로 반영하는 구체적인 장르 명칭을 등장시킴으로써 그 성격을 반영하고자 한 듯하다.

한편 2015 개정 교육과정에 나타나는 국어 자료의 예를 보면, 자료를 담화와 글, 문학작품의 영역으로 세분하지 말고 통합적으로 제시하고 있다. 그러나 일기, 생활문, 전기문, 평전 등 구체적 장르명칭을 제시하고 있는 양상이나 개인적인 관심사, 일상의 경험, 삶에 대한 성찰 등을 소재로 하고 있다는 점에서 2009 개정 교육과정과 큰 차이를 보이지 않는다.

2009 개정 교육과정을 기준하여 보면, '국어자료의 예'는 2007 개정 교육과정에서 각 성취 기준과 일대일로 대응하는 '담화(글, 작품)의 수준과 범위'와 같은 성격을 갖고 있다. 학년군별로 진술된 각각의 텍스트 유형을 '실제'로 두면 교육과정의 내용 체계를 이루는 지식, 기능, 태도 영역에 관한 성취 기준으로 구체화할 수 있다. 물론 자전적 텍스트 교육 내용이 지식, 기능, 태도 영역으로 명확히 구분될 수 있는 것은 아니다. 예를 들면 자전적 텍스트 유형 중 자서전에 대하여 교육을 할 때, 한 편의 특정한 자서전을 설정하고 그 텍스트가 가진 고유한 자전적 텍스트 구조와 내용 등을 총체적으로 파악하면서 수용이나 생산 활동이 이루어져야한다. 또 같은 자서전이라 하더라도 학습자의 단계별 학습 목표에 따라 가능한 교육 방법에는 여러 경우의 수가 나타날 수 있다. 이를테면 자서전이 지닌 교훈적 요소에 치중하여 교육할 수 있는 텍스트도 있고 자서전 내부의 수사적 기법이나 구성적 측면의 전형성 파악을 위해 교육할 수 있는 텍스트도 있다. 이러한 교육적 다양성에 대한 이해와 모색도 결국 자전적 텍스트 중심의 교육 내용이 큰 윤곽을 잡은 후에 가능하다.

<표 3-3> 2009 개정 교육과정 쓰기 영역 내용 체계표

실제

■ 다양한 목적의 글 쓰기
   – 정보를 전달하는 글
   – 설득하는 글
   – 친교 및 정서 표현의 글
 ■ 쓰기와 매체

지식	기능	태도
■ 쓰기의 본질과 특성 ■ 글의 유형 ■ 쓰기와 맥락	■ 글씨 쓰기 ■ 쓰기의 계획 ■ 내용 생성과 조직 ■ 표현하기와 고쳐쓰기 ■ 쓰기 과정의 점검과 조정	■ 가치와 중요성 ■ 동기와 흥미 ■ 쓰기의 윤리 ■ 쓰기의 생활화

<표 3-4> 2009 개정 교육과정 읽기 영역 내용 체계표

실제

■ 다양한 목적의 글 읽기
   – 정보를 전달하는 글
   – 설득하는 글
   – 친교 및 정서 표현의 글
 ■ 읽기와 매체

지식	기능	태도
■ 읽기의 본질과 특성 ■ 글의 유형 ■ 읽기와 맥락	■ 낱말 및 문장의 이해 ■ 내용 확인 ■ 추론 ■ 평가와 감상 ■ 읽기 과정의 점검과 조정	■ 가치와 중요성 ■ 동기와 흥미 ■ 읽기의 생활화

<표 3-3>와 <표 3-4>은 2009 개정 교육과정 읽기와 쓰기 영역의 내용 체계표이다. 2009 개정 교육과정 내용 체계에서는 국어과 교육 내용을 '실제', '지식', '기능', '태도'로 범주화하여 제시하고 있다. 그런데 국어과 교육의 내용을 체계적으로 제시하는 방법은 확정적이고 고정적인 것으로 볼 수 없다. 국어과 교육의 내용 체계는 국어과 교육에서 다루어

야 할 교육 내용을 무엇으로 보는가, 교육 내용을 어떻게 범주화하는가, 교육 내용 간의 관계를 어떻게 설정하는가 등에 따라 달리 구조화될 수 있(최미숙 외, 2012)기 때문이다. 이는 국어과 교육과정 영역별 내용 체계만으로 설명하기 힘들다. 특히 텍스트(담화)의 생산과 수용에 대한 지식, 기능, 태도를 총괄하고 있는 '실제'는 추상적인 텍스트(담화) 유형을 제시하는 것으로 그 역할을 다했다고 할 수 없다. 또 텍스트의 수용과 생산 과정에서 지식, 기능, 태도 영역이 통합적으로 구조화되어 '실제'를 구현하기 위해서는 '실제'는 좀 더 상세한 텍스트 유형을 중심으로 재구조화 되어야 할 것이다.

개별적 자전적 텍스트의 내용 체계에서 포함할 수 있는 내용은 교육과정의 다른 진술 부분에서 자전적 텍스트에 대해 어떤 의미와 범위, 활동 내용을 포함하고 있는가를 점검함으로써 좀 더 세밀한 윤곽을 찾아 볼 수 있다. 2007 개정 교육과정 해설서에서 자서전 읽기와 쓰기의 목적, 그리고 글의 수준과 범위에서 보다 구체적인 진술을 찾아볼 수 있다. 2009 개정 교육과정 이후 교육과정 진술은 보다 소략하므로 2007 개정 교육과정 진술 내용으로부터 구체적인 근거를 가져 오고자 한다.

〈표 3-5〉 2007 개정 교육과정 내 자서전 읽기와 쓰기의 목적과 '글의 수준과 범위'

자서전 읽기의 목적	자서전 쓰기의 목적
【8-읽-(4)】 자서전을 읽는 목적은 다른 사람의 인생과 경험, 그리고 성찰을 간접적으로 **체험**하면서 독자 스스로 자신의 삶을 좀 더 보람 있고 가치 있게 **변화**시키는 계기를 마련하는 데 있다고 할 것이다. 또한 시대와 지역이 다른 인물들의 자서전을 읽음으로써 이 세계의 다양한 인간 삶에 대한 앎의 폭을 넓히게 되어 풍부한 **지혜**와 **통찰**을 얻게 된다. (교육과학기술부, 2008: 62)	【8-쓰-(5)】 이 성취 기준은 자서전 쓰기를 통해 자신의 삶을 **성찰**하고, 다른 사람과 의미 있는 삶의 일부분을 **공유**하는 것이 중요하다는 점을 고려하여 설정하였다. (중략) 자서전을 쓰는 데 필요한 다양한 학습 경험을 하도록 하되, 특히 여러 가지 **표현 방법**을 활용하여 자기 자신을 잘 드러내는 글을 쓰는 데 중점을 둔다. (교육과학기술부, 2008: 68)

글의 수준과 범위	
삶의 자세와 인생에 대한 성찰을 서술한 자서전 : 자서전을 반드시 높은 지위에 올랐거나 역사상 위인으로 꼽히는 사람의 것으로만 한정할 필요는 없다. 동시대 사람들의 글 중에서도 특별한 경험에 대한 회고와 성찰의 내용을 담은 글들이라면 충분히 자서전의 범주에 포함될 수 있다. 인물이 도달한 지위나 성과보다는 삶의 자세나 인생에 대한 깨달음 등을 기준으로 하여 다른 사람에게 본보기가 될 만한 글들을 선택하는 것이 바람직하다. 인생을 글로 구성하는 방식이 다양할 수 있음을 알 수 있도록 구성이나 표현상의 특색이 있는 몇 편의 글을 비교하면서 읽는 것도 좋은 방법이다.	**자신의 삶의 궤적과 그에 대한 생각을 기록한 자서전** : 학습자들의 개인 홈페이지, 블로그에 작성하기 위한 글을 비롯하여 자기 소개, 임원 선거 등의 상황에 적합하게 내용을 선정하고 자서전을 쓰도록 한다. 사진, 도표, 증명서, 동영상 자료 등 자신을 표현할 수 있는 다양한 자료를 활용할 수 있다. 자서전의 목적에 맞게 수필, 편지, 희곡, 영상 자료, 만화, 시 등 형식을 다양하게 할 수 있으며, 이때 예상 독자의 수준과 관심사를 고려하도록 한다.

살펴보면 몇 가지 특징적인 사항을 정리할 수 있다.

첫째, 자서전과 관련한 진술이지만 자서전이라는 특정한 장르에 한정하기보다 '자전적' 장르에 대해 포괄적으로 인식하고 있다. 이를테면 읽기 영역에서 제시하는 '회고와 성찰을 담은 글'이나 '다른 사람에게 본보기가 될 만한 글'이 반드시 자서전에서만 찾을 수 있는 특성이라고 보기는 힘들다. 또 쓰기 영역에서 다양한 상황이나 자료를 활용하는 것은 자서전 쓰기 활동보다는 '일상적 자전 활동'에 적합하고, 수필이나 희곡 등 형식을 다양하게 쓰는 것은 '확장적 자전 활동'에 가깝다고 할 수 있다. 교육과정에서 자전적 텍스트가 지닌 교육적 유용성을 의식하여 자서전 관련 내용을 두었다면, 이는 자서전에 한정된 진술이 아니라 자전적 텍스트를 근간으로 하는 융통성 있는 진술이 되어야 할 것이다.

둘째, 자서전과 관련한 학습 활동이 읽기와 쓰기 영역에 집중되어 나타난다. 사실 자서전이라는 특정한 장르에 집중한다면 자서전 텍스트를 읽거나 스스로 자서전 텍스트를 생산하는 활동 이외에 다른 국어 활동을 떠올리기 어렵다. 그러나 앞에서 언급하였듯이 자서전 관련 진술이 자전적 텍스트로서 대표성을 띤 것이라면 학습 활동은 읽기와 쓰기 영역에 한정할 수 없다. 언어능력 발달에 대한 총체적인 관점에서 보더라도 구어 능력과 문어 능력이 별개로 발달되는 것이 아니라는 점을 감안할 수밖에 없기 때문이다. 따라서 자전적 텍스트와 관련되어 있는 국어 능력은 듣기·말하기, 읽기, 쓰기 영역은 물론이고 문법과 문학의 영역에 이르기까지 총체적으로 통합된 활동으로 접근해야 한다.

셋째, 자서전과 관련된 학습 내용이 중학교 시기에 한정되어 나타난다. 2007 개정 교육과정에서는 8학년 시기에 나타나고 있고, 2009 개정 교육과정에서는 중1-3학년군에 소략하다. 그런데 교육과정 안에서 자서전과 관련된 내용은 자서전이라는 특정 장르에 한정할 수 없으며, 이러한 내용들은 이미 초등학교 급에서부터 지속적, 위계적으로 교수-학습되어온 것이라고 보는 것이 맞다. 그렇다면 교육과정에서도 자서전과 관련된 진술을 중학교1-3학년군에 집중시킬 것이 아니라, 자전적 텍스트의 맥락에서 초등학교급에서부터 시작해서 다양한 자전적 텍스트를 활용한 폭넓은 교수-학습 과정으로 이어져야 할 것이다. 따라서 자서전이라는 특정한 장르에 대한 활동도 중학교급에 한정하여 제시하는 것은 바람직하지 못하다. 뿐만 아니라 자전적 텍스트의 교육 내용이 학습자 단계와 텍스트 유형에 따라 초등학교급에서부터 학습자에게 익숙한 활동으로 인식되어 있어야 할 것이다.

넷째, 자서전 읽기와 쓰기의 목적에 나타난 내용이 다른 장르를 통한 읽기, 쓰기의 목적과 차별화되지 않는다. '회고와 성찰을 담은 글'이나 '다른 사람에게 본보기가 될 만한 글'은 자서전이 아닌 다른 장르를 통해서도 얻을 수 있는 학습의 목표나 효과가 될 수 있다. 회고록이나 전기,

자전적 소설이나 수필 등에서도 같은 목표나 효과를 기대할 수 있다.
또 개인 홈 페이지나 블로그, 자기소개, 임원 선거에서 쓰이는 글은 처
음부터 자서전 쓰기를 의식하기보다 쓰기의 상황과 목적이 다르거나 자
전적 텍스트를 담는 다양한 틀로 해석할 수 있다. 사진, 도표[4], 증명서,
동영상 자료 등은 그 자체로는 자서전의 성격을 갖지 않지만 어떤 장면
에서 활용되는지에 따라 자전적 텍스트의 재료가 된다. 또 수필, 편지,
희곡, 영상 자료, 만화, 시 등[5]은 자전적 주제로 그 범위를 제한한다고
하더라도 그대로 자서전으로 간주될 수 있는 것은 아니다. 오히려 '확장
적 자전 활동'의 맥락으로 활용하는 것이 적절하다. 이렇게 자서전 읽기
와 쓰기의 목적에 따른 글의 수준과 범위가 모호하게 드러나는 것은 자
전적 텍스트에 관련한 교수-학습 내용을 자서전이라는 특정 장르에 한
정지어 기술하고 있기 때문이다.

　다섯째, 자서전의 읽기와 쓰기에 관련한 '글의 수준과 범위'의 상호
성격이 부합하지 않는다. 앞서 드러난 다양한 자전적 텍스트 관련 학습
의 성격으로 보면 자서전은 읽기와 쓰기의 영역으로 나누어 학습할 수

---

4) 사진이나 그림, 도표 등은 자전적 텍스트에서 비언어적 차원의 표현 방식으로 이해할
수 있을 것이다.
5) 한편 교육과정과는 별개의 영역으로 다루어지는 부분이면서, 소극적인 양상을 띠긴
하지만 대학의 글쓰기 수업 현장에서도 '확장적 자전 활동'을 활용하는 사례를 발견할
수 있다. 주로 '자전적 시'를 쓰거나 '부모님 평전 쓰기' 등을 활용하는 것이 대표적이다.
예를 들면 '자전적 시' 관련 활동의 경우, 일반적으로 기성 시인들의 작품을 활용하여
쓰기의 틀로 활용하는 모습을 보인다. '부모님 평전 쓰기'를 활용하는 경우, 이는 확장
적 자전 중에서도 전기를 활용하는 것인데, 이 때 부모님에 관련된 자료를 수집하거나
인터뷰 등을 하는 과정에서 필자 자신의 삶을 돌아보는 성찰적 요소를 찾아볼 수 있다.
이는 자전적 텍스트가 단지 학습자의 삶과 경험을 성찰하고 재구성하는 데 활용되는
차원에서 더 나아가 자전적 텍스트가 지닌 기능적 방법론을 삶의 다양한 소통으로
이어갈 수 있게 한다는 교육적 목표로 이어진다. 부모님 평전쓰기에 대한 논의는 이은
미(2016)을 참고할 수 있다.

있는 텍스트가 아니며, 읽기와 쓰기에서만 교수-학습 내용을 구성할 수
있는 것도 아닌 까닭이다. 자서전 읽기의 목적에 관한 진술에서는 간접
체험을 통하여 자신의 삶을 가치 있게 변화시키고, 인간의 삶에 대한
지혜와 통찰을 얻기 위한 읽기 텍스트를 자서전으로 규정하고 있다. 한
편 자서전 쓰기의 목적에 관한 진술에서는 삶에 대한 성찰과 공유, 그리
고 다양한 표현 방법을 활용한 자기표현에 중점을 둔다. 즉 쓰기를 목적
으로 하는 자서전 교육에서는 자서전을 하나의 장르로 인식하고 그 하
위 개념이 될 수 있는 텍스트로 세분하고 있다. 또 자서전 읽기에서는
자아성찰과 자기통찰이라는 정의적인 영역을 강조하고 있지만, 자서전
쓰기에서는 쓰기의 방법적 측면이나 표현 활동 자체에 강조점을 두어
기능적 측면에서의 자서전 쓰기 활동을 의식하게 한다. 다시 말해 자서
전 읽기 활동을 통하여 자신을 성찰하는 정서적 계기를 마련하고, 자서
전 쓰기 활동을 통하여 상황에 적절한 자기표현 텍스트를 생산할 수 있
도록 기능적 발달을 도모한다는 말이다. 그렇다면 여기서 자서전 읽기
를 통한 교육의 효과가 자서전 쓰기 활동으로 순조롭게 영향을 주고받
으며 전이될 수 있는가를 생각해 보아야 한다. 처음부터 자서전 읽기와
쓰기에 대하여 통합적인 학습[6]을 쉽게 기대할 수 없고 두 영역 간의 유
기적 연계점을 찾기 어렵다 하더라도, 읽기 활동에서 얻은 지적, 정의적
산물은 쓰기 활동을 촉진하는 유용한 기반으로 작용할 수 있어야 한다.

하나의 교수-학습 내용 진술이라도 그 안에는 듣기·말하기, 읽기,
쓰기, 문법, 문학의 다양한 국어 활동의 내용을 포괄할 수 있다. 다른

---

6) 2007 개정 교육과정 이후 다방면에서 국어과의 통합에 대한 이론이 제시되고 있다.
   특히 영역 간의 통합은 언어 사용 영역을 기준으로 하여 언어 사용 영역 간의 통합을
   떠올리게 된다. 여기서는 언어 사용 영역 간의 통합을 기본으로 하되, '쓰기'를 중심점
   으로 한다.

사람의 자서전을 읽지 않고 자서전에 대한 지식과 기능을 확인할 수 없고, 스스로의 자서전을 쓰는 과정에서도 자신의 자서전을 읽지 않으면 글을 완성할 수 없다. 또 자서전이 문자 텍스트로 이루어졌다는 이유만으로 쓰기를 끌어내는 과정에서 듣기·말하기, 문법, 문학 영역의 학습 내용을 도외시할 수 없기 때문이다.

그러므로 자서전 읽기가 지닌 자아성찰적 사고와 가치의 측면은 '자서전'이 아니라 '자전적 텍스트'가 지닌 언어 기능적, 정의적 활동 측면에서 만나야 한다. 자전적 텍스트를 활용한 국어 학습의 결과물은 궁극적으로 사고와 기능이 조화롭게 결합하여 생산되어야 한다. 물론 그 바탕은 주제나 내용에 기반을 두고 있다. 그렇다면 그 기반은 자서전이 아니라 자전적 텍스트에 두고 있어야 할 것이다.

그러면 이제 2009 개정 교육과정의 영역별, 학년군별 성취 기준 내용을 통해 자전적 텍스트의 내용 체계가 반영되는 양상을 좀 더 자세히 살펴보자. 2009 개정 교육과정은 특정한 텍스트를 중심으로 하는 진술 방식을 갖지 않으므로, 자전적 텍스트는 물론이고 어떠한 다른 텍스트에 대해서도 구체적인 진술을 찾아보기 힘들다. 다만 교과서로 구현되면서 성취 기준에 대한 자의적인 해석과 창의적인 적용을 기대할 수 있다. 이 연구에서 자서전은 자전적 텍스트의 맥락을 파악하는 근간이 되므로 자전적 텍스트 전반에 관련한 포괄적 진술로서 검토할 필요가 있음을 밝혀둔다. 그러나 재구성한 진술들 안에는 비자전적인 텍스트(담화)의 수용과 생산에 보편적으로 적용할 수 있는 진술과 중첩되는 내용도 포함되어 있다. 자전적 텍스트 일반이 지니는 성찰과 소통에 관한 주제나 일상적 자전, 자서전, 확장적 자전의 개별적 성격을 드러낼 수 있는 부분에는 밑줄이나 진한 글씨로 표시하였다.

〈표 3-6〉 2009 개정 교육과정에서 자전적 텍스트 관련 학년군별·영역별 성취 기준

		학년군 성취 기준			
		초1-2	초3-4	초5-6	중1-3
		일상생활과 학습에 필요한 초보적 국어 능력을 갖춘다. 자신의 <u>경험을 바탕</u>으로 국어 생활에 즐겁게 참여하며 국어 <u>생활에 대한 관심</u>을 자기 주변에서 찾는다. 대화와 발표 상황에 바른 자세로 즐겁게 참여하고, 글을 정확하게 소리 내어 읽으며, 자기의 <u>주변에서 보고 느낀 것을 글로 쓴다.</u> 기초 어휘를 익히면서 국어에 대해 관심을 가지고, 문학이 주는 즐거움을 경험한다.	일상생활과 학습에 필요한 기초적 국어 능력을 갖춘다. 대상과 상대를 고려하여 국어 생활을 효과적으로 수행하며 국어 생활에 대한 관심을 일상생활과 이웃으로 넓혀간다. <u>공적인 상황에서 분명하게 의사소통하고,</u> 글의 내용을 명확하게 파악하며, 자신의 생각이 잘 드러나게 글을 쓴다. 어휘의 다양한 특성을 이해하고 문장을 자연스럽게 쓰며, 문학 작품을 읽고 자신의 말로 표현한다.	일상생활과 학습에 필요한 핵심적 국어 능력을 갖춘다. 상황과 목적을 고려하여 국어 생활을 능동적으로 수행하며 국어 생활에 대한 관심을 다양한 사회 현상으로 넓혀간다. 여러 상황에서 목적에 맞게 <u>의사소통하고, 글의 의미</u>를 능동적으로 구성하며 읽고, <u>독자와 목적을 고려하여 글을 쓴다.</u> 어휘 의식을 높이고 국어 문화의 특성을 이해하며, 문학 작품에 대한 해석의 근거를 찾아 구체화하고 <u>문학 작품이 지닌 개인적·사회적 의미</u>를 이해한다.	일상생활과 학습에 필요한 통합적인 국어 능력을 갖춘다. 상대의 의도를 고려하여 상호 작용하고 국어 생활에 대한 관심을 다양한 국어 문화의 세계로 넓혀 간다. <u>여러 상황에 적합하게 효과적으로</u> 의사소통하고, 여러 유형의 글을 비판적으로 읽으며, 표현 효과를 고려하면서 글을 쓴다. 어휘 능력을 확장하고 국어 문법의 주요 내용을 종합적으로 이해하며, 문학 작품을 다양하면서도 주체적인 관점으로 해석한다.
영역별 성취 기준	듣기·말하기		(1) 중요하거나 인상 깊은 내용을 메모하며 듣는다. (2) 직접 경험하거나 들은 이야기에서 감동적인 부분을 실감나게 말한다. (3) 일의 원인과 결과를 생각하며 듣고 말한다.		(3) 인물이나 관심사를 다양한 방법으로 소개하거나 설명한다. (9) 사회적으로 의미가 있는 내용을 매체 자료로 구성하여 발표한다.
	읽기	(5) <u>글의 내용을 자신이 겪은 일과 관련지어 이해한다.</u>	(1) 글을 읽고 대강의 내용을 간추린다. (2) 글쓴이의 마음이나 인물의 마음을 짐작하며 글을 읽는다. (3) 읽기 과정에서 지식과 경험을 적극적으로 활용하며 글을 읽는다. (4) 글을 읽고 중심 생각을 파악한다. (6) 글에 대한 경험과 반응을 다른 사람과 나눈다.	(1) 문맥을 고려하여 낱말의 의미를 파악하며 글을 읽는다. (2) 글의 짜임에 따라 글 전체의 내용을 요약한다. (3) 내용을 추론하며 글을 읽는다. (5) 글에 나타난 글쓴이의 관점이나 의도를 파악한다.	(3) 읽기 목적에 따라 적절한 방법으로 글의 내용을 요약한다. (7) 동일한 대상을 다룬 서로 다른 글을 읽고 관점과 내용의 차이를 비교한다. (9) <u>자신의 삶과 관련지으며 글의 의미를 해석하고 독자의 정체성을 형성한다.</u>
	쓰기	(3) 대상의 특징이 드러나게 짧은 글을 쓴다. (4) <u>자신의 주변에서 일어난 일에 대한 생각을</u>	(5) 읽는 이를 고려하여 자신의 마음을 표현하는 글을 쓴다. (6) 다양한 매체를 활	(5) 견문과 감상이 잘 드러나게 글을 쓴다.	(6) <u>자신의 삶과 경험을 바탕으로 독자에게 감동이나 즐거움을 주는 글을 쓴다.</u>

	글로 쓴다. (5) 인상 깊었던 일이나 겪은 일을 글로 쓴다.	용하여 생각과 느낌을 효과적으로 표현한다.		(7) **자신의 삶을 성찰하고 계획하는 글을 쓴다.**[7] (8) 영상 언어의 특성을 살려 영상으로 이야기를 구성한다.[8]
문법[9]				
문학	(2) 말의 재미를 느끼고 재미를 주는 요소를 활용하여 자신의 경험을 표현한다. (3) 이야기의 시작, 중간, 끝을 파악하며 작품을 이해한다. (4) 작품 속 인물의 마음, 모습, 행동을 상상한다. (6) 일상생활에서 겪은 일을 동시나 노래, 이야기로 표현한다.	(3) 이야기의 흐름을 파악하여 내용을 간추린다. (4) 작품 속 인물, 사건, 배경에 대해 설명한다. (5) 작품 속의 세계와 현실 세계의 공통점과 차이점을 안다. (6) 작품을 듣거나 읽거나 보고 느낀 점을 다양한 방식으로 표현한다.	(2) 작품에서 말하고 있는 사람의 관점을 이해한다. (4) 작품 속 인물, 사건, 배경의 관계를 파악한다. (5) 작품 속 인물의 생각과 행동을 나와 견주어 이해하고 평가한다. (6) 작품의 일부를 바꾸어 쓰거나 다른 갈래로 바꾸어 쓴다. (7) 자신의 성장과 삶에 영향을 미치는 작품을 즐겨 읽는 태도를 지닌다.	(2) 갈등의 진행과 해결 과정을 파악하며 작품을 이해한다. (3) 다양한 관점과 방법으로 작품을 해석한다. (5) 작품의 세계가 누구의 눈을 통해 전달되는지 파악하며 작품을 수용한다. (6) 사회문화적·역사적 상황을 바탕으로 작품의 의미를 파악한다. (7) 작품의 창작 의도와 소통 맥락을 고려하며 작품을 수용한다. (9) 자신의 일상에서 의미 있는 경험을 찾아 다양한 작품으로 표현한다. (10) 문학이 인간의 삶에 어떤 가치를 지니는지 이해한다.

7) 공통교육과정 내 쓰기 영역의 이 성취 기준에서만 해설 내용에서 '자서전 쓰기' 활동을 언급하고 있다.

8) 이는 2009 개정 교육과정에서 학습자에게 영상 언어의 특징을 인지시키고 일상적 사건이나 경험을 영상물로 구성하는 활동이 국어 능력의 중요한 내용임을 시사한다. 여기서 영상물은 자전적 텍스트의 표현 방식으로 활용하면서 시청자의 관심과 흥미를 고려하는 유용한 소통 매체가 될 수 있다. 따라서 자전적 텍스트 활동에서 영상언어를 포함하여 매체언어의 의미 작용을 활용함으로써 학습자의 중요한 소통 능력을 키우는 것을 기대해 볼만 하다.

9) 문법 영역에 해당하는 학년군별 성취기준을 비워 놓은 것은 이에 해당하는 내용이 없다는 것을 의미하는 것이 결코 아니다. 특정 텍스트 교수-학습에 있어서 문법 영역은 국어 활동 안에 늘 내재되어 있으며, 개별적 국어 활동의 맥락에 부합하는 문법 학습이 가능하기 때문이다. 따라서 여기에 관련 성취 기준을 채워 넣는다 하더라도, 굳이 자전적 텍스트에서뿐만 아니라 여타의 텍스트 교육을 할 때에도 보편적으로 적용할 수 있는 성격이 강하므로 따로 표시하지 않았음을 밝혀둔다. 한편 김명순(2011: 243)은 "문법과 문학 영역에서 접근하는 언어 사용 영역과의 통합은 대체로 듣고 말하고 읽고

〈표 3-6〉는 가로축으로 진행하면서 학년군이 높아짐에 따라 학년군별 성취 기준의 내용이 어떻게 변화하는지를 보여준다. 세로축은 학년군별로 각 국어 활동 영역이 포함하고 있는 내용의 변화를 보여준다. 기본적으로 학년군별 성취 기준 내용은 각 학년군의 영역별 내용을 포괄하고, 영역별 내용은 학년군이 올라가면서 위계적 진술을 보인다. 초1-2학년군에서는 일상생활과 학습에 필요한 초보적 국어 능력을 강조한다. 각 영역별 진술에서 드러나는 바와 같이 생활 속에서 다양한 경험을 소재로 하는 '일상적 자전 활동'의 성격이 주로 나타나며 관심과 호기심, 태도 등 자전적 텍스트 활동과 관련된 정의적 영역의 성취 기준이 주로 드러난다. 초3-4학년군은 국어 생활의 범위를 이웃과 공적 상황으로 확대하고 일상에서의 자연스러운 의사소통에 중점을 두고 있다. 자전적 텍스트의 활용 측면에서는 보다 다양한 자전적 장르를 대상으로 하며 자전적 주제를 가지고 두세 문단 정도의 글을 쓸 수 있는 수준을 짐작할 수 있다. 이는 '일상적 자전 활동'이 점차 다양해지고 심화되는 경향으로 이해할 수 있다. 초5-6학년군은 상황과 목적, 독자를 고려한 의사소통과 개인적 사회적 맥락의 이해를 강조한다. 비판적 읽기와 다양한 쓰기를 의식하고 있는 이 단계에서는 다른 국어 활동 영역에서도 자유로운 수용과 생산 활동을 강조한다. 다양한 자전적 텍스트를 비판적으로 수용함과 동시에 수준 높고 다양한 방법으로 표현할 수 있는 단계를 의미한다. 중1-3학년군에서는 통합적인 국어 능력에 초점을 두고 있다. 텍스트의 목적과 맥락, 상황에 부합하는 국어 능력은 자전적 텍스트 활용에서도 예외가 아니다. 이는 자전적 텍스트 활동에 필요한 지식과 기능, 태도 영역의 능력이 가장 성숙하게 발현될 수 있는 상태를 의미한다.

쓰는 행위를 동원하는 정도이거나 듣고 말하고 읽고 쓰는 자료가 문법이나 문학에 관한 내용인 정도에 그치는 양상"이라고 하였다.

〈표 3-6〉에서 정리한 성취 기준 내용에는 '일상적 자전 활동', '자서전 활동', 그리고 '확장적 자전 활동'의 유형이 고루 포함되어 있다. 하지만 이들 유형이 학년군에 따라 특정한 텍스트 활동으로 제시되고 있는 것은 아니다. 기본적으로 이 세 가지 유형을 모두 의식하고 있지만, 학습자의 단계에 따라 세 가지 유형의 활동을 적절히 안배하고 있는 듯하다. 예를 들어 쓰기 영역의 성취 기준 내용을 보면, 초1-2학년군에서 '자신의 주변에서 일어난 일'이나 '인상 깊었던 일' 등은 '일상적 자전'의 성격을 반영한다. 초3-4학년군에서 '다양한 매체를 활용한 표현'은 '확장적 자전'의 맥락을 보인다. 초5-6학년군에서 '견문과 감상이 잘 드러나는 글'은 '일상적 자전'과 '확장적 자전'의 성격을 함께 포함하고 있다. 중1-3학년군에서 '자신의 삶과 경험을 바탕으로 감동과 즐거움을 주는 글'이나 '자신의 삶을 성찰하고 계획하는 글', 또 '영상 언어의 특성을 살려 영상으로 이야기 구성하기'는 '일상적 자전', '자서전', '확장적 자전'의 모든 유형에 활용할 수 있다. 이는 자전적 텍스트가 처음에는 '일상적 자전 활동'으로 시작되지만, 학년군이 올라가면서 다양한 '자전적 텍스트 활동'을 동시에 포섭할 수 있는 가능성을 보여준다. 이러한 성격은 앞으로 자전적 텍스트 관련 교육과정을 마련할 때 더 적극적으로 반영해야 할 요소가 될 것이다.

이상에서 검토한 바와 같이, 우리나라의 현행 교육과정에서 자전적 텍스트는 학습자 자신의 경험을 중심으로 인간의 삶을 소재로 하는 담화와 글, 문학작품을 총칭한다고 할 수 있다. 그 내용상의 특징을 통해 자전적 텍스트 교육과정 구성에 시사하는 점을 네 가지로 요약할 수 있다.

첫째, 학년군별 자전적 텍스트에서 고려해야 할 특성이다. 초1-2학년군은 학습자의 주변에서 가장 일상적인 이야기를 접하는 것에서부터 자전적 텍스트 활동이 시작된다. 쉽고 간단한 문장으로 표현된 다양한

자전적 텍스트를 접하고, 또 그러한 방식을 활용하여 간단한 문장 표현
이 가능하다. 이 시기는 정돈된 구조를 갖춘 한 편의 텍스트를 생산하기
에는 힘들지만 짧은 문장을 통해서 자전적 표현 방식에 적응하는 과정
이 중요하다. 초3-4학년군에서는 자전적 텍스트 중 '일상적 자전'의 구
체적 장르를 대상으로 읽기와 쓰기에 익숙해지도록 해야 한다. 그 과정
에서 타인과 삶을 의식하고 상호 소통을 시도하는 활동을 인지하도록
유도하는 것이 필요하다. 이 시기에는 분량이 길지 않더라도 글의 기본
구조를 갖춘 자전적 텍스트를 쓸 수 있다. 초5-6학년군에서는 자전적
텍스트의 유형이 다양화, 구체화되는 특징을 갖는다. 따라서 이 시기에
는 수용하는 자전적 텍스트와 생산하는 자전적 텍스트의 간극이 다소
벌어질 수 있는 시기라고 볼 수 있다. 학습자가 최대한 다양한 유형의
자전적 텍스트에 노출되도록 하고, 창의적인 활동을 이어갈 수 있도록
유도하는 것이 필요하다. 중학교 1-3학년군에서는 전기문, 평전, 자서
전과 같이 자전적 텍스트의 성격을 전형적으로 반영하는 장르가 다수
등장하게 된다. 가장 다양한 자전적 텍스트 유형을 확보하고 심화된 수
준의 활동을 기대할 수 있는 단계이다. 따라서 이 시기에는 자전적 텍스
트에 대한 다양한 정보와 능력을 바탕으로 학습자가 수준과 목적에 적
합한 자전적 장르를 선택하고 수용, 생산할 수 있도록 지원이 필요하다.
  둘째, 2009 개정 교육과정 내용 체계표에서 상위에 위치한 '실제'의
위상에 관한 부분이다. 내용 체계표상의 실제는 추상적인 텍스트 유형이
나, 국어교육의 포괄적 목표를 반영하는 데 그쳐서는 안 된다. 자전적
텍스트의 수용과 생산 과정에서 지식과 기능, 태도 영역이 통합적으로
구조화되어 '실제'를 구현하기 위해서 좀 더 상세한 텍스트 유형을 중심으
로 재구조화되어야 한다. 그럼으로써 내용 체계표에서부터 자전적 텍스
트의 체계적 교육 내용을 지시할 수 있는 실제적인 틀이 제공될 수 있다.

셋째, 교육과정 진술에서 자전적 텍스트 활동에 관련한 의미 해석의 문제이다. 현행 교육과정 안에서 '자서전'에 관련된 진술은 자전적 텍스트에 관한 포괄적인 의미 범위 안에서 이루어지고 있다. 그렇다면 자전적 텍스트의 전형인 '자서전' 관련 활동에 있어서도 학습 시기를 중학교급으로 한정하거나 '읽기', '쓰기' 영역에 치중하지 않고 보다 넓은 학년군을 대상으로 통합적인 활동으로 접근해야 할 것이다.

넷째, 자전적 텍스트 관련한 교육과정의 성취 기준 내용을 보면 '일상적 자전 활동', '자서전 활동', '확장적 자전 활동'의 유형이 고루 나타난다. 자전적 텍스트 활동이 가능한 초기에는 '일상적 자전 활동'이 주로 나타나지만 학년군이 올라가거나 학습자의 수준이 높아짐에 따라 세 가지 유형의 자전적 텍스트 활동을 같은 시기에 수용하거나 생산하는 것이 가능하다. 따라서 이때 자전적 텍스트의 구체적인 활동 유형을 고루 포함시키되, 학년군별 세부 교육 내용도 각 활동 유형별로 다양하게 제시하는 것이 필요하다.

1.2. 미국의 자국어 교육과정

이번에는 미국의 자국어 교육과정 중 주(State) 수준의 교육과정을 중심으로 자전적 텍스트 관련 논의를 찾아내고, 우리 교육과정에 주는 시사점을 찾고자 한다. 미국의 교육과정을 선택한 것은 미국이 영어권의 대표적인 나라이며, 우리나라를 포함한 여러 나라의 교육과정에 영향을 미치고 있다는 점을 고려한 것이다. 이 연구에서는 특히 뉴욕 주와 캘리포니아 주의 자국어 교육과정을 중심으로 살펴보았다. 뉴욕 주의 자국어 교육과정은 우리나라의 교육과정과 가장 유사한 틀을 지니고 있다는 점에서 주목할 만하다. 또 캘리포니아 주의 자국어 교육과정은 미국의

여러 주 가운데서도 상당히 상세한 진술을 보이는 편이라 검토해 볼 만
한 가치가 있다.

먼저 뉴욕 주의 교육과정[10]에서 '읽기'와 '쓰기' 영역에 나타나는 학년
군별, 수준별 텍스트를 살펴보자. 이는 우리의 국어과 교육과정에서 정
하고 있는 '글의 수준과 범위'나 '국어 자료의 예'에 상응하는 것으로 보
인다. 학년군 내부에서 다시 4개의 수준으로 세분하고 보다 세밀한 텍
스트 활동의 범위를 제시하고 있다. 〈표 3-7〉은 뉴욕 주의 교육과정에
서 학습자의 수준과 학년군에 따른 텍스트 활동의 범위를 '읽기'와 '쓰
기' 영역에 한정하여 재정리한 것이고, 굵은 글씨(밑줄)는 자전적 텍스트
와 보다 직접적으로 관련된 부분을 표시한 것이다. 앞서 강조하였듯이
자전적 텍스트 활동의 범위는 특정한 영역의 언어 기능에 한정할 수 없
고 통합적으로 접근하는 것이 맞지만, 자전적 텍스트가 '읽기'와 '쓰기'
영역에서 보이는 대표성에 집중하여 특징을 부각하고자 하였다.[11]

---

10) 뉴욕 주의 자국어 교육과정에서는 4단계의 '학습 표준(learning Standard)'을 마련하
여 학습자 개개인이 국어과의 각 영역에서 보여줄 수 있는 양적, 질적, 가치적 수준과
등급을 제시하고 있다. 그 내용을 간단히 옮겨 보면 다음과 같다.(http://www.p12.
nysed.gov/ciai/cores.html).

  Standard1: Student will read, write, listen, and speak for information and
  understanding(정보와 이해)

  Standard2: Student will read, write, listen, and speak for literary response
  and expression(문학적 반응과 표현)

  Standard3: Student will read, write, listen, and speak for critical analysis
  and evaluation(비판적 분석과 평가)

  Standard4: Student will read, write, listen, and speak for social interaction(사
  회적 상호작용)

  이러한 '학습 표준'은 자국어교육의 모든 영역별 내용에 반영되며, 자서전과 같은
  구체적 텍스트 학습에 있어서도 각 요소를 의식하고 단계별로 적용되고 있음을 알
  수 있다.

11) 실제로 자전적 텍스트와 관련하여 유치원-1학년군의 '수준4'에 해당하는 듣기와 말하
기 텍스트에는 '공유된 경험에 대해 읽고 쓴 것'이 포함되어 있는 것을 볼 수 있다.

〈표 3-7〉 뉴욕 주 교육과정에 나타난 '읽기'와 '쓰기' 영역의 수준별 텍스트(우리말교육연구소, 2004)[12]

수준 및 영역		학년군 	유치원 이전-1	2-4	5-6	7-8	9-12
수준1 정보전달과 이해	읽 기		· 그림책, 사전, 백과 사전 · 교실 게시물, 차트, 포스터, 그림 지도 · **경험 차트(Expe- rience Charts)** · 설명서 · 알파벳 책 · 전자 도서 (Elec- tronic books)	· **자서전** · 연령에 적당한 참 고문헌 · 어린이 잡지/신문 · 백과사전과 같은 전자서적 (Elec- tronicbased text)	· 모든 학교 과목과 관련된 교과서들 · 참고 문헌 · 1차 자료 · **전기와 자서전** · **수필** · 신문과 잡지 · 연령에 적절한 통 신과 전자 데이터 베이스와 웹사이트	· 교과서 · **전기와 자서전** · **에세이** · 참조 자료, 안내문 · 그래프, 차트, 도표 · 신문과 잡지 · 1차 자료 · 통신과 전자 데이터 베이스와 웹사이트	· 참고 문헌 · 기술적 매뉴얼 (Technical Manu- als) · 직장에서의 서류들 · 전국, 그리고 세계 적 신문들, 정기 간 행물, 잡지들 · **전기와 자서전** · 전자 데이터베이스 와 웹사이트
	쓰 기		· 그림과 소묘 (Drawing) · 알파벳 글자들 · 숫자 · 단어, 어구, 그림, 사실 혹은 생각을 설명하거나 묘사하 는 사실적 문장 · 목록이나 라벨 · 사람, 장소, 사물의 이름 등	· 몇 개의 문단으로 이루어진 두 쪽짜 리 짧은 리포트 · 짧은 요약문 · 그래프와 차트 · 개념 지도(concept -maps)와 의미망 (sementic webs) · 간단한 개요 글 · 형식을 갖춘 편지글 · 간단한 지시문	· 업무 편지 · 지시문 · 뉴스 기사 · 요약문 · 대략 1~5쪽 정도 의 보고문	· 정보전달적 에세이 · 업무 편지 · 신문 기사 · 다단계로 나누어진 지시문 · 요약문, 팜플렛, 안 내문 · 대략 5쪽 정도의 연 구 보고문	· 약 8~10쪽 정도의 연구 리포트 · 가설/보충 논문 · 특집 기사 · 기능적 보고서 혹은 지시적 설명서
수준2 문학적 반응과 표현	읽 기		· 그림책(Picture and Concept Book) · 시나 운율이 있는 어구 · 전래된 이야기 · 초심자용 도서(Be- ginning books) · 전자도서	· 이야기 · 시와 노래 · 민담과 전설 · 연극 · 영화와 비디오 · 전자 도서	· 짧은 이야기 · 단편 소설 · 연극 · 신화와 전설 · 민담 · 시 · 영화와 비디오물 · 전자 도서	· 짧은 이야기 · 소설 · 연극 · 신화와 전설 · 서정시와 서사시 · 민요 · 영화와 비디오물 · 전자 도서	· 짧은 이야기 · 소설 · 연극 · 영화나 비디오물 · 시 · **수필** · 문학 비평 · 전자 도서

그러나 이 외에는 특별한 텍스트 예시가 보이지 않고, 주로 읽기와 쓰기 영역에 텍스트
유형이 집중되어 있다.

12) 미국의 교육과정이나 교과서에 나오는 에세이의 개념에 대해서는 미리 정리해야 할
부분이 있다. Aldous Huxley(1959)에 의하면, 에세이는 거의 모든 영역에 대해 다룰
수 있는 문식성의 도구이며, 전통적으로 짧은 분량의 글을 의미한다. 또 세 가지 큰
틀 안에서 가장 효과적으로 검토될 수 있는 단적인 유형으로 볼 수 있다. 세 가지는
개인적이고 자서전적인 것, 객관적·사실적이고 아주 특별한 것, 추상적이고 보편적
인 것을 포함한다. 따라서 미국의 교육과정에서 제시되는 에세이는 우리나라의 수필
처럼 단순한 문학 장르 개념으로 해석할 수 없다. 이 연구에서는 그 자체로 자전적
텍스트가 되기도 하면서 주제나 내용 측면에서 자전적 텍스트로 끌어올 수 있는 것만
을 대상으로 한다.

	쓰 기	·짧은 이야기 ·짧은 시구, 징글(같은 음이 반복되는 운율을 가진 일종의 시구) ·묘사하는 문장 ·짧은 문단 ·사진이나 삽화 밑에 설명 달기 ·인물, 배경, 사건의 이름 달기 ·창작 이야기, 시, 노래	·창작 상상적 텍스트 쓰기 – 소설 – 시와 노래 – 희곡 ·각색 해 보기 ·**감상문 써 보기**	·상상적 텍스트 쓰기 – 이야기 – 시와 노래 – 희곡 ·**감상문 쓰기**	·상상적 텍스트 쓰기 – 이야기 – 시 – 노래 – 희곡 – 비디오 각본 ·**감상문 쓰기**	·상상적 텍스트 쓰기 ·이야기 ·시 ·비디오 각본 ·**자서전적 스케치** ·무대에서 상연되거나 스크린에 상영되는 연극 ·**감상문 쓰기**
수준3 비판적 분석과 평가	읽 기	·그림책(Picture and Concept Book) ·시와 노래 ·간단한 기사 ·포스터 ·전자 도서(Electronic resourse) ·간단한 슬로건이나 징글과 같은 광고 ·**구술된 언어 경험담**	·어린이용 책 ·어린이요 기사 ·학생 신문의 논설 ·광고 ·전자 도서(Electronic resourse)	·**픽션과 논픽션** ·과학적 혹은 에세이를 포함한 수필 ·신문과 잡지 ·광고 ·전자 자료	·문학적 텍스트 ·과학에 관한 혹은 역사에 관한 글 ·일반인을 위한 공문서 ·신문이나 잡지에 있는 논설이나 기사 ·책이나 영화에 관한 평론 ·광고 ·전자 도서	·문학적 텍스트 ·사설들 ·문학 비평 ·공문서 ·책이나 드라마, 영화에 관한 평론 ·전문적 잡지나 기술적 설명서 ·전기적인(electric) 자료 ·정기 간행물 ·연설문 ·의견서 ·광고
	쓰 기	·**경험 차트** ·포스터 ·간단한 슬로건이나 징글이 들어있는 광고 ·좋고 싫음에 대한 진술	·설득적 에세이 ·학급 혹은 학교 신문 논설 ·영화나 책 평론 ·보고서와 에세이 ·광고	·설명적 에세이 ·설득적 텍스트 ·영화와 책에 관한 평론 ·광고	·설명적 에세이 ·문학 비평 ·학교, 지역, 지방 신문의 사설 ·연설 ·연극, 시, 영화와 책에 대한 평론	·설명적 에세이 ·문학 비평 ·책, 연극, 영화 평론 ·신문과 잡지의 평론 ·정치적 연설 ·인터넷 토론 그룹에서 말하기 ·광고
수준4 사회적 상호 소통	읽 기	·그림이 있는 텍스트 ·아침 인사 메시지 ·**일상 차트(daily routine charts)** ·**경험 차트** ·노트, 카드, 편지	·친교를 위한 **편지**, 노트, 카드, 메시지, **출판된 일기**	·안부 **편지**, 노트, 카드, 메시지 ·**출판된 일기** ·전자 메일	·안부 **편지**, 노트, 카드, 메시지 ·**출판된 편지, 일기** ·친교적인 전자 메일(E-mail)	·친구와 가족으로부터의 안부 **편지**, 노트, 카드, 메시지 ·**출판된 편지, 일기** ·전자 메일
	쓰 기	·알파벳 문자 ·숫자 ·단어와 그림 ·카드, 노트, **편지** ·**개인 경험담**	·친구, 친척, 펜팔 친구에게 보내는 친교룔 위한 **편지**, 노트 ·**개인 일기**	·친구, 친척, 펜팔 친구에게 보내는 안부 **편지**, 노트 ·**개인 일기** ·친분을 쌓기 위한 전자 메일(E-mail)	·친분 **편지**, 노트 카드 ·**개인 일기** ·친분을 쌓기 위한 전자 메일	·친분 **편지**, 노트 카드 ·**개인 일기** ·친분을 쌓기 위한 전자 메일

〈표 3-7〉에서 보면 5개의 학년군에서 영역별로 각각 4수준을 두고
있다. 수준1은 '정보 전달과 이해', 수준2는 '문학적 반응과 표현', 수준3

은 '비판적 분석과 평가', 수준4는 '사회적 상호 소통'을 각기 학습의 단계별 목표로 한다. 그런데 표에서 굵은 글씨로 표시한 자전적 텍스트에 해당하는 내용은 수준1부터 수준4까지 골고루 분포하고 있음을 볼 수 있다. 이는 우리 교육과정에서 자전적 텍스트를 '친교 및 정서 표현의 글'의 언어 사용 목적 안에서만 주로 다루고 있는 현상과 차이를 보인다. 수준1에서는 정보 전달과 이해를 목표로 하는 자전적 텍스트가, 수준2에서는 문학적 반응과 표현을 목표로 하는 자전적 텍스트가, 수준3에서는 비판적 분석과 평가를 위한 자전적 텍스트가, 수준4에서는 사회적 상호 소통을 위한 자전적 텍스트가 제시된다. 이는 자전적 텍스트가 국어 교육의 텍스트로서 상당히 넓은 범위를 포섭하고 있다고 해석할 수 있다.

특징적인 사항은 전기와 자서전을 각 학년군의 수준1 단계에서 다루고 있으며, 이 단계는 정보 전달과 이해를 목표로 하는 텍스트 활동을 염두에 두고 있다는 점이다. 우리 교육과정에서는 중학교 1-3학년군이 되어서야 접할 수 있는 자서전을 뉴욕 주 교육과정에서는 2-4학년군부터 만날 수 있다는 사실이 눈에 띈다. 자서전이 지닌 자전적 텍스트로서의 전형성과 유용성을 학습의 단계별로 충분히 활용하고자 하였다고 해석된다. 각 학년군의 수준4에서 편지나 일기와 같은 '일상적 자전'을 강조하고 있다는 점도 눈여겨 볼만하다. 우리 교육과정에서 이러한 '일상적 자전'은 저학년군에서만 집중되어 나타나는 특징이 있기 때문이다. 이는 생활에서 필요한 '사회적 상호 소통'을 중시하고 이를 교육에 적극 반영하는 서구식 사고방식으로 해석할 수도 있지만, 실제 삶에서 유용한 부분을 낮은 학년군부터 시작하여 높은 학년군에 이를 때까지 지속적으로 이어가며 수준을 높여가는 수평적·수직적 교육 체계를 반영한다.

한편 미국 캘리포니아 주 자국어 교육과정의 특징은 "의사소통 능력 중시, 넓은 독서와 쓰기 지향, 말하기·듣기의 중요성 강조, 영어 학습

도달 지점 제시, 통합적 교수-학습 지향(우한용 외, 2006: 104-105)"과 같은 내용에 잘 나타난다.

　이번에는 캘리포니아 주 공립학교의 교육과정[13]에서 1학년부터 11학년까지의 내용을 통해 자전적 텍스트가 교육과정 내용 안에서 어떻게 구체화된 맥락을 보일 수 있는지 파악할 수 있다. 〈표 3-8〉은 캘리포니아 주 공립학교의 교육과정의 영역별 내용 중에서 쓰기 영역에 관한 진술 중, 특히 자전적 텍스트에 관련한 부분에 초점을 맞추어 재구성한 것이다.[14]

〈표 3-8〉 캘리포니아 주 공립학교의 교육과정(우리말교육연구소, 2004)

1학년	경험을 묘사하는 간단한 서사물을 쓴다.
2학년	- 각자의 체험에 바탕을 둔 간략한 서사물을 쓴다. 　a. 사건의 논리적 연쇄를 따라 진행한다. 　b. 배경, 인물, 대상, 사건을 자세히 묘사한다. - 날짜, 인사말, 본문, 끝맺는 말, 서명을 완전히 갖춘 친교적 편지를 쓴다. 　a. 사건의 논리적 연쇄를 따라 이동한다. 　b. 이야기 요소(예: 인물, 플롯, 배경)를 묘사한다.
3학년	- 서사물을 쓴다. 　a. 행위가 발생한 맥락을 부여한다. 　b. 플롯을 전개하기 위해 잘 선택된 디테일을 포함시킨다. 　c. 선별된 사건들이 왜 기억할만한 가치가 있는지 간파하게 한다. - 구체적이고 감각적인 세부 사실들을 이용하여 사람, 장소, 사물, 또는 체험에 통일된 인상을 부여하고 그것을 뒷받침하기 위한 묘사문을 쓴다.

---

13) 캘리포니아 주 교육부에서 제시한 교육과정에 따르면 학교에서 국어과 교육이 매우 비중 있게 다루어지고 있음을 알 수 있다. 강제적인 것은 아니지만, 캘리포니아 주 교육부에서는 초등학교 학생들에게 하루 2시간 이상 학교에서 국어를 공부하도록 권장하고 있다. 또한 국어 능력이 부족하여 보충 학습이 필요한 학생들에게는 하루 30분 이상 추가하여 지도할 것도 권장하고 있다(California Education Department, 2007, 정혜승(2011)에서 재인용).
14) 쓰기 영역의 내용만을 정리한 것은 다른 언어활동 영역에서보다 자전적 텍스트 관련된 위계적 진술을 충분히 찾아볼 수 있었기 때문이다.

4학년	– 서사물을 쓴다. a. 사건이나 체험에 대한 생각, 관찰, 또는 회상을 관련짓는다. b. 독자가 그 사건이나 체험의 세계를 상상할 수 있도록 맥락을 제공한다. c. 구체적이고 감각적인 디테일을 활용한다. d. 선별된 사건이나 체험이 왜 기억할만한 가치가 있는지 간파하게 한다.
5학년	– 서사물을 쓴다. a. 플롯, 시점, 배경과 갈등을 설정한다. b. 이야기의 사건을 설명하기보다 보여 준다.
6학년	– 서사물을 쓴다. a. 플롯과 배경을 설정하고 전개하며 이야기에 적절한 시점을 제시한다. b. 플롯과 성격을 발전하기 위한 감각적인 디테일과 구체적인 언어를 집어넣는다. c. 다양한 서술적 장치(예: 대화, 긴장)를 구사한다.
7학년	– 허구적 또는 자서전적 이야기를 쓴다. a. 표준적인 플롯 라인과 시점을 전개한다. b. 주인공과 부수 인물, 세부 배경을 개발한다. c. 다양한 전략을 구사한다.(예: 대화, 긴장, 명명)
8학년	– 전기문, 자서전, 단편 소설 또는 서사물을 쓴다. a. 잘 선택된 세부 사실을 이용하여 분명하고 일관된 삽화와 사건 및 상황을 연결한다. b. 주제의 중요성 또는 주제에 대한 작가의 태도를 드러낸다. c. 서사와 묘사 전략을 구사한다.(예: 관련성 있는 대화, 특정 행동, 물리적 묘사, 배경 묘사, 인물의 비교나 대조)
9~10 학년	– 전기적, 자서전적 서사물 또는 단편 소설을 쓴다. a. 연속된 사건을 서로 연결하고 사건의 중요도를 독자에게 전달한다. b. 장면과 사건을 특정한 공간에 배치한다. c. 장면의 모습, 소리, 냄새, 특별한 행동과 움직임과 제스처, 인물의 느낌 등을 완전히 감각적인 내부 묘사를 통해 기술한다. 인물의 느낌을 묘파하기 위해서는 내적 독백을 사용한다.
11~12 학년	– 허구적, 전기적, 자서전적 서사물을 쓴다. a. 사건의 연쇄를 서술하고, 사건의 의의를 청중에게 전달한다. b. 특정 장소에 장면과 사건을 부여한다. c. 장면의 시각, 청각, 후각 및 특정한 행동, 움직임, 제스처, 아울러 인물의 감정을 구체적인 감각적 디테일로 묘사한다. 또한 인물의 감정을 묘파하기 위하여 내적 독백을 구사한다. d. 시간적, 공간적, 극적 분위기 전환을 수용하기 위해 행동 표현의 속도를 조절한다. e. 외양, 이미지를 다양한 관점에서 기술하고, 감각적 디테일을 묘사한 것을 효과적으로 이용한다. – 성찰적 글쓰기를 한다. a. 개인의 체험, 사건, 조건 및 관심사가 갖는 의의를 탐구하고 적절한 수사적 전략을 구사한다. b. 삶에 대한 글쓴이의 중요한 신념이나 일반화를 보여주는 특수한 사건과 좀더 넓은 주제 사이에 대조를 이끌어낸다. c. 사건을 묘사하는 것과, 그것을 보다 일반적이고 추상적인 생각과 관련짓는 것 사이에 균형을 유지한다.

1학년부터 6학년까지 쓰기 교육에서는 '서사물을 쓴다'는 진술이 빠짐없이 언급되고 있다. 학년에 높아짐에 따라 일상적인 경험과 사건에 대한 구성 능력과 다양한 서사적 기법을 익히는 세부 내용상의 차이가 다소 있을 뿐이다. 7학년에는 허구적, 또는 자서전적 이야기가 나오면서 6학년까지 언급되어 오던 서사물이라는 개념을 대신하고 있다. 이는 서사물이 허구적, 자서전적 이야기로 대체되었기보다는, 학습자가 서사물 쓰기에서부터 축적되어온 쓰기 능력을 기초로 하여 허구적, 자서전적 이야기를 쓸 수 있는 단계에 이르렀음을 의미한다. 8학년에서는 전기문, 자서전, 단편 소설 또는 서사물 쓰기가 제시되어 있다. 자서전적 이야기가 자서전과 전기문으로 분리되고 구체화되었다. 9-10학년에서는 전기적, 자서전적 서사물 또는 단편 소설이 제시된다. 이는 앞서 8학년의 자서전과 전기문에서 보다 확대, 심화된 장르 개념으로 보인다. 11-12학년에서는 허구적, 전기적, 자서전적 서사물과 성찰적 글쓰기가 나온다. 이는 지금까지의 단계에서 활동해 온 자전적 텍스트 쓰기 교육의 내용을 크게 네 가지의 유형으로 정리하는 역할을 한다.

7학년에서 자전적 텍스트에 관한 진술이 시작되고, '자서전'이라는 장르가 등장하는 면으로 보아서는 우리나라의 교육과정과 일치하는 부분이 있다. 다만 우리나라의 교육과정에서는 중학교급에서 자서전이 잠시 언급될 뿐 전후로 특별히 연계성 있는 언급이 이어지지 않는다.[15] 이와

---

15) 우리나라의 교육과정에서 이러한 부분은 오히려 캐나다 온타리오 주의 교육과정과 유사한 면이 있다. 온타리오 주 교육과정에서 읽기 자료를 보면 1~3학년과 4~6학년에 '전기'가 포함되어 있고, 7~8학년이 되어서야 '자서전'과 "전기'가 함께 제시되고 있다. 또한 김혜숙(2005)에서 프랑스의 중학교 4학년(진로 주기) 시기에 주기별 목표에 '자아의 표현'이라는 항목이 들어있고, 읽기 영역의 주기별 학습 목표에 '자서전 읽기'가 포함되어 있다. 중학교 시기에 자서전을 포함시킨 것은 우리와 크게 다를 바 없어 보이지만, 프랑스는 중학교에서 마지막 단계인 진로 주기에 학생들의 진로 선택이 이루어진 것을 감안한 장치라면 이는 나름의 의미를 가질 수 있겠다.

달리 캘리포니아 주의 교육과정에서는 본격적인 쓰기 교육이 이루어질 수 있는 시기부터 자전적 텍스트를 민감하게 인식하고 있으며, 서사물을 쓰는 데서부터 자전적 텍스트와의 연계성을 가지고 끌어오는 듯하다. 서사물을 문학적 수사와 표현 방식에 제한하여 수용하지 않는다면 이는 자전적 텍스트 교육의 방법론적 기반을 다지는 주요한 단계로 활용할 수 있을 것이다. 미국의 교육과정에서 보이는 이러한 체계적인 국면은 우리나라의 교육과정 내용을 체계적으로 구성하는 측면에도 시사하는 바가 크다.[16]

미국의 자국어 교육과정을 통해 자전적 텍스트 교육 내용과 체계 마련을 위해 고려할 수 있는 요인들을 다시 정리해 보면 다음과 같다.

먼저 뉴욕 주 교육과정을 보면 5개의 학년군에서 언어 활동의 영역별로 각각 다시 4개의 세부적인 수준을 두고 있다. 전기와 자서전은 각 학년군의 수준 1단계에서 다루고 있으며, 수준 4단계에서 편지나 일기와 같은 '일상적 자전 텍스트'를 공통적으로 강조하고 있다. 이러한 사실을 통하여 뉴욕 주 교육과정에서는 기초적인 학습의 단계에서 자서전이나 전기 같은 '자전적 텍스트'의 대표적 장르가 지닌 교육적 유용성을 인지하고 충분히 교육하고자 하는 의도를 엿볼 수 있다. 또 편지나 일기와 같은 '일상적 자전 텍스트'를 낮은 학년군에서 시작하여 높은 학년군에 이르기까지 반복적, 지속적으로 텍스트의 수준을 높여가며 배치한 것은 학습자의 실제 삶에서 중요한 '사회적 상호 소통'을 민감하게 반영

---

16) 염은열(2003b: 199-203)은 "문학교육연구자들은 물론이고 실천가들이 대체적으로 초등학교 아동들에게 서사물 쓰기를 가르치는 것이 무리라고 생각하고 있는 듯하다."는 견해를 보인다. 그러나 경험이 부족하고 인식의 틀이 미흡한 아동들에게 작품의 완성도는 일단 고려하지 않고 서사적 흐름의 글을 써보게 하는 것이 오히려 효과적일 수 있다고 하였다. 그 예로 '설화 쓰기(초등학교 저학년) - '전' 쓰기(초등학교 고학년) - 본격적인 서사물 쓰기(중학교)'의 단계를 제시하고 있다.

하는 특징으로 파악할 수 있다.

한편 캘리포니아 주 공립학교의 교육과정을 보면 자전적 텍스트가 교육과정 안에서 어떻게 구체적으로 체계화된 진술을 보일 수 있는지 짐작할 수 있는 측면이 있다. 특히 쓰기 교육 내용을 중심으로 살펴보면 1학년부터 6학년까지 학년의 높고 낮음에 따라 일상적인 경험과 사건을 구성하는 능력이나 서사적 기법을 익히는 세부 내용상의 차이가 있을 뿐, '서사물을 쓴다'라는 내용이 빠짐없이 언급되어 있다는 것을 알 수 있다. 또 7학년부터 자전적 텍스트 개념을 반영한 언급이 나오고, 11-12학년에 이르면 허구적, 전기적, 자서전적 서사물과 성찰적 글쓰기에 이르기까지 쓰기의 범위가 최대로 확장되어 있다. 이는 캘리포니아 주의 교육과정에서 학습자에게 자전적 텍스트 교육이 시작될 수 있는 시기를 이른 시기부터 예민하게 포착하고 있음을 말해준다. 서사물을 쓰는 활동에서부터 자전적 텍스트 활동의 맥락을 끌어와 지속성과 연계성을 확보하고 있음을 알 수 있다.

2. 교과서를 통해 본 자전적 텍스트의 내용과 체계

이 절에서는 자전적 텍스트 교육 내용과 관련하여 우리나라와 미국의 국어 교과서를 검토하고자 한다. 교과서는 교육과정의 구현물이라 할 수 있다. 교육과정 차원에서 내용의 양이나 질에 부족한 점이 있다는 것도 문제점이 되지만, 교육과정에 제시된 관련 내용 요소가 교과서에 어떤 방식으로 제시되는가는 또 다른 차원의 문제점이 될 수 있다. 향후 자전적 텍스트 관련 요소를 교육과정에 더 반영한다 하더라도 이를 교과서로 구현하는 과정에서 잘못 접근하면 여전히 문제 상황이 발생할 수 있기 때문이다. 이 연구에서는 자전적 텍스트 관련 교육과정을 교과서에 바람직한 방식으로 구현하는 방안에 대해서도 논하려고 한다.

2.1. 우리나라의 국어 교과서

먼저 우리나라의 교육과정을 반영한 국어 교과서를 토대로 자전적 텍스트 교육 내용과 체제에 대해 검토하고, 이를 기초로 자전적 텍스트 교육을 위한 교재를 구성할 때 고려해야 할 개선점과 방향을 찾아가고자 한다.

2.1.1. 초등학교 교과서에 나타난 자전적 텍스트 활용

자전적 텍스트 교육에 관한 교육과정의 내용이 교과서에 반영되는 양상을 파악하기 위해 초등학교 2007 개정 교과서에 나오는 자전적 텍스트 활용의 양상을 먼저 살펴보자. 교과서는 교육과정의 자의적인 해석이 될 수 있으므로 교육과정의 원칙에 충실하게 반영하고 있다고 볼 수는 없다. 그러나 우리나라의 초등학교 교과서는 현재까지 국정 교과서 체제로 운영되고 있으므로 교육과정에서 의도하는 교육 내용을 최대한 직접적이고 연관성 깊게 반영할 수 있다는 전제로 논의를 진행하고자 한다.

〈표 3-9〉 초등학교 2007 개정 국어과 교과서*에 나타난 자전적 텍스트 활용[17]

학년-학기	교과명	단원 목표 내용	활동 지문	자전적 텍스트	활동 유형
1-1 (5/18) [18]	듣·말	1. 바른 자세로 듣기/나를 자신 있게 소개하기	자기 소개	일상적 자전	듣기 말하기
	읽기	5. 글을 읽고 글쓴이의 성격을 말해 보기	일기	일상적 자전	말하기 읽기
	쓰기	3. 글자를 정확하게 써 보기 4. 가장 기억에 남는 일을 그림일기로 써 보기 5. 내 생각이 잘 드러나게 글 쓰기	일기	일상적 자전	쓰기
1-2 (8/21)	듣·말	2. 소개하는 말을 듣는 방법 5. 소개할 내용을 정리하고 내가 잘 아는 사람을 소개하기	소개 하기	일상적 자전	듣기 말하기
	읽기	4. 대강의 내용을 생각하며 글을 읽기 6. 글쓴이의 경험과 내 경험을 비교하며 글을 읽기	일기	일상적 자전	읽기
	쓰기	1. 오늘 겪은 이 가운데 기억에 남는 것을 떠올려 일기 쓰기 2. 바른 자세로 앉아 반듯하게 정확하게 글자 쓰기 5. 소개하는 것의 특징이 잘 드러나게 글 쓰기 6. 읽을 사람을 생각하며 알맞은 내용을 담은 글 쓰기	일기 소개하기 편지	일상적 자전	쓰기
2-1 (4/24)	쓰기	1. 겪은 일이 잘 드러나게 일기 쓰기 2. 읽을 사람을 생각하며 알려 주고 싶은 것을 써 보기 4. 주위 사람에게 말하고 싶은 것을 쪽지에 써서 전하기 7. 받는 사람을 생각하면서 마음을 담은 편지 써 보기	일기 소개하기 쪽지 편지	일상적 자전	쓰기
2-2 (3/21)	읽기	4. 글의 나타난 마음을 생각하며 실감 나게 읽기	쪽지/일기	일상적 자전	읽기
	쓰기	1. 오늘 있었던 일을 일기로 자세히 써 보기 3. 읽을 사람을 생각하며 알맞은 내용을 담아 부탁하는 글 써 보기	일기 편지	일상적 자전	쓰기
3-1 (7/24)	듣·말	6. 속담에 담긴 뜻을 알고 이를 활용하여 주장하는 말 해보기	속담	일상적 자전	듣기 말하기 문법
	읽기	4. 글쓴이의 생각이나 느낌을 알아보며 독서 감상문을 읽어 보기 7. 일이 일어나는 차례에 따라 이야기를 간추리며 읽어 보기 8. 문학 작품에 대한 생각이나 느낌을 알아보며 글을 읽어 보기	독서감상 문/전기문	일상적 자전/ 확장적 자전	읽기 문학
	쓰기	4. 고마운 마음이 잘 드러나도록 글을 써 보기(편지) 7. 책을 읽고, 내 경험과 비교하며 생각이나 느낌을 글로 써 보기 8. 문장 부호에 주의하며 전하려는 내용이 잘 드러나게 문장을 써 보기	편지/독서 감상문	일상적 자전	쓰기 문법

---

17) 2009 개정 교육과정에 의한 초등학교 교과서는 2012년부터 현장에 적용되기 시작하여 2015년에 5-6학년군까지 적용된다. 이 연구가 진행되는 시기를 기준으로 할 때 2007 교과서와 2009 교과서가 혼용되는 시기였으므로, 교과서 전체 지문을 확보할 수 있었던 2007 교과서를 검토 대상으로 삼았다.

단원	영역	성취기준	텍스트	자전	영역
3-2 (5/21)	읽기	6. 독서 감상문에서 의견과 까닭을 구별하고, 서로의 의견을 비교하여 보기.	독서 감상문	일상적 자전	읽기
	쓰기	1. 내 생각이나 느낌이 나타나도록 독서 감상문을 써 보기 3. 알맞은 낱말을 사용하여 주위 사람들에게 고마운 마음을 전하는 글을 써 보기 5. 여러 종류의 문장을 사용하여 내 생각을 효과적으로 전하는 글 써 보기 7. 여러 가지 글을 읽고 독서 감상문을 써서 생각이나 느낌을 친구들과 주고받기	독서감상문/편지 일기	일상적 자전	쓰기 읽기 듣·말하기 문법
4-1 (5/16)	읽기	4. 높임말이 사용되는 방법을 알아보고, 예사말과 높임말이 상황에 알맞게 사용되었는지 생각하며 글을 읽어보기 8. 낱말이 어떤 뜻으로 쓰였는지 생각하며 글을 읽어 보기	편지 일기	일상적 자전	읽기
	듣·말·쓰	1. 이야기를 읽고 기억에 남는 장면을 떠올리고, 그때의 생각이나 느낌을 실감나게 말하거나 독서 감상문을 써 보기 2. 높임말을 써서 웃어른께 안부, 감사, 사과, 축하의 편지를 써 보기 7. 글과 그림을 잘 어울리게 구성하여 나만의 그림책을 만들어 보기	독서감상문/편지/그림책	일상적 자전/확장적 자전	듣기·말하기 쓰기
4-2 (4/14)	읽기	4. 글에 나타난 표현이 적절한지 생각하며 글을 읽어보기 5. 여러 종류의 자료에서 얻은 정보를 정리하며 글을 읽어 보기	편지 전기 연보	일상적 자전/자서전/확장적 자전	읽기 문학
	듣·말·쓰	2. 일이 일어난 차례 또는 원인과 결과에 따라 중요한 내용을 간추려 써 보고 발표하기 4. 소개하는 말을 듣고 적극적으로 반응하기	전기 소개하기	일상적 자전/확장적 자전	듣기·말하기 쓰기
5-1 (7/16)	읽기	2. 시간을 나타내는 말을 찾으며 사건을 기록한 글을 읽어 보기 5. 원인이 되는 사건과 인물의 성격에 주의하여 사건이 드러난 글을 읽어 보기 7. 내 경험에 비추어 문학 작품을 읽고 생각이나 느낌을 친구들과 비교하기 8. 전기문에 나타난 시대 상황과 인물의 업적, 태도 등을 알아보며 글을 읽기	전기 자서전 시/소설	일상적 자전/자서전/확장적 자전	읽기 문학
	듣·말·쓰	1. 친구들과 효과적으로 경험담을 주고받아 보기 4. 온라인 대화의 특성과 방법을 알고, 온라인 대화 상황에서 서로의 생각이나 정보를 효과적으로 주고 받기 6. 근거를 마련하는 방법을 익혀 찬성하거나 반대하는 글 쓰기	경험담 온라인 대화 일기	일상적 자전	듣기·말하기 쓰기
5-2 (5/14)	읽기	2. 시간의 흐름, 사건의 원인과 결과를 생각하며 글을 읽어 보기 5. 당시의 현실과 인물의 성격이 사건 전개에 미치는 영향을 파악하며 글을 읽어 보기 6. 인물의 삶과 시대 상황의 관계를 살펴보고 인물의 가치관을 알아보기. 인물의 가치관을 파악하며 나는 어떤 삶을 살 것인지 생각하여 보기	전기 역사기록 전기	확장적 자전	읽기 문학

---

18) 괄호 안의 숫자는 교과서 각 권에 들어있는 단원의 전체 수에 대하여 전술한 기준의 자전적 텍스트가 포함된 단원의 수를 나타낸다. 이하 표에서도 동일하게 적용하고자 한다.

6-1 (2/16)	듣·말· 쓰	1. 사건 사이의 관계가 잘 드러나게 이야기를 꾸며 써 보기 4. 상대방의 마음을 헤아리며 사과하는 글을 써서 전하기	실화/소설 /편지/시	일상적 자전/ 확장적 자전	쓰기 문학
	읽기	2. 글쓴이의 관점을 파악하며 글을 읽어보기(헬렌켈러 전기)	전기	확장적 자전	읽기 문학
	듣·말· 쓰	7. 시, 이야기, 희곡의 차이점을 알아보고 갈래를 바꾸어 써 보기	시/이야기 /희곡	확장적 자전	쓰기 문학
6-2 (2/14)	읽기	3. 글쓴이의 생각과 글쓴이가 추구하는 가치가 무엇인지 파악 하며 깊이 있게 글을 읽기	편지 연설문	일상적 자전/ 확장적 자전	읽기
	듣·말· 쓰	5. 적절한 호응 관계가 필요한 까닭과 호응 관계의 종류 알아 보기. 호응 관계가 적절한지 판단하고, 잘못 사용된 예를 찾아 바르게 고치기	인터넷 누리글 편지	확장적 자전/ 일상적 자전	쓰기 문법

2007 개정 초등학교 국어과 교과서는 국어 사용 영역을 기초로 분권
되어 있으며, 교과서명에서부터 의도하는 국어 능력의 목표가 드러난
다. 해당 교과 단원의 목표를 성취하기 위해 사용된 지문 중에서 자전적
텍스트와 관련된 단원의 목표와 내용을 추출하였다. 1학년 1학기에서 6
학년 2학기까지 교과서에 수록된 총 219개의 단원 중 자전적 텍스트의
성격을 띤 것은 57개 단원(26.02%)에서 찾아볼 수 있었다.

〈표 3-9〉는 단원의 목표 내용이 자전적 텍스트에서 어떤 유형 단계
를 보여줄 수 있는지 확인하고, 자전적 텍스트를 활용한 교육 내용 안에
서 학습 가능한 활동 유형을 다시 고려하였다. 초등학교 국어과 각 교과
목에서 단원별 목표로 제시된 내용은 단원 내에서 활용하고 있는 다양
한 지문의 유형과 밀접하게 이어져 있다. 이러한 지문을 통하여 습득할
수 있는 국어 능력도 또한 다양하게 기대할 수 있다.

각 단원별로 사용되고 있는 지문을 자전적 텍스트의 유형별로 살펴보
면, 저학년에서는 주로 '일상적 자전'이, 학년이 올라가면서 '자서전',
'확장적 자전'까지 고루 포함되어 있음을 볼 수 있다. 이때 교과서에 활
용되는 지문은 다양한 자전적 텍스트의 세부적 장르[19]로 구현된다. 초

---

19) 이도영(2006: 233)에 의하면, '장르(genre)'는 "텍스트가 언어 사용 교육의 중심이

등학교 국어 교과서에서 자전적 텍스트의 성격이나 내용, 층위 등을 고려하여 충분한 비중을 가지고 언급되지는 않는다. 그러나 다양한 자전적 텍스트를 국어 활동의 제재로 선택하고, 다양한 학습 활동을 통하여 학습자들이 자전적 텍스트의 개념적 부분에 노출될 수 있도록 유도하고 있다는 점에서 향후 더 적극적인 활용을 기대해 볼 수 있겠다.

이상에서 초등학교 2007 개정 교과서에 나타나는 자전적 텍스트의 활용 양상을 개괄하면 다음과 같이 몇 가지 특징을 정리할 수 있다.

첫째, 초등학교 교과서에서 활용하고 있는 자전적 텍스트의 유형은 주로 '일상적 자전'이 가장 중요한 입지를 차지하고 있다. 이는 학습자가 '자서전'이나 '확장적 자전'에 대해 접근하거나 이해하는 시기를 의도적으로 유예시키는 인상을 준다. 자전적 텍스트가 교육과정 전반에 걸쳐 지속적이고 위계적 체계로 교수-학습될 수 있다면, 학습자에게 더 이른 시기부터 다양한 자전적 텍스트 유형에 노출될 수 있는 여건을 만들어 주는 것이 옳다고 판단되기 때문이다. 이를 통해 각기 다른 상황에서 다양한 방식으로 생산된 자전적 텍스트를 이해하고 "이러한 상황과 맥락에서는 이러한 자전적 텍스트가 효율적인 소통 방식이 되겠구나."라는 깨달음의 과정이 이어지면서 학습자가 자전적 텍스트에 대한 인지적·정의적 전략을 터득해 갈 수 있어야 할 것이다.

둘째, 초등 교과서에서 나타나는 자전적 텍스트 활동에서는 자서전 지문을 활용하여 쓰기를 유도하는 양상을 찾아볼 수 없다. 초등 교과서에서 활용되는 모든 자전적 텍스트는 다양한 국어활동을 의식하고 있지만, 정작 자서전을 읽고 학습자가 자전적 쓰기 활동을 할 수 있도록 이

되어야 함을 보이기 위해, 언어 사용을 둘러싼 여러 연구 분야와 언어 사용의 여러 층위들이 집결되는 곳(Swales, J. M. 1990: 14)"이고, "텍스트와 완전히 같은 것은 아니며, 일종의 텍스트를 유형화한, '텍스트 유형'과 같은 개념"이라고 설명한다.

끌어 내지는 못하고 있다는 점이다. 그 예로 초등학교 2007 개정 교과서 '읽기 5-1'에 활동 지문으로 나오는 김구의 자서전[20]은 인과관계에 대한 학습을 목표로, 텍스트 내용의 정확한 이해와 확인 학습에만 활용되고 있는 것을 발견할 수 있다.

〈표 3-10〉 초등학교 2007 개정 교과서 '읽기 5-1'에 제시된 자서전 활동

사건의 인과 관계를 생각하며 다음 글을 읽어 봅시다.

윤봉길의 의로운 외침

김구

(앞부분 생략) 1932년 상하이 사변을 계기로 상하이의 동포 청년들도 비밀리에 나를 찾아와 나라를 위하여 몸을 던질 일감을 달라고 간청하였다.

이에 나 역시 암살과 파괴 계획을 계속하여 실행해 옮기려고 사람을 찾았다. 이때 마침, 홍커우에서 채소 장사를 하는 윤봉길이 나를 찾아왔다. 그는 나를 찾아온 뜻을 이렇게 말하였다.

"제가 애초에 상하이에 온 것은 무슨 큰일을 해 보려는 생각에서였습니다. 그래서 채소를 지고 홍커우 거리를 헤매면서 기회를 엿보고 있었는데, 이제 중일 전쟁도 끝나 아무리 보아도 뜻깊게 죽을 자리가 없습니다. 혹시 이봉창 의사의 동경 사건과 같은 계획이 있거든 저를 써 주십시오."

나는 그가 나라를 위하여 기꺼이 목숨을 버리겠다는 큰 뜻을 품고 있는 것을 보고 감격하였다. (중간 생략)

이때부터 일제의 대규모 수색이 시작되었다. 나는 일단 몸을 숨긴 다음, 누가 잡혀가고 누가 무사한지 알아보았다. 내가 일부러 편지까지 보냈건만 불행히 안창호 선생이 잡히고, 그 밖에 장헌근, 김덕근과 몇몇 젊은 학생이 잡혔다. 그러나 독립운동 동지들이 대부분 무사한 것을 알고 다행이라고 생각하였다.

---

20) 공통 교육과정 내의 국어과 교과서에서 자서전 지문으로 가장 많이 언급되는 것이 김구의 자서전 『백범일지』다. 이 장에서 교과서 지문과 활동에 관련된 인용부는 특정한 텍스트를 중심으로 도출 가능한 활동의 양상을 충분히 파악하기 위하여 김구의 자서전으로 일관하였다.

그러나 날마다 수색의 손길이 뻗치는 바람에 동포들이 마음을 놓을 수가 없고, 나도 괜히 애매한 동포들이 잡혀갈까 걱정이 되었다. 그래서 '동경 사건이나 홍커우 폭탄 사건의 책임자는 나 김구'라는 성명서를 냈다. 이리하여 동경에서 일왕에게 폭탄을 던진 이봉창 사건과 홍커우 공원에서 일본군 대장을 살해한 윤봉길 사건은 김구가 주모자라는 사실이 전 세계에 알려졌다.

◎ '윤봉길의 의로운 외침'을 읽고 물음에 답하여 봅시다.
(1) 윤봉길이 김구를 찾아온 까닭은 무엇입니까?
(2) 거사를 앞두고 윤봉길이 태연할 수 있었던 힘은 어디에서 나온 것이겠습니까?
(3) 김구가 동경 사건이나 홍커우 폭탄 사건의 책임자임을 스스로 밝힌 까닭은 무엇입니까?

◎ '윤봉길의 의로운 외침'을 다시 읽고 인과 관계를 정리하여 봅시다.

〈표 3-10〉에서 볼 수 있듯이, 제시된 학습 목표를 달성하기 위해서 왜 반드시 자서전을 활용해야 하는지에 대한 필연성에 대해 의심의 여지가 있다. 초등 국어과 교육과정에서 학습자로 하여금 다양한 자전적 장르에 접할 수 있는 기회가 충분히 제공되는 것을 의도하고 있었다면, 교과서 차원에서도 자전적 텍스트의 개별적 장르를 학습함에 있어서 다양한 장르를 통해 통합적 국어능력을 발달시킬 수 있도록 단원 구성을 고려해야 한다.

셋째, 초등학교 교과서에서는 자전적 텍스트의 교수-학습 맥락에서 시, 소설, 희곡 등을 다양하게 활용하고 있다. 하지만 정작 자서전 활동을 선행 학습으로 하는 내용이 없는 상태에서 '확장적 자전 활동'의 맥락을 끌어 오는 것은 이해하기 힘들다. '확장적 자전 활동'은 단순히 학습자가 '일상적 자전 텍스트'의 다양한 표현 방식에 노출되는 과정만으로 설명할 수 없기 때문이다. 자전적 텍스트에서 가장 중심이 되는 장르는 자서전이다. 따라서 자서전에 대한 인식과 접근 과정이 없이 장르를 변형하는 '확장적 자전 활동'으로 이어지게 되면 자전적 텍스트의 본질적 측면을 간과하고, 추상적이고 단편적인 인상만으로 개별적인 텍스트들을 해석하게 될 것이다. 이렇게 학습의 관련성과 선후 개념이 결여된 교수-학습의 체계는 결국 자전적 텍스트가 지닌 가치를 제대로 보지 못하게 한다.

넷째, 초등학교 교과서에서는 자전적 텍스트 교수-학습을 위한 지문 중 특히 전기문의 활용이 많다. 전기문은 '타(他)'이면서 '전(傳)'의 성격을 지닌 장르로서, 자전적 텍스트 중에서 '확장적 자전 활동' 영역에서 이해할 수 있다. 구체적인 내용에는 학습의 목표와 학습자의 단계에 부합하는 전기문을 읽고 이해하는 활동이나 그러한 지식과 기능을 바탕으로 전기문을 쓰는 활동이 해당된다.[21] 이 역시 자전적 텍스트가 갖는 기본 성격에 준하여 국어 능력의 통합적 시각에서 학습 내용을 구성할 수 있다.[22] 그러나 읽기 영역에 집중하여 생각한다면 전기 장르를 통하여 자전적 텍스트의 성격에 관한 전반적 이해를 돕는 양상으로도 해석할 수 있다. 또 자전적 텍스트에 관한 학습 내용이 초등 국어 교과서에서 주로 '읽기' 영역에 집중되어 있다는 사실에도 주목할 수 있다. 여기서 초등학교 교과서 내에서 전기문을 지문으로 활용하는 비중이 큰 데 비해 교훈적인 학습 목표 이외에는 상대적으로 창의적이고 다양한 국어활동을 유도하지 못하고 있다는 사실을 발견할 수 있다. 이는 교과서 내부에서

21) 공통교육과정의 범위 안에서 전기문 쓰기 활동을 교과서에서 구현하고 있는 경우는 발견되지 않는다. 단 선택 교육과정 안에서는 자서전이라는 용어를 직접 사용하고 있지는 않지만 경험을 표현하는 활동에 관한 진술이 보다 포괄적이고 확장적인 측면을 엿볼 수 있고, 전기문 쓰기 활동이 일부 교과서에서 나타난다.
22) 김명순(2004)는 비문학 담화 중심의 읽기·쓰기 통합 지도에 관한 논의에서 '유사한 장르의 반복적 읽기를 통한 장르 학습, 학습한 장르를 쓰기, 쓰기를 통해 강화된 장르 인식으로 읽기'의 단계별 과정으로 통합할 수 있다고 하였다.

전기문이 지니고 있는 자전적 텍스트로서의 가치와 특성을 충분히 인식하지 못하고 있으며, 이를 통하여 습득할 수 있는 인지적·정의적 효과를 교육과정 차원에서부터 제한적으로 해석한 결과로 보인다.[23]

2.1.2. 중학교 2007 개정 교과서에 나타난 자전적 텍스트 활용

초등학교 교과서와 같은 맥락으로 중학교 2007 개정 교과서(미래엔, 윤여탁 외)에서 자전적 텍스트의 활용 양상을 살펴보려고 한다.[24] 2007 개정 교과서는 2009 개정 교과서와 마찬가지로 검정 교과서 체제로 되어 있다. 하지만 뒤에 언급하게 될 2009 개정 교과서는 학년군제로 구성이므로 중1-3학년군 내부의 위계를 알 수 없는 데에 반하여 2007 개정 교과서는 학년-학기제 구성을 보이므로 학습자의 수준에 따른 텍스트 선정에 대한 앞선 기준을 찾아볼 수 있다. 여기서 논의의 초점은 학습자의 수준과 자전적 텍스트 교육 내용을 어떻게 조합하거나 배분하고 있는가의 문제이다.

---

23) 장유정(2013: 106-107)은 경험적 글쓰기와 자서전 관련 제재로 중학교 교과서에서 전기문과 자서전을 들고 있다. 여기서 자전적 텍스트로서의 전기문 선택에 관해 공감할 만한 견해를 보이고 있다. "읽기 제재의 특성이 자서전을 쓴 필자의 시대 상황과 관련된 필자의 태도에 맞춰져서 선별되었기 때문에 학생들에게 교훈적인 깨달음을 주기는 하지만 학생들 스스로 자신의 삶을 성찰하는 활동과 연계가 될 지 의문이 든다."는 점에서 그러하다.

24) 중학교 2007 개정 교과서는 검정 체제로 되어 있으므로 각 출판사별 교과서를 모두 검토 대상으로 논의를 진행하는 것이 원칙이 될 수 있을 것이다. 그러나 여기서는 초등학교 교과서에서 살펴 본 것과 같은 맥락으로, 중학교에서 학기와 학년이 진행되면서 자전적 텍스트가 어떤 활동 지문들을 통하여 나타나며, 또 각 단원별로 어떤 국어 능력의 발달을 의도하고 있는지에 대한 대체적인 윤곽을 파악하기 위한 목적을 갖는다. 따라서 편의상 검토 대상으로 하고 있는 검정 교과서 중 한 종류를 그 예로 들었음을 밝혀둔다.

〈표 3-11〉 중학교 2007 개정 교과서 '국어'(2010, 윤여탁 외, 미래엔)에 나타난 자전적 텍스트 활용

학년-학기	단원명	학습 활동	활동 지문	자전적 텍스트	활동 유형
1-1 (6/15)	1(2) "초승달"의 추억	이해 : "초승달의 추억"에 나타난 글쓴이의 경험을 이해하고 자신의 삶을 성찰한다.	수필	확장적 자전	읽기 문학 쓰기
		적용 : 특별한 경험에 대한 글을 읽고, 글쓴이의 경험과 유사한 자신의 생활 체험을 떠올려 글을 쓴다.			
	1(3) 꼴찌에게 보내는 갈채	이해 : '꼴찌에게 보내는 갈채'를 읽고 글쓴이의 경험에 공감한다.		확장적 자전	
		적용 : '꼴찌에게 보내는 갈채'에 드러난 가치관과 우리 사회의 가치관을 비교하고, 자신의 경험을 표현한다.			
	5(1) 말 위의 저 모습은	이해 : '말 위의 저 모습은'을 읽고, 독자의 관점입장·지식 등에 따라 글이 달리 이해됨을 안다.	소개하기	확장적 자전	읽기 문학 말하기
		적용 : 문화를 바라보는 관점이 다를 수 있음을 알고, 낯선 문화를 소개한다.			
	5(2) 우리 시대의 장금이를 소개합니다	이해 : '우리 시대의 장금이를 소개합니다'를 통해 대상의 특성을 살려 인상 깊게 소개하는 방법을 안다.		일상적 자전	
		적용 : 대상의 특성을 살려 주변의 인물이나 관심사를 인상 깊게 소개한다.			
	6(2) 홍길동전	이해 : '홍길동전'을 읽고 시대 상황에 대응하는 방식을 파악한다.	소설	확장적 자전	
		적용 : '홍길동전'에 드러난 시대 상황과 오늘날의 현실 상황을 비교한다.			
	7(1) 아홉살 인생	이해 : 영화 '아홉살 인생'의 서사 구조를 파악하고, 인물의 가치관이나 사고방식을 비판적으로 이해한다.	시나리오	확장적 자전	
		적용 : 영화의 인물 형상화 방식을 이해하고, 문학작품을 시나리오로 구성한다.			
1-2 (4/15)	1(3) 아들에게 보내는 편지	이해 : '아들에게 보내는 편지'의 내용을 생각하며, 격려하거나 위로하는 글이 필요한 상황과, 그러한 글에 쓰인 표현 방법을 안다.	편지	일상적 자전	쓰기 문법[25] 말하기 문학
		적용 : 상대의 처지를 이해하고, 여러 가지 표현 방법을 사용하여 격려하거나 위로하는 글을 쓴다.			

---

25) 중학교 2007 개정 교과서 '국어 2-1'(2010, 윤여탁 외, 미래엔) 4(3)단원에서는 생활 체험에 관련된 글을 읽고 관용표현에 대해 익히고 활용하는 문법 학습 내용이 설

	4(1) 어느 날 자전거가 내 삶 속으로 들어왔다	이해 : '어느 날 자전거가 내 삶 속으로 들어왔다'를 읽고, 글쓴이의 생활 체험에 공감한다.	수필	확장적 자전	
		적용 : 감동이나 즐거움을 주는 생활 체험을 글로 표현하고, 친구들과 공유한다.			
	4(2) 소음공해	이해 : '소음공해'에 나오는 인물의 심리 상태와 갈등을 파악한다.	소설	확장적 자전	
		적용 : 생활 속에서 겪을 수 있는 갈등의 원인과 해결 과정을 파악하고, 갈등 체험을 글로 쓴다.			
	4(3) 실수	이해 : '실수'에 나온 생활 체험에 공감하고, 글에 사용된 관용 표현의 뜻을 알아본다.	수필	확장적 자전	
		적용 : 일상생활에서 자주 사용하는 관용 표현의 의미를 알고, 이를 활용하여 호소력 있게 말한다.			
2-1 (3/14)	5(1) 나의 소원	이해 : '나의 소원'의 내용에 담긴 글쓴이의 주장을 파악하고, 주장의 타당성을 평가한다.	자서전	자서전	쓰기 읽기 말하기 듣기
		적용 : 사회·문화적 맥락을 고려하여 글쓴이의 주장이 논리적이고 타당한지 평가한다.			
	6(1) 현실에 눈을 뜨다	이해 : '현실에 눈을 뜨다'를 읽고, 글쓴이의 삶을 이해한다.			
		적용 : 자서전을 읽고 시대적 상황에 비추어 글쓴이의 삶을 이해하고, 글쓴이의 삶의 태도를 파악한다.			
	6(2) 나를 기록하는 다양한 방법	이해 : '나를 기록하는 다양한 방법'을 읽고, 자서전 쓰기의 여러 가지 방법과 특징을 안다.	설명문	자서전	
		적용 : 다양한 방법을 활용하여 자신의 삶을 표현해 본다.			
3-1 (2/14)	4(2) 수라	이해 : '수라'를 읽고, 일상의 가치 있는 체험에 공감하고 자신의 생활을 되돌아본다.	수필	확장적 자전	읽기 쓰기 문학
		적용 : 일상생활에서 가치 있는 체험을 발견하여 시로 써 본다.			
	4(3) 모여 있는 불빛(소설)	이해 : '모여 있는 불빛'을 읽고, 일상의 가치 있는 체험을 표현하는 방법을 안다.	소설		
		적용 : 일상생활에서 가치 있는 체험을 발견하여 작품으로 표현한다.			
3-2 (1/13)	1(3) 박씨전	이해 : '박씨전'의 내용을 이해하고, 문학사적 의의를 파악한다.	소설	확장적 자전	
		적용 : '박씨전'을 오늘날의 삶과 관련지어 이해하고, 작품에 대한 자신의 견해를 표현한다.			

정되어 있다.

대부분의 중학교 2007 개정 교과서에서는 대체로 중학교 2학년 과정에서 자서전 지문이 제시되고, 자서전 쓰기를 위식한 구체적인 활동도 이어진다. 미래엔(2010, 윤여탁 외) 교과서를 기준으로 보면, 2학년 1학기에 김구의 자서전은 읽기와 말하기·듣기 활동을 위한 지문으로 제시되어 있고, 간디의 자서전은 자서전 읽기와 쓰기 활동을 위한 지문으로 활용되고 있다. 하지만 1학년 1학기와 1학년 2학기에는 자전적 텍스트 활동 중에서도 '일상적 자전 활동'이, 3학년 1학기에는 '확장적 자전 활동'만이 나타난다. 또 교과서 내의 자전적 텍스트에서는 의도하는 단원별 목표를 성취하기 위하여 주로 수필과 자서전, 소설 등을 지문으로 활용하고 있다. '국어 1-1'부터 '국어 3-2'까지 전체 83개 단원 중에 자전적 텍스트로 분류할 수 있는 단원은 16개 단원(19.27%)이다.

그런데 자서전을 중학교 교육과정에 이르러서야 다룰 수 있는 장르로 인식하였음에도 불구하고 자서전 관련 활동은 지금까지 '일상적 자전 활동'을 통해 학습해 온 자전적 텍스트 활동과 크게 다르지 않으며, 지극히 단순하고 소략하며 단편적이다.

2007 중학교 교과서에 나타나는 자전적 텍스트 관련 교수-학습의 활용 양상을 개괄하면 다음과 같이 몇 가지 특징을 찾아볼 수 있다.

첫째, 중학교 교과서 안에서 자전적 텍스트 관련 활동은 학년의 진행에 따라 '일상적 자전 활동', '자서전 활동', 그리고 '확장적 자전 활동'에 걸쳐 다양하게 드러나지만 자전적 텍스트 교육에서 고려할 수 있는 원리나 위계는 반영되지 않고 있다. 이는 자전적 텍스트의 교수-학습이 단순히 자전적 텍스트를 읽고 쓰는 교육의 맥락에서만 파악되어서는 안 되며, 학습자의 지적·정서적 성숙에 따라 다양하고 역동적으로 선택하고 활용할 수 있는 장르가 되어야 함을 시사한다.

김구의 자서전을 공통적인 단원의 지문으로 활용하고 있지만 각기 다

른 학습 활동을 유도하고 있는 2종의 검정 교과서를 보면 그 가능성을
더 열어볼 수 있다.

〈표 3-12〉 중학교 2007 개정 교과서 '국어 2-1'(2010, 윤여탁 외, 미래엔)에
제시된 자서전 활동

학습목표 글쓴이의 주장을 찾고, 주장의 타당성을 판단하며 글을 읽어 보자.

나의 소원(백범일지)

김구

나는 우리나라가 세상에서 가장 아름다운 나라가 되기를 원한다. 가장 부강
한 나라가 되기를 원하는 것은 아니다. 내가 남의 침략에 가슴이 아팠으니 내
나라가 남을 침략하는 것을 원치 아니한다. 우리의 (富力)은 우리의 생활을 풍족
히 할 만하고, 우리의 강력(强力)은 남의 침략을 막을 만하면 족하다. 오직 한없
이 가지고 싶은 것은 높은 문화의 힘이다. 문화의 힘은 우리 자신을 행복하게
하고 남에게 행복을 주겠기 때문이다.(뒷부분 생략)

학습활동(이해)
'나의 소원'의 내용에 담긴 글쓴이의 주장을 파악하고, 주장의 타당성을 평가
한다.

학습활동(적용)
사회·문화적 맥락을 고려하여 글쓴이의 주장이 논리적이고 타당한지 평가한다.

〈표 3-13〉 중학교 2007 개정 교과서
'국어 2-2'(2011, 노미숙 외, 천재교육)에 제시된 자서전 활동

학습목표 자서전을 읽고 글쓴이의 삶을 시대 상황과 관련지어 이해할 수 있다.

백범일지

김구

  감옥 안이 지극히 불결한 데다가 찌는 듯이 더운 여름철이라, 나는 장티푸스
에 걸려 극심한 고통을 겪게 되었다. 짧은 생각에, 동료 죄수들이 잠든 틈을
타서 이마 위에 손톱으로 '충(忠)' 자를 새기고 죽으려고 하였다. 숨이 멈춘 잠깐
동안, 나는 고향으로 가서 평소 친하게 지내던 동생과 놀았다. 옛날 시에 '고향
이 눈앞에 아른거리니, 굳이 부르지 않아도 혼이 먼저 가 있도다.' 라고 하였는
데, 실로 헛 말이 아니었다.(이하 생략)[26]

학습활동 백범 김구의 삶과 시대 상황이 생생하게 그려진 자서전 '백범일지'를
  읽으며, 글쓴이의 삶의 자세에 대해 생각해 보자. 또한 자서전을 읽을 때 어떤
  점을 고려해야 할지 알아보자

1. 글쓴이의 삶의 자세를 이해해 보자.
 ① 글쓴이가 감옥에 갇히게 된 이유는 무엇인가?
 ② 글쓴이가 감옥 안에서 당당하게 행동한 이유를 생각해 보자.
 ③ 글쓴이의 성품을 알 수 있는 부분을 찾아보고, 이를 통해 글쓴이의 성품이
    어떠한지 이야기해 보자.

2. 시대 상황이 글쓴이의 삶과 어떤 관계가 있는지 알아보자.
 ① 다음 글을 통해 글쓴이가 감옥에 갇혔던 당시의 상황을 짐작해 보자.
 ② 당시 사람들이 글쓴이의 행동에 대해 어떻게 생각했을지 추측해서 적어보자.
 ③ 두 학생의 대화를 읽고, 당시의 시대 상황에서 나라면 어떻게 행동했을지
    생각해 보자.

3. 자서전의 특성에 대해 알아보자.
 ① 같은 장면을 그린 두 글을 통해 전기문과 자서전의 특성을 비교해 보자.
 ② 자서전을 읽을 때 고려해야 할 점에 대해 생각해 보자.

이와 같이 동일한 자서전을 지문으로 활용하고 있지만 학습 목표와 학습자의 단계를 고려하여 다른 학습 활동으로 구안하고 있다. 다른 교과서에서 더 적극적인 활용 방식을 찾아보자. 창비에서 발행한 중학교 2007 개정 교과서 '국어 3-1'(2010, 김상욱 외) 3단원 '언어의 자서전'에 언어를 화자로 하는 자서전 형식의 설명문이 등장한다. 언어라는 추상물을 의인화하여 언어가 생성되고 소멸되기까지의 과정을 사람의 일생에 비유하여 자전적으로 써나가는 방식을 사용하고 있다. 이러한 활용 맥락은 자전적 텍스트 활동에 대한 장르적 이해를 심화시키고 학습자가 '확장적 자전 활동'을 통해 창의적 사고를 키울 수 있다. 또 중학교 1학년 교과서에서 제시되고 있는 수필은 확장적 자전 텍스트로서 활용되고 있지만 일상적 자전 활동을 위한 단원 목표를 반영한다. 하지만 3학년 1학기에서 활용되는 수필 지문은 다시 시로 장르 변형되는 성격을 인식해야 하며, '확장적 자전 활동'으로 이해해야 한다.

둘째, 초등 교과서에서 소개하기 활동은 말하기와 쓰기의 두 영역에서 표현하기 위주의 학습 활동을 찾을 수 있었으나, 중학교 교과서에 나타난 소개하기는 말하기 영역에 그 표현 활동 범위가 한정되어 있다. 초등 과정에서 자기소개에 대한 기초적 표현 단계가 시작되었다면 중학교 과정에서 관련 내용은 말하기 영역의 활동으로 축소될 것이 아니라, 오히려 학습영역이 확장, 심화되어야 한다. 즉 소개하는 말하기와 소개하는 글쓰기가 모두 수준을 높이고 활동을 다양화하여 학습자에게 제시될 수 있어야 한다.

셋째, 중학교 2학년 교과서에서 주로 나타나는 자서전 장르는 자서전 읽기와 쓰기를 동시에 학습 목표로 하는, 자전적 텍스트 교육의 중심이

---

26) 교과서 지문은 명성 황후를 시해한 일본인을 살해한 김구가 감옥에서 쇠퇴해가는 국운을 한탄하며 조국 광복의 길을 모색해가는 내용 일부로 구성되어 있다.

되는 부분이지만, 이후에는 적극적인 단원 구성이나 활동의 예를 찾아보기 힘들다. 자서전이라는 장르의 특성상 인생을 돌아볼 수 있는 시기에 쓰는 것이 바람직하다는 통념에 입각하면, 자서전은 중학교 2학년 과정에서 쓰기 학습 활동이 진행되는 것도 바람직하다고 판단하기는 어렵다. 뿐만 아니라 특정 학년에서만 다루고 마는 일시적인 학습 장르가 되어서도 안 된다. 그런데 2학년 교과서 단원에서만 자서전이 등장하고 쓰기의 방법에 대해 조금 언급되다가, 이후 학년이 올라가면서 자서전을 활용한 자전적 텍스트 활동의 예를 찾아볼 수 없다는 점은 다소 의아하다. '자서전 활동'에서 '확장적 자전 활동'으로 이어지는 위계나 맥락은 별개로 하더라도, 자서전 활동은 자전적 텍스트 교육에서 학습자의 인지적·정의적 목표를 추구하기 위해 학습 활동의 단계와 수준을 높여가며 적극적으로 활용할 수 있는 구체적 내용을 포함하기 때문이다. 특히 청소년기에 민감하게 고려해야 할 자아정체성 형성에 관한 부분은 자서전 교육을 통해 획득할 수 있는 핵심적인 요소라는 점도 간과할 수 없다.[27]

2.1.3. 중학교 2009 개정 교과서에 나타난 자전적 텍스트 활용

2009 개정 교육과정에 의거한 국어과 교과서는 2007 개정 교과서에 비해 전반적으로 자전적 텍스트 지문이 다양하고 풍부하게 구성되어 있는 모습을 보인다. 출판사별로 조금씩 차이가 있기는 하지만 이 논문에서 강조점을 두고 있는 자전적 텍스트의 체계성을 학습 단원 구성에 많

---

27) 최인자(2007b)에서도 청소년 시기의 정체성 유예와 실험을 하지 못한다면 건강한 정체성을 가질 수 없다고 말하면서, 청소년들의 정체성에 대한 관심과 자아 발달의 수준을 바탕으로 하면서도 이들의 자아형성을 이끌어줄 수 있는 텍스트를 선정해야 한다고 강조한다.

이 반영한 교과서 중 하나로 천재교육 중학교 국어①~⑥(박영목 외, 2013)
을 예로 들고자 한다.

〈표 3-14〉 중학교 2009 개정 교과서 '국어'(2012, 박영목 외, 천재교육)에 나타난 자전적 텍스트 활용

	단원명	학습 목표와 내용	활동 지문	자전적 텍스트	국어 능력
국어① (2/12)	마음을 담은 언어 (1) 자기소개하기 (2) 글쓰기의 계획과 점검 ◎더 읽어 보기 　①우리 고장을 소개합니다 ◎생활 속에서 실천하기 – '나'의 미래 설계하기	학습 목표 1. 인물이나 관심사를 다양한 방법 으로 소개하거나 설명할 수 있다. 배울 내용 (1) 자기소개하기 　· 서로 다른 개성을 지닌 두 친구 　의 자기소개 살펴보기 　· 자기소개의 내용 구상하기 　· 인상 깊게 자기소개하기 (2) 글쓰기의 계획과 점검 　· 친구를 소개한 글 살펴보기	자기 소개글	일상적 자전	듣기 · 말하기 쓰기
국어② (1/11)	5. 맥락의 이해와 활용 (1) 홍길동전(허균)	학습 목표 작품의 배경이 된 시대 상황을 고려 하여 갈등의 진행과 해결 과정을 파 악할 수 있다.	소설	확장적 자전	듣기· 말하기 읽기 쓰기 문학
국어③ (1/13)	4. 해석과 질문 (3) 질문하며 읽기-내가 원하는 우리나라(김구) 출전-백범 일지	다음은 대한민국 임시 정부를 이끌 면서 독립운동을 했던 백범 김구 선 생이 쓴 글입니다. 여러 가지 질문 을 하면서 능동적으로 읽어 봅시다.	자서전	자서전	읽기 쓰기 문법
국어④ (4/12)	2. 문장 구조와 표현 방식 (2) 글의 표현 방식-내 친구 수 명에게(정재유) ◎ 더 읽어 보기 　섬진강 기행(김훈) ◎ 생활 속에서 실천하기 　좌우명 만들기	학습 목표 글의 표현 방식을 파악하고, 표현 의 효과를 평가할 수 있다. 배울 내용 (2) 글의 표현 방식 　· 다양한 표현 방식이 사용된 글 　읽기 　· 글에 사용된 표현 방식 분석하기 　· 글에 사용된 표현 방식의 효과 　평가하기	편지 / 기행문/ 좌우명 쓰기	일상적 자전	읽기 문법 쓰기
	3. 경험의 재구성 (1) 경험을 시로 표현하기-'바 다가 보이는 교실'의 창작 일기 /'바다가 보이는 교실'(정일근) (2) 경험을 소설로 표현하기-전 학의 달인(김학준) (3) 경험을 영상으로 표현하기 *스토리보드 만들기	학습목표 자신의 일상에서 의미 있는 경험을 찾아 다양한 문학 작품으로 표현할 수 있다. 영상 언어의 특성을 살려 영상으로 이야기를 구성할 수 있다. 배울 내용 (1) 경험을 시로 표현하기 　· 창작 일기를 읽고 시 '바다가 　보이는 교실' 감상하기	시 / 소설 / 영상 매체	확장적 자전	문학 읽기 쓰기

			수필 / 자서전	자서전/ 확장적 자전	읽기 쓰기
	더 읽어 보기 ① 원고지 육 매 선생님(오은하) 생활 속에서 실천하기 영상 편지 만들기	· 작가의 경험이 시로 표현되는 과정 알기 · 자신의 일상에서 의미 있는 경험을 찾아 시로 표현하기 (2) 경험을 소설로 표현하기 · 학생이 창작한 소설 '전학의 달인' 감상하기 · 작가의 경험이 소설로 표현되는 과정 알기 · 자신의 일상에서 의미 있는 경험을 찾아 소설로 표현하기 (3) 경험을 영상으로 표현하기 · 꿈을 주제로 한 학생의 영상물과 그 창작 과정 살펴보기 · 영상 언어의 특성 알기 · 자신의 일상에서 의미 있는 경험을 찾아 영상으로 표현하기			
국어⑤ (5/14)	삶의 기록과 성찰 (1) 킹콩의 눈(장영희) (2) 나의 진리 실험 이야기(간디) (3) 자서전 쓰기28)-열여섯 살, 거침없는 소년의 이야기(양혜성) : 더 읽어 보기 ① 안중근(조정래) ② 내가 8,000미터가 넘는 산을 오른 이유(엄홍길)	학습 목표 자신의 삶과 관련지어 글의 의미를 해석하고, 독자로서의 정체성을 형성해 나갈 수 있다. 자신의 삶을 성찰하고 계획하는 글을 쓸 수 있다. 배울 내용 (1) 킹콩의 눈 · 수필 '킹콩의 눈' 감상하기 · 글에 담긴 의미를 자신의 삶과 관련지어 해석하기 · 글을 읽고 자신의 생활을 되돌아보기 (2) 나의 진리 실험 이야기 · 자서전 '나의 진리 실험 이야기' 읽기 · 자신의 삶과 관련지어 글의 가치 생각해 보기 · 인물의 행동을 평가해 보기 (3) 자서전 쓰기 · 자서전 '열여섯 살, 거침없는 소년의 이야기' 읽기 · 자신의 삶에서 중요한 일을 떠올려 보기 · 의미 있는 사건들을 중심으로 쓸 내용을 정리해 보기 · 여러 가지 표현 방법을 활용하여 자서전 쓰기	수필 / 자서전	자서전/ 확장적 자전	읽기 쓰기

28) 이렇게 동학년 학생의 자전적 텍스트를 활용하여 자서전을 이해하고 자서전을 쓸 수 있도록 유도하는 방식 외에 다른 접근 방식도 찾아볼 수 있다. 교학사의 2009 개정 교과서 '국어⑤'(2013, 남미영 외) 3단원에는 다른 자서전들과 함께 스티브잡스의

	4. 문학과 시대 상황 (1) 돌아오지 않는 새들을 기다리며(이승하) (2) 그 많던 싱아는 누가 다 먹었을까(박완서) ◎ 더 읽어 보기 ② 돌베개(장준하)	학습 목표 시대 상황을 고려하여 작품의 의미를 파악할 수 있다. 문학 작품을 삶과 관련지어 읽고 이해하려는 태도를 지닌다. 배울 내용 (1) 돌아오지 않는 새들을 기다리며 ・시에 반영된 시대 상황을 고려하여 작품 해석하기 ・작품과 관련하여 자신의 삶 돌아보기 (2) 그 많던 싱아는 누가 다 먹었을까 ・소설에 반영된 시대 상황 파악하기 ・등장인물들이 시대 상황에 대응하는 태도 살펴보기	시 / 소설	확장적 자전 / 자서전	문학 읽기
국어⑥ (6/12)	문학과 삶 (1) 떨어져도 튀는 공처럼(정현종) 곰국 끓이던 날(손세실리아) (2) 안내를 부탁합니다(폴 빌라드) (3) 이옥설(이규보) ◎ 더 읽어 보기 ② 소음공해(오정희)	학습목표 문학이 인간의 삶에 어떤 가치가 있는지 이해한다. 자신의 삶을 성찰하는 글을 쓸 수 있다. 배울 내용 (1) 떨어져도 튀는 공처럼/곰국 끓이던 날 ・작품에 담긴 삶의 모습 이해하기 ・문학 작품의 가치를 자신의 삶과 관련지어 이해하기 (2) 안내를 부탁합니다 ・작품 속 인물들의 관계를 통해 삶의 가치 발견하기 ・문학 작품의 가치를 인간의 보편적인 삶과 관련지어 이해하기 (3) 이옥설 ・글의 교훈을 오늘날의 삶에 적용해 보기 ・자신의 경험을 토대로 삶을 성찰하는 글 쓰기	시 / 소설 / 수필	확장적 자전	문학 읽기 쓰기
	3. 효과적인 읽기와 쓰기 (2) 매체에 따른 글쓰기 – 블로그를 통해 '나'를 표현하기	블로그를 통해 자신을 효과적으로 표현하는 글을 써 봅시다.	블로그	확장적 자전	읽기 쓰기

연설문 '늘 갈망하고, 우직하게 나아가라'가 수록되어 있다. 이 역시 연설문 내부에 들어있는 자전적 요소를 자서전 이해에 활용하는 '확장적 자전 활동'의 맥락으로 이해할 수 있을 것이다. 이렇게 굳이 자서전이라는 틀에 박힌 형식을 갖추지 않더라도 학습자가 자전적 텍스트의 다양한 성격을 경험할 수 있도록 다양한 장르적 확장을 시도할 필요가 있다.

5. 독서의 생활화 (1) 표구된 휴지(이범선) (2) 맛있는 책, 일생의 보약(성석제) ◎ 더 읽어 보기 ① 일생 갚아야 하는 빚(이청준) ② 나는 책만 보는 바보(안소영)	학습목표 문학이 인간의 삶에 어떤 가치가 있는지 이해한다. 독서의 가치와 중요성을 이해하고, 독서를 생활화하는 태도를 지닌다.	소설 / 수필	확장적 자전	문학 읽기

중학교 2009 개정 교과서는 학년군 교육과정 체계를 따르므로 학년-학기별 구성을 보이지 않는다. 이는 중1-3학년군 내에서는 이론적으로 위계가 없다는 사실을 전제한다. 따라서 개별 텍스트에 대한 수준이나 위계 설정은 각 출판사별 교과서마다 다르거나 교사 재량으로 이루어질 수 있다는 점을 짐작할 수 있다. 그러나 '국어①'에서 '국어⑥'까지 진행되는 방식을 살펴보면 기존에 학년-학기별 구성에서 보이던 체계에서 크게 벗어나지 않음을 알 수 있다. '국어①'에서 '국어⑥'까지 전체 74개 단원 중 자전적 텍스트로 분류할 수 있는 단원은 19개 단원(25.67%)으로 파악된다. 2009 개정 교과서에서는 2007 개정 교과서(19.27%)에 비하여 자전적 텍스트의 비중이 다소 늘어난 것을 발견할 수 있다.[29] 또 자전적 텍스트를 단원별 지문으로 선정함에 있어 교훈적인 주제를 지닌 텍스트에 한정하지 않고 보다 자유롭게 선택하고 있으며, 단원 내 학습 활동이 아니더라도 보충 학습의 성격을 띤 추가된 단원 활동에서 더 다양한 자전적 텍스트를 제시하고 있다는 점이 눈에 띈다.

자전적 텍스트 활동의 유형으로 보더라도 '일상적 자전 활동'과 '자서전 활동', '확장적 자전 활동'에 이르기까지 고루 반영하고 있음을 볼 수 있다. 특히 시나 소설의 이해를 통해 자전적 텍스트 생산을 보다 적극적

---

29) 2007 교과서와 2009 교과서 내의 자전적 텍스트 비중을 객관적으로 가늠하기 위해서는 검정 교과서 전체를 분석 대상으로 하거나, 같은 출판사의 교과서를 기준으로 논의해야 할 것이다. 그러나 이 연구에서는 각 출판사별 교과서가 양적·질적으로 평균적인 장르 배열이나 단원 구성을 보인다는 전제로 논의를 진행하였다.

으로 유도하거나, 김구나 간디의 자서전처럼 이미 알려진 텍스트에서 탈피하여 다양한 사람들의 삶을 반영하는 자서전에 접근하고자 하는 시도가 눈에 띈다.

이상에서 중학교 2009 개정 교과서에 나타나는 자전적 텍스트의 활용 양상을 개괄하면 앞으로 지향해야 할 점에 대해 다음과 같이 몇 가지 사항을 정리할 수 있다.

첫째, 자전적 텍스트 활동은 학습자의 삶과 경험을 돌아보고 국어 활동으로 풀어내기 위해 더 다양한 장치를 마련하는 것이 필요하다. 2007 개정 교과서 활동에서는 자전적 텍스트를 활용하는 과정에서 학습자가 자신의 삶과 경험을 성찰하고 재구성하기 위한 활동이 적극적으로 제시되지 않았다. 단순히 다른 사람의 일기를 읽고 나서 자신의 일기를 써 보거나, 다른 사람의 자서전을 읽고 나서 자신의 자서전을 써 보는 활동을 제시하는데 그쳤다. 자전적 텍스트를 소통이라는 주제로 풀어내는 방법은 여러 가지가 있겠지만 학습자가 공감할 수 있는 다양하고 현실적인 상황을 제시한 텍스트를 수용하는 과정을 통해 본인도 그러한 텍스트를 생산할 수 있다는 동기 부여와 자신감을 얻는 것은 무엇보다 중요하다.

2009 개정 교과서는 그러한 맥락을 이전 교과서보다 다양하게 반영하고 있다는 점에서 고무적이지만, 경험이나 체험의 유형을 체계적인 자전적 텍스트 활동으로 연결시키지 못하고 있다는 점에서 여전히 개선의 여지가 남아있다. 예를 들면 '국어④'-3단원, '국어⑤'-4단원, '국어⑥'-1단원에서는 공통적으로 시와 소설을 활용하여 학습자의 삶과 연관 짓는 활동을 유도하고 있다. 그러나 시와 소설을 읽고 구체적으로 어떻게 다시 자전적 시와 자전적 소설 등 변형된 장르로 풀어낼 수 있는지에 대한 전략 제시가 필요하다.

둘째, 교과서 단원 내에서 자서전 지문은 더 다양하게 확보되어야 한다. 2009 개정 교과서에서도 여전히 김구의 자서전이나 간디의 자서전 같은 위인들의 전형적인 자서전을 활동지문으로 활용하는 양상은 쉽게 벗어나지 못하고 있다.

이번에는 2009 개정 교과서 '국어⑤'(교학사, 남미영 외)에 수록된 백범일지 지문을 예로 들어보자.

〈표 3-15〉 2009 개정 교과서 '국어⑤'(2013, 남미영 외, 교학사)에 제시된 자서전 활동

> (교과서에 인용된 지문은 1919년 김구의 상해 생활을 전후로 민국 8년 김구가 혼자 상해에 남아 외로운 독립 운동을 계속하기까지의 과정을 서술한 부분이다.)
>
> **학습활동**
>
> ◎ 이해와 확인
> 1. '백범일지'를 읽고, 제시된 장면에 따라 김구의 행적을 알아보자.
> 2. '백범일지'에 나타난 글의 특징을 모두 찾아 표시해 보자.
> 3. 자서전에는 글쓴이의 생각이 담겨 있다. 다음 본문의 구절에는 김구의 어떤 생각이 담겨 있는지 바르게 연결해 보자.
>
> ◎ 생각과 발견
> 1. 다음은 김구의 생애를 정리한 그림이다. 이를 참고하여 내 생애에는 어떤 의미 있는 사건들이 있었는지, 앞으로 어떤 일이 있을지 생각해 보고, 해당 칸에 그림을 그려 보자.
> 2. '활동1'을 바탕으로 자신의 삶 속에서 특별했던 순간들을 생각해 보고, 그 일이 내 삶에 어떤 의미가 있었는지 정리해 보자.
> 3. 내 인생의 특별했던 순간들을 돌아보며 앞으로의 삶을 계획해 보자.

◎ 탐구와 활용

1. '생각과 발견' 활동을 바탕으로 '보기'의 조건에 맞춰 자서전을 공책에 써 보자.

보기 · 나의 삶을 압축적으로 드러내 줄 제목
· 개요에 따른 차례
· 필요한 자료 수집
· 속담, 격언 등 내 삶의 가치관이 담긴 표현
· 사실을 바탕으로 한 진소한 표현

2. 다음은 유명 인사들의 삶이 드러난 묘비명이다. 이를 참고하여 나는 어떤 삶을 살고 싶은지 생각해 보고 나만의 가상 묘비명을 만들어 보자.

2009 개정 교과서에 나타나는 학습 활동은 2007 개정 교과서 활동에 비해 쓰기 영역의 활동이 비교적 다양하게 드러난다. 2007 개정 교과서에서 제시된 자서전을 이해하고 공감·수용하는 활동에 집중하고 있는데 반해, 2009 개정 교과서는 주어진 자서전을 토대로 새롭게 자신의 자서전을 생산하는 것을 목표로 활동을 유도하고 있다. 자서전 쓰기에 대한 비중이 높아지면서 활동 내용 안에 자서전 쓰기 내부에서 쓰일 구체적인 요건을 제시하고 있다. 이를테면 2009 개정 교육과정 [5-6학년군] 문법(6)에서 언급된 속담, 명언, 관용어[30] 등을 활용할 수 있는 쓰기의 틀을 만들어두고 있는 점이 그러하다.

기존에 교훈적인 목적을 주로 하는 위인들의 자서전을 자서전의 전범으로 삼았던 것과는 달리, '국어⑤'의 1-(3)단원에서는 '열여섯 살 거침 없는 소년의 이야기'와 같은 학생의 자서전이나 '국어⑤'의 1단원에서 '내가 8천 미터가 넘는 산을 오른 이유는'과 같이 산악인 엄홍길의 자서

---

30) 중학교 2007 개정 교과서 '국어 2-1'(미래엔, 윤여탁 외) 4(3)단원에서는 생활 체험에 관련된 글을 읽고 관용표현에 대해 익히고 활용하는 문법 학습 내용이 설정되어 있었다.

전을 제시하는 등 '자서전 활동'을 위한 텍스트 선정의 기반을 확대하고 있음을 볼 수 있다. 이는 자서전이 특정인만이 생산할 수 있는 텍스트라는 선입견을 덜고, 자서전 쓰기에 관련된 학습활동을 수행할 때 부담을 줄여주는 역할을 한다. 하지만 앞으로 더 다양한 사람들의 다양한 삶을 반영하는 자서전을 제시함으로써 텍스트를 통해 학습자들의 성찰과 소통의 기회를 열어 주는 노력이 필요하다.

셋째, 문법 학습 단원에서 자전적 텍스트를 활용할 수 있도록 자전적 텍스트의 국어 활동 범위를 넓혀야 한다.[31] 이에 대해 긍정적인 전망을 보여주는 것이 '국어④'의 2단원이다. 이 단원은 문장 구조와 글의 표현 방식을 학습하는 것을 목표로 하고 있는데 그 지문으로 편지와 기행문 같은 자전적 텍스트를 활용하고 있다. 기존에 문법 학습을 할 때 문법 사항이 들어있는 설명문으로 학습 활동을 유도하던 방식에서 벗어나 편지와 기행문을 통하여 구체적 학습을 끌어내고 있다.[32] 또 '좌우명 쓰기'는 자전적 텍스트를 생산할 때 직접적으로 활용할 수 있는 자료인데, 좌우명을 만드는 데 쓰이는 표현 방식에 대해 익히는 활동을 제시함으로써 문법 영역에서 자전적 텍스트의 쓰기 영역을 염두에 두고 활동으로 연계시키고 있음을 짐작할 수 있다.

---

31) 민현식(2002)에서도 국어학의 지식은 국어 지식의 영역뿐만 아니라 다른 하위 교과에도 일정하게 관여하며, 특히 국어 교육 과목(화법, 작문, 독서, 문학)에서 관여하는 내용이 많다고 한다. 또 국어학의 지식이 국어 교육의 중요한 바탕이 되는 내용이더라도 관련 지식 영역으로서 그 역할을 다하지 못한다면 국어교육학 전공자들이 이에 대한 구체적인 이해를 못했기 때문이라고 지적한다.

32) 앞서 언급한 중학교 2007 개정 교과서 '국어 2-1'(2010, 윤여탁 외, 미래엔)의 4(3)단원에서는 생활 체험에 관련된 글을 읽고 관용 표현을 익히거나, '국어 3-1'(2010, 김상욱 외, 창비) 3단원에서는 '언어'를 화자로 하여 '언어'의 일생을 설명하는 자서전 형식의 설명문 등을 통하여 문법 영역에 대한 학습 활동을 시도한 바 있다. 그렇지만 2009 개정 교과서 '국어④'(2010, 박영옥 외, 천재교육)에 보이는 활동은 문법 영역 학습 활동을 통하여 자전적 텍스트의 활용 범위를 더욱 확대시키고 있다.

넷째, 매체 자료를 활용하여 학습자의 삶에서 의미 있는 내용을 자전적 텍스트로 생산할 수 있도록 학습 활동이 지원되어야 한다.[33] '국어④'의 4-(3)단원에서 매체 언어를 활용한 자전적 텍스트 활동 경험을 영상으로 표현하거나, '국어⑥'의 3단원에서 블로그를 통해 자신을 표현하는 활동 등을 통해 그 양상을 찾아볼 수 있다. 2007 개정 교육과정과 2009 개정 교육과정의 '쓰기' 영역에 '영상 언어의 특징을 살려 영상으로 이야기를 구성한다.'라는 성취 기준이 제시되어 있다.[34] 이는 학습자에게 영상 언어의 특징을 인지시키고 일상적 사건이나 경험을 영상물로 구성하는 활동이 국어 능력의 중요한 내용임을 시사한다. 천재교육(2011, 노미숙 외) 2007 개정 교과서 '국어 3-1'의 5단원 '영상으로 만드는 이야기' 단원 활동에는 일상적 경험이나 사회적 사건을 영상으로 표현하는 내용이 들어 있다. 또 창비(2012, 이도영 외) 2009 개정 교과서 '국어③'의 4단원에도 소단원 '(3)영상으로 만드는 이야기'나 천재교육(2012, 박영목 외) '국어④'의 4단원에 소단원으로 '(3)경험을 영상으로 표현하기'가 있다. 보는 이의 흥미를 고려하여 영상언어의 특성을 활용하여 일상적 경험을 영상물로 만들어내는 활동이 들어 있는데, 영상물 제작에 관련한 구체적인 내용과 단계를 제시하여 실제 활동에서 활용할 수 있도록 유도하

---

33) 2009 개정 교육과정 중1-3학년군 영역별 성취 기준을 보면 매체 자료의 활용과 관련하여 다음과 같은 진술들을 찾아볼 수 있다.

【듣기·말하기】(9) 사회적으로 의미가 있는 내용을 매체 자료로 구성하여 발표한다.

【읽기】(2) 글이나 매체에 제시된 다양한 자료의 효과와 적절성을 평가하며 읽는다.

【쓰기】(8) 영상 언어의 특성을 살려 영상으로 이야기를 구성한다.

(9) 매체의 특성이 쓰기의 내용과 형식에 미치는 영향을 고려하여 글을 효과적으로 쓴다.

(10) 쓰기 윤리의 중요성을 인식하고 책임감 있는 태도로 글을 쓴다.

34) 특히 교육과정 각 영역별 내용 체계표의 상단에 '매체'에 관한 언급이 이루어지고 있고, 학년군별 '국어 자료의 예'에서도 매체에 관련된 다양한 장르를 포함함으로써 매체 분야에서의 국어 교육적 소통을 중요시하고 있다.

고 있다.[35] 여기서 영상물은 자전적 텍스트의 표현 방식을 중심으로 활용하면서 시청자의 관심과 흥미를 고려하는 유용한 소통 매체가 될 수 있다. 그러므로 자전적 텍스트 활동에서 영상언어를 포함하여 매체언어의 의미 작용을 활용함으로써 학습자의 중요한 소통 능력을 키우는 것을 기대해 볼 만하다. 이러한 학습 내용 구성은 자전적 텍스트의 수용과 생산 범위를 확장시키는 역할을 한다. 그러나 아직 충분히 다양한 매체 활용 국면으로 이어지지 못하고 있으며 매체 자료 활용하거나 구성하는 방법이나 범위에 대해서는 구체적 윤곽을 제시하지 못하고 있다. 자전적 텍스트를 수용하고 생산하는 데 있어서 '매체'는 열린 태도로 받아들여 외연을 확장해 나가야 할 국어교육의 미래지향적 활동 영역으로 볼 수 있다.

2.2. 미국의 자국어 교과서

이 절에서는 미국의 교육과정을 반영한 자국어 교과서를 기초로 자전적 텍스트 교육 내용과 체제에 대해 검토하고, 이를 토대로 자전적 텍스트 교육을 위한 교재를 구성할 때 얻을 수 있는 시사점을 찾고자 한다.

미국의 경우 캘리포니아 주를 비롯한 많은 주에서 일종의 교과서 검

---

35) 전국국어교사모임 매체연구부(2005: 46)은 호주의 자국어 교육과정에서 통합 교육 형태로 이루어지는 미디어 교육에 대해 언급하고 있다. 이와 관련하여 특기할 만 한 점은 학습 영역 조직에 'shaping(형상화)'를 추가하고 있는 점이다. "shaping(형상화) 란, 시각적이고 멀티 모드적인 텍스트들의 의미 구성을 위해 그와 연관된 텍스트의 요소들을 사용하는 것을 말하는데, 여기에는 오늘날 디지털 미디어 사용의 보편화로 인해 누구나 쉽게 시각적이고 멀티모드적인 텍스트의 생산자이자 동시에 소비자가 될 수 있다는 인식이 깔려 있다."라고 설명한다. 이러한 호주의 교육과정을 통하여 우리나라의 국어과 교육 안에서 인식되는 매체 언어 교육의 지향점을 생각해 볼 수 있을 것이다.

정을 실시한다. 예컨대 캘리포니아 주는 교육과정의 충실한 반영, 교과
서 조직, 평가, 수준별 지도, 수업 계획과 지원 등 다섯 가지 기준으로
교과서를 평가한 뒤 이 기준을 충족한 교과서를 주정부가 인정한 교과
서로 고시한다(정혜승, 2004). 또 미국의 교과서는 대체로 주제 중심의
단원 구성[36]을 통하여 언어 사용 기능과 실생활에 필요한 지식, 단원별
주제의 통합적 학습을 끌어가고 있다. 이 논의에서는 부교재와 교사용
지도서를 제외하고 주 교재만을 분석 대상으로 하였다. 구체적인 분석
대상 자료는 다음 〈표 3-16〉와 같다.

〈표 3-16〉 미국 교과서 분석 대상 자료

출판사명	주교재명	출판연도
Houghton Mifflin	Reading 3-1	2008
	Reading 3-2	2008
Harcourt	Storytown 3-1	2008
	Storytown 3-2	2008
Penguin Edition	Literature Grade7	2007
	Literature Grade8	2007
	Literature Grade9	2007

2.2.1. 미국 초등학교 교과서에 나타난 자전적 텍스트 활용

여기서는 미국의 초등학교 자국어 교과서 중 Houghton Mifflin사의
'Reading' 3.1, 3.2, Harcourt사의 'STORYTOWN' 3.1, 3.2를 검토 대
상으로 하였다. 2종의 교과서는 모두 주제 중심 단원 구성으로 되어 있

---

36) '주제 중심 교수법'이란 "하나의 주제를 중심으로 다양한 장르의 문학을 선정하여
가르치는 교수법으로 학생들이 선택된 주제의 공통적인 맥락에서 언어적 지식을 통합
할 수 있다는 장점을 가진다(이용숙, 2005: 190)".

으며 단원 내에서 통합적인 언어활동이 가능하도록 유도하고 있다.

먼저 'Reading'에 포함된 자전적 텍스트 관련 내용과 구성을 살펴보자. Houghton Mifflin사의 'Reading'은 다양한 주제를 중심으로 다양한 장르와 제재를 통하여 구성되어 있다. 이 교과서에서 자전적 텍스트와 관련한 부분을 추출해 보면 몇 가지 특징을 발견할 수 있다.

첫째, 각 주제별로 '학생들의 쓰기 예시(Student Writing Model)'가 제시되어 있다는 점이다.

〈표 3-17〉 'Reading'에 제시된 주제별 '학생들의 쓰기 예시'

		주제	학생들의 쓰기 예시
3.1	Theme 1	Off to Adventure! (모험을 향해 출발!)	A Personal Narrative (개인적 서사)
	Theme 2	Celebrating Traditions (전통 기념 행사)	Instructions (설명)
	Theme 3	Incredible STORIES (믿어지지 않는 이야기)	A Story (이야기)
3.2	Theme 4	Animal Habitats (동물들의 서식지)	A Research Report (조사보고서)
	Theme 5	Voyagers(여행자)	A Description(묘사)
	Theme 6	Smart Solutions (현명한 해결책)	A Persuasive Essay (설득적 에세이)

'학생들의 쓰기 예시'는 각 주제별로 실제 삶에서 유용한 장르를 설정하고, 각 교과서의 대상 학년과 동일한 학년에 있는 학생의 글을 소개하여 이 학생의 글을 보기로 하여 학습자가 스스로 같은 장르의 글을 써보도록 유도하고 있다.[37] 그 과정에서 제시된 예시문의 각 단락마다 쓰기

---

37) 정혜승(2005)는 Houghton Mifflin사 Reading의 'Student Writing Model'의 경우 'Meet the Author'라고 하여 학생 사진과 프로필을 소개함으로써 학생을 다른 문학

에서의 유의점이나 팁을 제공하여 실제 쓰기에서 도움을 받을 수 있도록 하고 있다. 'Reading' 3.1과 3.2에 포함된 '학생들의 쓰기 예시'를 살펴보면, '개인적 서사(A Personal Narrative)', '이야기(A Story)', '묘사(A Description)' 등에서 자전적 텍스트의 성격을 찾아볼 수 있다. 이는 캘리포니아 주 공립학교의 교육과정 '쓰기' 영역에서 학습자가 저학년 시기부터 '서사물 쓰기'에 숙련되도록 구성되어 있는 맥락과 이어 생각할 수 있다. 또 동학년 학생의 글을 텍스트로 활용함으로써 실제로 학습자의 생활 주변에서 경험적 소재를 얻게 하고, 자전적 텍스트 쓰기에 자신감을 불어 넣는 장치로 보인다.[38]

'개인적 서사'에 관련된 '학생들의 쓰기 예시'에서 제시된 도입부를 소개하면 다음과 같다.

A personal narrative is a true story about something that happened to the writer. Use this student's writing as a model when you write a personal narrative of your own.

(개인적 서사는 작가에게 일어났던 실제 이야기를 뜻한다. 학생들의 쓰기 예시를 참고하여 여러분만의 특별한 개인적 서사를 써 보자.)

그러나 이를 긍정적으로만 평가하기에는 조심스러운 점이 있다. 학습

제재의 작가와 동일한 '작가'로 대접하고 있다고 말한다. 또 이는 학습자의 학습동기와 성취동기를 유발하기 위해서 교과서가 학습자의 쓰기 행위를 작가의 집필 행위로 인정하고 있음을 가시적으로 보여주는 의도라고 해석하고 있다.

38) 이러한 체제는 우리나라의 2009 개정 교과서 '국어⑤'(2013, 박영목 외, 천재교육)에 반영되고 있는 것을 찾아볼 수 있다. 기존에 이미 알려진 작가들의 작품이나 위인들의 자전적 텍스트 위주로 제시되던 양상과 달리 학생의 자서전을 지문으로 싣고 자서전 쓰기 활동을 유도하는 것은 미국 교과서가 지닌 앞선 체제와 무관하지 않은 것으로 보인다.

자들이 자칫 단원의 본문에서 제시하고 있는 지문보다 동학년 학생들의 쓰기 예시를 텍스트 유형의 전범으로 삼을 가능성이 있기 때문이다. 또 동학년 학생들의 쓰기 예시는 교과서에 실릴 때 그 선정 기준이나 교과서 제재로서의 완성도를 객관적으로 판단하기 어렵다는 점도 고려해야 한다.

둘째, 'Reading' 각 권에는 'Focus on Genre'를 두어 각 학년 학생들이 필수적으로 학습해야 할 장르를 선정하고, 다양한 텍스트를 통해 익숙해지도록 하고 있다. 또 이에 대해 함께 생각해 볼 점을 제안하고, 장르 쓰기에 도움이 될 수 있는 팁을 제공하고 있다. 특히 'Reading' 3-2에서는 '전기(Biography)'에 초점을 두고 4편의 전기를 소개하고 이해하는 활동에 이어 학습자가 직접 전기를 쓸 수 있도록 지침을 제공하고 있는데, 그 내용을 일부 옮겨보면 다음과 같다.[39]

Informing(알려주기)
Write a Biography(전기문 쓰기)

Find out more about a person you are curious about. The person could be a president, an explorer, or a musician. Look up facts about the person in books, in magazines, in the encyclopedia, or on the Internet. Write a biography of the person.

여러분이 궁금해 하는 더 많은 인물에 대하여 알아보자. 그 인물은 대통령이나 탐험가, 혹은 음악가가 될 수도 있다. 책이나 잡지, 백과사전이나 인터넷에서

---

39) 'Focus on Genre' 코너에서 Biography(전기)가 등장하는 것은 'Reading' 2-2에서도 같은 구조로 찾아볼 수 있다. 'Reading' 2-2에서도 3편의 전기가 제시되어 있고, 3-2과 같은 체제로 전기문 쓰기에 대한 설명이 나와 있다. 이는 '전기'가 지닌 교육적 가치에 의미를 두고 학년에 올라가면서도 반복성과 지속성을 가지고 학습할 수 있게 하는 방식으로 해석할 수 있다.

그 인물에 관한 사실을 찾아보자. 그리고 인물에 대한 전기를 써 보자.

Tips(조언)

Start the biography with an important event or a special fact about the person.
- In the main part of the biography, write about the person's early life first. Then tell about the person's later years.
- Write an exciting title that will get a reader's attention.

- 인물에 관한 중요한 사건이나 특별한 사실로 전기문을 시작해 보자.
- 전기문의 주요한 부분에서 먼저 인물의 어린 시절에 대해 써 보자. 그리고 인물의 이후 삶에 대해 써 보자.
- 독자의 주의를 끌 수 있는 흥미로운 제목을 붙여 보자.

이는 단순히 전기문을 지문으로 제시하고 독해하는 활동 위주로 구성되어 있는 우리나라의 교과서와는 사뭇 다르다. 우리나라의 교과서는 공통교육과정까지 전기문의 '읽기' 활동에만 집중되어 있고, 고등학교 선택교육과정에 이르러서야 전기문의 '쓰기' 활동이 언급되고 있다. 이러한 사실에 비추어 보면 미국의 교과서에서는 상당히 이른 시기부터 전기문이 지닌 자전적 텍스트로서의 중심적 가치를 인식하고 다양한 지문을 통하여 적극적인 학습을 유도하고 있는 것으로 해석된다.

이 부분에서도 추가로 고려해야 할 점이 있다. 학습자가 이른 시기부터 다양한 텍스트 유형을 수용하고 생산하도록 하는 교육적 취지와 달리, 학습자들이 써 낼 수 있는 텍스트는 본질적 의미의 텍스트, 즉 본래적 의미의 전기가 아니라 전기적인 에세이라고 보는 것이 정확하다. 이렇게 축약된 텍스트 쓰기 방식이 학년이 올라가면서 얼마나 세심한 위계를 갖추고 수준을 높여갈 수 있을 지에 대해서는 더 고민이 필요할 것이다.

셋째, 각 주제별 단원이 끝나는 말미에 'Reader's Library(독자의 도서

관)'를 두어 주제별 장르에 관련하여 더 참고할 수 있는 도서 목록을 제시하고 있다. 이는 같은 주제별 단원 안에 일관성 있는 주제의 글들을 함께 제시하고 이들을 비교하고 연계하는 후속 활동을 제시함으로써 장르 학습 활동에 대한 효율성을 높이기 위한 장치로 보인다. 특히 학습자의 삶이나 경험과 관련된 글이나 문학 텍스트[40]를 주로 제시하고 있다는 사실로 미루어, 동일한 주제를 중심으로 학습자로 하여금 다양한 텍스트를 통하여 소통할 수 있는 다양한 통로를 열어주고 있다고 해석할 수 있다.

그러나 여기서도 순기능만 바라볼 수는 없다. 주제별 단원에서 제시된 지문 이외의 다른 텍스트에 대한 언급은 일단 학습자에게 학습의 양적 증가로 인식될 우려가 있다. 또 교과서 본문에서 선정된 지문에 대한 흥미를 상대적으로 떨어뜨리거나, 신뢰감을 저하시킬 위험도 내포할 수밖에 없다.

다음은 'STORYTOWN'에 포함된 자전적 텍스트 관련 내용과 구성을 알아보자.

Harcourt사의 'STORYTOWN'은 각 장마다 Theme Writing(주제별 쓰기) 활동을 통해 Reading-Writing Connection(읽기-쓰기 연계)을 목표로 하고 있다. 특징을 정리하면 다음과 같다.

첫째, 여기서도 Student Writing Model(학생들의 쓰기 예시)이 제시되고 있는 것을 발견할 수 있다. 각 단원별 주제와 학생들의 쓰기 예시 유형을 함께 정리하면 다음 〈표 3-18〉과 같다.

---

40) "미국의 교과서는 글 제재를 중심으로 한 독본 체제를 이루고 있으며, 특히 문학적 경험을 강조하여 다양한 문학적 제재를 중시하고 있다. 그러나 이로 인해 자칫 독해 위주의 학습이 이루어질 가능성을 배제하고 국어 관련 지식과 기능 교육에도 소홀함이 없게 하려는 교육적 지향을 보인다(정혜승, 2011: 91)."

〈표 3-18〉 'STORYTOWN'에 제시된 주제별 '학생들의 쓰기 예시'

		주제	학생들의 쓰기 예시
3.1	Theme 1	School Days(학창시절)	A Personal Narrative (개인 서사)
	Theme 2	Together We Can (모두 하나 되어)	Response to Literature (문학에의 반응)
	Theme 3	As We Grow (우리가 자라면)	Friendly Letter (친교적 편지)
3.2	Theme 4	Tales to Tell (말하고 싶은 이야기)	Story(이야기)
	Theme 5	A Place for All (모두를 위한 장소)	Explanation(설명)
	Theme 6	Discoveries(발견)	Research Report (조사 보고서)

앞에서 든 'Reading'에서와 마찬가지로 '학생들의 쓰기 예시'는 각 교과서의 대상 학년과 동일한 학년에 있는 학생의 글을 본보기로 하여 학습자가 스스로 같은 장르의 글을 써 보도록 유도하는 체제로 되어 있다. 또 그 과정에서 제시된 예시문의 각 단락마다 쓰기에서의 유의점이나 팁을 제공하여 실제 쓰기에서 도움을 받을 수 있도록 하고 있다. 'STORYTOWN' 3.1과 3.2에 포함된 '학생들의 쓰기 예시'를 살펴보면, '개인적인 서사(A Personal Narrative)', '친교적인 편지(Friendly Letter)', '이야기(A Story)'와 같이 자전적 텍스트에 관련된 장르들이 포함되어 있다. 이 역시 저학년 시기부터 '서사물 쓰기'에 숙련되도록 구성되어 있는 맥락으로 보인다. 또 동학년 학생의 글을 텍스트로 활용함으로써 실제로 학습자의 생활 주변이나 경험에서 소재를 얻는 방법을 제시하고, 자전적 텍스트 읽기와 쓰기에 동시에 익숙해 질 수 있도록 유도하는 장치로 보인다.

둘째, 주제별 단원의 세부 '과(Lesson)' 안에는 다시 다양한 장르를 활용하여 학습 활동을 제시하고 있다. 각 과별로 포함하는 장르의 유형을 정리하면 다음의 〈표 3-19〉과 같다.

〈표 3-19〉 'STORYTOWN'에 제시된 주제별 활용 장르[41]

		활용 장르
3.1 (12/15)	Theme 1 : School Days (학교생활)	lesson 1: Realistic Fiction, Expository Nonfiction lesson 2: Realistic Fiction, Poetry lesson 3: Expository Nonfiction, Poetry lesson 4: Biography, Newsletter lesson 5: News Script, Nonfiction
	Theme 2 : Together We Can (우리가 함께 할 수 있는 것)	lesson 6: Historical Fiction, Time Line lesson 7: Nonfiction, Poetry lesson 8: Photo Essay, Expository Nonfiction lesson 9: Folktale, Legend lesson 10: Mystery, Science Texsbook
	Theme 3 : As We Grow (우리가 자라면)	lesson 11: Realistic Fiction, Fable lesson 12: Realistic Fiction, Postcards lesson 13: Expository Nonfiction, News Feature lesson 14: Expository Nonfiction lesson 15: Advice Column, Realistic Fiction
3.2 (10/15)	Theme 4 : Tales to Tell (말하고 싶은 이야기)	lesson 16: Fairy Tale, Poetry lesson 17: Play, Myth lesson 18: Historical Fiction, How-to-Article lesson 19: Folktale, Poetry lesson 20: Interview, Fable
	Theme 5 : A Place for All (모두를 위한 공간)	lesson 21: Expository Nonfiction, Poetry lesson 22: Informational Narrative, Magazine Article lesson 23: Fantasy, Expository Nonfiction lesson 24: Realistic Fiction, Advertisement lesson 25: Science Fiction, Social Studies Textbook

---

41) 괄호 안의 숫자는 학기별 교과서 한 권 안에 들어 있는 전체 단원의 수에 대하여 자전적 장르를 포함하고 있는 단원의 수를 나타낸다.

Theme 6 : Discoveries (발견)	lesson 26: Fantasy, **Expository Nonfiction** lesson 27: **Expository Nonfiction**, Poetry lesson 28: **Realistic Fiction**, **E-Mail** lesson 29: **Expository Nonfiction**, Poetry lesson 30: **Travel Journal**, Functional Text

표에서 자전적 텍스트로 분류할 수 있는 것은 굵은 글씨로 표시하였다. 각 단원별 구성에서 자전적 텍스트의 유형 분류를 중심으로 그 분포를 알아보면, '일상적 자전'에는 '연대표(Time Line)', '포토에세이(Photo Essay)', '엽서(Postcards)', '기행문(Travel Journal)' 등이 포함될 수 있다. '자서전(Autobiography)'에 대한 언급은 보이지 않는다. '확장적 자전'에 속하는 것으로는 '실화(Nonfiction)', '실화 소설(Realistic Fiction)', '설명적 실화(Ex-pository nonfiction)', '전기(Biography)', '역사 소설(Historical Fiction)', '전자메일(E-Mail)', '인터뷰(Interview)' 등을 찾아볼 수 있다. 교재 내부의 전반적인 장르 분포 양상으로 볼 때 자서전 장르가 빠져있다는 점을 제외하면, 자전적 텍스트가 비교적 많은 부분을 차지하고 있음을 알 수 있다.

그 외에도 '소식지(Newsletter)', '공지사항(News script)', '특집기사(News Feature)', '(신문, 잡지의) 상담란(Advice Column)', '기사 작성법(How-to-Article)', '설명문(Informational Narrative)', '잡지 기사(Magazine Article)', '광고(Advertisement)', '과학 소설(Science Fiction)', '사회 교과서(Social studies Textbook)', '실용문(Functional Text)'와 같은 다양한 텍스트가 제시되어 있다는 점은 우리나라의 초등학교 3학년의 교과서에서 발견하기 힘든 특이한 점이다. 이와 같이 미국의 초등학교 교과서에서는 복합양식의 텍스트 구성을 지향하면서도, 학생들의 실제 삶과 연관된 자전적 텍스트를 중심으로 주제별 학습 내용을 통어하고 통합적 국어교육을 추구하고 있음을 볼 수 있다.

2.2.2. 미국 중학교 교과서에 나타난 자전적 텍스트 활용

미국의 중학교 교과서는 공립학교의 경우 주 차원에서 선택한 교과서 가운데 하나를 선택하여 사용하게 되지만, 사립학교나 학교구 혹은 학교에서 교과서를 채택하는 경우에는 자율적으로 선택하기 때문에 교과서 혹은 교재라고 할 수 있는 것들은 매우 다양하다(우한용 외, 2006). 특히 1990년대 이후 발간된 미국 국어 교과서는 대부분 문학 중심의 총체적 언어 교과서라는 특징을 갖고 있다(이용숙, 2005). 이러한 교과서가 자전적 텍스트 활동의 성격을 잘 반영하는 구조와 내용을 갖추고 있다는 점은 어렵지 않게 찾아볼 수 있다.

'주제 중심의 학습 체제'를 견지하고 있는 미국 교과서는 각 단원별로 보더라도 학습자의 삶과 연관된 많은 주제들을 포함하고 있다. 이용숙 (2005: 209)는 학생들의 삶과 관련된 미국의 중학교 교과서의 단원 구성을 다음과 같이 정리하고 있다.[42]

> 1단원 "스스로 하기"
> 2단원 "나는 누구인가?"
> 3단원 "옳은 일 하기"
> 4단원 "우리는 함께 하여야 한다"
> 5단원 "마음으로 살기"
> 6단원 "이 오래된 지구"
> 7단원 "우리의 고전 유산"
> 8단원 "900 신데렐라: 세계의 민속유산"

---

42) 여기서 분석 대상으로 하고 있는 미국 교과서는 Elements of Literature : First Course(Holt, Rinehart and Winston 출판사, 2000)이다.

각 단원에는 그 주제와 관련된 다양한 장르의 문학작품이 3-14편씩
제시되어 있고, 되도록 일관성 있는 주제의 글들을 한 단원 내에서 비
교·연계시키면서 의사소통을 시키고 있다고 분석한다. 이러한 현상은
학습자들에게 텍스트를 통하여 그들의 삶 또는 경험과 연계하여 교육의
목표를 추구하고 학습의 가치와 의미를 찾을 수 있도록 유도하는 세심
한 장치로 해석된다.

여기서, 이와 다른 주제별 단원 구성을 보이는 'Literature(Pearson
Edu-cation. Inc, 2007)'을 대상으로 자전적 텍스트의 요소를 좀 더 세밀
히 추출하고자 한다. 우리나라의 중학교 1-3학년군 교과서에 해당하는
Grade 7, Grade 8, Grade 9을 대상으로 검토하였다. 먼저 각 권의 단
원 구성을 살펴보면 다음 〈표 3-20〉과 같다.

〈표 3-20〉 'Literature'의 단원별 차례

Grade	unit	Contents in Brief
Grade 7	unit 1	Fiction and Nonfiction
	unit 2	Short Story
	unit 3	Types of Nonfiction : Expository, Reflective, and Persuasive
	unit 4	Poetry
	unit 5	Drama
	unit 6	Themes in Oral Tradition
Grade 8	unit 1	Fiction and Nonfiction
	unit 2	Short Story
	unit 3	Types of Nonfiction : Narrative, Expository, and Persuasive
	unit 4	Poetry
	unit 5	Drama
	unit 6	Themes in American Stories
Grade 9	unit 1	Fiction and Nonfiction
	unit 2	Short Story
	unit 3	Types of Nonfiction : Essays, Articles, and Speeches

unit 4	Poetry
unit 5	Drama
unit 6	Themes in Literature : Heroism

'Literature(2007)'은 각 학년별로 학습해야 할 장르에 일관성을 보인
다. 매 학년의 첫 단원에서는 '허구와 논픽션(Fiction and Nonfiction)'을
학습하고, 각 3단원에서는 학년별 수준에 따라 논픽션의 다양한 유형을
접할 수 있게 된다. 설명적, 반성적, 설득적 논픽션을 아래 학년에 배치
하고, 서사적 논픽션과 에세이, 기사, 연설(담화)를 위의 학년에 배치하
였다. 전반적으로 자전적 텍스트의 성격을 반영하는 단원의 비중이 크
게 자리하고 있다는 사실은 주제별 분류를 통해 보면 더 잘 나타난다.
　각 권에 들어있는 자전적 텍스트를 주제별 분류 안에서 다시 정리해
보면 다음 〈표 3-21〉과 같다.

〈표 3-21〉 'Literature'에 들어 있는 주제별 자전적 텍스트

	Selections By Theme (주제별 분류)	Selections By Type (장르별 분류)
Grade7	Independence and Identity (자립과 정체성)	Autobiography / Reflective Essay / Narrative Essay / Biography
	Common Threads(공통점)	Reflective Essay
	What Matters(상관없어)	Reflective Essay
	Meeting Challengers (도전자를 만나다)	Autobiography / Expository Essay / Persuasive Essay / Narrative Essay / Humorous Essay
	Just for Fun (재미있는 이야기)	Humorous Essay / Narrative Poem
	Deciding What is Right (정의로운 판단)	Persuasive Essay

	Coming of Age (성년이 되다)	Autobiography
	Meeting Challengers (도전자를 만나다)	Biographical Essay / Autobiography / Open Letter / Reflecting Essay
	Quest for Freedom (자유를 추구하다)	Narrative Essay / Historical Essay / Narrative Poem / Diary Entries
Grade8	From Sea to Shining Sea (태평양에서 대서양까지)	Nonfiction / Autobiography / Persuasive Essay / Narrative Poem
	Extraordinary Occurrences (놀라운 이야기)	Autobiography / Chronological Essay / Essay / Critical Essay
	The Lighter Side (인생의 밝은 면)	Narrative Essay / Comparison-and-Contrast Essay
	Spine Tinglers (화제의 고전)	Epic(Odyssey)
	Challengers and Choices (도전과 선택)	Narrative Essay / Autobiography / Expository Essay / Persuasive Essay / Nonfiction
	Moments of Discovery (발견의 순간)	Nonfiction / Autobiography / Reflecting Essay / Expository Essay
Grade9	The Lighter Side (인생의 밝은 면)	Visual Essay / Humorous Essay
	Reflection on the Past, Visions of the Future (과거의 성찰과 미래의 희망)	Descriptive Nonfiction / Essay / Biography
	Hope and Aspiration (희망과 열정)	Persuasive Essay

학년별 교과서 각 권에는 6개의 주제가 제시되어 있는데, 〈표 3-21〉은 각 주제별 학습을 위한 텍스트 중에서 자전적 텍스트로 분류할 수 있는 유형을 찾아 정리한 것이다. 그 특징을 몇 가지로 정리할 수 있다.

첫째, 모든 주제별 학습에서 자전적 텍스트를 활용하고 있다. 주제의 고유한 특성에 따라 활용할 수 있는 자전적 텍스트 유형은 수적으로 증감할 수 있지만 대부분의 단원에서 자전적 텍스트에 대한 인식은 필수적으로 드러나고 있다.

둘째, 자전적 텍스트의 유형이 다양하게 세분되어 있다. 특히 에세이에 집중하여 그 유형을 찾아볼 수 있는데, 여기서 에세이는 거의 모든 분야의 주제를 담을 수 있는 텍스트 양식이 된다. 다만 그 분량이 학생들이 간단하게 써 낼 수 있는 보고서처럼 짧다는 특성이 있다. 자전적 텍스트의 특성을 반영하는 에세이 유형만 하더라도 Essay(에세이)를 위시하여 Reflective Essay(반성적 에세이), Narrative Essay(서술적 에세이), Expository Essay(설명적 에세이), Persuasive Essay(설득적 에세이), Humorous Essay(유머 에세이), Bio-graphical Essay(전기적 에세이), Historical Essay(역사 에세이), Chrono-logical Essay(연대기적 에세이), Critical Essay(비평적 에세이), Comparison-and-Contrast Essay(비교-대조 에세이), Visual Essay(영상 에세이)에 이르기까지 글의 세밀한 특징을 염두에 두고 다양한 각도에서 텍스트를 접할 수 있도록 학습 기반을 확보하고 있다. 그렇다면 자전적 텍스트에 대해 보다 수월하게 접근하기 위하여 에세이의 개념을 도입하는 것도 유용한 방안이 될 듯하다.

셋째, 자전적 텍스트가 갖는 서술상의 특징을 여러 장르로 풀어내어 자전적 텍스트에 대한 장르적 확장을 인식하고 있다. 이를테면 Narrative(이야기)와 Narrative Essay(서사적 에세이), Narrative Poem(서사적 시)은 공통적으로 내러티브(Narrative)를 의식하고 있지만, 표출되는 형태가 확연히 다르다. Biography(전기)와 Biographical Essay(전기적 에세이), Chronological Essay(연대기적 에세이)도 같은 맥락에서 생각할 수 있다. 또 교재에서 단원마다 '쓰기 학습을 위한 항목(Writing Workshop)'[43]을 두고

---

43) 미국의 중학교 교과서 'The Elements of Literature'에서는 단원의 성격에 따라 3-5개의 '의사소통 워크샵(Speaking and Listening Workshop)'이 각 단원마다 모두 제시되어 있다. 이는 단원 학습이 끝난 후 '말하기·듣기', '쓰기', '읽기' 등의 각 영역별 마무리

있는데, 이를 통해서도 Autobiography(자서전), Autobiographical Na-
rrative(자전적 서사), Autobiographical Essay(자전적 에세이) 등으로 학습
의 대상이 되는 장르가 확장되며 제시되고 있는 양상을 확인할 수 있다.

　이상에서 미국의 초등학교와 중학교 교과서를 검토하면서 자전적 텍
스트가 어떤 양상으로 반영되고 있는지 살펴보았다. 이를 통하여 우리
나라의 교육적 정서나 여건을 신중히 고려하여 자전적 텍스트 관련 요
인들을 세심하게 선택하거나 반영 여부를 결정해야 할 과제가 남게 된
다. 이를 자전적 텍스트 교육을 위한 교과서를 제작할 때 고려할 수 있
는 몇 가지 시사점으로 삼고자 한다.
　첫째, 미국의 교과서에서는 Personal Narrative(개인적 서사)의 맥락
에서 다양한 자전적 텍스트를 제시하고, 동학년 학생들의 쓰기 예시를
모델로 활용하고 있다.
　둘째, 미국 교과서는 자전적 텍스트를 읽고 쓰는 활동을 통합적 활동으
로 인식하고 있다. 즉 학습자의 수준에 맞는 읽기 자료를 제시하고 에세이
방식을 활용하여 쓰기 결과물 생산이 용이해지도록 유도하고 있다.
　셋째, 미국의 교과서에서는 각기 다른 주제를 다루는 단원 내부에 다
양한 자전적 텍스트 유형을 포함시킴으로써 다양성과 반복성을 통한 학
습 효과 상승을 도모하고 있다.

　활동 및 평가의 성격을 지닌다(이용숙, 2005: 205). Literature(Pearson Education.
Inc, 2007)에서는 단원마다 '기능 워크샵(Skill Workshop)'이 제시되어 있고, 그 내용
은 '쓰기 워크샵(Writing Workshop)', '맞춤법 워크샵(Spelling Workshop)', '의사소
통 워크샵(Communication Workshop)'으로 구성되어 있다.

서평 비슷한 것

『자서전 비슷한 것』, 구로사와 아키라, 김경남 역(모비딕, 2014)

우리는 누군가의 자서전을 만나기 전에, 그 사람에 대해 궁금함과 흥미로움 섞인 익숙한 느낌을 가슴 한편에 미리 마련해 두곤 한다. 그래서 자서전이라는 장르는 마치 독자에게 이미 익숙한 얼굴을 하고 있는 필자들이 다소 오만한 어깨짓을 하며 써내려가는 서사시 같다. 구로사와 아키라는 시대가 낳은 거장 감독이라고는 하지만 나에겐 익숙한 필자는 아니었다. 다만 『자서전 비슷한 것*Something Like an Autobiography*』이라는 겸손한 제목이 먼저 눈길을 끌었다.

구로사와의 자서전은 두 살 때 욕실에서 목욕을 하다 욕조가 뒤집혔던 기억으로부터 시작된다. 아주 평범하지만 필자가 기억하고 있다는 그 시기만큼은 특별하다. 겁 많고 감성적인 소년 구로사와에게 다치카와 선생님은 오래도록 가슴 저미게 고마운 은사님이었고, 우에쿠사는 끊어질 듯 인연의 끈을 놓지 않는 인생의 오랜 지기지우였다. 그리고 스물여덟의 젊은 나이에 삶을 마감한 형은 구로사와를 영화인의 길로 이끈 일등공신이자 생애에 가장 아픈 상처로 남았다.

필자의 두 살 시절부터 시작된 이야기는 유소년과 청소년기를 지나는 동안 충분히 즐겁고 애틋하기까지 하다. 심지어는 관동 대지진으로 인한 참사를 이야기할 때마저도 필자는 호기심 가득한 눈망울을 하고 모험을 즐기는 순진한 소년의 모습으로 생동감 있게 그려내고 있다.

그리고 영화…

구로사와에게 영화는 이미 열 살 무렵부터 시작된 인생이었다. 그가 어려서부터 보아온 영화들의 목록만 보더라도 예사롭지는 않다. 필자의 삶을 돌아보는 갈피에 정연하게 정리된 명화의 제목들은 구로사와가 거장 감독으로 남은 이유를 짐작하게 해 준다. 사이사이에 꽂힌 구로사와의 흑백 사진들도 이 자서전이 독자에게 주는 색다른 팁이다. 하지만 무엇보다도 구로사와의 명장다운 자서전 구절들을 예사로 지나치기는 힘들다.

> 열악한 조건 속에서는 한 시간이 두세 시간처럼 느껴진다. 하지만 열악한 조건 때문에 그렇게 느껴질 뿐, 한 시간의 작업은 한 시간치 작업일 뿐이다. 그다음부터 나는 가혹한 조건을 만나게 되면, 충분하다고 생각이 들어도 그때부터 다시 세 배는 더 버텼다. 그렇게 해야 겨우 만족할 수 있었다(p.227).

세상의 일들도 그러하다. 최소한 세 배는 더 버텨야 원하는 것을 가까스로 얻어낼 수 있는 경우가 대부분이다.

> 리메이크한 것은 절대로 원작에 미치지 못한다는 사실이 증명되었음에도 불구하고, 여전히 그런 오류를 되풀이하고 있다. 이거야말로 참으로 어리석은 짓이다. 리메이크하는 사람은 원작에 신경을 쓰면서 만든다. 이는 마치 먹다 남은 음식을 재료로 해서 이상한 요리를 만드는 셈이다(p.236).

이는 늘 같은 이야기 밖에 써낼 줄 모르는 이 시대의 게으른 필자들에게 일침을 가하는 부분이기도 하다. 억지로 짜내는 창작 의욕이 독자를 괴롭게 한다는, 게으른 필자의 한 사람으로서 지극히 아픈 구절이다.

이 책의 중반 이후에는 구로사와의 작품들이 만들어진 과정이 각각의 절박한 창작 스토리를 입고 보여진다. 그러다 보니 자신이 제작한 영화들 중에 잘된 작품들에 대해서는 어깨 으쓱한 자부심이 보이고, 다소 아쉬운 작품에 대해서는 겸연쩍은 변명이 들리는 것은 피할 수 없다.

〈주정뱅이 천사〉의 주인공을 시작으로 구로사와의 대표적인 남자 배우가 된 미후네의 이야기만 하더라도 그렇다. 미후네가 주연한 영화를 굳이 보지 않더라도 구로사와가 묘사하고 있는 미후네의 이미지는 충분히 강렬하다. 또 그런 미후네의 재능을 알아본 구로사와의 감각도 가히 천재적이라고 어렵지 않게 인정할 수 있다. 하지만 필자는 자신이 미후네를 발견해서 키운 것이 아니며, 배우 미후네를 발굴한 것은 센 짱과 야마 상이었고 본인은 그저 미후네로 하여금 배우로서의 재능을 마음껏 발휘하게 했을 뿐이라며 오히려 두어 걸음 물러선다. 한 곡의 멋진 교향곡을 지휘한 지휘자가 돌아서서 객석에 보내는 자부심 어린 머리숙임과도 같다.

> 배우는 어떤 배역에서 성공하면 그 배역에 묶이는 경향이 있다. 그것은 대개 배우를 쓰는 쪽의 편의와 안이한 생각 때문이지만, 그것만큼 배우에게 불행한 일은 없다. 되풀이해서 판에 박은 듯 같은 역할만 해야 하는 건 견디기 힘든 일이다. 끊임없이 새로운 역할을 맡겨 신선한 과제를 주지 않으면, 배우는 물을 주지 않는 화초처럼 말라버린다(p.290).

사람들의 삶도 그렇고 글쓰기도 그러하다. 타성에 젖기 시작하면 벗어나기 두려워지고, 스스로를 일정한 배역 안에 가두고 안주한다. 이렇

게 구로사와의 인생에 깊이 들어와 있는 영화는 독자들이 경험하는 인
생의 가까이에서 보편적인 삶의 이치를 깨닫게 해 준다. 구로사와의 영
화 인생을 통해 비추어주기에 각별한 공감으로 고개를 끄덕이게 된다.

> 영화 속의 인물들은 모두 살아서 작가 마음대로 되지 않는다. 만일 작가
> 마음대로 되는 꼭두각시 같은 인물이라면 어떤 매력도 보여주지 못한다
> (p.304).

다른 표현 활동에서도, 글쓰기에서도 다르지 않다. 우리가 나타내고
자 의도했던 상황이나 인물들은 받아들이는 이의 입장에서 철저하게 재
구성되기 때문이다. 그래서 필자가 어떤 주제에 대하여 아무리 독자의
구미에 맞는 글을 쓰려고 애를 쓴다 하더라도 독자는 그 노고에 전혀
개의치 않고 각자의 입맛에 맞도록 재해석해 버린다. 여기서 필요한 것
이 바로 공감의 코드이다. 구로사와는 자서전 안에서 독자에게 특별한
공감 코드를 요구하지 않는다. 자기의 자리에서 할 수 있는 변명과 공치
사, 원망과 고마움을 한데 모아 그저 자서전 비슷한 스토리로 엮어 두었
다. 그래서 그의 자서전은 편히 읽히고, 영화로 일관한 삶을 만나면서도
보통 사람들의 삶을 돌아보게 한다. 구로사와의 영화들도 그런 공감 코
드로 훗날까지 명작으로 남을 수 있었던 것이 아닐까 싶다. 그가 생각하
는 감독의 시선이라는 의미가 그렇듯이,
 "무엇을 주시한다는 건 그것에 시선을 고정시키는 것이 아니라, 자연
스럽게 그것을 감지하는 것"이므로.

제4장

자전적 텍스트를 어떻게 읽고 쓸까

이 장에서는 앞서 검토한 우리나라와 미국의 교육과정과 교과서에 대한 검토를 기초로 자전적 텍스트 교육과정의 윤곽을 짜고 이에 따른 교재 구성의 예를 제시하고자 한다. 자전적 텍스트 교육이 교육 현장에서 실효성 있는 주제로 자리매김하기 위해서는 학습자를 고려하는 가장 기본 원칙이 전제되어야 한다. 이 연구에서는 이를 학습자 발달의 원리라고 보았다. 따라서 보편적 학습자 발달의 원리에서 끌어올 수 있는 자전적 텍스트 교육의 체계를 바탕으로 기존의 교육과정과 교과서를 통하여 얻은 시사점을 종합하여 논의를 진행하고자 한다.

1. 자전적 텍스트 교육 내용 구성을 위한 학습자 발달 원리

자전적 텍스트 교육을 위하여 교육과정을 설계하고 교과서로 구안하기 위해서는 자전적 텍스트가 지닌 인지적·정의적 목표를 고려하여 교수-학습 내용의 구성을 위한 기준과 체계가 마련되어야 한다. 여기서 학습자의 수준과 발달에 관한 원리를 근간으로 삼을 수 있다. 학습자에게 제시되는 자전적 텍스트들은 객관적 교육과정에 의거하여 학습자의 인지적·정의적 발달 단계에 적합한 교과서로 구안되고 체계적인 교수-학습 활동으로 연계되어야 하기 때문이다.

자전적 텍스트 내용 구성의 기준을 마련하기 위해서는 학습자들의 인지적 발달이나 언어능력 발달, 사회성 발달, 정서 발달 등 다양한 발달 단계에 대한 검토가 필요하다. 이에 관련해서는 교육학 분야의 성과물로부터 그 내용 항목을 추출하는 것이 일반적이다. 다소 추상적이지만, 이러한 요소들을 국어교육 안으로 들여와 구체적 텍스트 교육에 활용하고자 한다. 발달이라는 개념 자체가 추상적이고 포괄적인 성격을 띠므로 텍스트에 관련한 지식과 기능, 태도 등 다양한 각도에서 기준을 제시하는 것이 중요할 것이다. 여기서는 학습자의 총체적(신체적, 인지적, 정서적, 사회적 차원) 발달 단계, 말하기·읽기·쓰기 능력 등 언어사용 기능의 발달 단계, 그리고 학습자의 발달에 따른 텍스트 선정 단계로 나누어 큰 기준점을 잡고자 한다. 이는 결국 학습자 발달의 원리를 고려한 자전적 텍스트 교육의 체계를 큰 그림으로 먼저 그려보고자 함이다.

1.1. 총체적 단계별 발달

자전적 텍스트의 기본적 성격이 개인의 발달적 측면을 중요시하고 있으므로 먼저 신체적, 인지적, 정서적, 사회적 차원에서 학습자의 발달 단계별 특성에서부터 접근해 보자.

〈표 4-1〉 학습자의 발달단계별 특성 비교(김성일, 2008: 865)

		신체적	인지적	정서적/동기적	사회적
대학교 (4)	21세	성적 활동 증가	창의적 활동	자아정체성 갈등/형성 정서적 성숙	진로탐색
	20세				
	19세				
	18세				
고등 학교 (3)	17세	성적 활동	형식적 사고 능력 증가 정치적 사고	정신질환, 이상증세 급증 우울/자살 빈도 증가	성인의 영향 큼 친구관계불안 큼(여)
	16세				
	15세				
중학교 (3)	14세	호르몬의 변화 성적 성숙	사고능력 발달 학습 속도 빠름 자기주장적	정서이해 증가 자아개념 형성 자기평가 또래 영향	대인관계능력 발달 타인이해 동조경향 증가
	13세				
	12세				
초등 학교 (6)	11세	급격한 신체적 변화 왕성한 활동	논리적 사고 가능 지식습득의 다양성 이해 학습이 통제 가능하다고 믿음 학습 효율성 낮음	자기효능감이 중요 가족관계의 변화 비판에 민감 실패에 적응 어려움 교사를 기쁘게 하려 함	강력한 또래관계 선택적 친구관계 빈번한 언쟁 규칙에 집착
	10세				
	9세				
	8세				
	7세				
	6세				
유아 교육 (3)	5세	신체 발달 큰 근육 발달	뇌 발달 언어구사능력발달	빈번한 감정 표현 인정 욕구 큼(질투)	집단놀이 선호 한 두명의 가변적 친구
	4세				
	3세				

김성일(2008)은 학습자 중심의 학제 개편을 위해 반드시 고려해야 할 대표적인 인간 발달 과정상의 주요 특성을 위의 〈표 4-1〉과 같이 정리하였다. 기초적 문식성이 형성되는 초등학교 시기와 사고능력이 가장 발달하는 중학교 시기는 자전적 텍스트 교육을 위한 인지적·정의적 요인을 가장 많이 포함하는 시기로 나타난다.[1] 표 내부에 음영으로 표시

한 부분을 통하여 확인할 수 있다.

특히 초등학교에서 중학교로 진학하는 시기에 부정적 자아개념이 형
성될 가능성이 높다(김성일, 2008)는 논의, 국내의 중학생이 고등학생보
다 자아정체감 발달이 빠르다(박아청, 2004)는 논의, 연령이 증가할수록
자아개념이 부정적으로 발달한다(송인섭, 1997)는 논의 등은 이 시기에
자아정체성 발달을 위한 구체적인 교육적 조치가 절실함을 시사한다.
김정환(2010)은 초등학교 5,6학년과 중학교 1,2학년 학생들을 대상으로
가치관, 각 가치관 하위요소 및 실제 기능이 학년과 학교급의 진급에
따라 부정적 또는 소극적으로 변화하는 경향을 확인하였다. 이러한 결
과를 통하여 청소년 초기에 있는 초등학교 고학년과 중학생의 인지적
능력과 정의적 특성의 발달이 조화를 이룰 수 있도록 하는 것이 중요하
다는 사실을 알 수 있다. 또 학교 교육의 차원은 물론 각 교과별 방향과
체제에 변화의 필요성을 강조하는 것이 중요하다는 해석이 가능하다.

1.2. 언어 사용 기능의 단계별 발달

이번에는 언어 사용 능력 중에서 자전적 텍스트 활동에 가장 핵심적
인 부분을 차지하는 읽기 능력과 쓰기 능력에 관련한 발달 이론을 검토

---

1) 김재은(1990: 86-87)은 역할 수행 특성에 따른 발달 단계를 다음과 같이 소개하고
   있다.
   ① 자기중심적 역할 수행(4~6세)
   ② 사회적 지식 역할 수행(6~8세)
   ③ 자기 성찰적 역할 수행(8~10세)
   ④ 상호적 역할 수행(10~12세)
   ⑤ 사회적·인습적 체계 역할 수행(12세 이상)
   자기 성찰적 역할 수행이 이루어지는 시기가 초등학교 저학년 시기라는 점은 자전적
   텍스트 교육이 시작 가능한 최저 시점과 맞물려 보인다.

해 보자. 최숙기(2011a)는 읽기 발달 단계에 대한 제 이론들을 일반화하여 5단계로 제시한 바 있다. 간략히 정리하면 다음과 같다.

> **1단계 '읽기 준비기'**: 읽기가 본격적으로 학습되기 이전의 단계. 독자로서 가장 기본적인 능력인 글을 읽을 수 있는 단계 이전의 상태.
>
> **2단계 '읽기 입문기', '독립적 읽기 초기'**: 문자 습득이 성숙하여 스스로 글을 해독할 수 있는 상태. 독자가 타인의 도움 없이 본격적으로 글을 읽을 수 있는 시기이며 읽기를 학습하는 시기. 대개 초등학교 1학년 시기.
>
> **3단계 '기초 기능기', '읽기 유창성기'**: 습득한 문자 관계를 더욱 강하게 연결 짓고 이러한 과정을 점차 자동화하여 읽기 유창성을 보다 확장시키는 시기. 많은 양의 읽기 자료 제공이 필요.
>
> **4단계 '기초 독해기', '자립 읽기기'**: 묵독에 기반하여 보다 다양하고 높은 수준의 독해로 나아가는 시기. 학습을 목적으로 하는 내용 교과 독서가 부각. 초등학교 중학년 시기.
>
> **5단계 '읽기 독립기', '읽기 정교화기'**: 사실적, 추론적, 비판적, 창의적 이해 등 다양한 수준의 독해가 가능한 시기. 중학교 이상

2단계부터 5단계가 공통교육과정 시기에 속하며 자전적 텍스트 교육에 필요한 읽기의 기능과 전략 내용으로서 참고할 만하다.

한편 학습자의 쓰기 발달 단계의 체계는 Bereiter(1980)에서 논의를 끌어오는 것이 일반적이다. Bereiter(1980)의 쓰기 발달 단계는 학습자의 연령이나 수준, 단계가 높아짐에 따라 어떤 수준의 쓰기가 이루어질 수 있는지 쓰기 내용의 위계를 잘 보여준다. 그가 제시한 다섯 단계를 정리하면 다음과 같다. 이것을 통하면 단순 연상적 쓰기(Associative Writing)에서 비롯하여 인식적 쓰기 단계(Epistemic Writing)에 이르기까지 학습자의 발달 수준을 고려하여 쓰기 전반의 위계를 나타내기 쉽다.

〈표 4-2〉 쓰기 발달 단계(Bereiter, 1980)

① 단순 연상적 쓰기 단계 (Associative Writing)	문자 언어와 관념 언어의 유창성이 결합되어 쉽게 이해할 수 있는 글을 생산할 수 있는 단계. 어떤 생각이든 머릿속에 떠오르는 순서대로 글을 써내려가는 단계로 사실상 아이들이 스스로 받아쓰기를 하고 있는 단계
② 언어 수행적 쓰기 단계 (Performative Writing)	특정 부분에서 주의를 요하는 많은 통합 기술로 구성된 문체상의 관습적 지식과 단순 연상적 쓰기의 통합으로 구성되어 쓰기 수행이 자동화되는 단계
③ 의사소통적 쓰기 단계 (Communicative Writing)	언어 수행적 쓰기가 사회적 인식과 통합된 단계. 이때 쓰기는 독자에게 의도된 효과를 얻기 위해 계산된 것
④ 통합적 쓰기 단계 (Unified Writing)	다른 사람의 관점은 물론 독자로서 필자의 관점까지 고려하는 단계. 필자로서 글을 어떻게 써야 하고 어떻게 중요한 피드백의 고리가 형성되는지에 대한 더 많은 지식을 습득하게 되고 필자의 개인적인 문체와 관점이 발달하기 시작하는 단계. 이 단계부터 쓰기는 단순히 도구적인 기술이 아니라 생산적인 기술이 된다.
⑤ 인식적 쓰기 단계 (Epistemic Writing)	쓰기의 과정에서 지식이 수정될 때 인식적인 기능을 하는 단계

　　노명완 외(1991: 353-354)에서도 Bereiter(1980)의 여섯 가지 기능을 언급하면서 "어느 하나의 체계에 속하는 작문 기능들을 자동화된 기능으로 습득하고 난 다음에 보다 높은 수준의 체계에 속하는 작문 기능을 통합하여 자동화된 기능으로 획득하게 한다."라고 설명한다. 그러나 이성영(2000)에서 단순 연상적 글쓰기 이후의 단계에서는 선적으로 발달하는 것이 아니라 동시에 진행된다는 견해에 주목하게 된다. 즉 단순 연상적 글쓰기 단계를 거친 아동들이 '독자', '사고 혹은 내용', '텍스트 구조와 관습'이라는 세 가지 축을 중심으로 동시에 통합적으로 발달해 간다는 것이다.

　　자전적 텍스트 활동 중에서 '일상적 자전 활동'에는 '자기 소개하는 말하기'가 포함되어 있다. 이런 상황을 고려한다면 천경록(1998)도 참고할 만하다. 천경록(1998: 42)은 '상황에 맞게 말하기'를 예로 들어 언어 사용 기능의 성취 기준을 다음과 같이 단계화하였다.

〈표 4-3〉 언어 사용 기능의 성취 기준 단계(천경록, 1998)

1수준 = 지식
2수준 = 지식 + 설명
3수준 = 지식 + 설명 + 적용
4수준 = 지식 + 설명 + 적용 + 변용

1수준의 학습자는 '상황에 맞는 말하기'에 대한 단언적 지식을 갖추고 있는 정도이고, 2수준의 학습자는 다른 사람에게 지식 그 자체로 설명할 수 있는 학습자의 수준을 이른다. 3수준의 학습자는 어떤 기능에 관련된 지식을 알고 남에게 설명할 수 있을 뿐만 아니라 절차적 지식으로서 그 기능을 다른 사람 앞에서 실연할 수 있는 수준이다. 4수준의 학습자는 기능을 주어진 조건에서 실연할 뿐만 아니라 초인지적인 전략을 활용하여 유연하게 새로운 상황에 변용하여 활용할 수 있는 수준을 말한다.

1.3. 텍스트 수준에 따른 단계별 발달

자전적 텍스트 교육에서 중요한 문제 중 하나는 구체적 텍스트 선정에 관한 것이다. 이주섭(1999)와 최숙기(2011b)는 가장 기초적인 기준을 세울 만한 요소들을 제공해 준다. 이주섭(1999: 307)은 학습자에게 제공되는 학습 자료의 수준에 따른 준거를 통하여 아래와 같은 체계를 제시하고 있다.

〈표 4-4〉 학습 자료 수준에 따른 단계(이주섭, 1999)

	보충 활동 ⟨————————⟩	심화 활동
1. 친숙성 정도에서	친숙하다 ⟨————————⟩	낯설다
2. 구체성 정도에서	구체적이다 ⟨————————⟩	추상적이다
3. 단순성 정도에서	단순하다 ⟨————————⟩	복잡하다
4. 구조성 정도에서	구조적이다 ⟨————————⟩	덜 구조적이다
5. 사실성 정도에서	사실적이다 ⟨————————⟩	논리적이다

미국의 자국어 교육과정은 국가 차원에서 존재하는 것은 없고, 2010년에 교육감 협의회와 전국주지사협의회 이름으로 나온 CCSS가 현재 미국의 교육과정을 대표한다고 할 수 있다(이관규, 2013). 최숙기(2011b)는 미국의 공통핵심교육과정CCSS(The Common Core State Standards)[2]에서 학습자의 수준별로 읽기 텍스트의 구조가 변하는 양상을 명시하고자 하였다. 이는 자전적 텍스트를 비롯하여 다양한 텍스트 교육에서 단계별 설정이 필요할 때 고려할 수 있는 기초적 근거로 삼을 수 있다.

〈표 4-5〉 텍스트 복잡도의 질적 차원의 평가 루브릭의 예(최숙기, 2011:19에서 재인용)

질적 차원	복잡도가 낮은 텍스트	1점	2점	3점	4점	5점	복잡도가 높은 텍스트
텍스트구조	단순						복잡
	명시						암시
	관습적						비관습적

---

2) 최숙기(2011b: 8)에 의하면 "CCSS는 학년별 성취 기준을 달성하는데 적합한 텍스트를 추상적인 이론이나 가설에 근거하지 않고 실증적이고 합리적인 텍스트 위계화 절차를 토대로 하여 선정하였다. CCSS는 읽기 교육의 장면에서 교사가 학년별 수준에 적절한 텍스트를 설정하고 이를 바탕으로 하여 읽기 교육과정의 내용 요소나 성취 기준을 달성하도록 효과적으로 지원하도록 한다."

연대기 순으로 관련된 사건들		·		연대기 순에서 벗어난 사건들
공통 장르 혹은 하위 장르적 특징				특정 법칙에 관련된 구체적 특징
간단한 그래픽				추상적인 그래픽
텍스트 이해를 돕는데 불필요하거나 매우 부수적인 그래픽				텍스트 이해에 필수적인 그래픽 혹은 텍스트에서 전달하지 않은 정보를 제공하여 줄 수 있는 그래프

〈표 4-5〉에서 자전적 텍스트와 관련하여 특히 주목되는 부분이 있다. '연대기 순으로 관련된 사건들'은 자전적 텍스트의 가장 기본적인 형식을 보여주는 부분이다. 시간의 흐름에 따라 이야기 구조를 파악하거나 이야기를 구성하는 것은 자전적 텍스트 활동의 가장 기초적 활동이 될 수 있지만, 학습자의 단계가 진행되면서 텍스트 안에서 연대기 순에서 벗어난 구조를 보이더라도 자전적 텍스트의 개념 안에서 유연하게 인지할 수 있는 능력이 요구되기 때문이다.

또 설명적 텍스트로 그 범위를 한정하긴 하였지만, 텍스트 구조에 대한 중요성을 인식하고 이를 대상으로 이해력과 표현력의 발달 과정을 통찰하고자 한 김봉순(2000)의 연구도 참고할 만하다. 이 논의에 따르면 텍스트 구조의 이해력 발달은 1학년부터 11학년까지 거의 모든 학년마다 조금씩 차이를 보이며 꾸준히 발달하는데, 발달의 상태는 관계 유형별로 다르게 나타난다. 1-3학년에서는 구조의 깊이와 체계성이 극히 낮아서 텍스트 구조에 대한 인식이 거의 없는 상태이고, 4학년부터 텍스트 구조에 대한 인식이 표현에 반영된다고 보았다. 또 6학년 이후 7학년부터 안정기에 접어들며, 10학년 이후로 텍스트 구조에 대한 확실한 인식을 가지고 쓴다고 하였다. 실제 지도에 있어서는 과제의 성격에 따라 그 수준과 난이도가 조정될 수 있겠지만, 이러한 분류 체계는 설

명적 텍스트가 아니더라도 일반적인 텍스트의 유형 교육에 시사하는 바
가 크다.

1.4. 학습자 발달 원리를 고려한 자전적 텍스트 교육 체계

이상에서 검토한 내용을 바탕으로 자전적 텍스트 교육의 구체적 내용
구성에 적용할 수 있는 학습자의 분야별 발달 단계를 다음과 같이 재구
조화해 볼 수 있다.

〈표 4-6〉 자전적 텍스트 교육 내용을 위한 학습자의 분야별 발달 단계

발달기준↓	학년→	1	2	3	4	5	6	7	8	9
자전적 텍스트 구조 발달		자전적 텍스트 전기 (도입기)			자전적 텍스트 중기(상승기)		자전적 텍스트 후기 (안정기)			
자전적 텍스트 활용		일상적 자전+확장적 자전			일상적 자전+자서전+확장적 자전					
총체적 발달3)	인지적	지식습득의 다양성 이해 학습 효율성 낮음					자기주장적			
	정서적	자기효능감 중요 가족 관계 변화 비판에 민감					정서 이해 증가 자아개념 형성 자기평가			
	사회적	규칙에 집착					대인관계능력 발달 타인 이해			
언어사용 기능 발달	읽기4)	읽기 입문기	기초 기능기		기초 독해기		읽기 독립기			
	쓰기5)	단순연상적+언어수행적+(의사소통적)+(통합적)+(인식적)								
	말하기	지식+(설명)			지식+설명+(적용)		지식+설명+적용+(변용)		지식+설명+적용+변용	

텍스트 수준 발달[6]	단순 ····································· 복잡
	구체적(명시적) ····························· 추상적(암시적)
	친숙함 ································· 낯섦
	구조적 ···································· 덜 구조적
	사실적 ···································· 논리적
	연대기순 ····························· 비연대기순
	공통장르 ······························ 특정장르

〈표 4-6〉은 자전적 텍스트 교육의 구체적 내용을 분류, 구성하기 위해서 학습자의 분야별 발달 단계를 반영하여 표 하나로 정리하여 나타낸 것이다. 여기에 나타낸 분류의 기준은 다분히 포괄적이며, 세부적인 기준으로 해석하기에 유동적인 성격을 드러낸다. 그러나 학습자의 발달 수준과 학습 단계에 적절한 자전적 텍스트의 교육과정 내용을 설계하고 교과서로 구성하여 교수-학습으로 이어지는 과정에서 고려할 수 있는 가장 기초적인 기준으로 삼고자 한다.

---

3) 김성일(2008)에서 보이는 학습자의 총체적 발달 단계에서는 텍스트 활동과 직접적인 관련이 없는 신체적 발달은 제외하였다. 또 공통교육과정에 해당하는 시기의 학습자 발달 단계 내용만을 검토 대상으로 하였다.

4) 최숙기(2011a)의 논의에서는 '읽기 준비기'를 제외하고 학습자의 기초적인 문식성이 나타날 수 있는 시기부터 대상으로 하였다. 또 각 단계별로 학습자의 학년이 정확하게 드러나지 않는 점을 문맥과 유사한 범위 내에서 재구성하였다.

5) Bereiter(1980)의 발달 단계는 학자들마다 적용하는 학년 수준이 다르게 나타난다. 여기서는 이은미(2011)에서 발달 단계를 단선적인 구조로 보지 않고 공통교육과정까지는 단순연상적 단계와 언어수행적 쓰기가 이루어진다고 보고, 나머지 의사소통적, 통합적, 인식적 쓰기 단계는 학습자의 개별적 단계에 따라 자의적으로 내포하는 관계로 보는 입장을 견지하고자 한다.

6) 이러한 기준은 이종섭·민병욱(2008)에서 피아제의 인지 발달 단계를 고려하여 문학 교육 내용의 조직 방법으로서 발달 과정을 추출한 내용과도 유사하다.

2. 자전적 텍스트 교육을 위한 교육과정 설계

이 절에서는 자전적 텍스트 교육을 위해 필요한 교육과정상의 내용 체계표를 구성하고 영역별 성취 기준과 자전적 텍스트 자료의 예를 제 안하고자 한다. 이는 앞서 제3장에서 검토한 우리나라와 미국의 국어 교육과정에서 자전적 텍스트와 관련하여 검토한 내용을 기초로 하고 〈표 4-6〉에서 자전적 텍스트 교육을 위한 학습자 발달 단계를 함께 고 려하고자 하였다. 이로써 자전적 텍스트 교육을 위한 교재를 구안하기 위한 이론적 근거를 마련하고자 한다.

2.1. 자전적 텍스트 교육의 내용 체계

먼저 자전적 텍스트와 관련된 우리나라와 미국의 교육과정에서 공통 적으로 나타나는 언어활동 유형이 듣기·말하기, 읽기, 쓰기 활동이라 는 점을 감안하여 현행 교육과정의 내용 체계표를 다음과 같이 재구조 화할 수 있다. 우리나라의 현행 교육과정 체계를 기준으로 삼는다면 문 법 영역과 문학 영역까지 고려해야 할 것이다. 이는 차후 자전적 텍스 트 교육 내용의 성취기준을 구안하면서 구체적인 모습으로 보이고자 한다.

〈표 4-7〉 자전적 텍스트의 내용 체계(듣기·말하기 영역)

자전적 텍스트		
■ 다양한 유형의 자전적 텍스트 듣기·말하기 - 일상적 자전 - 자서전 - 확장적 자전 ■ 매체를 활용한 자전적 텍스트 듣기·말하기		
지식	**기능**	**태도**
■ 자전적 텍스트듣기·말하기의 본질과 특성 ■ 자전적 텍스트듣기·말하기의 유형 ■ 자전적 텍스트 듣기·말하기와 맥락	■ 자전적 텍스트를 활용한 듣기·말하기의 상황 이해와 내용 구성 ■ 자전적 텍스트를 활용한 단계적 말하기·듣기 ■ 자전적 텍스트듣기·말하기를 통한 상호 작용과 관계 형성 ■ 자전적 텍스트듣기·말하기의 점검과 조정	■ 자전적 텍스트듣기·말하기의 가치와 중요성 ■ 자전적 텍스트 듣기·말하기에 대한 동기와 흥미 ■ 자전적 텍스트듣기·말하기에 공감과 배려 ■ 자전적 텍스트 듣기·말하기의 생활화

〈표 4-8〉 자전적 텍스트의 내용 체계(읽기 영역)

자전적 텍스트		
■ 다양한 유형의 자전적 텍스트 읽기 - 일상적 자전 - 자서전 - 확장적 자전 ■ 매체를 활용한 자전적 텍스트 읽기		
지식	**기능**	**태도**
■ 자전적 텍스트읽기의 본질과 특성 ■ 자전적 텍스트읽기의 유형 ■ 자전적 텍스트 읽기와 맥락	■ 자전적 텍스트의 형식과 내용 이해 ■ 자전적 텍스트의 단계적 읽기 ■ 자전적 텍스트의 감상과 평가	■ 자전적 텍스트읽기의 가치와 중요성 ■ 자전적 텍스트 읽기에 대한 동기와 흥미 ■ 자전적 텍스트 읽기의 생활화

〈표 4-9〉 자전적 텍스트의 내용 체계(쓰기 영역)

자전적 텍스트 ■ 다양한 유형의 자전적 텍스트 쓰기 – 일상적 자전 – 자서전 – 확장적 자전 ■ 매체를 활용한 자전적 텍스트 쓰기		
지식	기능	태도
■ 자전적 텍스트쓰기의 본질과 특성 ■ 자전적 텍스트쓰기의 유형 ■ 자전적 텍스트 쓰기와 맥락	■ 자전적 텍스트 쓰기의 계획 ■ 자전적 텍스트의 단계적 쓰기 ■ 자전적 텍스트쓰기 과정의 점검과 조정	■ 자전적 텍스트쓰기의 가치와 중요성 ■ 자전적 텍스트 쓰기에 대한 동기와 흥미 ■ 자전적 텍스트 쓰기의 윤리 ■ 자전적 텍스트쓰기의 생활화

이와 같이 자전적 텍스트를 내용 체계표 안에서 '실제'로 두고 자전적 텍스트 중심의 내용 체계표를 재구성해 볼 수 있다. 이는 논의의 편의상 현행 2009 개정 교육과정의 체계를 그대로 유지하면서 각 요소들을 자전적 텍스트 교육의 맥락에서 재해석한 것이다. 이는 자전적 텍스트 중심의 교육과정을 구성할 때 기본적인 근거나 자료로 활용할 수 있다.[7)]

그러나 자전적 텍스트 교육을 위한 영역별 내용 체계를 〈표 4-7〉, 〈표 4-8〉, 〈표 4-9〉와 같이 단순히 현행 교육과정 체계표에 기대어 설정하는 것만으로 자전적 텍스트 교육에서만 갖는 성격을 설명하기는 힘

---

7) 이런 맥락으로 보면 비자전적 텍스트에 관련해서도 같은 체제의 내용 체계표가 만들어 질 수 있다. 그러나 교육 대상이 되는 텍스트를 자전적 텍스트와 비자전적 텍스트로 양분하는 것은 합리적이지 못하다. 비자전적 텍스트 안에서도 다시 설명적 텍스트나 논증적 텍스트, 문학적 텍스트와 같은 세부 분류가 가능하기 때문이다. 여기서 제시한 자전적 텍스트의 내용 체계는 자전적 텍스트를 국어교육에서 중요한 부분으로 인식하고 이를 교육적으로 활성화시킬 수 있는 방안을 모색하는 사고를 보이는 과정적 틀로 도출되었음을 밝혀둔다.

들다. 그 다음 단계로 더 세밀한 범위에서 내용 체계표 구성이 필요하다. 내용 체계표의 실제 영역에 자리 잡고 있는 다양한 목적에 따른 자전적 텍스트 유형은 다시 세부적 자전적 텍스트별로 각각의 내용 체계표를 구성할 수 있다. 예를 들면, '일상적 자전' 중에서 일기나 자기소개, '자서전'에서는 자서전이나 자전 소설, '확장적 자전'에서는 전기나 자전적 영상 등에 관한 각각의 내용 체계표가 만들어질 수 있을 것이다. 그 중 '자서전'을 통해 보일 수 있는 내용 체계표의 예시를 쓰기 영역에서 구성하면 다음과 같다.

〈표 4-10〉 자서전 교육의 내용 체계(쓰기 영역)

자서전		
- 다양한 주제를 다룬 자서전 쓰기 - 매체를 활용한 자서전 쓰기		
지식	**기능**	**태도**
■ 자서전 쓰기의 본질과 특성 ■ 자서전 쓰기의 유형 ■ 자서전 쓰기와 맥락	■ 자서전 쓰기의 계획 ■ 자서전의 단계적 쓰기 ■ 자서전 쓰기 과정의 점검과 조정	■ 자서전 쓰기의 가치와 중요성 ■ 자서전 쓰기에 대한 동기와 흥미 ■ 자서전 쓰기의 윤리 ■ 자서전 쓰기의 생활화

교육과정의 내용 체계와 관련하여 '자서전'을 비롯한 다양하고 개별적인 자전적 텍스트 유형마다 위의 〈표 4-10〉와 같이 소단위의 내용 체계표가 다시 구성될 수 있다.

그런데 이렇게 자전적 텍스트에 대해 의식하고 의도적으로 구성한 내용 체계표는 실제 영역별 성취 기준 진술로 이어질 때 몇 가지 문제점을 드러내게 된다.

첫째, 자전적 텍스트 교육에 필요한 내용 체계의 활동 영역이 표에서 나타나듯이 정확하게 나누어 생각하기 힘들다는 점이다. 텍스트 중심의 교육이 이루어질 때 이렇게 의식적으로 활동 영역을 구분하게 되면 텍스트와 어울리지 않는 활동 내용을 구성해야 하는 상황이 발생한다. 따라서 텍스트를 중심으로 하는 통합적 내용 체계 진술이 더 효과적이라는 판단에 이르게 된다. 교육과정에서 내용 체계 진술의 항목이 많고 범위가 넓어지다 보면 여기서 도출되는 텍스트의 세부 영역 성취 기준이나 내용 성취 기준에서 여전히 구체화될 수 없기 때문이다.

둘째, 자전적 텍스트의 교육 내용을 지식, 기능, 태도 영역으로 유목화하기 어렵다는 점이다. 자전적 텍스트는 생산자와 수용자를 중심으로 하는 성찰과 소통을 가장 큰 교육적 목표로 인지하므로 그 구성 요소에 있어서도 그러한 주제적 측면을 반영하여야 할 것이다. 지식, 기능, 태도에 관한 영역이 고루 들어가 있다 하더라도 그 진술이 다분히 포괄적이고 추상적인 성격이 강하면 교육하고자 하는 텍스트의 본질적 측면을 간과할 수 있기 때문이다.

그렇다면 자전적 텍스트의 교육 내용 윤곽을 제시할 수 있는 내용 체계의 틀을 바꾸어 보는 시도가 가능하다. 이때 학습 목표에 부합하는 자전적 텍스트를 선정하고 그 내용을 전달하기 위하여 먼저, 적용 방법에 있어서 발달적 적합성[8]에 관심을 기울여야 한다. "발달의 연속과 불연속성, 발달의 사실과 가치, 발달의 개인성과 사회성을 복합적으로 고려(최인자, 2007b: 84)"하는 것은 이 연구에서 교육적 기초로 삼고 있는 부분이기 때문이다. 물론 이 과정에서 자전적 텍스트 교육을 위하여 학

---

8) 발달적 적합성이란, "교육의 방법이나 실제는 아동이 사고하고 학습하는 방식과 부합해야 한다는 당위성에서 비롯된 개념이다(C. H. Hart, D. C. Burts, R. & Charlesworth, 2001: 227에서 재인용)". 특히 최인자(2007)은 이때의 '적합성'(good of appropriateness)은 맥락적 발달 이론에서 발달과 맥락과의 상호성을 중시하기 위한 개념으로, 텍스트와 발달의 상호관련성을 드러내기 위한 개념으로 사용하고 있는데 이 연구에서도 그와 견해를 같이 하고자 한다.

습자 발달 단계의 추상적 이론이나 도식을 의식적으로 적용하기보다는 자전적 텍스트 교육의 목표와 내용이 학습자의 발달 수준과 만나는 지점을 찾아 역동적으로 재구성되어야 할 것이다. 이는 자전적 텍스트 교육 프로그램이 학습자의 삶의 소통에 유의미하게 관여하면서, 학습자의 욕구를 충족시키기 위해서는 학습자의 발달[9] 과정에 적합한 것이어야 함을 뜻한다.

이러한 논리를 기초로 하여 다음과 같이 자전적 텍스트 교육을 위한 교육과정상의 새로운 내용 체계표를 구성해 볼 수 있다.

〈표 4-11〉 자전적 텍스트의 내용 체계(통합 영역)

(자전적) 담화 / 글 / 문학 작품 / 매체			
언어 사용 목적에 따른 분류 : 정보 전달, 설득, 친교 및 정서 표현 텍스트의 유형에 따른 분류 : 일상적 자전, 자서전, 확장적 자전 의사소통 방향에 따른 분류 : 자기 내면과의 소통, 타인을 포함한 삶과의 소통 텍스트의 활동 영역 분류 : 듣기·말하기, 읽기, 쓰기, 문법, 문학			
㉠ 상황/맥락	㉡ 생산자/수용자	㉢ 내용	㉣ 효과
- 거시적 상황/맥락 - 미시적 상황/맥락	- 내적 의사소통 - 외적 의사소통	- 인지 과정 - 상위 인지	- 인지적 효과 - 정의적 효과
■ 자전적 텍스트의 수용에서 필자의 시대적, 상황적 이해 ■ 자전적 텍스트 수용에서 수용자의 상황과 태도 인식 ■ 상황과 목적에 따른 자전적 텍스트 계획과 활용	■ 자신과의 의사 소통의 필요성 인식 ■ 타인과 삶을 의식한 의사소통의 필요성 알기 ■ 자전적 의사소통을 위한 필자-독자의 관계와 목적 파악하기	■ 자전적 텍스트의 개별적 기능, 규범, 관습을 알고 수용과 생산에 활용하기 ■ 자전적 텍스트의 언어적 표현 방식을 알고 텍스트의 수용과 생산에 활용하기	■ 자전적 텍스트의 구체적 장르별 인지적 효과 알기 ■ 자전적 텍스트의 구체적 장르별 정의적 효과 알기

---

9) 교육학적 의미에서 발달이란 유기체가 능동적인 역할을 하는 자발적인 과정이다. Piaget는 발달을 정의하는 네 가지 요인을 기술하였는데 그것은 성숙, 경험, 사회적 전달, 그리고 통합 요인으로서의 평형이다(Herbert P. Ginsburg, 김정민 역, 2006).

〈표 4-11〉[10]은 자전적 텍스트 교육 내용 체계 구성을 위하여 자전적 텍스트를 1차 조직자로 놓고 각 유형의 텍스트를 생산하는 데 동원되는 인지적·정의적 요소들을 네 개의 기준으로 나누어 보인 것이다. 자전적 텍스트의 1차 조직자인 담화, 글, 문학작품, 매체[11]는 언어활동의 유형을 선택할 수 있는 첫 번째 기준이 된다. 2009 개정 교육과정에서 사용하고 있는 지식, 기능, 태도는 상황/맥락, 생산자/수용자, 내용, 효과의 항목으로 바뀌었다. 하지만 새로운 네 개의 항목은 내부에 지식, 기능, 태도 영역의 성격이 포함되어 있으며 자전적 텍스트의 특성을 고려하여 재설정한 것이다. 여기서 각각의 교육 내용 요소들은 실제 교육에 있어서는 자전적 텍스트의 구체적 유형에 따라 그 내용 요소들의 조합을 달리하여[12] 성취 기준을 추출할 수 있다.

이러한 다양한 텍스트는 언어 사용의 목적에 따라, 자전적 텍스트의 위계에 따라, 의사소통 방향에 따라, 텍스트의 활동 영역에 따라 자전적 텍스트의 세부적인 주제나 교육 목표를 반영한다. 교육과정 안에서 자전적 텍스트는 주로 '친교 및 정서 표현'을 위한 목적의 하위 요소로 들어가 있는 경우가 대부분이다. 그러나 자전적 텍스트가 온전하게 친교

---

10) 〈표 4-11〉은 이도영(2006)에서 구안한 '말하기 교육 내용 요소'를 참조하여 자전적 텍스트 교육의 성격에 맞게 재구안한 것이다.

11) 이도영(2007: 272)는 2007 국어과 선택 교육과정에서 매체 언어를 기존의 텍스트의 목적(기능)에 따라 분류하는 것이 적절하지 않다고 말한다. 이는 매체를 "일반적으로 사람들이 직접 만나지 않고 간접적으로 생각과 느낌, 정보와 지식을 공유할 때 활용하는 것으로 책, 신문, 잡지, 라디오, 사진, 영화, 텔레비전, 인터넷 등을 포괄"하는 개념으로 보았기 때문이다. 이 연구에서도 그러한 기본적인 입장은 동일하지만, 담화나 글, 문학 작품, 매체를 텍스트의 유형으로 보지 않고 텍스트를 담을 수 있는 언어적/비언어적 도구로서의 성격에 주목하여 논의를 진행하고자 하였다.

12) 이도영(2006)에서도 텍스트의 특성에 따라 말하기 교육 내용 요소들의 결합 방식을 달리하여 텍스트의 특성, 학생들의 언어 발달 등을 고려하여 말하기 교육 내용을 융통성 있게 제시할 수 있다고 한다.

및 정서 표현의 목적으로만 활용되는 것은 아니다. 부분적으로, 필요에 따라 또는 해석의 시각에 따라 정보 전달이나 설득을 목적으로 하는 자전적 텍스트도 가능하기 때문이다.[13] 따라서 자전적 텍스트의 목표를 '친교 및 정서 표현'의 하위분류에서만 다루고자 하는 고착적인 시각은 바뀌어야 할 필요가 있다. 이렇게 다양한 기준을 적용하다 보면 교육의 목표 차원에서부터 자전적 텍스트의 수효 자체가 증가하거나 중복되어 나타날 수 있을 것이다. 그러나 '자전적 텍스트'라는 통합된 하나의 주제 안에서 오히려 심도 있는 텍스트 교육을 체험할 수 있다는 효과도 기대해 볼 수 있다.

일상적 자전, 자서전, 확장적 자전과 같은 텍스트의 유형에 따른 분류[14]는 텍스트의 수준과 학습자의 발달 단계를 고려하여 세부 교육 내용을 구성할 수 있는 자전적 텍스트 교육의 기준 범위가 된다. 자전적 텍스트 교육에서 텍스트 유형을 선택하는 문제는 관련 교육 내용 전반의 뼈대를 구성하기 위해 중요한 일이다. 어떤 텍스트 유형을 선택하는가에 따라 내용 체계표를 구성하는 상황/맥락, 생산자/수용자, 내용, 효과에 관련한 세부적 내용이 달라질 수 있다.

의사소통 방향에 따른 분류에서 자전적 텍스트가 기본적으로 지니고

---

13) 앞서 〈표 3-7〉에서 보았듯이, 실제로 뉴욕 주의 교육과정에서는 자서전이나 전기와 같은 자전적 텍스트를 '정보 전달과 이해'라는 목표를 성취하기 위한 언어 자료로 사용하고 있음을 확인할 수 있다.

14) 이러한 자전적 텍스트 유형의 특성을 한국텍스트언어학회(2009)에서 제시하고 있는 텍스트 유형의 특성에 기대어 정리하면 다음과 같다.
    ㉠ 특정한 자전적 텍스트의 유형은 다른 텍스트 유형에 비해 좀더 구체적이거나 추상적일 수 있다.
    ㉡ 특정한 자전적 텍스트의 유형은 동일한 단계의 다른 텍스트 유형과 공통점을 통해서 상위 단계의 텍스트 유형에 속하게 된다.
    ㉢ 특정한 자전적 텍스트 유형은 동일한 단계의 다른 텍스트 유형과 차이점을 통해서 서로 구별된다.

있는 자기고백이나 자아성찰의 성격이 필자 자신과의 내적 소통을 위한
방법이었다면, 지금의 자전적 텍스트는 그러한 단순한 목적의 텍스트뿐
만 아니라 자전적 텍스트를 통하여 타인과 삶과의 소통을 시도하는 외
적 소통 방법까지 고려할 수 있어야 한다는 의미를 추가하였다. 또 처음
부터 자기고백이나 자아성찰을 목적으로 하지 않고 자기변명이나 자기
과시, 또는 타인의 시선을 끌기 위한 목적 등을 염두에 둔 다양한 자전
적 텍스트도 인지할 수 있어야 한다는 점까지 가능성을 열어 두었다.

　자전적 텍스트의 언어 기능적 활동 영역은 여타의 텍스트들이 갖는
영역과 거의 동일하다. 하나의 텍스트를 통해 통합적 국어 능력을 추구
할 수 있다는 부분은 재론의 여지가 없기 때문이다. 물론 텍스트의 종류
에 따라 국어 활동의 영역별로 더 불리하거나 유리한 점은 있다. 특히
자전적 텍스트 교육에서 문법 영역을 예로 들어보면, 자전적 텍스트는
문법 영역을 교육하기에 적절한 텍스트라고 판단하기는 힘들다. 그러나
그로 인해 자전적 텍스트를 통한 통합 교육의 통로를 닫아버릴 수는 없
다. 김광해(1997:42)는 국어지식 교육이 필요한 이유에 대해 '국어사용
능력을 신장하기 위해, 국어의 이해를 돕기 위해, 국어 문화의 전승을
위해'라는 세 가지 근거를 제안하고 있다. 이는 문법 교과의 내용도 단
순히 학교 문법 체계를 전달하는 데 그치지 말고 총체적인 국어 능력
향상을 위해서 구성되어야 함을 의미한다.[15] 따라서 자전적 텍스트의
교수-학습에 있어서도 문법 영역은 국어 활동 안에 내재되어 있으며,
개별적 국어 활동의 맥락에 부합하는 문법 학습이 가능하다. 김혜숙
(2011: 133)에서 밝히고 있듯이, "문법 영역은 언어적 소통이 이루어지는

---

15) 2009 고등학교 교육과정 〈독서와 문법 Ⅰ〉 해설서(129쪽)에서도 "문법 능력은 듣기,
　　말하기, 읽기, 쓰기 능력을 신장시키는 기본 능력으로 작용할 뿐 아니라 문학 능력의
　　신장을 위해서도 필요하다."라고 언급되어 있다.

한 반드시 그 언어활동 속에서 문법적 경험을 제공하며 모든 영역에 내포되어 있기"때문이다.

이상의 요소들은 자전적 텍스트 교육에서 '실제'가 되는 내용으로 볼 수 있다. 이번에는 자전적 텍스트의 구체적 내용 체계를 구성 요소별로 설명하고자 한다.

2.1.1. 상황/맥락

자전적 텍스트 교육 내용 체계에서 상황/맥락 요인은 필자와 독자의 입장을 모두 고려한다. 필자의 상황/맥락은 텍스트를 생산하는 시점의 개인적, 사회적 상황과 맥락을 의미한다. 독자의 상황/맥락은 텍스트를 수용하는 시점에서의 개인적, 사회적 상황과 맥락을 의미한다. 이는 다시 '거시적 상황/맥락'과 '미시적 상황/맥락'으로 나누었다. '거시적 상황/맥락'은 필자와 독자를 둘러싼 시대적, 역사적 배경을 말한다. '미시적 상황/맥락'은 필자와 독자 개인이 처한 물리적 시간과 공간의 개념을 포함한다.

2.1.2. 생산자/수용자

생산자/수용자에 관련해서는 '내적 의사소통'과 '외적 의사소통'이라는 두 가지 측면에서 생각해 볼 수 있다. '내적/외적 의사소통'은 자전적 텍스트의 본질적인 면을 잘 반영하고 있는 부분이다. 내적 의사소통이란 학습자가 자전적 텍스트를 수용·생산하는 과정에서 자기를 성찰하고 자기 내면과의 대화를 통해 소통을 이끌어내는 것이다. 외적 의사소통이란 자전적 텍스트의 수용·생산 과정에서 독자가 텍스트 안의 필자를 의식하거나, 필자가 텍스트를 수용하게 될 타인을 의식하고 자신과의 관계로 이어 와 소통을 시도하는 것이다. 자전적 텍스트의 독자는 텍스트 안에 들어 있는 필자의 삶과 만나면서 소통과 성찰을 얻는다. 이 안에는 물론 자전적 텍스트를 통하여 의사소통을 하는 목적과 필자·독자 간의 '관계 형성'이 전제되어 있다고 볼 수 있다.

2.1.3. 내용

자전적 텍스트에서 '내용'은 텍스트 활동에 관련된 중심이 되는 부분이다. '내용'은 자전적 텍스트 교육 과정에서 활용될 수 있는 인지 과정과 상위 인지를 포함한다. 자전적 텍스트를 수용하는 과정에서 세부적인 텍스트 유형별로 개별적인 기능과 규범, 관습을 정확히 익히고, 자전적 텍스트를 생산하는 과정에서는 선행된 인지 과정을 바탕으로 활용할수 있어야 할 것이다. 자전적 텍스트의 유형에 따라 효과적인 표현 방식을 인지하고 수용·생산하는 활동도 이에 해당한다. 자전적 텍스트를 생산하고자 할 때, 그 목적을 정하고, 예상 독자를 파악하고, 구성 원리에 맞게 본문을 구상하고 조직한다. 그리고 적합한 국어 활동 영역을 고려하여 다양한 표현 기법을 활용하여 텍스트로 표현, 전달하는 인지 과정을 거친다. 이러한 과정이 반복되면서 결국 자전적 텍스트를 수용하고 생산하는 데 있어 총체적인 반성과 점검이 가능한 상위인지능력을 키울수 있다.

2.1.4. 효과

자전적 텍스트의 '효과'는 자전적 텍스트 교육의 결과로서 나타나는 것으로 인지적, 정의적 효과를 포괄한다. '효과'는 자전적 텍스트가 지닌 포괄적 교육 내용이 아니라 구체적인 자전적 텍스트 유형에 따라 목표와 결과를 달리 하게 된다.··'인지적 효과'는 자전적 텍스트에 관련된 지식을 획득함으로써 얻을 수 있는 인지적 변화의 측면을 나타낸다. '정의적 효과'는 자전 텍스트 교육을 통하여 유도할 수 있는 학습자의 감정이나 가치관, 태도의 변화 측면을 반영한다.

자전적 텍스트 교육을 위한 내용 체계를 구성하는 요소들은 정확한 경계를 가리고 기준을 적용하기 어렵다. 우리나라의 교육과정이나 외국의 교육과정에서 그 내용을 보더라도 자전적 텍스트의 유형별 난이도를 세심하게 의식할 수 있거나, 교육에 있어서 학습자의 발달 단계에 따른 자전적 텍스트 선정 원리를 반영할 수 있는 정확한 근거를 제시하기는 힘들다. 따라서 자전적 텍스트의 분류가 여러 층위의 분류를 통해 가능하며, 어떤 층위의 자전적 텍스트와 어떤 세부 장르를 선택하는가에 따라 각기 다른 교육적 목표와 효과를 반영할 수 있다는 융통성 있는 의미 관계를 인지할 필요가 있다.

2.2. 자전적 텍스트 교육 내용 성취 기준

이 절에서는 앞에서 제시한 자전적 텍스트 교육 내용 체계표와 학습자 발달 원리를 참고하여 자전적 텍스트 교육과정 구성에 필요한 내용 성취 기준을 제안하고자 한다. 앞의 〈표 4-11〉에 포함된 상황/맥락, 생산자/수용자, 내용, 효과의 요소는 성취 기준의 진술을 위한 가장 기초적인 틀이 된다. 이 때 성취 기준 진술은 기존의 교육과정 체제와 동일하게 듣기·말하기, 읽기, 쓰기, 문법, 문학 영역으로 나누어 구성하고자 한다. 또 학년군별 세부 내용은 2009 개정 교육과정에서 제시하고 있는 [1-2학년군], [3-4학년군], [5-6학년군], [중1-3학년군]의 체제

를 따르되, 여기서는 [중1-3학년군]의 내용만을 예시로 구성해 보이고
자 한다.

[학년군 성취 기준]

　자전적 텍스트를 일상생활과 학습에 필요한 통합적 제재로 인식하고 수용과 생산에 필요한
국어 능력을 갖춘다. 자전적 텍스트의 다양한 유형을 폭 넓게 수용함으로써 성찰과 소통의 기회를
확대하고, 적절한 상황과 맥락, 표현 효과를 고려하면서 글을 쓴다. 다양한 자전적 텍스트를 통하
여 어휘 능력을 키우고 내포된 문법 현상을 종합적으로 이해하며, 문학작품에 반영된 자전적 요소
를 통하여 지식과 안목을 넓힌다.

- 듣기·말하기 -

[영역 성취 기준]

　다양한 상황과 맥락에서 이루어지는 자전적 텍스트의 듣기·말하기에서 청자와 화자의 입장을
이해하고 적절한 내용을 구성하며 이를 통하여 얻을 수 있는 인지적·정의적 효과를 인식한다.

[내용 성취 기준]

⑴ 자기를 소개하는 듣기와 말하기의 상황과 맥락을 이해하고, 자기소개의 목적에 부합하는 말하기
　를 계획하고 다른 사람의 자기소개에 대해 비판적인 듣기를 수행한다.
⑵ 다른 사람의 자기소개를 잘 듣고 자신의 의견을 말하거나 자신의 자기소개와 차이점을 발견한다.
⑶ 다른 사람의 자기소개를 들으면서 상대의 사고과정과 표현 방식을 인지하고 자신의 것과 비
　교한다.
⑷ 상대의 자기소개를 들으면서 그 안에 들어 있는 성찰과 소통의 양상을 이해하고 자신의 말하기에
　반영한다.
⑸ 매체에서 의미 있는 자전적 텍스트 자료를 수집하고 발표한다.
⑹ 자기를 소개하는 말하기를 할 때 비언어적·반언어적 방법을 함께 사용하여 소통의 효과를 높일
　수 있도록 한다.
⑺ 다양한 상황과 맥락에서 자기에 관한 말하기의 중요성을 이해하고 자신의 삶을 성찰하고 타인과
　소통하는 계기로 삼는다.
⑻ 다양한 자전적 텍스트를 접하고 다른 사람들과 자신의 감상이나 의견을 나눈다.

- 읽기 -

[영역 성취 기준]

다양한 유형의 자전적 텍스트를 공감적·비판적으로 읽고 자신의 성찰과 소통에 필요한 자전적 텍스트를 선택하고 능동적으로 읽는 태도를 지닌다.

[내용 성취 기준]

(1) 구체적인 자전적 텍스트에 제시된 필자의 시대적 상황과 개인적 맥락을 고려하여 글을 읽는다.

(2) 자전적 텍스트 안에서 내적 의사소통과 외적 의사소통이 일어나고 있는 부분을 찾아가며 글을 읽는다.

(3) 다양한 자전적 텍스트를 읽으면서 필자의 사고 과정과 표현 방식을 찾아낸다.

(4) 다양한 자전적 텍스트를 통해 필자의 의도를 파악하고 글의 내용을 요약한다.

(5) 동일한 인물을 대상으로 하는 다른 유형의 자전적 텍스트를 읽고 관점과 차이를 비교한다.

(6) 자서전이나 전기를 원작으로 하는 영화를 원작과 비교하여 보고 매체 활용의 적절성을 평가한다.

(7) 자신의 삶과 관련지으며 자전적 텍스트의 의미를 해석하고 자신의 삶을 성찰한다.

(8) 자전적 텍스트를 읽는 활동이 자신의 학습과 삶에 미치는 영향을 생각하며 다양한 자전적 텍스트를 찾아 읽는다.

- 쓰기 -

[영역 성취 기준]

자전적 텍스트가 지닌 주제와 쓰는 목적을 고려하여 상황과 맥락에 적합한 자전적 텍스트를 쓰고, 자신의 사고 과정과 표현 방식을 통하여 삶과 소통하는 글을 쓴다.

[내용 성취 기준]

(1) 자전적 텍스트의 주제, 목적, 독자를 고려하여 쓰기의 과정을 계획하고 점검, 조정한다.

(2) 자전적 텍스트의 내부에 자신의 시간적·공간적 상황과 맥락이 드러나도록 쓴다.

(3) 자전적 텍스트를 쓰는 과정에서 자신과의 내적 소통과 독자와의 외적 소통이 이루어질 수 있도록 한다.

⑷ 자전적 텍스트가 지닌 개별적 기능과 규범을 인식하고 상황과 맥락에 적합한 글을 쓴다.

⑸ 자신이 계획한 자전적 주제를 가지고 다양한 매체를 활용하여 표현한다.

⑹ 자전적 텍스트를 쓸 때 함께 사용하면 좋은 표현 방식이나 자료를 활용한다.

⑺ 자신의 삶에 대한 성찰과 소통을 주제로 하는 다양한 유형의 자전적 텍스트를 쓴다.

⑻ 자전적 텍스트를 활용하여 다른 유형의 자전적 텍스트로 장르를 변형하여 쓴다.

- 문법 -

[영역 성취 기준]

다양한 자전적 텍스트를 활용하여 국어의 문법 현상을 이해하고 어법에 맞는 자전적 텍스트를 쓴다.

[내용 성취 기준]

⑴ 다양한 자전적 텍스트 지문을 통하여 국어의 문법 현상을 이해한다.

⑵ 속담이나 관용 표현 등을 사용하여 자전적 텍스트의 내용을 구성한다.

⑶ 화자와 청자, 필자와 독자의 상황과 맥락에 따라 언어 사용 방식이 달라질 수 있음을 이해한다.

⑷ 다양한 매체를 활용한 자전적 텍스트를 통하여 다양한 언어 사용 방식을 이해한다.

- 문학-

[영역 성취 기준]

자아의 성찰과 삶에의 소통을 주제로 하는 다양한 문학을 이해하고 자신의 삶에 비추어 해석하고 평가하며 자신의 삶을 문학 작품으로 표현한다.

[내용 성취 기준]

⑴ 문학 작품들 가운데 자전적 텍스트로 분류할 수 있는 작품들을 가려내고 작가의 성찰과 소통 방법에 대해 이해한다.

⑵ 자전적 문학 작품에서 사실과 허구에 관한 부분을 파악한다.

⑶ 자전 소설과 자서전, 기타 자전적 텍스트와의 차이점을 파악하며 작품을 수용한다.

⑷ 인물의 일대기를 중심으로 하는 소설을 바탕으로 자전적 텍스트의 구조를 파악한다.

⑸ 자전적 텍스트에서 문학적 표현이 사용된 곳을 찾아보고, 자신이 자전적 텍스트를 쓸 때 문학적 표현을 적절하게 활용할 수 있다.

⑹ 자전적 텍스트의 성격을 반영하는 문학 작품을 쓴다.

⑺ 자전적 텍스트가 자전적 시나 자전적 수필, 자전적 매체 등 다양한 문학 장르로 변형될 수 있음을 이해하고 활용한다.

2.3. 자전적 텍스트 자료의 예

자전적 텍스트의 교수-학습을 위한 국어 자료의 예는 '실제'를 교과서로 구현하는 데 필요한 기초적 정보를 제공하며, 학년군에 따라 구체적 장르에 변화를 보인다. 아래 〈표 4-12〉에서 학년군에 따른 자전적 텍스트 자료의 예는 현 교육과정과 교과서에 나타난 국어 자료의 예를 기초로 하고, 학습자의 수준별로 같은 시기에 수용하고 생산할 수 있는 유사 장르까지 포함하여 다시 나타냈다. 또한 학년군별로 학습 가능한 자전적 텍스트 자료의 예16)는 단계별로 단절적으로 나타나지 않고 반복되고 연속되는 체계를 고려하였다.

---

16) 자전적 텍스트는 언어 사용 목적에 따른 분류에서 정보 전달, 설득, 친교 및 정서 표현의 모든 영역을 포괄할 수 있다는 것이 연구자의 기본 입장이다. 그러나 교육과정 상의 분류로 보면 자전적 텍스트는 정서 표현과 관련된 내용에서 찾아보는 것이 가장 근접하다. 김창원(2011)은 2007 교육과정에서 학년별로 '읽기 영역 정서 표현과 관련된 텍스트 유형'을 뽑아놓았다. 이를 참고로 제시하면 다음 표와 같다.

〈표 4-12〉 학년군별 자전적 텍스트 자료의 예

자전적 텍스트 유형＼학년군	1-2학년군	3-4학년군	5-6학년군	중1-3학년군
일상적 자전	자기소개/일기 /편지/쪽지/독 후감	자기소개/일기/쪽 지/편지/독후감/생 활문/기행문	자기소개/편지/일 기/인터넷 누리글/ 온라인 대화	자기소개/일기/편지 /회고록/인터넷 게 시판/블로그
자서전		자서전	자서전/자전 소설	자서전/자전소설
확장적 자전	(자전적) 동시 /(자전적) 동화 /(자전적) 그림 책/(자전적) 만 화/전기	(자전적) 동시/(자 전적) 동화/(자전 적) 그림책/전기/ (자전적) 애니메이 션/(자전적) 동영상	전기/(자전적) 시 /(일대기적) 소설 /(자전적) 광고/ (자전적) 매체자료 / (자전적) 영상물	(자전적) 수필/(자전 적) 연설문/(일대기 적) 소설/(자전적) 광고/(자전적) 매체 자료/전기/ 평전

　　이렇게 자전적 텍스트 유형에 따라 분류한 자전적 텍스트 자료의 예는 다시 듣기·말하기, 읽기, 쓰기, 문법, 문학 영역 등에서 활동 내용과 범위를 정하는 데 기반이 될 수 있다. 이는 또한 앞에서 자전적 텍스트 교육 내용을 의식한 학습자의 분야별 발달 단계를 반영하게 된다. 하지만 국어 활동 영역별로 설정한 활동 내용의 범위는 영역별로 동일한 체

1학년	▪ 일상생활 경험을 담은 일기나 동화
2학년	▪ 재미있는 이야기나 생활문, 웃음을 유발하는 이야기 ▪ 즐거움, 기쁨, 슬픔, 분노 등의 감정을 표현한 글
3학년	▪ 글쓴이의 생각과 느낌이 분명하게 드러나는 독서 감상문 ▪ 인물의 성격이 잘 표현된 만화나 애니메이션
4학년	▪ 여정과 감상이 잘 나타난 기행문
5학년	▪ 가치관, 신념, 삶의 모습이 잘 드러난 전기문
6학년	▪ 웃음을 유발하는 글
7학년	▪ 인물의 가치관이나 사고 방식이 잘 드러난 영화
8학년	▪ 삶의 자세와 인생에 대한 성찰을 서술한 자서전 ▪ 대상의 본질을 우회적으로 표현한 풍자물
9학년	▪ 다양한 함축적 표현을 활용한 만화
10학년	▪ 대중적인 인기를 끌고 있는 도서

계 안에서 논의하기 힘들고 각 영역별로 반영할 수 있는 기준도 상이하다. 체계화된 텍스트 학습 원리를 세우기 위해서는 학습 내용에 포함할 수 있는 것과 포함시킬 수 없는 것, 학습의 영역을 묶을 수 있는 것과 묶을 수 없는 것, 학습의 선후를 정할 수 있는 것과 정할 수 없는 것 등의 관계를 따지는 과정에서 장르의 성격과 특징을 정확히 파악하는 작업이 우선해야 할 것이다.

자전적 텍스트 교육을 위하여 제시할 수 있는 자전적 텍스트 자료의 예는 세밀하게 분류하여 표시하는 것이 오히려 비효율적일 수 있다. 왜냐하면 학습 자료의 수준을 지나치게 세분하다 보면 자전적 텍스트라는 복합적이고 통합적인 구조물을 인위적으로 분해하여 단절적으로 해석하게 될 수 있다는 우려 때문이다. 또 다른 이유는 학년군별로 세분화하는 과정에서 자전적 텍스트의 학습 내용이 반복성을 지니는 부분이 있고, 상대적으로 텍스트 전체의 학습 분량이 증가하는 결과를 초래하게 될 수 있다는 점 때문이다. 하지만 이러한 작업을 통하여 자전적 텍스트의 교수-학습 방법을 보다 세밀하게 내다보는 창을 내고, 실제 교과서를 구성하는 기초적 근거를 마련하는 데 그 의미를 두고자 한다.

〈표 4-13〉 학년군별·활동 영역별 자전적 텍스트 자료의 예

			1-2학년군	3-4학년군	5-6학년군	중1-3학년군	체계화 원리(⇓)
자전적 텍스트 활동	일상적 자전활동	장르	자기소개/일기/편지/쪽지/ 독후감	자기소개/일기/쪽지/편지/ 독후감/생활문/기행문	자기소개/편지/일기/독후감/ 생활문/기행문/인터넷 누리글/ 온라인 대화	자기소개/회고록/인터넷 게시판/블로그	〈텍스트와 활동 수준의 단계〉 텍스트 구조의 평면성(단순) 연대기적 구성
		활동영역	[듣기·말하기] 자기소개 [읽기] 일기, 쪽지, 편지, 독후감 [쓰기] 일기, 편지, 쪽지, 독후감	[듣기·말하기] 자기소개 [읽기] 일기, 쪽지, 편지, 독후감, 생활문, 기행문	[듣기·말하기] 자기소개 [읽기] 자기소개, 일기, 편지, 독후감, 생활문, 기행문, 인터넷 누리글, 온라인 대화 [쓰기] 자기소개, 일기, 편지, 독후감, 생활문, 기행문, 인터넷 누리글, 온라인 대화	[듣기·말하기] 자기소개 [읽기] 자기소개, 인터넷 게시판, 블로그 [쓰기] 자기소개, 인터넷 게시판, 블로그	
	자서전적 활동	장르		자서전/	자서전/ 자전 소설	자서전/ 자전 소설	
		활동영역		[읽기] 자서전	[읽기] 자서전, 자전 소설	[읽기] 자서전, 자전 소설 [쓰기] 자서전, 자전 소설	
	확장적 자전활동	장르	(자전적) 동시/(자전적) 동화/(자전적) 그림책/(자전적) 만화/전기	(자전적) 동시/(자전적) 동화/(자전적) 그림책/ (자전적) 애니메이션/ 전기/(자전적) 동영상	전기/(자저적) 시/(자전적) 수필/(일대기적) 소설/(자전적) 광고/(자전적) 매체자료/ (자전적) 영상물	(자전적) 시/(자전적) 수필/(일대기적) 소설/(자전적) 연설문/(자전적) 광고/(자전적) 매체자료/ (자전적) 영상물/전기/ 평전	
		활동영역	[듣기·말하기] (자전적) 동시, (자전적) 동화 [읽기] (자전적) 동시, (자전적) 동화, (자전적) 그림책, (자전적) 만화, 전기 [쓰기] 동시	[듣기·말하기] (자전적) 동시, (자전적) 동화 [읽기] (자전적) 동시, (자전적) 동화, (자전적) 그림책, (자전적) 만화, 전기, (자전적) 동영상	[듣기·말하기] (자전적) 시, [읽기] 전기, (자전적) 시, (연대기적) 소설, (자전적) 광고, (자전적) 매체자료, (자전적) 영상물 [쓰기] (자전적) 시, (자전적)	[듣기·말하기] (자전적) 시, (자전적) 연설문 [읽기] (자전적) 시, (자전적) 수필, (연대기적) 소설, (자전적) 연설문, (자전적) 광고, (자전적) 매체자료, (자전적) 영상물, 전기, 평전	

			[쓰기] (자전적) 동시, (자전적) 만화	매체자료	[쓰기] (자전적) 시, (자전적) 수필, (자전적) 광고, (자전적) 매체자료, (자전적) 영상물	텍스트 구조의 입체성(복잡) 비연대기적 구성
체계화 원리 (⇒)		〈텍스트의 분량〉 짧다 ——————————————————— 길다 〈학습지의 인지적 성숙 단계〉 개인적 ——————————————————— 사회적 사실적 ——————————————————— 논리적 단순 ——————————————————— 복잡 의사소통 범위(좁다) ——————————— (넓다)				

　학년군별로 활동 가능한 자전적 텍스트 자료의 예를 통하여 각 학년 군별 자전적 텍스트 활동의 범위와 내용을 가늠할 수 있다. 예를 들면 '일상적 자전 활동'에서 활용하는 '자기소개'는 초1-2학년군과 초3-4학 년군에서 듣기·말하기 활동으로 실현될 수 있다. 그런데 초5-6학년군 이후로 '자기소개'는 듣기·말하기 영역에서는 물론이고 다른 사람의 소 개 글을 읽는 활동과 스스로 소개 글을 쓰는 활동까지 확대될 수 있다. 또 초5-6학년군에서 일상적 자전 활동의 영역이 편지, 일기, 독후감, 생활문, 기행문 등 여러 갈래로 나뉘어 전개되다가, 중1-3학년군이 되 면서 그 내용이 소략해진 것은 '(자전적) 수필'이라는 확장적 자전 활동에 서 포괄할 수 있게 되었기 때문이다.

　'자서전 활동'에서 활용되는 세부 장르는 자서전과 자전 소설로 한정 하였으며, 장르의 특성상 읽기와 쓰기 활동에 집중하였다. 특히 자서전 을 읽는 활동을 할 수 있는 시기는 초3-4학년군부터 시작되지만 자서전 쓰기 활동을 수행할 수 있는 처음 시기는 중1-3학년군으로 보았다. 이 는 학습자가 자서전에 대한 장르적 인식을 갖고 성찰적 쓰기를 할 수 있는 발달 개념을 의식한 시기와는 별개로, 본격적인 읽기 활동을 시작 할 수 있는 초3-4학년군부터 이미 자서전이라는 장르에 노출되어 있어야 다음 단계의 활동이 가능하다는 판단에 근거한다. 또 본격적인 자서전 수용과 생산이 시작되는 중1-3학년 시기에 자서전과 가장 유사한 특성을 갖는 '회고록' 장르의 읽기가 일상적 자전 활동으로 함께 시작되는 것도 유용하다고 판단하였다. 초1-2학년군에서 자서전 텍스트를 활용한 활동을 찾아볼 수 없는 것은 학습자의 전반적인 발달 단계로 보아 자서전의 장르적 이해를 끌어내거나 자서전을 쓰는 활동으로 유도하기에는 힘들다고 판단하였기 때문이다.

한편 동시와 동화는 '확장적 자전 활동'에서 비교적 활용도가 높은 장르이다. 동시에 초1-2학년군과 초3-4학년군에서 가장 학습자에게 친숙도가 높은 장르이다. 기초적인 국어 능력이 충분히 성숙되어야 하는 시기에 듣기·말하기 활동을 비롯한 다양한 국어 활동을 통하여 자전적 텍스트에 대한 적응력을 키울 수 있는 장르라고 판단된다. 물론 이러한 동시나 동화는 초5-6학년군이 되면서 자연스럽게 시와 소설 장르로 넘어가게 된다. 김상욱(2004)에 의하면, 특히 6학년 학생들은 저학년 학생들에 비해 서사능력이 현저히 발달하는 시기이다. 따라서 6학년 학생들은 줄거리 파악에만 급급하지 않고 인물의 심리, 배경의 기능, 허구적 양식의 이해 등 서사 개념을 거의 다 활용할 수 있는 시기로 보고 있다. 그러므로 초5-6학년군은 자전적 텍스트의 이해 범위도 또한 현저하게 발달할 수 있는 시기로 볼 수 있다.

또 자전적 성격을 지닌 연설문은 듣기 자료뿐만 아니라 읽기 자료로도 활용이 가능하다. 광고나 매체 자료, 영상물에 관련해서는 수용과 생산의 측면을 읽기와 쓰기 활동의 맥락에서 해석하였다.

이러한 일련의 요소들은 가로축과 세로축의 위계를 반영한다. 가로축의 위계는 학년군이 진행됨에 따라 나타나는 학습자의 인지적 성숙 단계를 반영할 수 있다. 이러한 학습자의 인지적 성숙 단계에 대한 기본적인 생각은 브루너의 나선형 교육과정[17]을 근간으로 한다. 저학년에서 텍스트의 분량이 짧고, 개인적, 사실적, 단순하고 좁은 의사소통 범위를 보이지만 고학년으로 올라가면서 텍스트의 분량이 길어지고, 사회적, 논리적이면서 복잡하고 의사소통의 범위는 넓어진다.[18] 세로축의 위계는 자전적 텍스트와 활동 수준의 단계를 반영한다. 일상적 자기서사 텍스트에서 텍스트의 구조가 단순하며 연대기적 구성을 보이다가 확장적 자서전 텍스트로 진행할수록 텍스트의 구조가 입체적이고 비연대기적 구성을 보일 수 있다.

한편 자전적 텍스트 활동에서 반복적이고 지속적으로 등장하는 자료가 발견된다. 일상적 자전 텍스트에서는 '자기소개'가, 자서전 텍스트에서는 '자서전'이, 확장적 자전 텍스트에서는 '전기문'이 그러하다. 이 때 국어 활동의 내용은 동일하게 진행되지만 활용되는 구체적 자료의 분량이나 수준을 학습자에 맞게 고려하여 학습을 계획해야 한다.[19] 예를 들면 김구의 전기문은 전 학년군에서 학습 활동 지문으로 사용할 수 있지만 저학년 수준에서는 지문의 분량을 줄이고, 간단한 사건 위주로 구성

---

17) 서울대학교 교육연구소(1995)에 의하면, 지식의 구조와 관련된 한 가지 중요한 가정은 "어떤 지식이든지 그 성격에 충실한 형태로 어떤 발달 단계에 있는 어떤 아동에게도 효과적으로 가르칠 수 있다."는 것이며, 이 가정에 의하면 교육내용으로서의 「지식의 구조」는 교육의 수준에 관계없이 그 성격에 있어서 동일하며, 이 동일한 성격의 내용이 학년 수준이 높아짐에 따라 더 폭넓게, 또 깊이 있게 가르쳐져야 한다는 것이 나선형 교육과정의 의미이다.

18) 이종섭·민병욱(2008)에서 피아제의 인지 발달 단계를 고려하여 문학 교육 내용의 조직 방법으로서 발달 과정을 추출한 바 있다. 발달 과정은 '명시성에서 암시성'으로의 발달, '구체성에서 추상성'으로의 발달, '단순성에서 복잡성'으로의 발달이 그 내용이다. 이는 자전적 텍스트를 문학 교육의 견지에서 보지 않더라도 자전적 텍스트 교육의 내용적 위계를 정하는 근거와 통한다.

19) 김창원(2011: 35)에 의하면 이는 "목표로 하는 행동 요소는 변하지 않은 채 계속해서 텍스트를 바꾸어가며 비슷한 활동을 하도록 하는 것이다."

된 범위로 지문을 한정하여 학습 활동의 난이도를 조절할 수 있다. 또 고학년 수준에서는 지문의 분량이 늘고, 사건이 복잡하고, 필자의 말이나 행동보다는 내면적 사고나 가치관의 이해에 집중된 활동을 유도할 수 있다. 이는 학습자의 발달 수준에 따른 학습 내용의 위계를 정할 때 학습자의 내·외적 요인을 모두 고려하고자 함이다.[20]

3. 자전적 텍스트 교육을 위한 교재 구성

국어 교과서 안에서 다양한 자전적 텍스트를 지문으로 다루고 있다고 해서 자전적 텍스트 교육의 본질적 측면을 제대로 수용하였다고 판단할 수는 없다. 교과서의 구체적 단원 안에 자전적 텍스트가 지닌 국어교육적 가치를 실현할 수 있는 다양한 요소를 확보해야 한다. 즉 자전적 텍스트의 주제와 목표를 반영하는 하나의 대단원 안에 필요한 자전적 텍스트 활동 요소들을 유기적으로 배열함으로써 관련된 지식과 기능, 태도를 학습하고 실제 삶에 유용한 인지적·정의적 효과를 기대할 수 있다. 이는 좀 더 먼 안목으로 국어 교과서가 지향해야 할 개발 방향을 내포할 수 있을 것이다.[21]

---

20) 이 논리는 최숙기(2011a)에서 언급하고 있는 읽기 발달에 미치는 요인에 착안하였다. 최숙기(2011a)는 읽기 발달에 미치는 요인을 독자 내적 요인과 독자 외적 요인으로 분류하였다. 이때 독자 내적 요인은 독자의 지식과 기능 수준을 결정짓는 지능이나 사고 능력 등을 포함하는 인지적 요인과 태도, 동기, 신념과 같은 정의적 요인으로 보고, 독자 외적 요인은 전통적으로 텍스트 요인이나 환경 요인과 같이 독자의 내적 작용과는 무관한 외적 요인들로 설정하였다.

21) 우한용 외(2006)은 교과서와 교육활동 자체가 소통의 행위라는 관점에 주목하면서 국어과 교과서 개발의 네 가지 방향성을 제시하고 있다. 첫째는 미디어 환경의 변화를

이 절에서는 지금까지 제안한 자전적 텍스트 교육과정에 근거하여 자전적 텍스트 교육을 위한 교과서 차원에서의 체제와 단원의 예시를 들고자 한다. 자전적 텍스트 단원 구성은 크게 주제 중심, 텍스트 중심, 활동 중심의 세 가지 원칙을 기반으로 하였다.

국어과 교과서는 일반적으로 단원 단위로 구성[22]되는데, 미국의 자국어 교과서는 주제 중심 단원 구성 방식으로 공통적 주제를 중심으로 한 단원 안에 여러 개의 텍스트를 접할 수 있도록 하며, 이를 통하여 통합적 언어 지식과 기능, 그리고 실제 삶과 관련한 도움을 받을 수 있는 체제로 이루어져 있다. 반면에 우리나라의 국어 교과서는 목표 중심과 주제 중심의 절충적 성격을 띤 단원 구성을 보이며, 한 단원 안에 포함된 텍스트의 수가 적고 제시된 텍스트의 내용 이해 활동에 집중되어 있다. 자전적 텍스트가 지닌 자아성찰, 삶과의 소통 등 궁극적 학습의 목표로 미루어보면 텍스트의 성격을 제대로 반영하기 위해서는 '주제 중심'의 단원 구성[23]이 더 적합하다고 판단하였다.

또 이러한 분류는 다른 단원의 구성에 있어서 '설명적 텍스트'나 '설득적 텍스트'와 같은 '텍스트 중심'의 단원 구성도 가능하다는 것을 전제로 하게 된다. 텍스트는 특정한 장르로 유형화되어 나타나며, 특정한 주제

언어 사용의 중요 조건으로 보고 교과서 내용의 질적 변화를 도모할 것, 둘째는 수용자의 실제 국어 학습을 역동적으로 도울 수 있는 교과서 형태나 양식을 적극적으로 고려할 것, 셋째는 교육의 내용으로 다양한 언어문화를 중시하는 교과서의 방향을 주목할 것, 넷째는 '통합'의 정신과 지향을 대단히 중요하게 다룰 것 등이 그 내용이다.

22) 단원 구성 방식은 "한 단원을 구성하는 요소가 어떤 기제에 의해 묶여져 있는지, 각각의 단원이 어떤 관계로 배열되는지, 그리하여 단원과 단원이 무엇으로 구분되는지와 관련된다. 하나의 단원을 하나의 통일된 단원으로 묶는 방식, 그리고 이들 단원과 단원이 배열되는 방식이 바로 단원 구성 방식이다(정혜승, 2002: 55)".

23) '주제 중심' 단원 구성이란 '내용 중심'의 단원 구성과 같은 의미로 쓰인다. 이는 소단원의 제재들이 언어 기능을 신장하는 데 목표를 두기 보다는 글의 내용이나 주제를 학습하는 데 목표를 두는 단원 구성을 말한다(우한용 외, 2006).

를 담고 있는 작품으로 교사와 학습자에게 제시된다. 곽춘옥(2004)는 텍
스트 선정을 위해 고려해야 할 사항으로 '학습자들의 수준과 개성에 맞
는 텍스트를 선택할 것', '다양한 문학 텍스트를 활용할 것'의 두 가지를
제시하고 있다. 이는 문학 교수-학습을 위한 텍스트 선정을 위한 것이
라고 하지만 '자전적 텍스트'나 다른 텍스트 학습을 위한 선정 기준으로
서도 참고할 만하다.

또한 자전적 텍스트 단원은 다양한 '활동 중심'의 단원 구성을 지향하
고자 한다. 이는 자전적 텍스트의 성격이 필자와 필자 자신, 혹은 필자
와 독자 사이의 상호소통을 중요시하는 측면에서 의미를 찾을 수 있다.
활동 중심의 텍스트 교육에서 가장 중요한 것은 교과서가 필요한 학습
활동을 구체적으로 제시하는 일일 것이다. 여기에는 기본적인 언어 사
용 능력에 관한 활동은 물론 다양한 매체 활동, 다른 교과와 통합적으로
이루어질 수 있는 학습 활동 범위까지 포함된다. 이러한 활동 중심의
단원 구성을 통하여 분야별 텍스트 학습 내용을 다양화하고 자전적 텍
스트 활동 고유의 주제와 목표를 부각시킬 수 있다. 이는 "국어과 교육
에서 활동 중심의 교육을 통해 언어 사용 능력을 향상시키고자 한다면,
실제 활동이 일어날 수 있는 방법 및 절차에 대한 구체적인 제시가 반드
시 필요(이용숙, 2005: 192)"하기 때문이다.

자전적 텍스트 단원을 구성하는 세부 요인들에 대해서도 언급해 둘
필요가 있다. 이 연구에서 제안하고자 하는 자전적 텍스트 교육을 위한
교재의 세부적인 구성의 틀을 보여줄 수 있기 때문이다. 한 권의 자전적
텍스트 교재 안에서 대단원의 역할을 하는 '자전적 텍스트'는 다시 몇
개의 소단원으로 나누어질 수 있다. 자전적 텍스트에서 각각의 소단원
이란 '일상적 자전', '자서전', '확장적 자전'의 유형을 포함하는 분류 체
제를 갖게 된다. 이러한 소단원 내부에는 다시 구체적인 장르가 제시된

다. 즉 일기나 전기, 자서전 등은 자전적 텍스트 각각의 소단원들이 포함할 수 있는 구체적 장르가 된다.

구체적인 장르를 중심으로 구성된 소단원 내부에는 주 텍스트가 각기 두 편씩 들어가 구체적인 학습 활동을 유도하도록 하였다. 학습 활동은 주로 읽기와 쓰기 영역을 중심으로 구성되어 있지만, 텍스트 활동의 성격상 곳곳에 발표나 토론을 포함하여 다양한 듣기와 말하기 영역에 대한 활동은 물론 문법, 문학 영역의 활동까지 추가될 수 있다. 각 텍스트는 중학생 수준에서 이해할 수 있고 인지적·정서적으로 도움이 된다고 판단되는 작품을 선정하였으며, 가능하면 기존의 교과서에서 자주 제시되지 않은 텍스트를 추가하도록 고려하였다. 학습 활동의 전반부에 장르 이해 활동을, 후반부에 실제 쓰기 활동을 제시하여 학습의 결과적 성취도를 높이도록 하였다. 소단원의 마무리 부분에서는 매체와 관련지어 활동할 수 있는 요소를 추가하거나, 유사한 다른 자전적 텍스트 유형과 비교할 수 있는 활동을 기획하였다. 자전적 텍스트 활동의 대단원 마무리 활동은 자전적 텍스트에 관련하여 가장 완성도 높은 학습 결과물을 유도할 수 있도록 하였으며, 학습자의 기호와 수준에 따라 선택적으로 활용이 가능하도록 하였다.

3.1. 자전적 텍스트 교육을 위한 단원 구성 체계

이 연구에서 제안하는 자전적 텍스트의 단원 구성은 자전적 텍스트 구조에 대한 인지적·정의적 발달 능력이 안정기에 접어들었고 향상된 인지적 능력을 갖추고 있다고 볼 수 있는 중1-3학년군을 대상으로 하였다. 특히 8학년을 염두에 두고 자전적 텍스트로 특성화된 국어과 교과서를 구현한다는 전제로 자전적 텍스트 단원을 구성의 예시를 보이고자

한다. 자전적 텍스트를 중심으로 하는 단원 구성의 체계를 보이면 다음
과 같다.

〈표 4-14〉 자전적 텍스트 단원의 구성 체계 예시

대단원 : (자전적 텍스트) "'나'의 삶, '나'의 이야기"				
텍스트 유형	장르	소단원 구성	내용	활동 유형
		단원 열기	▪ 자전적 텍스트에 대한 개론적 이해	
일상적 자전	일기 1-2주 (택1)	장르 이해(도입)	일상적 자전의 주제와 목적, 기본 형식, 표현 방법	
		안네의 일기 -안네 프랑크	저자 소개 읽기의 초점(표현상의 특징) 본문 활동 ※ 동명의 영화 "The Diary of Anne Frank" 감상	읽기 쓰기 듣기· 말하기 문법 문학
		난중일기[24] -이순신	저자 소개 읽기의 초점(표현상의 특징) 본문 활동 ※ 이순신의 전기 중에서 '난중일기'와 같은 시점을 보이는 부분 비교	읽기 쓰기 듣기· 말하기
		일기 쓰기	동학년 학생들의 일기 예시 저자 프로필 쓰기의 초점과 tip	읽기 쓰기
		일기 vs 자서전	일기와 자서전의 공통점과 차이점	
자서전	자서전 3-4주 (택1)	장르 이해(도입)	자서전과 자전 소설의 주제와 목적, 기본 형 식, 표현 방법	
		헬렌 켈러 자서전	저자 소개 읽기의 초점(표현상의 특징) 본문 활동 ※ 헬렌 켈러의 전기 중에서 자서전과 같은 시 점을 보이는 부분 비교	읽기 쓰기 듣기· 말하기
		최승희 자서전[25]	저자 소개(사진, 영상 자료)[26] 읽기의 초점(표현상의 특징) 본문 활동	읽기 쓰기 듣기· 말하기

		자서전 쓰기	동학년 학생들의 자서전 예시 저자 프로필 쓰기의 초점과 tip	읽기 쓰기
	자전 소설 5-6주 (택1)	그 많던 싱아는 누가 다 먹었을까 -박완서	저자 소개 읽기의 초점(표현상의 특징) 본문 활동 ※ 작가 인터뷰나 서평, 기사	읽기 쓰기 듣기· 말하기 문학
		데이비드 코퍼필드 (David Copperfield)[27] -찰스 디킨스	저자 소개 읽기의 초점(표현상의 특징) 본문 활동 ※ 작가 인터뷰나 서평, 기사 ※ 동명의 영화 "David Copperfield" 감상	읽기 쓰기 듣기· 말하기 문학
		자전 소설 쓰기	동학년 학생이 쓴 자전 소설 예 - 저자 프로필 쓰기의 초점과 tip 예시	읽기 쓰기
		자서전 vs 자전 소설	자서전과 자전 소설의 공통점과 차이점	
확장적 자전	전기 7-8주 (택1)	장르 이해(도입)	확장적 자전의 주제와 목적, 기본 형식, 표현 방법	
		앤 설리반의 전기 -헬렌 켈러	저자와 주인공 소개 읽기의 초점(표현상의 특징) 본문 활동 ※ 영화 "The Miracle Worker"(2008)[28] 감상	읽기 쓰기 듣기· 말하기
		백범 김구의 전기	저자와 주인공 소개 읽기의 초점(표현상의 특징) 본문 활동 ※ '백범일지' 중에서 전기와 같은 시점을 보 이는 부분 비교	읽기 쓰기 듣기· 말하기
		전기문 쓰기	동학년 학생들이 쓴 전기문 - 저자 프로필 · 쓰기의 초점과 tip 예시 자신이 존경하는 인물에 대한 전기문 쓰기	읽기 쓰기
		자서전 vs 전기	자서전과 전기의 공통점과 차이점	
	(일대 기적) 소설 9-10주 (택1)	장르 이해(도입)	쓰는 목적, 기본 형식, 표현 방법	
		토지[29] -박경리	저자와 주인공 소개 읽기의 초점(표현상의 특징) 본문	읽기 쓰기 듣기·

		활동	말하기 문학
	최고운전30)	작품 소개 읽기의 초점(표현상의 특징) 본문 활동	읽기 쓰기 듣기· 말하기 문학
	(일대기적) 소설 쓰기	동학년 학생들이 쓴 짧은 (일대기) 소설 저자 소개 쓰기의 초점과 tip 상상의 인물이나 대상을 주인공으로 일대기 중심의 소설 쓰기	읽기 쓰기
영화 매체 11주 (택1)	나의 왼발31) (My Left Foot)	원작 소개 영화 제작 배경 자전 소설을 영화화한 작품 감상과 토론	읽기 듣기· 말하기
	잡스32) (Jobs, 2013)	영화 제작 배경 인물의 일대기를 영화화한 작품 감상과 토론	읽기 듣기· 말하기
단원 마무리 (선택·심화 활동) 12주		장르 변형 쓰기33) - 자서전을 일기로 - 전기를 자서전으로 - 자서전을 소설로 - 영상 매체를 전기나 자서전으로 발표와 감상, 토론	쓰기 듣기· 말하기

---

24) (주)지학사의 2009 개정 교과서 '국어 I'(2013, 이삼형 외)의 1단원에는 김훈의 '칼의 노래'가 수록되어 있다. 이는 일상적 자전인 일기의 맥락이 아니라 1인칭의 소설로 장르가 변형된 확장적 자전 활동의 맥락에서 파악할 수 있다. 이렇게 같은 소재를 가지고 학년급에 따라 수준 차이를 반영하는 지문과 활동을 구성할 수 있다.

25) 세계적인 한국의 무용가 최승희(1911-1969)의 생애를 담은 자서전으로『불꽃』(2006)이 있다. 이 안에는 최승희가 자신의 어린 시절과 무용에의 입문과정을 담은 수필 9편과, 최승희를 지켜본 국내외 인사들의 평론이 함께 수록되어 있다. 자서전 텍스트 교육에서 학생들에게 다양한 분야의 사람들의 다양한 삶을 보여주는 것이 중요하며, 최승희는 드물게 한국의 근대 무용가로서 교육적으로 접근할 만한 가치를 보인다고 판단하였다.

26) 7차 교육과정에서 만들어진 '독서'교과서(우한용 외, 2002)에 '춤추는 최승희' 단원이 들어있다. 여기서 ICT(information & communication Technology)를 활용한 다양

자전적 텍스트 교재에는 자전적 텍스트 활동의 세 가지 유형이 포함
되어 있다. 이를 다시 여섯 개의 소단원으로 나누었으며 전체 12주 동안
학습할 수 있도록 구성하였다. 한 작품을 1-2주 동안 학습할 수 있다.
또 장르별로 선정한 두 편의 텍스트는 각기 국내·국외 텍스트가 균형
있게 포함되도록 하였다. 단원이 시작되는 도입부에는 '단원 열기'를 두
어 앞으로 학습하게 될 자전적 텍스트에 대한 개론적 이해를 도모하였
다. 여기서는 중1-3학년군을 대상으로 하고 특히 8학년의 수업을 염두
에 두었다. 자전적 텍스트 교재의 지문 구성에서는 관련된 대부분의 장

한 학습 활동의 윤곽을 볼 수 있다. 그러나 자서전 활동을 중심으로 단원이 진행된다는
점, 고교 선택심화과정이 아닌 공통교육과정에서 이루어지는 활동이 된다는 점을 고려
하면 간단한 사진 자료나 영상을 제시하는 정도로 적절해 보인다. 다만 학습자 개인별
로 활용할 수 있는 관련 인터넷 사이트를 함께 제시하여 추가적인 도움을 받을 수
있도록 할 수 있다.

27) 어려운 환경에서 자라나 영국의 대표적인 소설가로 대성하는 내용을 다룬 데이비드
코퍼필드(David Copperfield)의 자전적 소설이다.

28) 헬렌 켈러가 앤 설리번의 도움으로 장애를 극복한 어린 시절을 중심으로 다룬 영화이
다. 스토리가 앤 설리번에 초점을 두고 진행되므로 앤 설리번의 전기와 비교, 참고할
만하다.

29) 박경리의 대하소설로 구한말부터 일제 강점기에 이르는 시대를 배경으로 한다. 지주
집안 최씨 일가를 중심으로 주변 인물들의 삶을 심도 있게 보여주며 한 인물을 중심으
로 한 일대기적 접근이 가능하다. 여기서는 12권으로 압축된 '청소년 토지'를 텍스트로
활용하였다.

30) 신라시대의 학자 최치원을 모델로 한 허구적이고 일대기적 구성을 보이는 작가 미상의
소설이다.

31) 1989년 짐 셰리던(Jim Sheridan) 감독이 만든, 아일랜드 태생의 장애인 크리스티
브라운(Christy Brown)의 자전 소설을 바탕으로 만든 영화이다.

32) 조슈아 마이클스턴 감독의 2013년 작 영화이다. 애플의 창립자 스티브 잡스의 일대기
를 영화화한 작품이다.

33) 미국의 중학교 국어 교과서에서도 '본문과 관련짓기'와 '텍스트 확장하기'를 단원별
심화 과제로 활용하고 있으며, 이는 수준별 교육과정에도 부합한다고 할 수 있다(이용
숙, 2005)

르를 다룰 수 있지만, 낮은 학년군에서는 학습자의 수준에 따라 자전적 텍스트의 유형이나 장르에 제한을 둘 수 있다. 본격적인 세부 텍스트의 학습 활동 안에서는 저자 소개와 읽기의 초점, 작품의 본문과 이에 대한 이해와 적용이 가능한 학습 활동들이 제시될 수 있다. 이 때 학습 활동은 듣기·말하기, 읽기, 쓰기, 문법, 문학 등 다양한 국어 활동 영역을 포함하도록 하였다. 자전적 텍스트 교재 안에서 다루는 구체적 구성 내용을 자전적 텍스트의 유형과 주 단위를 기준으로 좀 더 자세히 설명하면 다음과 같다.

3.1.1. 일상적 자전 활동 : 일기(1~2주)

자전적 텍스트 활동의 유형 중 '일상적 자전 활동'의 단계에 해당하는 장르이다. 이 단계에서는 일상적 자전 활동을 위하여 일기에 대한 학습 내용을 선정하였다. 먼저 도입부에서 '일기' 장르에 대한 이해 활동이 선행한다. 다양한 일기 지문 제시를 통하여 글쓴이의 다양한 삶을 들여다보며 자신의 삶과 비교해 보는 활동으로 시작된다. 일기를 쓰는 목적, 일기의 기본 형식, 주요한 표현 방법에 대한 개괄적인 이해를 유도할 수 있다.

'안네의 일기'와 '난중일기' 국내·외의 작품 두 편을 구체적인 텍스트로 하여 본격적인 학습 활동이 진행된다. '안네의 일기'에 관련한 활동 중 적절한 시기에 동명의 영화 자료를 삽입하고, 학습자들이 매체 자료를 활용할 수 있도록 하였다. '난중일기'도 '안네의 일기'와 같은 체제로 구성하도록 한다. 다만 본문과 학습 활동의 말미에 이순신의 전기문을 함께 활용하도록 한다. 본문의 지문과 같은 배경과 시점을 보이는 부분을 제시하여 일기와 전기문의 차이점을 느껴볼 수 있도록 구성한다. 두 편의 텍스트에 관련된 활동이 끝나면 동학년 학생들이 쓴 일기를 제시하고 실제에서 일기를 쓰는 데 도움을 받을 수 있는 요소들을 파악할 수 있도록 한다.[34]

3.1.2. 자서전 활동 : 자서전과 자전 소설(3~6주)

자전적 텍스트 활동의 유형 중 '자서전 활동'의 단계에 해당하는 장르이다. 먼저 도입부에서 자서전과 자전 소설에 대한 장르적 이해 활동이 선행한다. 자서전과 자전 소설을 쓰는 목적, 기본 형식, 주요한 표현 방법에 대한 개괄적인 이해를 유도할 수 있다. 자서전에서는 '헬렌 켈러 자서전'과 '최승희 자서전'을, 자전 소설에서는 '그 많던 싱아는 누가 다 먹었을까'와 '데이비드 코퍼필드'의 두 편씩을 구체적인 텍스트로 한다. 자서전 활동에서는 자서전과 자전 소설의 두 가지 장르를 다루어야 하므로, 두 편의 자서전과 두 편의 자전 소설 중 각각 한 편씩 선택하여 활용할 수 있도록 하였다. '헬렌 켈러 자서전'에 관련된 활동이 끝날 무렵에는 본문의 지문과 같은 배경과 시점을 보이는 헬렌 켈러의 전기를 활용하여 비교해 볼 수 있도록 하였다. '최승희 자서전'도 '헬렌 켈러 자서전'과 같은 체제로 구성하되 저자의 사진 자료 등을 보충하여 인물과 내용 이해를 도울 수 있다.

---

34) 이러한 동학년 학생들의 쓰기 예시는 Houghton Mifflin사의 Reading 교재에서 보이는 'Student Writing Model'의 체제를 빌려왔다. 동학년 학생의 글을 소개하고 아울러 그 학생을 작가와 동일시함으로써 학습자가 구체적인 장르 쓰기 활동에 대한 거리감을 좁히도록 유도할 수 있다. 정혜승(2005: 361)에서도 "내 생각과 경험을 적극적으로 활용하면서 읽어야 한다는 인식을 갖게 하기 위해서는 극(작품)이 나와 거리가 먼 위대한 인물이나 대단한 사람에 의해 쓰인 것이 아니라 나와 비슷하게 평범한 사람, 혹은 우리 주변에서 늘 마주치는 이웃 어른에 의해 쓰인 것이라는 점을 알게 하는 것이 필요하다."라고 하였다.

자전 소설은 특히 작가들의 작품이 많은 비중을 차지하고 있다는 점을 인식하고 여러 작가들의 자전 소설 목록을 추가 자료로 제시할 수 있다. '박완서의 자전 소설'과 '찰스 디킨스의 자전 소설' 국내·외의 작품 두 편을 구체적인 텍스트로 하여 본격적인 학습 활동이 이루어도록 하였다. 각각의 자전 소설에 관련한 활동 말미에는 작가에 관련하여 작가의 인터 뷰 기사나 언론의 서평, 기사 등을 덧붙여 자전 소설에 대한 배경적 이해 도를 높일 수 있도록 한다. 또 '찰스 디킨스의 자전 소설' 관련 학습 활동 의 말미에는 동명의 영화 "데이비드 코퍼필드(David Copperfield)"의 자료 를 삽입하고, 학습자들이 각자 매체 자료를 참고로 자전 소설과 비교할 수 있도록 하였다.

각기 자서전과 자전 소설을 활용한 활동의 후반에는 동학년 학생들이 쓴 자서전과 자전 소설을 자료로 제시하고 실제에서 자서전이나 자전 소설을 쓸 때 도움을 받을 수 있는 요소들을 파악할 수 있도록 한다. 이어 자서전과 자전 소설의 공통점과 차이점에 대해 생각해 볼 수 있는 시간을 마련해 두도록 한다. 이렇게 두 가지 유형의 자서전 활동을 통해 정리해 봄으로써 인간의 삶에 대한 각기 다른 표현 방식의 차이점을 인 식하고 선택적으로 활용할 수 있는 안목을 기르도록 할 수 있다.

3.1.3. 확장적 자전 활동(1) : 전기와 소설, 영화(7~11주)

자전적 텍스트 활동의 유형 중 '확장적 자전 활동'의 단계에 해당된다. 전기와 일대기적 소설, 그리고 자전 소설이나 인물의 일대기를 영화화 한 매체를 활용한다. 도입부에서 확장적 자전에 대한 이해 활동이 선행 한다. 전기문과 일대기 소설, 영화 매체를 활용하는 목적, 기본 형식, 주요한 표현 방법에 대한 개괄적인 이해를 유도하도록 한다. 전기는 '앤

설리번의 전기'와 '백범 김구의 전기' 중 한 편을, 일대기 소설은 '토지'
와 '최고운전' 중 한 편을, 자전적 매체로는 '나의 왼발'과 '잡스' 중 한
편을 선택하여 활동할 수 있도록 한다.

'앤 설리번의 전기'에 관련된 활동에서는 영화 "The Miracle Worker"
의 자료를 삽입하여 학습자들의 텍스트 이해를 심화시키고 보다 적극적
으로 매체 자료를 활용할 수 있도록 하였다. '백범 김구의 전기'도 같은
체제로 구성하되, 학습 활동의 말미에 백범 김구의 자서전을 활용하여
본문의 지문과 같은 배경과 시점 부분을 제시하여 전기와의 차이점을
인식할 수 있도록 구성하였다. 이어 동학년 학생들이 쓴 전기문을 제시
하고 실제에서 전기문을 쓰는 데 도움[35]을 받을 수 있는 요소들을 파악
할 수 있도록 하였다. 또 자서전과 전기의 공통점과 차이점에 대해 생각
해 볼 수 있는 활동을 마련해 두도록 한다. 이렇게 또 두 가지 유형의
자전적 텍스트의 특성을 짝지어 정리해 봄으로써 인간의 삶에 대한 각
기 다른 표현 방식이 있음을 인식하고 선택적으로 활용할 수 있는 안목
을 기르는 것을 목적으로 하였다.

확장적 자전 활동의 마지막은 영화 매체를 활용하여 자전적 텍스트
활동을 할 수 있는 단계이다. 여기서는 인쇄 매체인 교과서가 갖는 한계
를 벗어나 디지털 교과서(Digital Textbook)[36]의 역할을 기대해 볼 만하

---

35) 우리나라의 공통교육과정이나 해당 학년군의 교과서 안에서 전기문을 쓰는 활동은
제시되지 않는다. 다만 선택교육과정에서 전기문 쓰기에 대한 언급이 잠시 보일 뿐이
다. 그러나 미국을 비롯한 외국의 교과서를 살펴보면 전기문 쓰기에 대해서도 다른
자전적 텍스트 쓰기와 다르지 않게 저학년군에서부터 익숙해지도록 하고 있음을 알
수 있다. 이렇게 우리 교육과정과 교과서에서 자전적 텍스트 중에서도 특히 전기문
쓰기에 대해 상대적인 난이도를 높게 매기는 현상은 재고의 여지가 있다. 따라서 이
연구에서는 다른 자전적 텍스트 활동과 같은 위상으로서 전기문 쓰기 활동을 추가하
였다.

36) 디지털 교과서는 우리나라 정부에서 추진하는 사업으로 기존 서책용 교과서 내용은

다. 이는 교과서의 분량을 늘리지 않으면서도 학습자에게 다양한 텍스
트를 경험할 수 있도록 하고, 인쇄 매체 교과서가 보여줄 수 없는 영상
자료를 보충해 줄 수 있는 장점이 있다.[37] 크리스티 브라운(Christy
Brown)의 자전 소설을 영화화 한 작품과 스티브 잡스(Steve Jobs)의 일생
을 영화화한 작품 중 선택하여 감상하고 활동할 수 있도록 하였다. 이
활동은 기존의 인쇄 텍스트가 아닌 영화 텍스트에 초점을 두고 있다.
그러므로 영상 매체를 활용한 자전적 텍스트로의 장르 변환에 대해서도
생각해 보고, 다양한 활동을 통하여 자전적 텍스트에 대한 이해 범위를
넓힐 수 있다.

3.1.4. 확장적 자전 활동(2) : 단원 마무리(12주)

　자전적 텍스트 단원의 마무리는 확장적 자전 활동 중에서도 가장 적
극적인 단계로 장르 변형 쓰기 활동을 두었다. 이 활동은 학습자의 기호
와 수준에 따라 선택 학습이 가능하며, 지금까지 자전적 텍스트 활동
중에서 가장 심화된 쓰기 활동의 성격을 갖는다. 개별 단원별 학습 활동
에서 제시되었던 텍스트를 기준으로 장르를 변형하는 활동, 혹은 학습
자 개인이 써 놓은 자전적 텍스트를 자료로 다른 자전적 텍스트로 변형
하는 활동 등이 모두 가능하다. 자서전을 일기로, 전기를 자서전으로,
자서전을 소설로, 영화를 보고 전기나 자서전으로 바꾸어 보는 활동[38]

　물론 참고서, 문제집, 학습사전 등 학습 자료를 갖추고 있는 휴대용 단말을 교과서로
　이용하는 것(산업통상자원부 지식경제용어사전, 2010)을 말한다.
37) 정혜승(2011)에서도 디지털 교과서의 긍정적 측면을 검토하고 교육과학기술부가
　2015년부터 도입하기로 한 디지털 교과서의 역할에 대해 기대를 보이고 있다.
38) 2009 개정 교육과정 중1~3학년군 쓰기 영역 내용 성취 기준에는 '영상 언어의 특성을
　살려 영상으로 이야기를 구성한다.'는 내용이 들어 있다. 세부 설명 안에는 학생들에게
　일상적 경험이나 사회적 사건을 직접 영상물을 만들어 보는 방식으로 지도한다고 되어

등 다양한 활동으로 유도할 수 있다. 각자가 수행한 변환된 자전적 텍스트를 토대로 발표와 감상, 토론 활동 등을 연계하도록 한다.

3.2. 자전적 텍스트 단원 활동의 예

여기서 자전적 텍스트 활동 중에서 1-2주차의 일상적 자전 활동에 속하는 일기에 관련된 단원 활동의 예를 제시하고자 한다. 일기는 국어 교과서 내의 비중으로 보면 초등학교 저학년에서는 다양한 주제와 목적을 가지고 자주 지문으로 활용되고 있지만, 초등학교 고학년과 중학교급에서는 그 활용 예를 찾아보기 힘들다. 하지만 이로 인하여 일기가 지닌 자전적 텍스트로서의 교육적 가치가 줄어들었다고 판단할 수는 없다. 이 연구에서는 일기 장르에 있어서도 학년급이 올라가면서 학습 활동 지문과 내용을 학습자의 수준에 맞추어 활용할 수 있는 연속성 있는 교육 체계가 필요하다고 판단하여 일기에 대한 단원 활동의 예를 제시하고자 한다. 그러나 실제 교과서 단원을 구성할 때 고려해야 할 세밀한 구성 요소들까지 반영하지는 않았다. 다만 단원 활동의 큰 흐름을 보일 수 있도록 도입 활동, 중심 활동, 마무리 활동을 통하여 간단히 제시하였다. 또 단원 학습 활동 내용은 앞에서 보인 자전적 텍스트 교육 내용 성취 기준 진술을 기초로 하였으며 관련된 내용 성취 기준 항목은 학습 활동 옆에 표시하였다.

있다. 이에 준하면 장르 변형 활동에서 기존의 인쇄 매체로 되어 있는 자전적 텍스트를 영상물로 바꾸게 하는 활동이 가능할 것이다. 그러나 실제적으로 이러한 활동을 위해서는 영상 언어의 특성을 이해시키거나 기술적 문제를 해결하기 위해 교과서 안에 영상 언어에 관한 지식적 언급은 물론 정해진 차시 이외의 활동 시간이 필요하다고 판단하였다. 여기서는 영상물을 제작하는 변형 활동은 교사나 학습 기획자의 재량에 따라 조정 가능한 성격이 크다고 판단하였다.

3.2.1. 도입 활동

　도입 활동은 일기가 지닌 장르적 의미와 가치를 기본적으로 알아볼 수 있는 지문을 활용하여 활동을 구안하도록 한다. 중심 활동에서 제시될 지문을 제외하고, 다양하면서도 완성도 높은 일기 지문을 제시하여 학습자가 흥미 요소를 찾아가고 좋은 텍스트에 노출될 수 있는 환경을 조성하는 것이 중요하다고 판단하였다. 첫 번째 도입 활동에서는 몽고메리의 자서전에 삽입된 일기를 활용하였다.

다음 글을 읽고 생각해 봅시다.

　나는 올해 여름 내내 부지런히 글을 썼고 너무나 더웠던 날씨에도 각고의 노력을 기울여 소설과 시를 짜내느라 골수가 녹아 버리고 손 써 볼 겨를도 없이 뇌가 지글지글 타 버리지나 않을까 무서웠다. 하지만 난 정말 내 일을 사랑한다! 실을 잣듯이 이야기를 엮어내는 일을 사랑하고 방 창문 옆에 앉아 날개를 펴고 솟아오르는 공상을 시로 지어내는 일을 사랑한다. 이번 여름에는 성적이 꽤나 좋아서 기고하는 잡지가 몇 군데 늘어났다. 잡지의 성격이 워낙 다양하기 때문에 각 잡지의 취향도 만족시켜야 한다. 나는 아동용 소설을 굉장히 많이 썼다. 아동용 소설을 쓰는 일을 좋아하는 것은 물론이지만, 대부분의 작품에 '도덕'을 끌어다 붙일 필요가 없으면 더 좋겠다. 하지만 일반적으로 도덕적 요소가 없다면 팔리지 않으리라. 따라서 글이 염두에 두고 있는 특정 편집자의 취향에 맞아야 하는 것처럼 도덕적 요소 또한 보편적으로 제시하든 은근히 제시하든 작품 속에 넣을 수밖에 없다. 내가 가장 쓰고 싶고 또 읽고 싶은 아동용 소설은, 마치 약을 먹이려고 잼 한 숟가락 속에 약을 파묻어 아이에게 내미는 것처럼 비밀스럽게 도덕적 요소를 숨겨 놓은 소설이 아닌, 선량하면서도 즐거운 소설, '예술 자체'를 지향하는 소설, 좀 더 정확히 말하면 '재미 그 자체'를 위해 재미있는 소설이다.

- 이 글을 쓴 사람의 직업은 무엇일까요?
- 글쓴이가 가장 읽고 싶고 쓰고 싶은 글을 어떤 글입니까?
- 이 글에서 효과적인 비유적 표현을 찾고 어떤 효과를 낼 수 있는지 이야기해 봅시다.
- 글쓴이가 이 글을 쓴 목적은 무엇일지 생각해 봅시다.

-【읽기】
(1),(3),(4)

-【쓰기】
(1)

-【문학】
(5)

　도입 활동의 두 번째는 각기 다른 성격의 일기 두 편을 제시하고 글쓴이가 일기 안에서 글쓴이의 관심사와 소통하는 방식의 차이 등을 느껴 보도록 한다. ㈎는 박동규의 학생 시절 일기이고, ㈏는 박지원의 『열하일기』의 일부에서 가져 온 지문이다.

일기는 하루라는 시간 동안 자신만의 체험을 글로 기록하는 것입니다. 그런데 단순히 개인적인 체험을 자기를 위한 문장으로 창고에 차곡차곡 쌓아두는 것만으로는 일기가 가진 모든 의미를 설명할 수는 없습니다. 일기는 우리 삶의 다양한 부분들을 바로 보게 하고 미래를 내다보게 하는 기록이 되기 때문입니다. 다음의 지문을 읽고 일기를 쓸 때 더 고려해야 할 성격이 무엇인지 이야기를 나누어 봅시다.

-【듣기·말하기】
(8)

-【읽기】
(1),(2),(7),(8)

-【문학】
(5)

㈎ 2월 20일
내일 졸업을 한다. 오늘 아침 온 가족이 상에 둘러앉았을 때, 아버지는 동생들을 둘러보며 큰 소리로 "내일 형 졸업식이야" 하셨다. 다른 날과 달리 목소리가 크셨다. 그리고 식사를 하시지 않고 그냥 나가셨다. 그때 아우가 "엄마, 우리 집에 카메라가 없어서 어쩌지요" 하였다. 어머니는 한참 내 얼굴을 보셨다. 아무렇지도 않게 "친구들이 있겠지요" 하고 물러났다.
저녁에 아버지가 "졸업식 끝난 다음 사진관에 같이 가자" 하셨다. 아마 어머니가 말씀드렸나 보다.
카메라 없는 집이 한두 집이겠는가. 아버지는 조금 전 또 나를 서재로 부르시더니 누가에 물기가 촉촉한 채로 "졸업하게 돼서 기쁘다"라고 하시면서 내 손을 잡았다. 그런데 왜 나는 "아버지, 공부시키시느라고 얼마나 힘드셨어요" 하는 감사의 말을 하지도 못하였는가. 내 방에 와서 이불을 뒤집어쓰고 울어야만 했는가. "아버지, 고맙습니다." 이 말이 그렇게 어려운 말인가.

－ 박동규의 일기

㈏ 14일 경인, 개다
(중략)
"태종이 고구려를 치려다가 뜻을 이루지 못한 채 돌아오는 길에 발착수에 이르러 80리 진펄에 수레가 통할 수 없으므로 장손무기와 양사도 등이 군정 1만 명을 거느리고 나무를 베서 길을 쌓으니 수레가 잇따랐고, 다리를 놓을 제 태종이 말 위에서 손수 나무를 날라서 일을 도왔고, 때마침 눈보라가 심해서 횃불을 밝히고 건넜다" 하였으니, 발착수가 어디인지 알 수 없으나, 요동 진펄 천 리에 흙이 떡가루처럼 보드라워서 비를 맞으면 반죽이 되어 마치 엿 녹은 것처럼 되어, 사람의 허리와 무릎까지 빠지고 겨우 한 다리를 빼면 또 한 다리가 더 깊이 빠지게 된다. 이에 만일 발을 빼려고 애쓰지 않으면 땅속에서 마치 무엇이 있어서 빨아들이는 듯이 온몸이 묻혀서 흔적도 없어지게 된다.

– 박지원, 『열하일기』

3.2.2. 중심 활동

중심 활동은 일기에 대해 다루는 주 텍스트 중 하나인 『안네의 일기』를 축으로 하여 이루어진다. 활동을 위하여 필요한 지문은 일부만 제시하였으며, 학습 활동으로 가능한 예시를 보이면 다음과 같다.

우리가 일상에서 보고 들은 것 가운데, 또 생각하고 행동한 것 가운데 일부를 적어 두는 것은 우리의 삶을 촬영해 둔 앨범과도 같습니다. 다음에 제시한 『안네의 일기』는 나치를 피해 은둔 생활을 하던 유대인 소녀 안네의 일상을 보여줍니다. 지문을 읽고 다음의 활동을 해 봅시다.

1943년 7월 23일 금요일
키티님! 우리들이 다시 밖으로 나가게 된다면 제일 먼저 무엇을 하고 싶어 하는지 당신께 소개하겠습니다. 언니와 환 단 씨는 무엇보다도 먼저 욕조에 뜨거운 물을 가득 받아 반 시간 동안 들어가 있고 싶답니다. 환 단 아주머니는 크림 케이크를 먹고 싶어 하십니다. 듀셀 씨는 부인을 만날 일만 생각하고 있습니다. 엄마는 뜨거운 커피, 아빠는 포센 씨를 만나고 싶어 하십니다. 페터는 거리로 나가 영화를 보고 싶어 해요. 나는 너무 좋아서 무엇부터 시작해야 할지 모르겠지만, 제일 먼저 자유를 누릴 수 있는 내 집이 필요하고, 나의 공부를 위해 학교로 찾아가는 것입니다. 엘리가 과일을 조금 사 오겠다고 했습니다. 그냥 준 것처럼 쌉니다. 포도가 1킬로그램에 5플로린, 딸기가 파운드당 0.7플로린, 복숭아가 한 개에 0.5플로린, 멜론이 1킬로그램에 1.5

-【듣기·말하기】
(2), (3), (5), (6), (8)

-【읽기】
(1), (2), (3), (4), (5), (6), (7), (8)

-【쓰기】
(3), (5), (6), (7), (8)

-【문법】
(3), (4)

-【문학】
(1), (3), (5), (7)

플로린입니다. 그런데도 신문에는 날마다 이렇게 씌어 있습니다.
"물가를 내려라!"

⑴ 일기를 통해 알 수 있는 안네의 모습을 상상해 보고, 안네를 다른 사람에게 소개하는 글을 써 봅시다.

⑵ 안네에 대한 소개의 글을 각자 발표하고, 자신의 소개 글과 다른 사람의 소개 글을 비교해 봅시다.

⑶ 안네가 처한 시대적·개인적 상황이나 맥락을 이해하고 자신과 닮은 점이나 차이점을 이야기하거나 글로 써 봅시다.

⑷ 안네에게 일기는 어떤 의미를 지닌 것인지 생각해 봅시다.

⑸ 동명의 영화 "The Diary of Anne Frank" 감상하고, 원작과 영상으로 재구성된 텍스트와의 차이점을 정리해 봅시다.

⑹ 주인공의 일기 형식으로 되어 있는 다른 텍스트를 찾아 읽고 『안네의 일기』와 비교해 봅시다.

⑺ 일기를 쓸 때 함께 사용하면 좋은 표현 방식이나 자료에는 어떤 것들이 있는지 알아보고, 자신의 일기에 활용하여 봅시다.

⑻ 자신과 다른 사람의 일기를 모아 영상 일기를 제작해 봅시다.

3.2.3. 마무리 활동

마무리 활동에서는 자서전과 일기의 차이점을 인식하는 문제에 초점을 두고 진행할 수 있다. 유사한 소재를 가진 내용이 서술되고 있는 2종의 지문은 각기 몽고메리의 자서전과 일기에서 차용하였다.

다음 두 지문을 비교 하면서 읽고 차이점에 대해 정리해 봅시다.

-【읽기】⑸
-【문법】⑶
-【문학】⑶

㈎ 그동안 많은 양의 글을 쓰면서 많이 배웠지만 내 원고는 여전히 계속 돌아왔다. 문학작품을 쓰는 것 자체가 보람이고 금전과는 매우 독립적이라 생각하는 것이 분명했던 편집자를 둔 두 정기간행물을 제외하고는 말이다. 어째서 내가 그때 완전히 낙심한 나머지 포기하지 않았는지 지금도 궁금할 때가

많다. 힘들게 몸부림치며 썼던 소설이나 시가 냉정한 거절 메모와 함께 돌아왔을 때, 나는 마음 깊이 너무나 비참한 상처를 입곤 했다. 꾸깃꾸깃 구겨진 가련한 원고를 남몰래 트렁크 깊숙이 넣을 때면 나도 모르는 사이에 실망의 눈물이 쏟아졌다. 하지만 시간이 흐르자 마음이 단단해지면서 개의치 않게 되었다. 다만 이를 악물고 '성공하고 말 거야.'라고 되뇌었다. 나는 나 자신을 믿었고 남몰래 조용히 노력했다. 내 야심과 노력과 실패에 대해서는 어느 누구에게도 말하지 않았다. 매몰찬 원고 거절에 상처 입고 낙담했지만 가슴 속 깊은 곳에서는 언젠가 때가 오리라는 것을 알았다.

(나) 이번 주는 비와 안개가 그치지 않아 신경통으로 고생한 비참한 주였다. 하지만 어쨌거나 견뎌냈다. 교정쇄를 읽었고 주요 기사를 분석했고 조판공과 싸웠고 해병대 출신 편집자와 언쟁을 벌였다. 추잡한 돈벌이 때문에 사람들이 흠잡지 않을 만한 시를 쓰느라 고생했고 그런 와중에 마음에서 우러난 시 한 편을 완성했다.
나는 돈벌이를 목적으로 쓴 작품을 혐오한다. 하지만 내가 숭배하는 예술을 적절하게 구현하는 글을 쓰면서는 강렬한 희열을 느낀다. 뉴스 편집자가 내게 내일 임무를 할당했다. 부활절을 맞아 월요일 판 「데일리 에코」에 나갈 기사를 작성하기 위해 교회에서 플레전트 거리로 이어지는 '행렬'을 보아야 한다.

삶을 추억하는 매운 시간을 만나다

『양파 껍질을 벗기며』, 귄터 그라스, 장희창 외 역(민음사, 2015)

　양파 껍질을 벗기고 있노라면 눈물이 난다. 천천히, 하얀 속살이 다치지 않도록 얇게 벗기려고 공을 들이는 동안 눈에 눈물이 고이고 지문 끝에도 찡한 반응이 전해진다. 삶도 그렇다. 노벨 문학상 수상 작가의 삶은 책 속에서 양파 껍질을 벗겨내듯 공들여 벗겨지고 또 벗겨진다. 작가는 이 책을 세상에 내놓으면서 젊은 날 히틀러의 무장친위대에 복무했다는 사실을 고백하고 사회적인 비판 여론을 불러오지만 사실 그런 것은 중요하지 않다. 친위대를 엘리트 부대쯤으로 여기고 보냈던 작가의 과거는 그의 작품 속에서 끊임없이 '왜 몰랐을까?'라는 자책으로 눈물겨운 껍질을 벗겨내고 있기 때문이다.

　이 책은 이차대전이 시작될 무렵부터 '양철북'이 나오기까지 작가의 이십 년 동안의 생애를 소재로 하고 있다. 작가의 회상 혹은 기억은 서술자의 시점을 바꾸어가면서 필요에 따라 자서전이 되기도 하고 자전소설이 되기도 한다. 작가의 기억이 갖는 불확실성의 벽은 그래서 더 인간적인 문체로 감수성을 뽐내기도 하고 때로는 과감한 스토리의 옷을

입고 나타나기도 한다. 작가가 말했듯이,

'회상은 누군가가 벗겨주기를 원하는 양파와도 같다. 회상은 한 글자 한 글자 있는 그대로 자신을 드러내고 싶어 한다. 명백하게 드러나는 경우는 거의 드물고, 때로는 좌우가 바뀐 거울 문자로, 때로는 어떤 수수께끼 같은 글자로 나타나기도 하지만.'

거의 모든 자전적 글들이 그러하듯이 가족에 대한 이야기는 작품의 굵직한 윤곽선을 만들어주는 역할을 한다. 아버지에 대한 작가의 회상도 그러하다.

나의 성장기에서 제발 사라져 줬으면 했던 사람, 내가 단칸방의 협소함과 네 가구의 셋집이 공동으로 사용하는 화장실의 협소함에 대한 모든 죄를 돌렸던 사람, 히틀러 청소년단 단도로 찔러 죽이고 싶었고 거듭해서 머릿속으로 찔러 죽였던 사람, 감정을 수프로 변형할 수 있었고 누군가가 그 능력을 본받았던 사람, 내가 단 한 번도 상냥하게 대하지 않았고 너무나 자주 다투기만 했던 사람, 나의 아버지, 생의 쾌락을 추구하고 걱정이 없으며, 쉽사리 잘못된 유혹에 빠지고, 언제나 자제심과 자신의 말대로 '아주 세심하고 아름다운 필적'을 얻기 위해 애썼던 남자, 나를 자신의 방식대로 사랑했던 사람, 타고난 남편으로서 아내에게 빌리라고 불렸던 그 남자…….

또다시 징집영장을 받은 아들을 떠나보내는 사십대의 아버지는 그렇게 지독하게 원망스러운 사람이었다. 그리고 종전이 되고 늙어버린 아버지를 바라보는 작가의 시선은 놀랄 만큼 변해 있다.

그런데 이 노쇠하고 왜소한 남자가 내 아버지였던가? 언제나 자신감 있고 당당하게 처신하려 애썼던 그 남자가 맞단 말인가?…….

(갈탄 노천 광장에서 수위실 보조로 일하던 아버지는) 자부심도 없지 않았고, 자식을 배려하는 따뜻한 마음도 있었다. 하지만 아들이 품고 있는 허황된 꿈에 대해서는 전혀 아는 바가 없었다. 그의 연갈색 눈은 깜박이지도 않았다.

시대를 불문하고 만나게 되는 아버지와의 갈등 속에는 늘 애증이 숨어 있다. 조각가가 되고 싶었던 아들의 꿈을 배고픈 예술로만 바라보았던 아버지는 여전히 용서하기 어려운 적군이자 미워할 수 없는 아군이었다. 어머니는 또 달랐다.

나를 위해 당신도 아직 읽지 않은 책들을 가지런히 꽂아 두었던 어머니,… 나를 위해 달걀 노른자에다가 설탕을 넣어 휘저어 주던 어머니, 내가 비누를 깨물 때면 웃곤 하던 어머니, 동양 담배를 피우면서 가끔씩 담배 연기로 작은 동그라미를 만들곤 하던 어머니, 일요일에 태어난 당신의 아이를 믿어 주었던 어머니, 당신의 아들에게 모든 것을 베풀었으며 아들로부터 얻은 것은 적었던 어머니, 내 기쁨의 계곡이자 고통의 골짜기였던 어머니, 이전에 내가 글을 썼을 때도 어깨 너머로 쳐다보며 "그 부분은 빼 버려라. 마음에 안 들어." 하고 말하는 어머니, 고통 속에서 나를 낳고 고통 속에서 임종을 맞으면서도 마음껏 쓰고 또 쓰라고 나를 자유롭게 놓아 주었던 어머니, 이제 흰 종이 위에서나마 키스를 해 눈을 뜨게 해 드리고 싶은 어머니…….

그런 어머니를 떠나보내고 나중에서야, 아주 한참 후에야 울었다는 작가의 고백 한 껍질을 벗기고 나면, 우리의 시야를 흐리게 만드는 아련한 기억 한 조각이 함께 매운 속껍질을 드러낸다. 작가의 회상은 다른 회상들에 의존하여 재차 회상을 불러오고, 독자의 회상까지 양파 껍질처럼 벗겨내는 특성이 있으므로. 작가의 말처럼 모든 것은 이야기 소재가 된다. 그리고 미가공 상태의 삶은 여러 차례 교정을 거치고 인쇄되면서 안정적인 텍스트로 변형된다. 무심히 쌓여있는 묘석들을 반들반들하게 다듬어 새로운 생명을 부여하듯이 죽음은 삶으로 통하고 살아있는 이야기로 남는다.

이야기가 진행되는 동안 책 속 주인공이 노벨상 작가가 될 거라는 조짐은 좀처럼 쉽게 드러나지 않는다. 이는 작가가 조각을 배울 때 깨달았던 것처럼, 조각품들의 점토 표면은 가능한 한 오랫동안 원래 상태로 거칠게 유지되어야 하는 것과 같은 이치일는지도 모른다. 표면이 너무 일찍 매끄러워지면 눈이 현혹되고 그렇게 되면 겉보기에만 완성된 것처럼 보이기 때문이다. 그래서 일찍이 작가의 인생은 충분히 다양하고 거칠기만 할 뿐, 웬만해선 본인의 예술적 재능이나 성취에 대해서는 쉽게 입을 열지 않는다. 그리고 아무렇지 않은 듯, 작가는 그런 오랜 뜸들임의 방법을 글쓰기에 적용하고 텍스트를 항상 거친 상태로 유지하면서 이 버전 저 버전으로 유동적으로 흘러가게 했다고 고백한다.

삶을 담은 이야기에는 늘 회상의 불완전함이 도사리고 있다. 하지만 그로 인해 은유가 생명을 얻게 된다. 귄터 그라스는 말한다.

> 양파 껍질을 벗기면서, 즉 글을 쓰는 동안에, 껍질 하나하나, 문장 하나하나가 좀 더 분명해지고 의미가 통하게 됩니다. 그렇게 되면 사라진 것들이 생생하게 다시 모습을 드러내는 법이지요.

작가의 삶의 이야기는 언론에서 주목했던 것만큼 강렬하지도, 대가다운 글쓰기에 무릎을 칠만큼 기발하지도 않다. 그저 양파 껍질을 벗기면서 때때로 매운 냄새에 눈이 매워 오다가, 어느 순간부터 그 매운 향에 무덤덤해지기도 하다가, 인생은 아직도 수많은 껍질을 품은 채 그것이 벗겨지기를 기다리고 있다는 사실을 깨닫게 될 뿐이다. 작가에게 있어 인생이 끊임없이 벗겨내는 양파 껍질과도 같다는 표현은 더 할 나위 없이 세련된 은유였다.

내 삶을 이름 지을 은유가 필요하다. 양파처럼 때론 알싸하고 달큰한 향을 낼 수도 있고, 얇은 껍질들 사이에 숨은 감동으로 눈물이 솟거나, 더 매끈한 속껍질을 만나기 위해 정교하게 매만져 주어야 하는 삶의 이름이 필요하다. 아니 양파가 필요하다.

제5장

마무리하며

　이 연구는 국어교육에서 자전적 텍스트를 효과적으로 수용하고 학습자의 삶과 관련하여 의미 있는 자전적 텍스트 생산을 유도하는 것을 궁극적인 목표로 한다. 이를 위해 자전적 텍스트와 관련된 국어교육 내용의 틀을 짜고 각 영역별로 포함하는 세부적 기능과 요소들을 학습자의 국어교육적 발달 단계에 근거하여 체계적인 원리에 따라 구안하고자 하였다. 이때 자전적 텍스트와 관련하여 교육과정상의 진술이나 교과서에서 제시되는 학습 활동에 대하여 학습 목표와의 부합성이나 학습자의 발달 수준과의 적합성 등의 문제가 비판적으로 검토될 수 있었다. 학습자에게 제시되는 자전적 텍스트는 교육과정이나 교과서에 의거하며, 또한 학습자의 인지적·정의적 발달 단계에 따라 텍스트에 대한 수용과 생산의 체계와 내용이 달라질 수 있기 때문이다. 여기서 자전적 텍스트 교육이라 함은 '자전적 텍스트에 대한 교육', '자전적 텍스트를 통한 교육', '자전적 텍스트의 수용과 생산을 위한 교육'의 세 가지 차원을 모두 포괄한다.

　이 연구를 위해서는 자전적 텍스트에 관한 연구를 기본으로 하고 학습의 체계와 학습자 발달에 관련된 선행 연구 검토를 참조하였다. 이러한 앞선 연구들을 바탕으로 하여 먼저 제2장에서 자전적 텍스트가 지니고 있는 일반적인 특성에서 비롯하여 자전적 텍스트 활동의 유형을 설정하였다. 자전적 텍스트 활동의 유형은 '일상적 자전 활동', '자서전 활동', '확장적 자전 활동'의 세 가지로 분류하였다. 이를 통하여 자전적 텍스트 교수-학습의 범위와 각 텍스트의 유형별로 추구하는 교육적 의미와 효과에 대해 전체적인 윤곽을 그려 보았다.

제3장부터는 학습자의 삶의 맥락과 국어교육의 기능과 목표 차원이 자전적 텍스트 교수-학습을 통하여 긴밀하게 만나는 지점이 어딘지에 대한 해결점을 모색하고자 하였다. 따라서 자전적 텍스트 교육의 실제를 가늠하기 위하여 우리나라와 미국의 국어과 교육과정과 교과서를 검토하였다.

그 첫 번째 작업으로 우리나라와 미국의 현행 교육과정에 나타난 자전적 텍스트 관련 진술들을 통하여 특징적인 사항들을 점검하였다. 이를 통하여 국내·외의 국어 교육과정에서 자전적 텍스트를 다루고 있는 원리에 비판적인 시각을 더하여 자전적 텍스트 교육을 위한 교육과정 차원에서 내용 구성의 근거와 원리를 마련하였다.

두 번째로 우리나라와 미국의 국어 교과서에 드러난 자전적 텍스트의 내용과 체계를 살펴보았다. 특히 우리나라와 미국의 초등·중등 교과서의 체제와 내용을 검토하였다. 먼저 현행 2009 개정 교육과정을 반영한 국어과 검정 교과서를 검토하고, 자전적 텍스트를 중심으로 하는 교재를 구성할 때 생각해야 할 개선점과 방향성에 대해 논의하였다. 다음은 미국의 자국어 교육과정을 반영한 초등·중등 교과서의 내용 구성과 체제를 검토하고 우리나라의 교과서 구성에 주는 시사점을 찾아보았다.

이렇게 자전적 텍스트에 대하여 기존 교재에 구안된 내용들을 비판적 근거로 삼아, 자전적 텍스트가 지닌 인지적 · 정의적 목표를 고려하여 교과서에서 구안될 수 있는 교수-학습의 새로운 내용 체계를 마련하고자 하였다.

제4장에서는 자전적 텍스트에 대한 교육 내용이 실제 교수-학습 현장에서 어떻게 구체화될 수 있는가를 논의하였다. 자전적 텍스트 교육의 구체적 내용을 분류, 구성하기 위해서는 자전적 텍스트 내용 구성을 위한 학습자의 분야별 발달 기준을 마련하는 것이 필요하다. 분류의 기준은 다분히 포괄적이며, 세부적인 기준을 해석하기에 유동적인 성격이지만 학습자의 발달 수준과 학습 단계에 적합한 자전적 텍스트의 교육 내용을 선정하는 과정에서 고려할 수 있는 가장 기초적인 기준으로 삼았다. 이러한 기준을 반영하여 다시 교육과정과 교과서 차원에서 제안이 가능하였다. 이 연구에서는 자전적 텍스트 구조에 대한 인지적 · 정의적 발달 능력이 안정기에 접어들고 가장 향상된 인지적 능력을 갖추고 있다고 볼 수 있는 중학교급 학습자 중 특히 8학년을 염두에 두고 자전적 텍스트 단원의 예시를 제시하였다.

먼저 자전적 텍스트 교육을 위한 교육과정의 내용 체계를 구성하고 성취 기준과 국어 자료의 예를 제시하였다. 이러한 원리에 입각하여 자전적 텍스트를 중심한 교재의 내용을 구성하고, 학년군별로 '일상적 자전 활동'부터 '자서전 활동', '확장적 자전 활동'에 이르기까지 다양한 자전적 텍스트 유형을 포함시켰다. 그리고 지금까지 검토한 교육과정과 교과서 차원에서 자전적 텍스트 교육의 원리에 준하여 구체적 단원의 예를 제시하였다.

이 연구는 국어교육에서 자전적 텍스트 교육이 지닌 중요한 개념과 역할을 인식하고, 실제 교육 현장에서 찾아가야 할 개선점과 지향점을 제안할 수 있다는 데에 의미를 둘 수 있다. 아울러 자전적 텍스트를 위시하여 텍스트 중심, 주제 중심의 국어교육 활동이 교육과정과 교과서, 그리고 실제 교수-학습 차원에서 고려하고 수용해야 할 방향을 제시해 줄 수 있을 것이라 전망한다.

남은 과제에 대하여

이 연구의 결과를 토대로 향후 자전적 텍스트 교육이 바람직한 형태로 실현될 수 있도록 크게 교육과정, 교재, 교수-학습의 세 차원에서 제언하고자 한다.

먼저 교육과정 차원에서는 교육 정책 담당자들을 위한 제언이 될 것이다. 자전적 텍스트의 성격과 관련된 교육과정 진술에 있어 추상적이고 반복적인 진술을 구체적이고 위계적인 진술로 전환해야 한다. 또 성취 기준에서 명확하게 반영되지 않은 비자전적 텍스트와의 변별점은 국어자료의 예를 통하여 학습자의 발달 수준을 고려하여 보다 풍부하게 제시할 수 있어야 한다.

둘째, 교재 차원에서 보면, 교사나 국어교육 연구자들을 위한 제언이 될 것이다. 기존에 자전적 텍스트와 관련하여 한정된 범위에서 지문 선택이 이루어지거나 독해 위주로 학습 활동이 제시되는 현상을 지양해야 한다. 또 교재는 교육과정을 적극적으로 지원하는 체제를 갖추어야 한다. 따라서 자전적 텍스트 관련하여 다양한 교재 개발은 물론, 교재 선택에 있어서도 교사와 학습자들의 요구를 반영하고 적합한 교재를 선택할 수 있도록 자율성 또한 확보되어야 한다.

셋째, 교수-학습의 차원에서는 교사와 학부모, 학습자의 역할 관계에 대한 제언이 될 것이다. 자전적 텍스트는 학교 현장에서 교과교육으로서의 가치뿐만 아니라 학습자의 실제 삶과 관련된 성찰과 소통을 주제로 하는 실용적 가치를 지닌다. 학교 교육에서 교사 주도로 이루어지는 자전적 텍스트 교육은 학습자에게 유용한 기능적·정서적 발달을 유도하고, 가정에서 학부모들은 학습자가 건강한 성찰과 소통 능력을 키워갈 수 있도록 배려하는 지원 체계가 확보되어야 한다.

그러나 자전적 텍스트 교육의 내용과 체계가 실제 현장에서 보다 적극적으로 활용되기 위해서는 텍스트 교육을 바라보는 더 다양하고도 세밀한 창을 내는 작업이 필요하다. 물론 이러한 작업은 자전적 텍스트를 위시하여 현실적으로 텍스트 중심의 교육과정이나 교과서 구성이 실현될 수 있을 때 그 효과를 기대할 수 있을 것이다. 이에 연구자는 미래 지향의 교육과정과 교과서 안에서 교수자와 학습자의 자발적인 선택에 근거한 교육 내용 체계를 지향하며, 자전적 텍스트 교육과 관련하여 앞으로 이어져야 할 연구에 대해 몇 가지 제언을 더하고자 한다.

첫째, 이 연구는 공통교육과정을 중심으로 교육과정과 교재 분석을 시도하였으므로 고등학교나 대학교 과정에서 다룰 수 있는 자전적 텍스트 교육의 내용과 체계를 다루지 못하였다. 차후에 이와 관련된 연구는 공통교육과정에 대한 세심한 검토 작업을 토대로 진행되어야 하며, 학습자 수준의 위계와 심화된 개념을 반영하고 있어야 할 것이다.

둘째, 이 연구에서는 자전적 텍스트 활동을 텍스트가 포함하는 장르적 활용 범위에 따라 세 가지로 유형화하였다. '일상적 자전 활동', '자서전 활동', '확장적 자전 활동'이 그것이다. 이 활동들은 각기 다양한 자전적 장르들을 내포하지만, 각 장르를 통하여 특징적으로 유도할 수 있는 교수-학습의 영역은 보다 세밀한 장르적 이해와 학습 활동 영역에서의 개발이 필요하다.

셋째, 자전적 텍스트 교육은 학습자의 인지적·정의적 변화를 끌어낼 수 있는, 국어교육에서의 중요한 통합적 원리를 포괄하고 있으므로 교수-학습의 범위가 광범하다. 따라서 학습자의 단계와 수준, 학습 여건을 고려한 다양한 텍스트가 제시되어야 함은 물론 다양한 통합적 학습 방법론이 제시되어야 한다.

넷째, 각 학교급별, 학년군별 학습자들이 생산한 모범적인 자전적 텍스트 사례를 적극적으로 수집하는 작업이 필요하다. 자전적 텍스트 교육은 학습자들이 텍스트를 능동적이고 창의적으로 생산할 수 있도록 유도하는 데 궁극적인 목표를 두고 있다. 따라서 이 과정에서 학습자가 동학년 학생들이 생산한 모범적 텍스트를 접함으로써 기능적, 심리적으로 도움을 받을 수 있도록 해야 한다.

다섯째, 기존의 자전적 텍스트에 대한 연구는 서양적 의미의 자서전이나 자전 소설에 집중되어 있다. 생산자의 의도나 목적, 상황에 따라 다양한 자전적 텍스트 생산이 가능하다는 점을 인식하고, '확장적 자전 활동'에 관련된 탐색과 연구가 활성화되어야 할 것이다.

"유년시절, 소년시절, 청년시절"

『유년시절, 소년시절, 청년시절』, 레프 톨스토이, 최진희 역(펭귄클래식, 2013)

누군가를 처음 만나고 나면 그 사람에 대한 첫인상이라는 것이 우리의 의식 어딘가에 남는다. 그리고 언젠가 한번쯤 만나본 적이 있는 그 사람을 글로 다시 만나게 되면 글에 대한 첫인상은 예전에 그 사람에 대한 첫인상을 떠올리는 것에서부터 시작된다. 사람들마다 각자가 쓰는 글에는 그만의 색깔이 비치고 향이 남고 첫인상이 새겨진다. 톨스토이라는 작가가 써낸 자전적 소설을 만나면서 오래 전에 톨스토이의 지적이고 냉정한 소설들을 만났을 때 가졌던 느낌들을 먼저 떠올리게 되는 것도 마찬가지 이치가 될 것이다. 어쩐지 낯익은 톨스토이를 다시 처음으로 돌아가 만나는 방법으로 그의 자전 소설을 선택하였다.

'유년시절, 소년시절, 청년시절'은 레프 톨스토이의 문단 데뷔작 3부작으로 구성된 자전 소설이다. 유년시절부터 시작되는 톨스토이의 또 다른 일인칭은 니콜렌카 이르테니예프다—이 소설을 읽는 동안 주인공의 이름을 포함하여 다른 등장인물들의 어려운 이름들을 정확하게 떠올리는 것은 책을 읽는 과정에서 주어지는 또 다른 과제이다—. 할머니의 명명일(자신의 세례명과 같은 성인의 이름이 붙은 축일을 축하하는 날)에 드릴 선물로 자작시 문구를 고민하는 소년은 고집스럽고 소심한 어린 예술가의 얼굴을 떠올리게 한다. 어머니의 죽음과 함께 소년 시절을 맞이한 니콜렌카는 수줍은 첫사랑 자리에 아름답고 발랄한 소네치카를 들여놓는다. 그리고 이유 있는 반항의 시절, 니콜렌카의 주변에서는 쉽게 이해받을 수 있는 일은 아니었지만 대부분 사람들의 자전적 쓰기가 그러하듯이 독자가 한 발자국만 더 주인공의 내면으로 들어와 까치발을 하고 들여다보면 굳이 이해하는 데 무리는 없을 사건들이 이어진다.

외모도 성격도 그다지 무난하지는 않았던 소년은 어쩌면 그런 이유에서 더 독자의 마음을 끌어당기고 있는 지도 모른다. 소년의 삶에서 끊임없이 영향을 주었던 형 볼로댜와 바람둥이 아버지의 존재는 사실상 소설의 중심부에서 크게 떠오르지 않는다. 니콜렌카에게 때로는 시기와 선망의 대상이 되기도 하고 때로는 원망과 무책임의 상징이 되기도 하는 그들은 가장 가까운 가족이었음에도 말이다. 아니 오히려 그렇게 무심한 듯 여백으로 묘사되고 있는 니콜렌카 주변의 인물들은 그래서 더욱 독자에게 각자가 완성한 선명한 이미지를 그릴 수 있도록 여지를 제공하고 있는 지도 모른다.

대학생이 된 니콜렌카는 그 나이 또래의 설렘과 열정으로 친구를 만나고 세상을 배워간다. 물론 주인공은 다른 동료들보다 예민했고 자존심이 강했고 절망도 깊었다. 사이사이 등장하는 친구와의 갈등 요소나 그가 대처하는 방식을 보고 있노라면 톨스토이의 소설에서 받았던 다소 날카롭고 괴팍한 느낌이 새삼 이유 있는 근거로 다가온다. 하지만 톨스토이가 이 글을 자신의 소설의 첫 부분일 뿐 개인의 자전적 이야기로 생각하지 않았듯이 소설 안에서 주인공의 어린 시절에 대해 속속들이 찾아낼 수는 없다. 그래서 독자는 소설을 읽으면서 매 순간 작가의 어린 시절의 흔적들과 숨바꼭질을 하게 된다.

작품은 주인공의 유년시절부터 청년시절까지 성장해가는 모습이 소소한 에피소드가 중심을 이루면서 길지 않은 호흡으로 이어진다. 각 장 내부에서 다시 주요한 사건 위주로 세심하게 나누어 놓은 작은 장들은 복잡하고 예민한 주인공의 삶의 무게를 독자의 마음에서 덜어내 주는 역할을 한다. 그래서 이 소설은 주인공의 삶이 보편적인 삶을 지닌 사람들과 크게 달라 보이지 않도록 조심하고 있다는 인상을 준다. 자전 소설에서 이러한 공감의 요인은 독자와 소통하고자 하는 필자의 가장 겸허한 배려로 남는다.

아쉬운 점은 이런 조심스러운 작가의 이야기가 지적, 심리적 폭풍을 겪는 대학생 시절 초입에서 그치고 있다는 점이다. 그래서 독자는 이 소설을 톨스토이라는 신예 작가의 처녀작으로 이해하고 작가의 다른 작품들과 새로 만나게 될 통로로 자리매김해 두어야 한다. '전쟁과 평화', '안나 카레리나', 그리고 작가의 마지막 소설인 '부활'에 이르기까지 작가의 인생은 곳곳에 녹아 있고 독자는 우연치 않게 그것들과 마주하게 되며 다시 어린 니콜렌카를 떠올리게 될 것이다.

톨스토이가 이 작품을 자서전이 아닌 소설로 간주하였듯이 작가들의 자전 소설에는 각자의 특별한 의미가 부여되어 있다. 그리고 그것들이 왜 자서전이 아니라 자전 소설이어야 하는지에 대해서 독자는 고민하며 촉각을 세운다. 마침내 깨닫게 된다. 소설이 그의 자서전이었음을, 작가의 문학적 재능으로 깔끔하게 잘 배열해 놓은 정제된 인생이었음을. 그래서 자전 소설은 작가에게 있어서 꺼내놓고 싶은 부분을 마음껏 꺼내놓고, 감추고 싶은 부분을 흔적도 없이 묻어 버리는 더 자유로운 쓰기 마당일 수 있다. 자서전보다 더 자유로운 쓰기가 허락되는 영역이 된다. 그렇다면 우리도 가능하지 않을까? 우리들 각자의 지금의 삶을 소설 안에서 자유롭게 풀어놓아 보는 작업이.

융복합 천재, 스티브 잡스와 밀당하기

『스티브 잡스*Steve Jobs*』, 월터 아이작슨, 안진확 역(민음사, 2011)

이 책은 스티브 잡스가 삶의 의욕이 충만하여 한껏 오만하던 시절부터 치밀하게 출판의 물밑 작업이 시작되었던 책이다. 900쪽에 가까운 책장 갈피에서 그를 만나는 내내 그의 무례함에 불쾌해하고, 이기적인 모습에 분노하고, 고집스러움에 두 손 두 발을 다 들어야 했다. 책 속에서 스티브 잡스를 만나는 동안 괴팍한 천재의 현실 왜곡장에서 내내 밀당을 해야 했다. 그럼에도 작가 월터 아이작슨*Walter Isaacson*은 고도의 괴팍함으로 연마된 잡스가 인문학과 과학기술의 교차점에서 절대 길을 잃지 않는, 융합적 인재의 전형이었음을 끈기 있게 증명하고 있다.

현실 왜곡장 안에서 산다는 것

주인공을 주변의 삶과 끊임없이 부딪치도록 만드는 것은 그의 현실 왜곡장이었다. 그의 독선과 고집을 둘러싸고 있는 현실 왜곡장은 주위 사람들을 거의 미치게 만들지만, 결과적으로 그것은 사람들에게 동기를

부여하는 측면으로 남게 된다. 이야기를 조금 더 큰 범위에서 쉽게 풀어
내자면, 잡스는 자신이 만들어놓은 현실 왜곡장으로 인해 정상적인 사
고와 삶에 적응하기 힘든 인물이었다고 하는 편이 정확할는지도 모르겠
다. 잡스가 집안에 세탁기 하나를 들여놓기까지의 과정에 대한 설명 하
나로도 그의 삶에 둘러진 강철 같은 고집이 들여다보인다.

> 미국인들은 세탁기와 건조기를 잘 만들지 못한다는 결론을 내렸어요.
> 유럽인들이 훨씬 더 잘 만들지요. 다만 세탁하는 데 시간이 두 배가 더
> 걸려요! 유럽 세탁기는 미국 세탁기가 사용하는 물의 4분의 1만 사용하고,
> 세탁 후 옷에 남는 세제도 훨씬 적지요. 가장 중요한 건 옷을 훼손하지
> 않는다는 점이에요. 세제와 물을 훨씬 덜 쓰지만, 세탁이 끝나면 옷이 훨
> 씬 더 깨끗하고 부드럽고 오래간다는 겁니다. 우리 가족은 어떤 트레이드
> 오프를 취해야 할 것인가를 놓고 많은 대화를 나눴습니다. 디자인에 대해
> 서뿐 아니라 우리 가족이 추구하는 가치에 대해서도 많은 이야기를 나눴어
> 요. 세탁을 한 시간 혹은 한 시간 반 만에 하는 게 가장 중요한가? 아니면
> 세탁된 옷이 더 부드럽고 오래가는 게 중요한가? 또 물을 4분의 1로 사용
> 하는 건 우리에게 어떤 중요성을 갖는가? 우리는 대략 2주 동안 매일 저녁
> 식사 자리에서 이 문제를 놓고 이야기를 나눴지요.

모든 것을 이분법적으로 보려는 그의 성향에 따르면, 모든 사람은 영
웅 아니면 머저리였고, 제품은 경이롭지 않으면 쓰레기였다. 그러니 그
가 살기 위해 선택해야 했던 세탁기 같은 사소한 일상들은 뜻하지 않게
그를 난처하게 만들곤 했던 것이다.

프레젠테이션에 대한 쓴 소리

잡스가 애플에 복귀하고 제품을 검토하는 기간에 제일 먼저 한 일은 파워포인트 사용을 금지한 것이었다.

머리를 써서 생각하지는 않고 슬라이드 프레젠테이션을 하는 것에 저는 반대합니다. 프레젠테이션 가지고는 문제가 해결되지 않습니다. 오히려 문제가 더 생기지요. 슬라이드만 잔뜩 들이대기 보다는 적극적으로 참여하고 끈질기게 논의해서 결론을 내고, 그래야 하는 것 아닙니까. 자신이 말하는 내용을 장악하고 있는 사람에겐 파워포인트 같은 게 필요 없습니다.

그래서 컴퓨터에 관심이 없는 사람이라도 잡스의 얘기를 듣다보면 그의 컴퓨터가 아닌, 그의 열정에 매료될 수밖에 없었다. 그럼에도 불구하고 잡스의 프레젠테이션에 대한 열정은 대단했다. 매번 신제품을 출시할 때마다 마치 한 편의 블록버스터 영화 시사회를 보는 것처럼 임팩트 있는 장면을 연출해 내었다. 그는 짧은 시간 안에 대중의 시선을 강렬하게 사로잡기 위해 늘 인상적인 프레젠테이션에 대해 고민했고, 백 번도 넘게 연습을 할 때도 있었다. 대중에게 환호 받지 못하는 프레젠테이션은 잡스에게 아무런 의미가 없었다. 그래서 틀에 박힌 프레젠테이션에 진저리를 치며, 그는 이렇게 쓴 소리를 하고 있는지도 모른다. '제대로 보여주지 못할 거라면 집어 치우라'고.

잡스의 연설, 미니멀리즘의 매력

제품을 시연하는 경우가 아니면 연설하는 법이 없던 잡스가 유일하게 남긴 스탠퍼드의 졸업식 연설을 보면, 그의 스타일이 지닌 기교적인 미니멀리즘을 고스란히 느낄 수 있다. 연설을 시작하는 가장 좋은 방법으로 자신의 이야기를 들려주는 방법을 선택했다. 그가 들려주는 세 가지 이야기 안에는 그의 인생이 세월처럼 흐르고, 그리 특별할 것 없는 문구가 애플의 제품 디자인처럼 반짝이고 있다. 그리고 그가 들려준 "메멘토 모리('당신도 죽는다는 것을 잊지 말라'라는 뜻의 라틴어)"는 악화되어 가는 병세 속에서도 전속력으로 나아가게 될 그의 남은 인생을 비추고 있었다. 잡스의 인생이 지닌 강렬한 색채에 비하면 이루 말 할 수 없이 담백한 연설문이었다.

> – 오늘 저는 여러분께 제 인생 이야기 세 편을 들려 드리려고 합니다.
> – 첫 번째는, …
> – 두 번째는, …
> – 세 번째는, …
> – 결국, 늘 갈망하고 우직하게 나아가야 한다는 점을 강조하고 싶습니다.

　사실 글쓰기를 할 때 가장 경계하는 양식이 바로 이런 다섯 문단 에세이 쓰기이다. 이러한 쓰기 형식은 가장 무난해서 눈에 띄기 어렵기도 하지만, 너무 뻔해서 감동적이지 않은 경우가 많다. 잡스의 연설문도 대학 졸업식장에서 들려줄 수 있는 대체로 무난하고 뻔한 이야기 구조를 보인다. 그렇다고 해서 표현이 그리 세련된 것도 아니다. 다만 아주 정직하게, 그리고 간결하게, 쉽게 자신의 이야기를 자신의 스타일로 풀어내고 있을 뿐이다. 그리고 그것들이 그가 표방해 오던 미니멀리즘과 무심하게 닮아있기에 이 글은 명문으로 남았다.

통제를 통한 자유

잡스가 제품을 만드는 데 있어서 취했던 통합적인 접근법(end to end)은 그의 인생을 통틀어 그를 불변의 고집불통의 자리에 세워둔다. 하지만 책의 후반부에 접어들면서, 그의 무덤에 새겨져야 할 핑계들도 듣다 보면 고개를 끄덕이게 되기도 된다. 어느새 독자도 그의 현실 왜곡장 안에 들어와 버린 탓일지도 모른다.

우리가 이런 것들을 하는 이유는 통제광이라서가 아닙니다. 훌륭한 제품을 만들고 싶어서, 사용자들을 배려해서, 남들처럼 쓰레기 같은 제품을 내놓기보다는 사용자 경험 전반에 대해서 책임을 지고 싶어서 그러는 겁니다. 사람들은 제각기 자신이 제일 잘하는 일을 하느라 바쁘고, 그 때문에 사람들은 우리 역시 우리가 가장 잘하는 일을 해 주길 바라지요. 사람들의 삶은 복잡합니다. 컴퓨터와 기기들을 통합하는 방법을 생각하는 것 말고도 할 일이 많지요.

작가는 긴 글쓰기를 통해 잡스의 인생에서 가장 주요한 갈등 요소로서 이 부분에 주목하고 있다. 폐쇄적이고 보수적이기만 해서 매번 부딪치고 비난받을 수밖에 없었던 사건들은 반복된다. 때로는 이런 같은 맥락의 사건과 변함없는 결말에 대한 언급들이 지겨워지기도 한다. 하지만 그것은 잡스가 자신의 평생을 대처하는 모습 그대로이기도 해서 서술상 다른 선택이 없어 보이는 면도 있다. 이런 역설을 독자에게 가장 설득력 있게 전달할 수 있도록 작가는 이렇게 집요하고 끈질긴 문제를 선택한듯하다. 통제는 반발을 불러온다. 반발은 다시 변화를 불러온다. 그러나 통제 자체를 거부하는 변화가 아니다. 더 많은 통제를 불러와서 어느샌가 대중을 길들이게 되는 그런 무서운 변화를 예고한다.

스티브 곁의 사람들

잡스의 곁에는 오래 머무는 사람이 드물다. 가족도, 사랑하는 여자도, 친구도, 동업자들까지도. 이는 잡스가 누구를 만나더라도 자신이 가지고 있던 어느 것 하나 포기하려고 하지 않았기 때문이다. 한때 그의 애인이었던 레지도 잡스를 사랑했던 시간들을 '배려할 능력이 없는 사람을 깊이 배려하는 끔찍한 일'로 회고한다. 그럼에도 이런저런 스캔들을 분석해서 잡스의 배필감이 가져야 할 조건으로 적어 놓은 부분은 흥미롭다.

우선 똑똑하면서도 가식이 없어야 한다. 그에게 맞설 수 있을 정도로 평온해야 하고, 교육 수준이 높고 독립심이 강해야 하지만 잡스와 그의 가족을 위해 양보할 준비도 돼 있어야 한다. 털털하면서도 천사 같은 분위기가 감돌아야 한다. 또한 그를 다룰 수 있는 감각이 있으면서도 늘 그에게 얽매이지는 않을 정도로 안정된 사람이어야 한다. 그리고 팔다리가 길고 금발에다 여유 있는 유머 감각을 갖추고 유기농 채식을 좋아하는 사람이라면 금상첨화일 것이다.

그리고 로렌 파월이 바로 그런 불가능한 여인이 되었다.

잡스는 헤드헌팅에도 천부적인 소질을 지닌 지략가였다. 그가 펩시콜라의 존 스컬리에게 펼친 사업적 구애는 오만하고 매력적이다.

설탕물이나 팔면서 남은 인생을 보내고 싶습니까? 아니면 세상을 바꿀 기회를 붙잡고 싶습니까?

잡스는 사업과 관련해서는 지독한 기회주의자였다. 우직하다든지 인간적이라든지 하는 수식어는 그와 전혀 어울리지 않았다. 동시에 삶에서의 기회를 성공으로 주도해 갈 줄 아는 인재였다. 연애에 있어서는 지독한 이기주의자였다. 상대를 배려한다든지 가정적이라는 말은 그를 위한 표현법이 아니었다. 그러나 자신의 죽음을 앞두고 초조한 시간들을 함께 지켜 줄 가족이 있는 행복한 사람이었다.

죽음은 전원 스위치 같은 것

잡스의 생이 마무리되는 동안 작가는 독자로 하여금 주인공에 대해 동경을 품게 하거나 그가 선택한 삶을 정당화하려 들지 않는다. 어떤 장면에서도 주인공이 옳다고 손을 들어 주거나 변명하지 않는다. 그저 그가 이루고자 했던 꿈들이 다른 사람들보다 먼저 미래를 바라보고 있었음을 담담하게 풀어내 줄 뿐이다. 그래서 책의 절반이 지나도록 독자가 적응하기 힘들었던 잡스의 독선과 괴팍함에 대해, 후반으로 들어서면서 어느새 독자 스스로 많이 너그러워져 있음을 발견하게 된다.

영원한 독재자이며 철옹성일 것만 같았던 그에게도 죽음은 피해 갈 수 없는 삶의 과정이었다. 그가 누구와도 타협하려 하지 않았듯이 죽음도 그가 가진 욕망들과 타협하지 않았다.

> "한편으로는 그냥 전원 스위치 같은 것일지도 모릅니다. '딸깍!' 누르면 그냥 꺼져 버리는 거지요. 아마 그래서 내가 애플 기기에 스위치를 넣는 걸 그렇게 싫어했나 봅니다."

애플 기기에 전원 스위치를 만들지 않겠다고 동료들과 고집스럽게 논쟁하던 그가 전원 스위치를 죽음에 비유하는 순간, 고집스레 굴던 생전의 순간들이 가슴 한편 시린 숙연한 장면들로 떠올랐다. 스위치를 만들지 않았어도 삶은 이미 꺼져가고 있었으므로.

1. 자료

교육인적자원부(2002), 「고등학교 국어과 교육과정 해설」.

교육과학기술부(2007), 「고등학교 교육과정 해설 국어」.

교육과학기술부(2007), 「고등학교 교육과정 해설」, 교육인적자원부 고시 제2007-79호.

교육과학기술부(2007), 초등학교 국어(듣기·말하기, 읽기, 쓰기), 1-1~6-2.

교육과학기술부(2009), 「고등학교 교육과정 해설 국어」.

교육과학기술부(2009), 「고등학교 교육과정 해설」, 교육과학기술부 고시 제2009-41호.

교육과학기술부(2011), 「국어과 교육과정」, 교육과학기술부 고시 제2011-361호.

교육부(2015), 「국어과 교육과정」, 교육부 고시 제2015-74호 [별책 5]

국립국어원 표준국어대사전 (http://stdweb2.korean.go.kr/search/View.jsp)

김상욱 외 7인(2010), 중학교 국어 3-1, 창비.

김중신 외 6인(2013), 고등학교 국어 I · II, 교학사

남미영 외 17인(2013), 중학교 국어 ①~⑥, 교학사.

노미숙 외 9인(2011), 중학교 국어 2-1~3-2, 천재교육.

민현식 외(2011), 「2011 국어과 교육과정 개정을 위한 시안 개발 연구」, 교육과학기술부.

박영목 외 14인(2012), 중학교 국어 ①~⑥, 천재교육.

방민호 외 17인(2010), 중학교 국어 2-1~3-2, (주)지학사.

산업통상자원부 지식경제용어사전(www.econosumer.gov/korean).

신헌재 외(2003), 「생태학적 관점에 의한 국어과 평가 방안 연구」, 『교과교육공동연구지
    원사업 최종보고서 B 00036』, 학술진흥재단(현 한국연구재단).

우한용 외(2002), 고등학교 독서, 민중서림.

우한용 외(2006), 「차기 중등 국어 교과서 개발 연구[I]」, 차기 중등국어 교과서 개발

연구위원회.

유튜브 LG얼음정수기 TV CF(LGEcampaignKR)(www.youtube.com/results?search_query)

윤여탁 외 10인(2010), 중학교 국어 2-1~3-2, (주)미래엔.

이도영 외 10인(2012), 중학교 국어 ③, ⑤(2012년 전시본), 창비.

이삼형 외 6인(2013), 고등학교 국어 I, (주)지학사.

2. 단행본

강인애(1997), 『왜 구성주의인가?』, 문음사.

김계현 외(2000), 『학교상담과 생활지도』, 학지사.

김광해(1997), 『국어 지식 교육론』, 서울대 출판부.

김 구(1997), 도진순 주해, 『백범일지』, 돌베개.

김규영(1987), 『시간론』, 「Husserl의 시간구성의 기저」, 서강대학교 출판부.

김상욱(2004), 『문학 교육의 길 찾기』, 나라말.

김욱동(2003), 『문학 생태학을 위하여』, 민음사.

김재은(1990), 『아동의 인지 발달』, 창지사.

김중신(1997), 『문학교육과정론』, 「학습자 중심의 문학교육과정 내용 체계」(우한용 외), 삼지원.

김중신(2003), 『한국 문학교육론의 방법과 실천』, 한국문화사.

김창원(2011), 『문학교육론』, 한국문화사.

노명완 외(1991), 『국어과 교육론』, 갑을출판사.

박경리(2008), 『청소년 토지』, 자음과 모음.

박동규(1997), 『글쓰기를 두려워 말라』, 문학사상사.

박영목(2008), 『작문교육론』, 역락.

박영민(2008), 「쓰기 동기와 쓰기 교육」, 『문식성 교육 연구』, 한국문화사.

박완서(1992), 『그 많던 싱아는 누가 다 먹었을까』, 웅진 지식하우스.

박완서(1992), 『박완서 문학앨범』, 웅진출판.

박육현 역(1999), 『생태언어학』, 한국문화사.

박태호(2000), 『장르 중심 작문 교수 학습론』, 박이정.

박희병(2005), 『한국의 생태사상』, 돌베개.

반숙희·박안수(2000), 『갈래별 글쓰기』, 나라말.

산업통상자원부(2010), 『지식경제용어사전』, 대한민국정부.

서울대학교 교육연구소(1995), 『교육학 용어 사전』, 하우동설.

서울대학교 국어교육연구소(1999), 『국어교육학사전』, 대교출판.

우리말교육연구소(2004), 『외국의 국어 교육과정』1, 2, 나라말.

우한용 외(1997), 『문학교육과정론』, 삼지원.

우한용 외(2001), 『서사교육론』, 동아시아.

이원구(1997), 『잃어버린 나를 찾아서』, 내일을여는책.

이지호(2001), 『글쓰기와 글쓰기 교육』, 서울대학교 출판부.

이재승(2002), 『글쓰기 교육의 원리와 방법』, 교육과학사.

이태준(2010), 『문장강화』, 창비.

임경순(2003), 『서사표현교육론 연구』, 역락.

장철문(2006), 『최고운전』, 창비.

전국국어교사모임 매체연구부(2005), 『매체 교육의 길 찾기』, 나라말.

정혜승(2013), 『독자와 대화하는 글쓰기-대화적 문식성 교육을 위한 작문 과정과 전략 탐구』, 사회평론 교육 총서 13.

정희모·이재성(2005), 『글쓰기의 전략』, 들녘.

차전석 옮김(2012), 『링컨자서전』, 나래북.

정혜승(2002), 『국어과 교육과정 실행 연구』, 박이정.

조동일(2005), 『제4판 한국문학통사 2』, 지식산업사.

최미숙 외 7인(2012), 『국어교육의 이해』, 사회평론.

최숙기(2011a), 『중학생의 읽기 발달을 위한 읽기 교육 방법론』, 역락.

최승희(2006), 『불꽃』, 자음과 모음.

최인자(2001), 「자아 정체성 구성 활동으로서의 자전적 서사 쓰기」, 『창작 교육 어떻게 할 것인가』, 푸른사상.

최현섭 외 3인(2003), 『자기주도 쓰기 학습을 위한 과정 중심의 쓰기 워크숍』, 도서출판 역락.

한경혜·주지현(2008), 『세월을 새긴 글, 자서전』, 서울대학교 출판부.

한국텍스트언어학회(2004), 『텍스트언어학의 이해』, 박이정.

한상기(2007), 『비판적 사고와 논리』, 서광사.

한정란·조혜경·이이정(2004), 『노인 자서전 쓰기』, 학지사.

혜경궁 홍씨, 설중환 편(2004), 『한중록』, 소담출판사.

혜경궁 홍씨, 정은임 교주(2008), 『한중록』, 이회문화사.

3. 논문

강민곤(2006), 「초등학교 고학년과 중등 저학년의 교육내용 연계성 연구-5~8학년 문학영역을 중심으로-」, 고려대학교 석사학위논문.

고춘화(2008), 「사고력 함양을 위한 읽기, 쓰기의 통합적 접근 모색 : 개정 국어과 교육과정을 중심으로」, 『국어교육학연구』, 제31집, 서울대학교 국어교육연구소.

곽춘옥(2004), 「문학 교수·학습의 변인에 대한 고찰-텍스트, 학습자, 교사 변인을 중심으로-」, 『청람어문교육』, 제29집, 청람어문교육학회.

김대행(1996), 「국어과 교육과정 분석과 수준별 교육과정 개발」, 『교육과정연구』, 제14권, 한국교육과정학회.

김대행(2007), 「국어교육의 위계화」, 국어교육연구소 2006년 연구보고대회: 서울대학교 국어교육연구소.

김대희(2011), 「읽기(독서)에서의 교육 내용 위계화 : 독서 수준과 텍스트 수준의 위계화 방안에 대한 비판적 고찰」, 『국어교육학연구』, 제41집, 국어교육학회.

김명순(2004), 「독서 작문 통합 지도의 전제와 기본 방향」, 『독서연구』, 제11호, 한국독서학회.

김명순(2011), 「국어과 교육과정에 나타난 국어과 통합 교육에 대한 고려 양상」, 『국어교육학연구』, 제41집, 서울대학교 국어교육연구소.

김명순·박동진(2011), 「장르 중심 통합 단원의 학습 활동 전개 양상과 개선 방안-8학년 자서전 읽기와 쓰기 단원을 중심으로」, 『국어교육』, 제136권, 한국어교육학회.

김명희·김영천(1998), 「다중지능이론 : 그 기본 전제와 시사점」, 『교육과정연구』, 제16권 제1호, 한국교육과정학회.

김미형(2002), 「국어 텍스트의 장르별 초기 문체 특징과 비교」, 『텍스트언어학』, 제13권, 한국텍스트언어학회.

김병수(2008), 「국어과 박사논문 쓰기 체험 연구」, 『학습자중심교과교육학회지』, 제8권 제1호, 학습자중심교과교육학회.

김봉순(2000), 「학습자의 텍스트 구조에 대한 인지도 발달 연구-초·중·고 11개 학년을 대상으로-」, 『한국어교육학회지』, 제102권, 한국어교육학회.

김성일(2008), 「학습자 중심의 학제 개편: 교육심리학적 공헌」, 『교육심리연구』, 제22권 제4호, 한국교육심리학회.

김승호(2003), 「고려 佛家의 自傳的 글쓰기와 그 양상」, 『고전문학연구』, 제23집, 한국고전문학회.

김윤옥(2005), 「생태학적 국어교육」, 『청람어문교육』, 제31권, 청람어문교육학회.

김재은(2007), 「자전적 글쓰기의 원리와 방법 연구」, 한국외국어대학교 석사학위논문.

김정환(2010), 「초등학교 고학년과 중학생의 가치관 및 실제적 지능의 발달 특성 분석」, 『학습자중심교과교육연구』, 제10권 제3호, 학습자중심교과교육학회.

김창원(2004), 「창의성 중심의 국어과 교육과정 구성 방향」, 『국어교육학연구』, 제18집, 서울대학교 국어교육연구소.

김혜숙(2005), 「프랑스·독일·호주의 자국어 교육과정 및 교과서 분석-한국의 자국어 교육과정 및 교과서 개발을 위한 바탕으로-」, 『한국언어문화학』, 제2권 제2호, 국제한국언어문화학회.

김혜숙(2011), 「통합적 문장 교육의 교수-학습 방안 연구-맥락과 텍스트 중심의 활동 교재 구안을 위하여」, 『새국어교육』, 제89호, 한국국어교육학회.

김혜정(2009), 「자아탐색을 위한 자서전 쓰기 교육 방법 연구」, 한국외국어대학교 석사학위논문.

김흥수(2010), 「김수영 산문에서 1인칭 대명사와 필자 관련 지칭어의 표현 양상」, 『국어국문학』, 제49권, 국어국문학회.

나은미(2009), 「대학 글쓰기 교육에서 자서전과 자기소개서 쓰기 연계 교육 방안」, 『화법연구』, 제14권, 한국화법학회.

노명완(1996), 「'국어과 교육과정 분석과 수준별 교육과정 개발'에 대한 토론」, 『교육과정연구』, 제14권, 한국교육과정학회.

노은희·최숙기·최영인(2012), 「2011 개정 국어과 교육과정 "듣기, 말하기"영역에 대한 비판적 고찰-내용 성취 기준의 현장적합성 조사를 기반으로-」, 『국어교육학연구』, 제44권, 국어교육학회.

류미수(1997), 「학습자의 발달 단계와 학습목표 성취도를 중심으로 본 중학교 소설 교재의 적정성 연구」, 이화여자대학교 석사학위논문.

류은희(2001), 「자서전의 장르 규정과 그 문제」, 『독일문학』, 제84집, 한국독어독문학회.

문경자(1998), 「루소의 자서전 글쓰기와 진실의 문제」, 서울대학교 박사학위논문.

민경복(2008), 「쓰기 워크숍을 통한 자기소개서 작성하기 교수·학습 방안 연구-고등학교 2학년 학생을 중심으로-」, 이화여자대학교 석사학위논문.

민병곤(2009), 「화법 및 작문 이론의 대비를 위한 예비적 논의」, 『작문연구』, 제8집, 한국작문학회.

민현식(2002), 「국어지식의 위계화 방안 연구」, 『한국어교육학회지』, 제108호, 한국어교육학회.

박동진(2012), 「2011 개정 국어과 공통 교육과정 쓰기 영역 내용 조직 연구」, 『국어교육학연구』, 국어교육학회.

박아청(2004), 「청년기 자아정체감의 발달단계의 특성 분석」, 『교육심리연구』, 제18권 제

1호, 한국교육심리학회.

박영민·최숙기(2008), 「반성적 쓰기가 중학생의 설명문 쓰기 수행에 미치는 영향」, 『국어교육』, 제125권, 한국어교육학회.

박영민(2010), 「생태학적 쓰기 활동이 고등학생의 쓰기 능력 및 태도에 미치는 영향」, 한국교원대학교 석사학위논문.

박영혜·이봉지(1999), 「한국여성소설과 자서전적 글쓰기에 관한 연구」, 『아시아여성연구』, 숙명여자대학교 아시아여성연구소.

박인기(2010), 「국어교육과 매체언어문화」, 『국어교육학연구』, 제37집, 국어교육학회.

박인기(2011), 「읽기(독서)에서의 교육 내용 위계화: 생애교육으로서의 문학교육-미래적 생애의 시공간을 향한 문학교육의 역할」, 『국어교육학연구』, 제41권, 국어교육학회.

박인기(2014), 「글쓰기의 미래적 가치-글쓰기의 미래적 효능과 글쓰기 교육의 양태(mode)-」, 『작문연구』, 제20집, 한국작문학회.

박종탁(1992), 「J.-J.Rousseau의 자서전 문학 연구」, 연세대학교 박사학위논문.

박태호(2000), 「장르 중심 작문 교육의 내용 체계와 교수·학습 원리 연구」, 한국교원대학교 박사학위논문.

박현이(2006), 「자아 정체성 구성으로서의 글쓰기교육 연구」, 『한국문학이론과 비평』, 제32집, 한국문학이론과 비평학회.

배점희(2009), 「자아성찰적 삶쓰기를 통한 초등학생 자아개념 형성에 관한 연구」, 대구교육대학교 석사학위논문.

서영진(2010), 「담화 유형별 위계 설정-2007 개정 초, 중등 국어과 교육과정 듣기, 말하기 영역을 중심으로」, 『새국어교육』, 제85권, 한국국어교육학회.

서영진(2011), 「쓰기 교육 내용 조직의 위계성 연구」, 『새국어교육』, 제87호, 한국국어교육학회.

서 혁(2005), 「제7차 국어과 교육과정과 수준별 교육에 대한 비판 및 개선 방안」, 『국어교육학연구』, 제23집.

서 혁(2011), 「읽기 교육 체계화와 텍스트 복잡도(Text Complexity) 상세화」, 『국어교육학연구』 2011. 6. 주제발표.

서혜경(2001), 「제7차 교육과정의 '국어 지식' 영역에 대한 연구」, 『국어교육연구』, 제33집 국어교육학회.

손미정(2009), 「기사문 쓰기를 통한 쓰기 능력 향상 방안 연구」, 한국교원대학교 석사학위논문.

손승남(2002), 「자서전의 교육학적 가치」, 『교육철학』, 제28집, 한국교육철학회.

손승남(2005), 「'학습자 발달'의 관점에서 본 도야과정 교수법」, 『교육사상연구』, 제17집, 한국교육사상연구회.

손혜숙·한승우(2012), 「대학 글쓰기에서 '자기 서사 쓰기'의 교육방법 연구」, 『어문논집』, 제50집.

송복승·김두수·박숙영 외(1997), 「모둠 활동을 통한 쓰기 교육 연구」, 『한국언어문학』, 제40집.

송인섭(1997), 「자아개념의 발달 경향 분석」, 『교육심리연구』, 제11권 제1호, 한국교육심리학회.

송현정 외(2004), 「국어과 교육 내용 적정성 분석 및 평가」, 연구보고 RRC-1-2, 서울: 한국교육과정평가원.

신명선(2005), 「텍스트 유형 교육에 대한 비판적 고찰」, 『국어교육학연구』, 제24권, 국어교육학회.

신지수(2005), 「자아 성찰적 글쓰기가 여중생의 자아개념과 성격유형에 미치는 영향」, 건국대학교 석사학위논문.

신헌재(2010), 「생태학적 관점의 쓰기 도구 개발 방안」, 『학습자중심교과교육연구』, 제10권 제1호, 학습자중심교과교육학회.

신현규(1999), 「朝鮮王朝實錄 列傳 형식의 卒記 시고」, 『어문론집』, 제27집.

안병길(2002), 「담화유형, 텍스트 유형 및 장르」, 『현대영미어문학』, 제20권 제2호, 현대영미어문학회.

안주호(2003), 「국어지식 영역의 교수 방안에 대한 제언」, 『언어과학연구』, 제26집, 언어과학회.

염은열(2003), 「글쓰기 개념 생태계 기술을 위한 시론」, 『한국초등국어교육』, 제22권, 한국초등국어교육학회.

염은열(2003b), 「문학교육과 학습자의 발달 단계」, 『문학교육학』, 제11호, 한국문학교육학회.

오택환(2007), 「협동 작문의 단계와 절차 탐색」, 『국어교육학연구』, 제29권, 국어교육학회.

옥현진(2009), 「정체성과 문식성」, 『국어교육학연구』, 제35권, 국어교육학회.

원진숙(1999), 「쓰기 영역 평가의 생태학적 접근」, 『한국어학』, 제10권 제1호, 한국어학회.

원진숙(2001), 「구성주의와 작문」, 『한국초등국어교육』, 제18권, 한국초등국어교육학회.

원진숙(2010), 「초등 중학년 쓰기 영역에서의 문식성 교육」, 『한국초등국어교육학회 발표자료집』, 한국초등국어교육학회.

이관규(2013), 「한국·중국·미국의 국어과 교육과정 비교 연구」, 『한글』, 제300호, 한글학회.

이도영(1998), 「언어 사용 영역의 내용 체계에 대한 연구」, 서울대학교 박사학위논문.

이도영(2006), 「말하기 교육 내용 체계화 방안 연구」, 『국어교육』, 제120권, 한국어교육
학회.

이도영(2007), 「국어과 교육과정에 나타난 텍스트 유형에 대한 비판적 검토」, 『텍스트언어
학』, 제22권, 한국텍스트언어학회.

이명선 외(2010), 「나딩스(Nel Noddings)의 배려교육론」, 『중등교육연구』, 제22권, 경상
대학교 중등교육연구소.

이삼형(2009), 「작문 영역의 구조와 내용」, 『국어교육』, 제131호, 한국어교육학회.

이삼형(2011), 「읽기(독서)에서의 교육 내용 위계화 : 생애교육으로서의 독서교육」, 『국어
교육학연구』, 제41집, 국어교육학회.

이성영(2000), 「글쓰기 능력 발달 단계 연구–초등학생의 텍스트 구성 능력을 중심으로–」,
『국어국문학』, 제126권, 국어국문학회.

이성영(2003), 「생태학적으로 타당한 독서교육을 위하여」, 『한국초등국어교육』, 제22권,
한국초등국어교육학회.

이성영(2007), 「2007 국어과 교육과정의 특성과 문제점」, 『우리말현장교육연구』, 제1권,
우리말현장교육학회.

이양숙(2011), 「자기서사를 활용한 글쓰기 교육의 필요성과 방법에 대한 연구」, 『한국문학
이론과 비평』, 제15권 제1호 제50집, 한국문학이론과 비평학회.

이용숙(2005), 「제7차 중학교 국어과 교과서와 미국 교과서 내용구성 체계 비교 분석」,
『교육과정연구』, 제23권 제2집, 한국교육과정학회.

이은미(2010), 「북아트를 활용한 독서 활동으로서의 협동 작문 실현 방안 연구」, 『한민족
문화연구』, 제35집, 한민족문화학회.

이은미(2011), 「2011 국어과 교육과정에 대한 비판적 검토」, 『새국어교육』, 제89호, 한국
국어교육학회.

이은미·김혜숙(2013), 「쓰기의 생태성을 고려한 실용문 쓰기 연구」, 『교양교육연구』, 제7
권 제1호, 한국교양교육학회.

이은미(2014), 「자전적 서술법을 활용한 텍스트의 확장적 수용 방안 연구」, 『새국어교육』,
제99호, 한국국어교육학회.

이은미(2016), 「자기성찰을 위한 평전 쓰기 교육의 사례 연구」, 『어문연구』, 제44권 제2
호, 한국어문교육연구회.

이은희(2002), 「글쓰기 능력의 지표화 방안 연구 : '조직' 범주를 중심으로」, 『국어교육학
연구』, 제15집 서울대학교 국어교육연구소

이재기(2008), 「작문 연구의 동향과 과제」, 『청람어문교육』, 제38권, 청람어문교육학회.

이재승(1999), 「과정 중심의 쓰기 교재 구성에 관한 연구 : 초등학교를 중심으로」, 한국교

원대학교 박사학위논문.

이재승(2001), 「국어과 수준별 수업의 특성과 방향」, 『새국어교육』, 제61권, 한국국어교육학회.

이정숙(2004), 「쓰기 교수·학습에 드러난 쓰기 지식의 질적 변환 양상」, 한국교원대학교 박사학위논문.

이정화(2003), 「자기에 대한 글쓰기와 가족 소설」, 서울대학교 석사학위논문.

이종섭·민병욱(2008), 「서사문학 교육내용 위계화 방안」, 『한국민족문화』, 제31호, 부산대학교 한국민족문화연구소.

이주섭(1999), 「국어과 수준별 교육과정의 효율적 운영 방안」, 『청람어문학』, 제21집, 청람어문교육학회.

이창근(2008), 「2007 개정 국어과 교육과정 실행 방안 : 초등학교를 중심으로」, 『국어교육연구』, 제43집 국어교육학회.

이창덕(1999), 「현대 국어 인용 체계 연구」, 『텍스트언어학』, 제6권, 텍스트언어학회.

이형빈(1999), 「고백적 글쓰기의 표현 방식 연구」, 서울대학교 석사학위논문.

임지연(2013), 「자기서사 글쓰기에서 타자적 윤리성의 문제」, 『작문연구』, 제18집, 한국작문학회.

임천택(2005), 「쓰기 교육 내용 실행의 문제점과 개선 방안」, 『어문학교육』, 제31집, 부산교육학회.

임칠성(2009), 「화법과 작문의 교육 내용 대비 고찰」, 『작문연구』, 제8권, 한국작문학회.

장유정(2013), 「경험의 서사화와 자전적 글쓰기 교육 연구」, 전남대학교 박사학위논문.

장은주·박영민·옥현진(2012), 「2009 국어과 교육과정 쓰기 영역 내용 성취기준의 적합성 조사 분석」, 『청람어문교육』, 제45집, 청람어문교육학회.

전은주(2003), 「국어과 수준별 교육과정의 실행에 나타난 문제점과 개선 방향」, 『국어교육』, 제110권, 한국어교육학회.

전혜자(2004), 「한국현대문학과 생태의식」, 『한국현대문학연구』, 제15권, 한국현대문학회.

정대영(2012), 「자전적 서사의 반성적 쓰기 교육 연구」, 서울대학교 석사학위논문.

정희모(2002), 「'글쓰기' 과목의 목표 설정과 학습 방안」, 한국문학연구학회, 『다매체 시대의 한국문학 I 』, 국학자료원.

정혜승(2004), 「국어적 창의성 계발을 위한 교재 구성 방안 연구」, 『한국초등국어교육』, 제24집, 한국초등국어교육학회.

정혜승(2005), 「미국의 국어 교과서 분석 연구-교과서의 기능을 중심으로」, 『독서연구』, 제14호.

정혜승(2011), 「외국의 국어 교과서 체제 분석-미국과 프랑스 초등학교 교과서를 중심으로-」, 『청람어문교육』, 제44집.

정혜진(2007), 「자서전 쓰기 교육 방법 연구」, 신라대학교 석사학위논문.

조명숙(2010), 「긍정적 과거쓰기가 자아존중감에 미치는 영향 연구」, 상명대학교 석사학
위논문.

주민재·문상미(2009), 「7차 중학교 국어과 교육과정을 기반으로 한 읽기·쓰기 통합 지도
수업 모형 연구-8학년 자서전 읽기와 쓰기를 중심으로-」, 『교육연구』, 제
45집, 성신여자대학교 교육문제연구소.

천경록(2013), 「국어과 읽기 영역의 계열성 원리 고찰」, 『한국어교육학회지』, 제140권 한
국어교육학회.

천정은(2004), 「자서전 쓰기 지도 방법 연구」, 한국교원대학교 석사학위논문.

최규수(2005), 「대학 작문에서 자기를 소개하는 글쓰기의 현실적 위상과 전망」, 『문학교
육학』, 제18호, 한국문학교육학회.

최석민(2003), 「통합적 사고 교육을 위한 토대로서 사고간의 유기적 관계성 탐색 : 사고의
비판성과 창의성을 중심으로」, 『초등교육연구』, 제16권.

최숙기(2011b), 「공통핵심교육과정(CCSS)의 읽기 텍스트 위계화 방안에 관한 연구」, 『교
육과정평가연구』, 제14권.

최연주(2011), 「예비교사교육에서의 자서전적 방법 적용 연구」, 건국대학교 박사학위논문.

최유영(2008), 「한국 글쓰기 연구 : 글쓰기 교육 프로그램 개발 사례 연구를 통하여」, 영남
대학교 박사학위논문.

최인자(2003), 「표현교육 연구의 동향과 과제」, 『선청어문』, 제31권, 서울대학교 국어교
육과.

최인자(2007a), 「서사 표현 교육 방법 연구」, 『국어교육연구』, 제41집, 국어교육학회.

최인자(2007b), 「학습자의 발달 특성에 기반한 서사 텍스트 선정 원리 연구-청소년 학습
자를 중심으로-」, 『문학교육학』, 제23호, 한국문학교육학회.

한연희·전은주(2011), 「2011 국어과 교육과정 듣기, 말하기 영역 수직적 조직 분석-"국어"
과목 담화 유형을 중심으로」, 『화법연구』, 제19권, 한국화법학회

한혜정(1999), 「정체성 구성 활동으로서의 자전적 서사 쓰기」, 『현대소설연구』, 제11권,
한국현대소설학회.

한혜정(2005), 「자아성찰과 교수방법으로서의 '자서전적 방법(autobiogra-phical method)」,
『교육과정연구』, 제23권 제2호, 한국교육과정학회.

허선애(2013), 「해방기 자전적 소설의 서술적 정체성 연구」, 서울대학교 석사학위논문.

4. 번역서

Andrea Kerbaker(2003), *Autobiografia di un libre*, 이현경 옮김(2004), 『책의 자서전』, 열대림.

Bill Roorbach & Kristen Keckler(2008), *Writing Life Stories*, 홍선영 옮김(2011), 『내 삶의 글쓰기』, 한스미디어.

C. H. hart, D. C. Burts, R. Charlesworth, *Intergrated Curriculm and Developmentally Appropriate Practice : Birth to Age Eight*, 대구교육대학교 열린교육 교수연구회 옮김(2001), 『유아·초등교사를 위한 발달중심의 통합교육과정』, 양서원.

Christopher Tribble(2003), *Writing*, 김지홍 역(2003), 『Writing』, 범문사.

Dominique Wolton(2009), *Informer n'est pas communiquer*, 채종대·김주노·원용옥 옮김(2011), 『불통의 시대 소통을 읽다』, 살림.

Herbert P.Ginsburg(1987), *Piaget's theory of Intellectual development*, 김정민 역(2006), 『피아제의 인지발달이론』, 학지사.

Helen Keller(1955), *Teacher : Anne Sullivan Macy*, 김명신 옮김(2004), 『나의 스승 설리번』, 문예출판사.

Helen Keller(1966), *The Theory of My Life*, 김명신 옮김(2009), 『헬렌켈러 자서전』, 문예출판사.

Jean-Jacques Rousseau, *Les Confession 1*, 이용철 역(2012), 『고백록 1』, 나남.

Jean-Jacques Rousseau, *Les Confessions 2*, 이용철 역(2012), 『고백록 2』, 나남.

Linda Flower(1993), *Problem-solving Strategy for Writing*, 원진숙·황정현 옮김(1998), 『글쓰기의 문제해결전략』, 동문선.

Lucy Maud Montgomery, *The Alpine path-The story of my career-*, 안기순 옮김(2007), 『루시모드 몽고메리 자서전』, 고즈윈.

Max van Manen, *Researching Lived Experience*, 신경림·안규남 옮김(2000), 『체험연구』, 동녘.

Motimer J. Adler·Charles Van Doren(1972), *How to read a book*, 독고앤 역(2000), 『생각을 넓혀주는 독서법』, 멘토.

Nel Noddings(1992), *The challenge to care in school*, 추병완·박병춘·황인표 역(2002), 『배려교육론-인간화교육을 위한 새로운 접근-』, 다른우리.

Noel. Jean Bellemin, *La Psychanalyse du texte litteraire*, 최애영 역(2001), 『문학 텍스트의 정신 분석』, 동문선.

Paul Ricoeur, *Soi meme comme un autre*, 김웅권 역(2006), 『타자로서 자기 자신』,

동문선.

Peter Knapp·Megan Watkins(2005), *Genre, Text, grammar: Tech- nologies for teaching and assessing writing*, 『장르, 텍스트, 문법』, 주세형·김은성·남가영 역(2007), 박이정.

Philippe Lejeune(1975), *Le Pacte autobiographique*, 윤진 옮김(1998), 『자서전의 규약』, 문학과지성사.

Scott Nearing(1972), *The Making of a Radical*, 김라함 역(2000), 『스콧 니어링 자서전』, 실천문학사.

William F. Pinar, *What is curriculum theory?*, 김영천 역(2005), 『교육과정이론이란 무엇인가?』, 문음사.

Wilhelm Dilthey, *Erleben, Ausdruck und Verstehen*, 이한우 역(2012), 『체험·표현·이해』, 책세상.

Wolfgang Heinemann·Dieter Viehweger, *Textliguistik: Eine Einfuhrung*, 백설자 역(2001), 『텍스트 언어학 입문』, 역락.

川合康三[가와이 코오조오](1996), 中國の自傳文學, 심경호 옮김(2002), 『중국의 자전 문학』, 소명출판.

5. 국외 자료 및 논저

Aldous Huxley(1959), *Collected Essays* "Preface", Harper.

Bereiter, C.(1980), *Development in writing*. in Gregg Lee W. & Steinberg, E. R. (eds.) *Cognitive Processes in writing*. Hillsdale: Erlbaum.

David Nunan(1988), *Syllabus Design*, Oxford University Press.

Harcourt(2008a), *STORYTOWN 3-1*, Harcourt Inc.

Harcourt(2008b), *STORYTOWN 3-2*, Harcourt Inc.

Houghton Mifflin(2008a), *Reading 3-1*, Houghton Mifflin Company.

Houghton Mifflin(2008b), *Reading 3-2*, Houghton Mifflin Company.

Joseph M. Williams·Gregory G. Colomb(2001), *The Craft of Argument*, Addison Wesley Longman, Inc.

McGrawHill Children's Publishing(2003), *Reading Comprehension* Grade 7-8.

National writing project and Carl Nagin(2006), *Because Writing Matters*, John Wiley & Sons, Inc.

Penguin Edition(2007a), Prentice Hall *Literature*, Grade7, Pearson Education, Inc.

Penguin Edition(2007b), Prentice Hall *Literature*, Grade8, Pearson Education, Inc.

Penguin Edition(2007c), Prentice Hall *Literature*, Grade9, Pearson Education, Inc.

State Education Department(2005), English Language Arts Core Curriculum(http://
www.p12.nysed.gov/ciai/cores.html)

Stibbe, A.(2008). Words and worlds: New Directions for Sustainability Literacy,
Language & Ecology, 2(3).

▌이은미

동국대학교에서 국어교육학을 전공하고, 「자전적 텍스트 교육을 위한 교육 내용 구성 연구」로 박사 학위를 받았다. 자전적 텍스트를 중심으로 하는 통합 교육에 관심을 두고 연구 중이며, 실생활에 적용할 수 있는 다양한 언어 학습법에도 관심이 많다. 현재 동국대학교 국어교육과 겸임교수로 재직 중이고, 『글쓰기를 위한 북아트』외 다양한 국어 학습서 개발에 참여하였다. 자전적 에세이집으로 『내가 거기서 기다릴게』가 있다.

자서전, 내 삶을 위한 읽기와 쓰기
– 자전적 텍스트 교육 연구 –

2016년 8월 26일 초판 1쇄 펴냄

지은이 이은미
펴낸이 김흥국
펴낸곳 보고사

책임편집 이유나
표지디자인 손정자

등록 1990년 12월 13일 제6-0429호
주소 경기도 파주시 회동길 337-15 보고사 2층
전화 031-955-9797(대표)
   02-922-5120~1(편집), 02-922-2246(영업)
팩스 02-922-6990
메일 kanapub3@naver.com / bogosabooks@naver.com
http://www.bogosabooks.co.kr

ISBN 979-11-5516-577-5   03810
ⓒ 이은미, 2016

정가 13,000원